CB059865

ÁFRICA
E SEUS MISTÉRIOS

ROSELIS VON SASS

ÁFRICA
E SEUS MISTÉRIOS

3ª edição
(revisada)

ORDEM DO GRAAL NA TERRA

Editado pela:
ORDEM DO GRAAL NA TERRA
Caixa Postal 128
06801-970 – Embu – São Paulo – Brasil
Internet - http://www.graal.org.br

1ª edição: 1979
3ª edição: 2000
(revisada)

FICHA CATALOGRÁFICA

(Preparada pelo Centro de Catalogação-na-fonte, Câmara Brasileira do Livro, SP)

S264f
3ª ed.
 	
79-0521
	Sass, Roselis von, 1906 – 1997
	   África e seus mistérios (Antigo: O Feitiço do Congo) / Roselis von Sass.
	3ª ed. revisada – São Paulo: Ordem do Graal na Terra, 2000.
	
	   1. Romance brasileiro 2. Zaire - Condições sociais 3. Zaire - História - 1960 - I. Título.
	                            17. e 18. CDD-869.935
	                            17. -309.1675
	                            18. -309.16751
	                            17. -967.503
	                            18. -967.5103

Índices para catálogo sistemático :
1. Congo Belga : Condições sociais 309.1675 (17.) 309.16751 (18.)
2. Congo Belga : Independência : História 967.503 (17.) 967.5103 (18.)
3. Romances históricos : Século 20 : Literatura brasileira 869.935 (17. e 18.)
4. Século 20 : Romances históricos : Literatura brasileira 869.935 (17. e 18.)
5. Zaire : Condições sociais 309.1675 (17.) 309.16751 (18.)
6. Zaire : Independência : História 967.503 (17.) 967.5103 (18.)

Direitos autorais: ORDEM DO GRAAL NA TERRA
Registrados sob nº 24.482 na Biblioteca Nacional

ISBN-85-7279-057-8

Impresso no Brasil – Printed in Brazil

10   9   8   7   6   5   4   3   2

"Cada ser humano poderia ser um rei na Terra, se apenas reconhecesse a mão da justiça divina em tudo o que o atinge."

Roselis von Sass

"SOMENTE O SOERGUIMENTO DA PRÓPRIA CULTURA CONSTITUI VERDADEIRO PROGRESSO PARA CADA POVO! SIM, EM TUDO DEVE HAVER *ASCENSÃO,* E NENHUMA ESTAGNAÇÃO. MAS ESSA ASCENSÃO NO PROGRESSO DEVE SEMPRE OCORRER NO *PRÓPRIO* SOLO E PARTINDO *DESTE,* E NÃO PELA ACEITAÇÃO DE COISAS ESTRANHAS, DO CONTRÁRIO NUNCA SERÁ PROGRESSO."

Abdruschin
"NA LUZ DA VERDADE"
(Beleza dos Povos)

INTRODUÇÃO

África — a misteriosa África —, o continente negro se contorce em convulsões. Durante séculos subjugada e explorada por povos de outras origens, ela desperta e luta para se libertar. Houve muita infiltração de povos estrangeiros, resultando também em muitas misturas raciais e ligações humanas. Introduziram-se costumes, cultos, comportamentos e idéias estranhas aos povos radicados desde a origem nesse continente. Surgiram atritos, aversões e ódios entre as partes oponentes, mas também muitos laços de profunda amizade e verdadeiro amor.

A presente história, cujos personagens portam nomes diferentes na vida real, reflete resumidamente os problemas surgidos com essas situações, as paixões, as angústias e os insistentes esforços na busca de soluções condignas desses profundos conflitos que envolvem pessoas de alto valor espiritual, livres de preconceitos raciais, de crença errada e de interesses políticos ou econômicos. Pessoas que ainda almejam a verdadeira condição humana, buscando o caminho para as alturas luminosas através do desenvolvimento de seus espíritos.

Escrito em 1962, o livro registra fatos que ocorreram após a Independência do Congo Belga, hoje denominado República do Zaire, e é agora editado em virtude de seu elevado conteúdo espiritual de valor imperecível.

Embu, setembro de 1979.
ORDEM DO GRAAL NA TERRA

CAPÍTULO I

Jean Balmain, químico e conselheiro técnico da União de Minas de Katanga em Elisabethville, leu mais uma vez o relato que enviara a seu tio havia oito dias.

"Kivu, fevereiro de 1961.

Estou na fazenda de nosso amigo Tobias, junto ao lago Kivu. Segurança e sossego nos envolvem, pois as ondas de ódio que se estendem por toda a África ainda não chegaram até aqui. Estou sentado no terraço de uma das confortáveis casinhas de hóspedes e escrevo. Levantando o olhar, deparo com os bandos de pássaros nas ilhas e as pequenas embarcações que saem todos os dias ao anoitecer para a pesca. Neste ambiente tranqüilo, os acontecimentos sangrentos dos últimos meses parecem-me como imagens de sonho.

Há alguns dias falei com nosso agente em Kigali. Ele é de opinião que não deves te preocupar por causa do tratado comercial do ano passado. Naturalmente, reina agitação em Ruanda e Urundi! Pois as eleições estão próximas. E aquele território também será livre no ano que vem. Não obstante, os fanáticos do partido antibelga, a Uproma, atiçam por toda a parte a chama do ódio. Bem, isso era de se prever...

Sim, meu caro tio, estou em segurança e alegro-me com minha vida. Meu amigo Justin Tebeki soube a tempo do planejado atentado contra mim, de modo que pude salvar-me! Nosso sábio amigo, Abu Ahmed, diria que eu não estava maduro para o além, por essa razão nada pôde acontecer-me! Não, não foram os meus serviçais que visavam minha morte, nem meus auxiliares de empresa. Justin fala de 'diabos estrangeiros', instigados, contratados por alguém para me afastar da região das minas. Aliás, até hoje não sei explicar o porquê! Por enquanto os belgas ainda continuam tendo em mãos a exploração dos minérios de urânio. Essa empresa, apesar de todas as agitações e revoltas, não ficou parada uma hora sequer.

Nosso Congo é no momento um lugar preferido por aventureiros internacionais e agitadores de toda a espécie. As Nações Unidas, supostamente, querem pôr um fim a tudo isso. Na realidade, contudo, a situação aqui só piorou, com a intromissão dessa duvidosa instituição. O envio de soldados de diversos países mostra, mais do que suficientemente, que os senhores do palácio de vidro em Nova York não possuem a mínima idéia da verdadeira situação aqui. Receio que ainda corram rios de sangue, antes que se possa pensar na paz.

Enquanto estou escrevendo, Tombolo está sentada em seu banquinho baixo, próxima de mim, olhando à sua frente como se estivesse completamente desinteressada. Sei, porém, que está me estudando minuciosamente, a fim de 'puxar os pensamentos de minha cabeça'. A cabeça de Tombolo brilha como uma bola preta de bilhar, e ela continua a comandar como um sargento os muitos empregados de Tobias. Não é esquisito que nosso amigo e os seus possam viver em absoluta segurança entre os nativos? Os portugueses têm, aparentemente, maior habilidade no relacionamento com os povos das colônias do que nós, belgas. Não quero, porém, afirmar isto demais, pois em Angola também já está surgindo inquietação por toda a parte.

Chego agora ao motivo, propriamente dito, de minha missiva. Justin mandou-me algumas notícias, alterando completamente meu programa. Entre outras coisas fiquei sabendo que meu eventual assassino não mais está vivo. Não ouso perguntar o que mandou esse 'diabo estrangeiro' tão rapidamente para o reino dos espíritos. Os africanos são, pois, realistas. Não conhecem nenhuma espécie de sentimentalismo.

Justin escreveu-me a respeito de uma sociedade secreta, à qual eu agora também me filiarei. Sim, leste direito. Escrevi 'sociedade secreta'. Sei que sociedades secretas africanas são de má reputação. Contudo, a sociedade da qual Justin me escreveu é uma união filantrópica de seres humanos de todas as cores que, sem serem influenciados por sistemas e homens de governo, querem ajudar a população do Congo. Ajudar no sentido de serem construídos uma rede de escolas de todos os tipos, bem como hospitais e outras instituições necessárias. A sociedade secreta, que segundo minha opinião não mais pode ser tão secreta, chama-se 'Estado Livre do Congo do Mundo Africano Independente'. Seu pseudônimo é 'Sankuru'.

E agora, caro tio Victor, te descreverei, em largos traços, alguns pormenores dessa sociedade secreta. Faço isso para que não suponhas que a Sankuru seja uma sociedade de modernos samaritanos tolos ou 'pseudobenfeitores da humanidade'.

Todos os brancos que pertencem a essa sociedade já há muito se encontram no Congo Belga. Eles amam o país que se tornou sua segunda pátria. Querem ficar e trabalhar aqui. Nenhum deles está disposto a entregar o Congo a agitadores internacionais. Isto eu adianto para tua melhor compreensão.

A Sankuru foi fundada por Visram. Suponho que tenha sido aconselhado nisso por Abu Ahmed. Contudo, a idéia original de uma liga secreta desse tipo não é de Visram. Segundo informações de Justin, Visram era, anos atrás, membro de uma sociedade secreta em Katanga. Isso foi ainda antes do colapso do sistema colonial belga. O lema dessa união catanguesa era o trabalho pacífico e direitos iguais para brancos e gente de cor. Essa sociedade de Katanga era e continua até hoje secreta. Ela denomina-se, portanto, ou denominava-se com razão 'sociedade secreta'.

O objetivo dessa sociedade catanguesa, bem como de seus membros, consistia em estabelecer boas relações entre brancos e gente de cor. E também colocar em posições importantes os nativos que simpatizassem com os brancos. Essa sociedade secreta, que mal contava com cem associados, foi fundada supostamente por um americano dos Estados do Sul e dois ingleses.

Como Visram, porém, mais tarde soube, a idéia originou-se de um dos acionistas da União de Minas, não radicado na África. Essa sociedade secreta, absolutamente, não era tão filantrópica como de início parecia. Foi fundada anos antes do colapso; aliás, como medida de proteção aos acionistas das minas de cobalto, urânio, cobre e outras mais. Em resumo, para proteger as riquezas dos reais donos do Congo Belga. O trabalho realizado pelos poucos membros dessa — digamos melhor — união de proteção era magnífico. Trabalho esse, porém, que só se tornou visível após o colapso.

Em todas as minerações de Katanga, o trabalho prosseguia calmamente, enquanto nos outros Estados havia revoltas, e em alguns locais até rebeliões sangrentas entre a população. Katanga estava tão bem isolada, que as ondas de ódio que eclodiam nas demais regiões do Congo quase não a atingiam.

Vendo os bons resultados desse trabalho, aproximadamente um ano antes do colapso, Visram propôs a todos os membros da associação estender suas atividades para todos os Estados do Congo Belga. Essa proposta foi recusada. Aliás, sob a alegação de que os dirigentes da sociedade secreta haviam recebido ordem de separar Katanga, o mais possível, dos demais Estados do Congo...

Depois dessa surpreendente comunicação, Visram separou-se da sociedade catanguesa. E poucos meses depois, ele e alguns amigos fundaram a Sankuru. A condição para ser aceito nessa liga é que cada membro se comprometa a contribuir, de algum modo, para o desenvolvimento progressivo da população. No meu caso darei, tão logo seja possível, aulas de química a alunos de cor que se interessem pelo assunto. Ensino prático, naturalmente...

Visram, depois do colapso, enviou dois membros da liga a Lumumba. Queria conquistar a simpatia de Lumumba para a realização de seus planos. Mandou dizer a esse estadista, além disso, que estaria em condições de dar-lhe todos os auxílios de que precisasse.

Lumumba recebeu ambos os membros da Sankuru. Ouviu-os serenamente. Depois começou a perguntar. Aliás, tão habilmente, de modo que ficou sabendo de tudo, ou quase tudo, sobre os alvos da Sankuru e também sobre a liga catanguesa. Foram citados até alguns nomes...

Ficarás admirado, tio, por não ter sido o próprio Visram a resolver esse empreendimento difícil. Como Justin me comunicou, os dois membros da Sankuru pediram para ser os portadores das propostas de Visram. Eles conheciam Lumumba pessoalmente, já havia anos. Um era de cor e o outro, branco. Nenhum dos dois podia adivinhar que eles próprios estavam assinando suas sentenças de morte.

Ambos, sim, voltaram, contando a Visram que o estadista os havia escutado com calma e até amistosamente. A resposta seria enviada dentro de poucos dias. Nada mais haviam conseguido...

A resposta, de fato, veio alguns dias mais tarde: ambos os membros da Sankuru — também amigos de Justin e Visram — perderam a vida num misterioso acidente automobilístico. E no transcurso de três meses, vinte e cinco membros da liga catanguesa perderam a vida. Ou foram assassinados ou sofreram misteriosos acidentes automobilísticos ou de aviação. Também da Sankuru alguns foram assassinados.

Estou realmente surpreso por Visram ainda estar vivo... Certamente pensarás que estando Lumumba morto, nada mais teremos a temer. Sim, aquele homem está morto, mas seus conselheiros e adeptos ainda continuam bem vivos. Além disso, Lumumba, apesar de seu ódio contra os brancos, travou relações com agitadores e oportunistas internacionais que nada de bom podem esperar para si de nossas atividades.

Agora, meu caro tio, compreendes por que procuramos manter secreta nossa liga tanto quanto possível. Ao mesmo tempo te convido para que te tornes membro da Sankuru. Possuis todas as capacitações para te tornares membro da nossa sociedade secreta. És inteligente e tens o coração bondoso, embora queiras esconder... Falo sério a respeito deste convite... Cito aqui apenas alguns nomes conhecidos, a fim de que vejas que esse assunto deve ser considerado de modo sério: J. K. Bertrand das indústrias de fiação de algodão. Sabes quais são. Ch. Dors das minas de cobre. Teu velho amigo Michel também faz parte. Igualmente R. Matthaus das indústrias Lufira... Todos eles são homens que desejam permanecer no Congo e também tudo farão para melhorar as relações entre brancos e gente de cor. Melhorar no sentido certo!...

Somente o futuro vai nos mostrar, se todos os planos de nossa sociedade poderão ser realizados. Eu, de qualquer forma, também fico. Gosto do país. É a minha pátria. Pelo menos, desde meu segundo ano de vida. Naturalmente estou ciente de que também não sou imune a um assassínio. Não obstante, fico. O que tiver de me acontecer, atingir-me-á em qualquer parte!

Inschallah."

Jean levantou-se, olhando para as folhas escritas. Naturalmente permaneceria no Congo. Além do mais, para onde iria? Talvez fizesse uma visita mais demorada a seu tio no Quênia, mas depois se sentiria irrefutavelmente atraído de volta para o Congo. Pensativamente caminhava de um lado para o outro, parando depois diante da lareira, aquecendo as mãos.

Tombolo olhou de esguelha para ele. Era-lhe um enigma que um homem de aspecto tão bonito como Jean ainda continuasse triste por causa daquela cara pálida. Agora, novamente, ele tinha o olhar de um espírito perdido... Sim, Jean Balmain tinha um bom aspecto. Tão bom, que poderia ter todas as moças que quisesse. Era jovem, alto e robusto. Seus olhos sempre irradiavam otimismo e alegria de viver. O cabelo era castanho e sempre algo desalinhado.

Agora sentia o olhar perscrutador de Tombolo. Sorriu divertidamente para ela. Seus dentes brancos brilharam no rosto bronzeado, e em seus olhos havia um pouco do brilho alegre que sempre atuara de modo tão atraente e simpático sobre as pessoas, tanto brancas como de cor. Contudo, isto foi antes de Anette, sua jovem mulher, tê-lo abandonado...

Jean olhou de novo para as folhas escritas e o riso desapareceu de seus olhos. Leu mais uma vez o relato e, ao acabar de lê-lo, sabia que o mesmo estava incompleto. Deveria ter mencionado Anette. No entanto, o que sabia dela? Aborrecido, dobrou as folhas. Poderia ter escrito, no máximo, que ela havia requerido o divórcio na Bélgica...

Fechou a máquina de escrever e afastou resolutamente os pensamentos sobre Anette. Era-lhe incompreensível que ao pensar nela ainda sentisse dor. Mesmo sabendo agora, por intermédio de Maata, que ela nunca o amara. Os nativos tinham uma infalível intuição a esse respeito...

Jean deixou a casa, descendo lentamente os degraus do terraço. Amava o cheiro indefinido da África. Esse cheiro, trazido de longe pelas correntes de ar, lembrava-o das floridas estepes, das densas matas, de chuva, das manadas pastando e das muitas flores aquáticas dos rios. Ali em cima, junto ao lago, o cheiro dos lírios d'água e dos jasmins silvestres era predominante. Um conhecido seu sempre afirmara que no Congo apenas existiam os cheiros de "fangaree", de "voodoo", de "juju", de "ombuiri" e de "grigri". Pois bem... Esse homem inteligente havia perdido tanto prestígio diante dos nativos, que julgou mais aconselhável deixar o Congo.

— Jean! Sem ser percebido, Tobias aproximara-se dele. Chegou uma notícia. O telégrafo transmitiu-a. Uma fileira de jipes está a caminho. Pouco antes do pôr-do-sol deverão estar aqui.
— Não pareces muito contente com os visitantes, meu amigo! disse Jean com olhar interrogativo. Ou há perigo?
Tobias meneou negativamente a cabeça.
— Visitantes sempre são bem-vindos aqui. Além disso, só pode tratar-se de amigos, uma vez que Abu Ahmed está junto. O que me deixa pensativo é que minha filha Fátima se encontra entre eles. Há pouco tempo nos escreveu comunicando que pretendia ir a Dar es Salam para descansar. Ela tem uma amiga lá.
Jean ainda não compreendera. Havia visto Fátima algumas vezes em Elville*. Geralmente, porém, de longe. Recordou-se de que os moradores da fazenda sempre chamavam a pequena Fátima de "grou dançante" ou "o pequeno grou".
Tobias olhava fixamente diante de si, como uma pessoa que tivesse dificuldades para solucionar um enigma. Finalmente, disse:
— Fátima é a filha do meu primeiro amor. Não quero perdê-la.
Jean deu um sorriso sem alegria, batendo confortadoramente nas costas do amigo.

---
* Nota da editora: Elisabethville

— Tua parentela é tão vasta e complicada, que nunca sei a que mães pertencem cada um dos teus filhos.

Quando Tobias silenciou, deprimido com tal alusão jocosa, Jean ficou seriamente apreensivo.

— Por que perderias tua filha? Ela pode ter no máximo vinte anos de idade! Tobias fez um gesto indefinido com a mão.

— O telégrafo comunicou — quero dizer o telégrafo da selva — que a mulher do Cláudio morto viria junto... Compreendes agora minha preocupação?

Jean entendeu. Fátima deixou de ser a filha do "pai doce" para os africanos, ou o grou dançante. Era apenas a mulher do Cláudio morto, e isso era ruim. A mulher do Cláudio morto! Essa designação só podia ter um significado. Fátima seguiria Cláudio em breve e assim continuaria a mulher do morto...

— Fátima é a filha de Sumaika. É minha filha predileta. Desde o início fui contrário a tal casamento. Pensava que ela se casaria com Justin. Contudo, de um dia para o outro, ela pôs na cabeça esse levantino contrabandista e traficante de meninas... Sei que Fátima nunca amou esse Cláudio. Apenas queria vingar-se de Justin. Justin havia-lhe pedido que adiasse o casamento... mas Fátima, minha filha querida, não estava acostumada a que algum de seus desejos não se realizasse imediatamente. Sou culpado nisso, pois acostumei-a mal... Seus desejos sempre foram iguais a mandamentos para mim... Ela sempre foi uma criança de coração bom... Sempre ajudava onde quer que fosse possível.

Jean olhou entristecido para o amigo. Conhecera Cláudio. Ultimamente ele havia contratado crianças e adolescentes das aldeias para as minas. Além disso, sabia-se por toda a parte que esse Cláudio era um traficante de entorpecentes, procurado pela Interpol. Esse homem havia levado uma vida tão impenetrável, que ninguém sabia de onde viera realmente. Aparecera certo dia, em Elville, munido de boas recomendações de gente importante da Europa. Logo depois recebera uma posição lucrativa junto à União de Minas. E depois de pouco tempo havia conquistado a confiança de gente menos talentosa, mas rica. Chantagistas internacionais, estranhamente, sempre conseguiam entrar na sociedade.

Cláudio, além disso, tinha o aspecto de um artista de cinema. Seus amigos e admiradores chamavam-no o "Apolo loiro"...

Tobias tirou Jean de suas considerações.

— Cláudio era um traidor e contrabandista de armas. Por causa dele muitas pessoas foram assassinadas... Estou convicto de que Fátima nunca soube disso. A menina era sempre tão irresponsável...

Jean, de repente, sentiu calafrios. Fazia frio nessa altitude, e não sabia o que poderia dizer ao amigo como consolo...

Sumaika, a mãe de Fátima! Tobias conhecera-a numa de suas viagens, casando-se logo com ela. Era de Bagdá e tinha sido dançarina...

— Se sua mãe não tivesse falecido tão cedo, tudo decerto teria se tornado diferente! disse Tobias, voltando-se para ir embora. Jean ficou parado, acompanhando o amigo com o olhar. Tobias tinha cinqüenta anos de idade. Contudo, seu cabelo ainda era preto e a pele lisa e bronzeada. Descendia de uma antiga família portuguesa de Luanda... Mas, e essa jovem Fátima?... Lembrava-se dela quando criança. Estava certo. A pequena era prestativa e de bom coração, contudo, indescritivelmente mal-acostumada... Jean suspirou fundo. Nunca fazia bem gostar com tanta exclusividade de uma única pessoa. Com o tempo a gente chegava a tal sabedoria, mas até que isso acontecesse...

Jean voltou para sua pequena casa de hóspedes e vestiu uma jaqueta de couro por cima da camisa rústica de lã. De repente, Tombolo encontrava-se a seu lado, dizendo com desprezo que o pequeno e maldoso grou voltaria para o ninho.

— E a outra, aquela sem miolo, naturalmente também virá.

— Que é isso, por que chamas Fátima de pequeno e maldoso grou?

Tombolo não deu resposta. Apenas indicou mal-humorada para o pátio. Além do grou manso de Tobias, que pulava, Jean nada viu que pudesse despertar sua curiosidade. Ficou esperando. Conhecia muito bem a velha. Ela ainda se preocupava com algo. Quando queria provocá-la, então chamava-a de "Matilda" e não de Tombolo. Assim tinha sido batizada há muito tempo, numa escola missionária católica. Depois conheceu o homem com quem se casou. Uma vez que nada quisesse saber do cristianismo, largou tudo sem hesitar: o nome, a comprida túnica e o cristianismo aprendido; e foi com ele para Kivu. Agora era adepta do Profeta. Do tempo de seu "cristianismo de sal" apenas tinha recordações nebulosas.

— Onde está a mulher de pele pálida? Por que não volta? Finalmente Tombolo havia resolvido perguntar. Era tolice, pois ela já conhecia a resposta. Jean estremeceu. Estava aborrecido consigo mesmo.

— Ela está muito longe. No país onde se encontra agora, não existem africanos, nem calor, nem insetos! disse Jean, depois de hesitar demoradamente.

— Longe, muito longe, não é bom para ti. Manda-a voltar, uma vez que não queres esquecer.

— Nada seria mais agradável para mim. Contudo, Anette tem medo desta terra. Depois dessa resposta, olhou melancolicamente à sua frente.

"Medo! Ninguém lhe tinha feito o mínimo mal. Pelo contrário. Os nativos sempre a serviram de bom grado." Tombolo soltou um grunhido de desprezo. Ainda não estava contente.

— Ela quer que eu vá à Bélgica para ficar junto dela! disse Jean.

— É isso que ela quer? Tombolo pegou Jean pelo braço, dizendo decididamente: Não podes sair do Congo. Os espíritos prenderam-te firmemente aqui. Sim, sim, e com essas palavras ela bateu com os pés no chão para que Jean também entendesse direito o que ela pensava. Jean deu de ombros.

— Pode ser que tenhas razão, minha boa velha. Depois dessas palavras ele saiu, e Tombolo fechou a porta, acompanhando-o. Mal estavam no jardim, quando a velha levantou a cabeça e, com um ar de conhecedora, aspirou profundamente os aromas. Cheirava a carne assada, peixe e muitas outras coisas boas. Contente, constatou que na grande casa da cozinha, no lado oeste, os preparativos para o banquete estavam em pleno andamento.

Duas jovens mulheres, com seus bebês gordos, juntaram-se a ela, fazendo-lhe perguntas de toda a sorte. Ao passar, olharam para Jean, sorrindo com certa malícia.

— Um homem tão bonito, e nenhuma mulher junto! disse uma delas com voz tão alta que ele teve de ouvir. Jean acenou para elas. Aparentemente já se compadeciam dele. Parou, esperando que se afastassem.

Ambas as mulheres eram extraordinariamente bem-proporcionadas e as cabeças raspadas não prejudicavam em nada a sua beleza. Estavam envoltas com tecidos estampados e usavam braceletes de ouro e nas orelhas, brincos. Uma delas era a viúva de Martin, um irmão de Tobias. Jean sorria agora, divertido. Pensou consigo mesmo que o gosto de seus amigos portugueses era visivelmente bom, apesar de preferirem beldades de pele escura.

Atravessou o pátio caminhando lentamente e parou na frente de uma das pequenas casas de hóspedes.

— Aqui morará o pai com o "miolo velho"! disse uma das servas, quando Jean subiu, examinando o confortável aposento. Abu Ahmed, o pai com o miolo velho, nome que os nativos haviam dado ao velho sábio e que era realmente procedente. Pai Ahmed, de fato, deveria ter um cérebro velho para ser tão sábio. Era venerado e amado por brancos, morenos e pretos, sendo conhecido muito além das fronteiras do Congo Belga. Também Jean amava o velho "Ahmedija", do qual se dizia ser descendente em linha direta de Ahmed Al Badawi, o sábio egípcio. Fora também pai Ahmed que o havia aconselhado a ficar na África. Jean ainda se recordava disso nitidamente.

"Aqui estão todos os teus amigos e inimigos! Aqui poderás viver e fazer o bem, pois é aqui que tua estrela brilha beneficamente."

Sim, dessa forma pai Ahmed lhe falara há cerca de três anos. Porém ainda havia dito mais. Jean pensou algum tempo, recordando-se então de que Abu Ahmed ainda o havia aconselhado a virar as costas para a Europa e permanecer na África.

"Haja o que houver, fica..." Essas palavras ecoavam agora tão alto em seu íntimo que, sem querer, se virou. Jean passou a mão pela testa. "Não me adapto mais ao mundo europeu. Não é, pois, possível viver trinta anos em um país, sem ser influenciado por isso."

Nesse ínterim duas servas haviam preparado a cama alta com peles, cobertores e almofadas, e estendido esteiras de fibras de palmeiras, bem como pequenos tapetes, no branco soalho de madeira. Amrita, a mulher somali de Tobias, mandara pendurar gobelinos artísticos em volta da cama; depois ela mesma trouxe de sua casa dois incensórios, uma lamparina de óleo e uma salva com frutas.

Tobias chegou trazendo pelo braço uma menina de cerca de quatro anos e inspecionou por dentro e por fora a pequena casa de tijolos, pintada de branco. Jean contemplou as vigas bem talhadas do forro, bem como os enfeites das janelas, contudo seus pensamentos ainda permaneciam com Abu Ahmed. Tobias parecia pensar a mesma coisa, pois repetiu as palavras do sábio, dizendo:

— "Tua estrela brilha beneficamente para ti apenas aqui.".

— Eu estava pensando justamente nessas palavras! disse Jean sorrindo. Apenas pergunto a mim mesmo como é a estrela do Congo. De qualquer forma deve ter efeitos muito complexos. Tobias, te lembras de que Anette não entendia nem o pai Ahmed?

— Naturalmente me lembro. Por que ainda pensas nessa mulher? perguntou Tobias visivelmente admirado. Jean olhou atormentado à sua frente. Sim, por que pensava sempre de novo nela?

— Precisas de um "aquecedor de costas". As noites são frias! disse Tobias meio brincando e meio sério. Jean acompanhou com o olhar uma moça mestiça que passava nesse momento com uma cesta na cabeça. Era bem bonita. E de bom grado adquiriria uma dúzia de tais aquecedores de costas, se assim pudesse esquecer Anette totalmente.

Fazia agora quatro meses que ela havia partido de avião, de Leokin. Desde então muitas vezes havia se perguntado por que não a acompanhara. O que, na realidade, o retivera daquela vez? O Congo, verdadeiramente, não era um paradeiro agradável para brancos. Pois bem, deixara Anette ir sozinha, e ele mesmo escondera-se com seu desespero na cabana de sua velha ama Maata. A cabana, naturalmente, situava-se na aldeia dos nativos, e nenhum branco jamais teria trocado novamente uma palavra sequer com ele, se o tivesse visto deitado numa rede daquele casebre. Então, Maata, que o amava mais do que a seu próprio filho, havia-lhe fincado um espinho venenoso no coração.

Afirmara que Anette se havia enamorado de uma voz. Aliás, da voz de Visram.

— Por duas vezes ela ouvira a voz dele, quando ele junto com mister Benz vieram à tua casa! cochichara a velha, como uma bruxa, em seu ouvido. Depois falou com ele uma vez e seu espírito voou ao encontro dele.

— Estás ficando tola e velha! havia-lhe respondido daquela vez. Além disso, és uma mãe de mentirosos.

Se não estivesse tão narcotizado com a beberagem dada pela velha, com certeza ter-se-ia lançado sobre ela, surrando-a. Assim, no entanto, apenas perguntou-lhe, sarcasticamente, quem lhe contara tal disparate:

— Pois, conforme me lembro, não estavas conosco em Elville. Maata, então, fitou-o com um olhar de compaixão.

— Lusisi, que servia tua mulher, está aqui. É minha parente e observou tudo.

— Ambas sois mentirosas! gritara ele então, empregando todas as suas forças. Anette nunca falou com Visram a sós.

Maata fez um gesto de desprezo, dirigindo-lhe um olhar irritado, e disse:

— Os ossos e a carne de Anette estavam contigo, mas o espírito dela sempre estava em outro lugar.

Então ele ainda perguntou, sarcasticamente, se essa mulher maluca, a Lusisi, podia acaso ver espíritos. Maata, porém, não mais respondeu. Após algum tempo, a raiva que sentira com relação às revelações de Maata passara, e uma resignação fatalista o sobrepujou. Maata nunca o havia machucado sem motivo, nem mentido para ele. Provavelmente tinha razão quando afirmara que Anette nunca o amara. Pois bem, ele se acalmara, e apesar do ódio que grassava por toda a parte, foi passear ao anoitecer. Quem quisesse assassiná-lo que o fizesse sossegadamente...

Certo dia, ao anoitecer, distanciara-se um pouco mais, seguido por sua velha ama. Escutara um canto com várias vozes e queria saber quem eram os autores de tão bela canção. Os cantores logo foram encontrados. Era um grupo de moças e rapazes de cor, acocorados ao lado de um galpão, que cantavam, ou pelo menos ensaiavam canções de triunfo e de revolução, acompanhados de banjos e guitarras. Quando ele, com as mãos nos bolsos, barba por fazer e terno amarrotado, parou ao lado deles, levantaram-se de um salto, cerrando ameaçadoramente os punhos. Maata corria gritando em volta dele, igual a uma galinha choca que procura defender seus pintinhos, gesticulando com os braços, enfurecida ao extremo. Jean sorriu ao lembrar-se daquela pequena mulher enraivecida... Ficara parado, acalmando-a. Não era sem importância o que estava lhe acontecendo?

Os cantores, depois de demorados prós e contras, formaram um círculo em sua volta, cantando uma canção em puro kisuaheli. Até hoje se lembrava das palavras e da melodia. Tinha um ritmo incitante. Era, pois, a melodia da revolta e da luta, na qual o ritmo do novo tempo vibrava. O texto, impossível de ser traduzido com exatidão, dizia aproximadamente o seguinte:

"Os forasteiros pálidos foram embora! O branco sol do Congo não mais brilha sobre seus corpos fedidos! Os diabos estrangeiros maus foram embora! E a terra novamente alimenta o germe, pois os pálidos não mais imprimem seus rastros!"

Quando os cantores haviam terminado sua canção, abrindo o círculo, ele acenara-lhes, elogiando. Sim, elogiara a canção, embora fosse uma canção má, pois atraía os diabos do ódio. Os cantores cantaram ainda outras canções. Também canções de ódio. E batiam com os pés no chão, ao cantar:

"As folhas caem mortas das árvores. E mortos caem os pálidos sob as lanças dos lutadores...".

CAPÍTULO II

Tobias estava sentado numa cadeira de vime, observando Jean. Podia imaginar o que nele se passava. Com a tristeza de seu amigo, quase esquecera de suas próprias preocupações a respeito de Fátima. Algo teria de acontecer para destruir a imagem de Anette. Tobias não gostava de Anette. Essa jovem mulher havia feito tudo para se tornar tão malquista quanto possível. Quando, durante uma visita a Elville, a viu pela primeira vez, também ficara tão fascinado com ela como todos os demais. Era tão delicada e branca, seus olhos tão azuis e seus cabelos tão loiro-prateados, que automaticamente pensamentos de comiseração haviam surgido nele.

"Como suportaria o ar quente e úmido do Congo?" Era delicada e clara demais para esse país. Tobias admirara-a como se admiram preciosas figuras de porcelana. Ele convidou-a. Seu pequeno reino situava-se em um planalto. Possuía barcos a vela e pequenas casas de hóspedes confortavelmente instaladas. Lá, nada lhe faltaria. Contudo, Anette recusara mui cortês, mas decididamente.

Quando a situação dos brancos se tornava cada vez mais perigosa, novamente ele voara a Elville, a fim de buscar Jean e Anette. Mas durante essa segunda visita, a sua admiração por ela transformou-se em raiva. Ela apenas encontrara palavras ofensivas, quando a convidou para ir a Kivu.

"Odeio gente de cor!" gritara ela. "São diabos e não seres humanos!"

Jean e Tobias, como que paralisados, haviam escutado essa explosão de ódio. Contudo, Tobias logo se dominou. Viu brilhar um diamante na mão fechada em punho de Anette.

"Eu te entendo, Anette, esses brancos aos quais tu pertences odeiam a raça preta, mas não se envergonham de explorar sua propriedade, enfeitando-se com suas coisas." A voz de Tobias ecoara com tanto desprezo, que Anette, durante um momento, olhou-o como que petrificada. Logo depois arrancou o anel do dedo, jogando-o na mesa. Com um olhar desesperado dirigido a Jean, ela saiu correndo.

O rufar surdo de tambores arrancou os dois homens de suas divagações. Tobias levantou-se rapidamente, deixando a casa que agora estava pronta para a recepção.

— Estão chegando! disse ainda, virando-se para Jean. Sim, os visitantes estavam chegando. O primeiro jipe já descia pela larga alameda. Jean ficou parado, escutando. Depois caminhou lentamente pelo parque; não estava com pressa. Passar-se-ia ainda uma hora, pelo menos, antes que os visitantes se reunissem na grande sala de jantar.

Chegando perto do grande campo de esporte, olhou surpreso ao redor. Os nativos, sem dúvida, estavam com ânimo de festa. Carregavam lenha, empilhando-a em grandes montes em volta da praça. Bandos de crianças traziam banquinhos e esteiras, e na tribuna, que se encontrava num dos lados estreitos da praça, estavam sendo alinhadas as cadeiras de vime. Durante algum tempo Jean contemplou a atividade alegre de adultos e crianças. Só podia tratar-se de preparativos para uma apresentação de dança... Aliás, fazia muito frio, mas as fogueiras, certamente, espalhariam bastante calor.

A chegada dos inesperados visitantes era, pois, um acontecimento alegre... Pelo menos para os empregados... O telégrafo da selva, provavelmente, funcionara bem... No entanto... a atividade fora do comum do pessoal intrigava-o...

Virou-se e olhou para a enseada orlada por bosques. As copas das árvores brilhavam avermelhadas sob a luz do sol poente, e do lago já se levantava uma leve bruma. A sirene da fábrica havia tocado fazia pouco tempo, e agora vinham as turmas de moças e jovens senhoras pelo caminho à beira do rio em direção à sua aldeia. Gritavam, tagarelavam e riam, alegrando-se com sua vida. Não havia problemas para essas pessoas. Alegria e trabalho pacífico era o lema de Tobias. Jean admirara-se muitas vezes, durante sua estada de quatro meses na fazenda, de como a vida lá decorria sem atritos e sem dificuldades. Tobias reinava como um pequeno e bondoso rei. Ao mesmo tempo cuidava de seus súditos e preocupava-se com eles, como um pai.

Da colônia fazia parte um sítio no qual centenas de nativos cuidavam do gado, preparavam os campos para o plantio e cultivavam verduras nas hortas. Igual número de nativos trabalhava com os mestiços na carpintaria, na serraria e na forja. Havia ainda alguns portugueses, goaneses, indianos, suíços e outros cuja procedência não era fácil de se verificar. Os suíços dirigiam a fábrica na qual eram produzidos os doces de frutas e o queijo. Nas duas escolas e na oficina de artesanato os responsáveis eram belgas e nativos treinados; além disso, havia ainda um curtume e uma pequena fábrica de sapatos. Em tudo a "fazenda", como Tobias gostava de chamar sua propriedade, era uma perfeita comunidade pequena, que funcionava a contento de todos.

Jean voltou vagarosamente pelo caminho. Já estava anoitecendo e dentro de poucos minutos tudo estaria escuro. Ficou parado, escutando, diante da grande casa onde se encontrava a sala de jantar. Depois sorriu, divertido, e abriu a porta. Isto, sem dúvida, era o ritmo de uma marcha militar belga tocada por tambores. Pois bem, para ele pouco importaria qual a melodia escolhida...

A grande sala de jantar, artisticamente revestida de madeira, era utilizada somente quando vários dos numerosos amigos, conhecidos ou parentes, estavam em visita à fazenda. Quando Jean entrou na sala, os criados estavam cobrindo as mesas compridas com toalhas toscamente tecidas. A seguir colocaram os talheres de prata e distribuíram pratos e copos nos lugares certos.

Tio Manuel, um parente idoso de Tobias, chegou da copa com algumas garrafas de vinho e colocou-as cuidadosamente numa pequena mesa lateral. Crianças pretas e morenas pulavam com seus pequenos tambores, executando danças alegres na sala. Algumas moças trouxeram jarros de cobre, de prata e de cristal, com sucos de frutas, colocando-os nas mesas. Ao ver os jarros, Jean soube que os visitantes, em sua maioria, eram adeptos do Profeta...

Uma criança preta e gorda puxou Jean pela calça. Queria ser erguida. Jean sentou-a em seu braço, balançou-a e disse em voz alta:

— Sim, pequeno africano! Prefiro mil vezes tua terra com todas as suas tribos belicosas e os matagais, ao mundo branco com a sua hipocrisia e sua cultura ilusória! A criança soltou gritos de júbilo e logo todas as demais crianças circundaram-no, querendo ser também erguidas e balançadas. Jean fez-lhes a vontade, levantando, uma após outra, e colocando-as no seu ombro.

Já estava completamente sem fôlego, quando Tombolo, como um espírito vingador, apareceu na sala, expulsando as crianças e as duas moças que perambulavam por ali.

— Já vou sozinho, não precisas me expulsar! disse Jean brincando, enquanto vestia novamente sua jaqueta de couro.

Nesse ínterim Tobias havia conduzido Abu Ahmed à casa de hóspedes preparada para ele, tendo cumprimentado depois os demais visitantes e abraçado a filha. A seguir, foram acesas todas as luzes elétricas, pois subitamente anoitecera. Quando os hóspedes estavam acomodados, Tobias correu à sala de jantar, a fim de ver como estavam os preparativos. Na metade do caminho encontrou Jean. Tobias acenou para ele, querendo continuar a caminhar rapidamente. Contudo, Jean pegou-o pelo braço, perguntando-lhe baixinho se ele também já pertencia à sociedade secreta Sankuru. Tobias acenou afirmativamente.

— Antes não podíamos falar contigo sobre isso, uma vez que não sabíamos se seguirias Anette.

Jean entendeu. Seguiu pensativamente atrás do amigo em direção à sala de jantar. Tobias logo olhou examinadoramente para as mesas. Vendo os jarros com os sucos de frutas, ficou satisfeito. Seus visitantes eram, em sua maior parte, maometanos. A seguir caminhou até a mesa onde se encontravam as garrafas de vinho. Era um conhecedor de vinhos e bebia somente do melhor. Seu irmão Júlio mandava, todo ano, uma remessa de vinho do Cabo e também da Europa.

— Esquisito! disse Tobias que parara pensativamente, olhando para as garrafas de vinho.

— O que é esquisito? perguntou Jean.

— Que Maomé tenha proibido aos seus adeptos bebidas alcoólicas...

— Decerto teve suas razões para isso. Maomé era um sujeito inteligente! disse Jean enquanto enchia um copo de vinho para si.

— Não obstante, essa proibição é esquisita. Ele não desdenhava os prazeres da vida. Permitiu aos seus adeptos terem quatro mulheres, o que é uma prova de que contava com as fraquezas humanas.

Jean riu, dizendo depois com um brilho divertido em seus olhos azuis:

— Sendo meio cristão e meio maometano, essa proibição, pois, nada importa para ti. Tobias sorriu e encheu pela segunda vez o copo de vinho.

— Sou cristão, sabes disso muito bem.

— Naturalmente és cristão! admitiu Jean. Representarias um insuperável frade mestre de adegas. Contudo, em relação às mulheres, és decididamente um maometano fanático.

Tobias deu um sorriso meio sem graça e a seguir tirou algumas azeitonas grandes e recheadas de um pequeno barril, oferecendo-as também a Jean.

— Mercadoria excelente. Meu irmão Júlio ter-se-ia alegrado com essas mesas fartamente postas. Ele come e bebe, no entanto, nunca encontra tempo para desfrutar dos prazeres da mesa. Tem dinheiro demais! disse Tobias suspirando. E sempre quer mais e mais.

— Em verdade deverias gostar disso! disse Jean, meio irônico. És o sócio de teu irmão, portanto, como podes achar excessiva a sua vontade de trabalhar? Tobias fez um gesto impaciente com a mão.

— Somos suficientemente ricos. Eu desejaria que Júlio se estabelecesse aqui no país. Ele conhece melhor o Congo do que os belgas e os franceses. Aqui poderia ganhar tanto dinheiro quanto quisesse... mas infelizmente...

Jean conhecia Júlio. Era um homem que só pensava em algarismos. Exatamente o contrário de Tobias.

— Bem, nem com a melhor boa vontade poderia imaginar teu irmão aqui. Talvez em Elville... Não fundou ele agora também uma companhia de navegação?

— Sim, foi o que fez. O palácio dele em Luanda está constantemente vazio. Minha cunhada vive quase o ano inteiro na Europa. Flávio, meu sobrinho, aparentemente estuda artes na Itália. Pelo que vejo, apenas estuda como pode gastar melhor o dinheiro de seu pai. E Maria da Glória é interna numa escola na Suíça. Ela seria

31

muito mais necessária aqui... Precisamos urgentemente de enfermeiras e professoras.

Jean sabia tudo isso. Conhecia a família toda.

— Já pensaste, Jean, que todas as riquezas amontoadas por um ser humano terão, por fim, de ficar na Terra? Saímos da Terra da mesma forma como viemos. Sem nada. Completamente nus. Tobias olhou pensativamente para dentro de seu copo de vinho. A vida humana era, pois, um mistério incompreensível.

— Para mim é uma idéia consoladora, que tudo tenha de ficar aqui. Nosso planeta tem sido demais conspurcado! respondeu Jean, levantando-se.

A porta abriu-se, e Justin entrou. Sentia um pouco de frio. Cumprimentou seus dois amigos, olhando depois significativamente para os copos cheios de vinho.

— Também o cristianismo tem seus lados bons... pelo menos no que se refere ao comer e ao beber! Justin contemplou examinadoramente as diversas gulodices nas mesas, pescando a seguir uma azeitona do barril. Jean observava o amigo que caminhava de um lado para o outro, esfregando as mãos, depois de ter comido algumas azeitonas... Justin descendia de pais indianos. Era alto, esbelto e tinha um rosto bonito e bem-proporcionado. Sua pele e os olhos eram escuros.

— Acabamos de falar em Júlio! disse Tobias, quando Justin finalmente se sentou. E aí fiquei consciente de como é absurdo acumular riquezas! Pois tudo tem de ficar na Terra.

— És um sonhador e idealista, com idéias revolucionárias. Tobias recusou, apavorado, tal opinião de Justin. Sonhador ainda vá lá... mas idealista... Não, isto era demais!

— Vais te tornar membro da Sankuru? quis saber agora Justin, quando Jean se sentou ao seu lado.

— Certamente, pois fico aqui. Justin acenou com a cabeça, olhando à sua frente, um pouco ausente. Jean olhou-o de soslaio perscrutadoramente. Algo atormentava ou preocupava o amigo. Justin bem podia enganar Tobias com sua alegria artificial, mas não a ele.

Conhecia Justin desde seu sexto ano de vida. Tinha sido um menino magro, alto, com cabelos lisos e bonitos olhos. Entre eles só havia um ano de diferença. Já naquele tempo Jean sentia quando o pequeno Justin estava sofrendo, ou se preocupava com algo que não queria dizer... O pai de Justin tinha sido um pequeno mercador indiano na cidade de Kinshasa, em Leokin. Sofrera um acidente lá, durante uma viagem de negócios num dos afluentes do rio Congo. A mãe de Justin viveu apenas poucas semanas mais, e assim o pequeno ficou sozinho. Jean conhecera o menino através de sua babá Maata.

Maata sempre levava Jean consigo até o bairro dos nativos, quando visitava seus parentes. A venda do mercador indiano situava-se apenas poucas casas mais adiante, e Maata comprava ali freqüentemente para si e os seus. E o robusto loiro Jean, de olhos azuis, gostava do tímido e magro garoto indiano.

Naquele tempo a mãe de Jean já estava muito adoentada. Ela ficava contente, se o menino passasse seus dias feliz. Para onde Maata ia com ele pouco lhe importava. O pai, Daniel Balmain, estava sempre sobrecarregado de trabalho, de modo que pouco cuidava do filho.

O pequeno Justin, depois da morte dos pais, foi acolhido por um parente de Maata, de nome Tebeki. Ali deveria ficar, até que seus parentes viessem buscá-lo. Contudo, a mulher de Tebeki, Therese, afeiçoou-se muito ao menino e nem sequer pensou em devolver a criança.

Dizia-se que certo dia um parente viera buscar o menino, mas ele, estranhamente, não fora encontrado em parte alguma. Às perguntas de Jean, Maata afirmara que Therese havia feito com que o pequeno Justin ficasse invisível, para que o parente não pudesse encontrá-lo. Jean acreditara firmemente nessa temporária invisibilidade, pois Père Mignard sempre contava de milagres da Igreja... Certamente, um milagre desses havia acontecido com seu pequeno amigo indiano...

Tebeki era um antigo empregado da firma Balmain. E quando Jean, em casa, contava do menino indiano que estava sendo criado na casa de Tebeki, Daniel sorria algo distraído. Milagres? Ele também necessitava de um milagre...

Quatro anos mais tarde, Tebeki e os seus, juntamente com Justin, que novamente se tornara visível, e a família Balmain mudaram-se para Katanga. Daniel assumiu lá a gerência de uma mina de cobre, e Tebeki tornara-se capataz na mesma empresa. Aliás, a mudança não tinha sido boa para Tebeki. Durante um acidente na mina, salvou a vida de Daniel Balmain, contudo pereceu no local. Daniel ficou profundamente abalado com a morte de seu fiel empregado. Principalmente porque, por sua iniciativa, Tebeki e família haviam-no seguido para Katanga.

Daniel cuidava bem da mulher de Tebeki, Therese, e além disso queria às suas custas mandar Justin estudar. Na mesma época em que Justin perdeu o pai de criação, Jean perdeu a mãe. Logo depois, Daniel mandou ambos os meninos para um internato inglês em Nairóbi. Mais tarde Jean foi para a Antuérpia, concluindo lá a faculdade de engenharia. Justin estudou em Paris, na Sorbonne, terminando lá seus estudos de medicina. Por intermédio de amigos indianos de Nairóbi, ele pôde estudar na Índia, em Bombaim e Calcutá, os métodos locais de cura de diversas doenças tropicais. Da Índia seguiu para Alexandria, a fim de estagiar durante um ano, num dos hospitais.

Sim, Jean tinha recordações felizes da juventude. Como seu pai, já falecido, se alegrava quando ele e Justin voltavam para o Congo, a fim de passar um curto período de férias.

"Em Justin tenho investido meu dinheiro segura e proveitosamente!" sempre dizia, quando amigos e conhecidos opinavam que ele era um tolo ao pagar estudos tão caros para um enjeitado. Geralmente ainda acrescentavam que pretos deveriam trabalhar e não estudar. Alguns superinteligentes diziam ainda que esse Tebeki, mais cedo ou mais tarde, de qualquer forma, morreria de tuberculose pulmonar...

— Estás dormindo, Jean? perguntou Justin, olhando para o amigo com olhos algo cansados. Jean levantou-se, passando a mão na testa e suspirando.

— Dormindo?... não... certamente não. Estava pensando em meu pai, e perguntava-me se também ele nada poderia ter levado desta Terra.

Justin apertou as palmas das mãos, uma contra a outra, e uma expressão sonhadora manifestou-se em seus olhos. Daniel Balmain tinha sido para ele como um dos iluminados que apareciam muitas vezes nas tradições hindus...

— Podes estar certo que teu pai saiu rico, muito rico, desta Terra! Lembra-te do que ele fez de bem somente em relação a mim. Justin levantou-se; estava ouvindo vozes que se aproximavam rapidamente. Jean olhou esperançoso para a porta desejoso de saber quem eram, realmente, os muitos visitantes, e o que lá pretendiam.

— São todos membros da Sankuru. Querem ir à fazenda de Efraim. Lá se encontrarão com algumas personalidades de Ruanda e Urundi, igualmente interessadas nos planos da Sankuru. Nós dois também temos de ir até lá! concluiu Justin.

A porta da sala abriu-se, e Tobias entrou juntamente com seus hóspedes. Homens de cor preta, parda, bronzeada e branca enchiam de repente toda a sala. Quando todos estavam sentados, uma fila de servos pôs-se a caminho, colocando grandes travessas de prata e cobre com carnes, aves, peixes e verduras nas mesas. As aves estavam em cima de montes de purê de castanhas do Cabo e os pedaços de carne estavam amontoados sobre um mingau de milho seco, fortemente temperado. Os peixes, cozidos e fritos, eram servidos em travessas compridas e fundas. Em todas as mesas havia ainda cestas baixas com frutas frescas e secas.

Justin conduziu Jean por toda a sala de jantar, apresentando-o aos visitantes.

— Este é Clemens, da Alsácia. Ele trabalhou durante vários anos no Museu de História Natural em Nairóbi. Veio para o Congo junto com uma expedição de pesquisa, em virtude de falar vários dialetos bantos. Gostou tanto daqui, que ficou.

Numa outra mesa Jean conheceu Kleophas, um amigo de Tobias.

— Ele mora em Mombasa, descendendo em linha reta de um certo major Serpa Pinto. Kleophas é comerciante e tem ligações comerciais com potências estrangeiras.

Kleophas conhecia muito bem o tio de Jean, Victor Balmain, em Nairóbi.

— E este é meu amigo Ali Ben Jussef! disse Justin. Conheci-o em Alexandria. No momento ele está aqui como observador de seu país. Os egípcios acompanham com grande interesse o desenvolvimento do Congo.

Os dois técnicos alemães, sentados à mesma mesa, Jean já conhecia, pois um pouco antes haviam montado os grandes motores diesel e reparado a emissora de rádio na fazenda. Estavam instalando agora uma oficina elétrica. Tinham também disposição para ensinar o ofício a quem quisesse.

Depois Jean cumprimentou diversos africanos que já conhecia, verificando então com surpresa que dois inspetores das minas de urânio de Katanga se encontravam presentes. Sorriram orgulhosos ao perceber a sua surpresa e tocaram, com a mão, a testa e depois o peito. "Monsieur" Jean era um branco assim como eles gostavam. Enquanto Jean ainda ia de mesa em mesa, entrou um enorme africano negro na sala. Ficou parado durante alguns minutos na soleira da porta, olhando com satisfação para as mesas fartamente postas.

— Kalondji de Matadi! Tu também estás aqui! exclamou Jean alegremente, dirigindo-se a ele rapidamente. O gigante levantou os braços com alegria, apertando em seguida fortemente a mão de Jean.

— Viemos de toda a parte, monsieur Jean! disse ele ruidosamente. Somente homens bons aqui! Só amigos.

— Kalondji tem razão! Estamos entre amigos e homens com os mesmos direitos. Mas vem, Jean, quero que conheças também meu amigo Kongolo. Anos atrás Kongolo fundou um partido antieuropeu. Esse partido foi dissolvido e ele preso como um perigoso extremista. Agora se encontra em Leokin junto a um chefe de governo como uma espécie de homem de confiança e secretário.

Um homem preto, algo obeso, levantou-se, depois de Justin lhe ter sussurrado algumas palavras, e deu a mão a Jean.

— Conheci seu pai, ele faz falta ao nosso movimento! Monsieur Daniel foi um dos poucos brancos que concedia a nós, africanos, o direito de existir. Na presença dele nós não tínhamos nenhum complexo de inferioridade, nem a miserável sensação de sermos párias... Pelo contrário... Para ele éramos criaturas de Alá, que podiam orgulhar-se de sua raça e de sua terra.

Kongolo falara vagarosa e pensativamente; as palavras dele soaram livre e despreocupadamente, contudo, ao levantar seus olhos, Jean leu neles toda a tragédia da África.

Um inesperado rufar de tambores fez com que todos se colocassem à escuta. Justin sorriu para si mesmo, divertido, reconhecendo o ritmo de uma marcha militar francesa. Os tamborileiros, sem dúvida, eram artistas... Ao ouvir os tambores, Tobias logo se levantara e saíra. Agora ele entrava no salão, seguido de quatro homens. Estupefato, Jean olhou fixamente para os recém-chegados.

"Seria possível que eles também pertencessem à Sankuru?" Conhecia os quatro. Eram militares graduados da ativa e um deles era o herói do tempo de sua infância. Os quatro belgas que estavam servindo junto às tropas em Elville haviam se colocado em posição de sentido para a saudação, distribuindo-se depois pelas diversas mesas. Tinham passado quase a vida inteira no Congo e não estavam dispostos, absolutamente, a deixar o país que consideravam sua segunda pátria. Através de um amigo tinham ouvido falar da Sankuru, de suas diretrizes, e sem hesitar haviam se tornado membros dessa união filantrópica...

No silêncio que se estabelecera, ecoou de repente a voz grave de Kalondji.

— Só faltam, agora, o Dalai Lama, Tschombé e Baudoin. Estaríamos, então, todos juntos! Uma gargalhada estrondosa seguiu essas palavras jocosas.

Jean ia sentar-se ao lado de Tobias, quando de repente sentiu um toque de mão em seu ombro e uma voz muito conhecida, dizendo:

— Salve, Jean, e bem-vindo à Sankuru! Jean ficou estarrecido sob o toque da mão, e a voz sonora atingiu-o como uma dor física.

— Visram! Para esse encontro, hoje, ele não estava preparado. Uma fúria assassina assaltou-o.

"Mata o homem que te roubou Anette, mata-o, então talvez ela volte para ti..." Assustado com sua fúria, Jean fechou os olhos durante um momento. Virou-se a seguir e cumprimentou o homem que acompanhara Anette a Nairóbi, vendo-a todo dia durante uma semana.

Visram bem sentira a disposição hostil. Contudo, calma e amavelmente ajeitou a cadeira de Jean, sentando-se a seguir também. Quase todos os africanos tinham observado os dois. Graças a seu sexto sentido, haviam percebido nitidamente o que se passava no íntimo de Jean.

— A mulher pálida continua roubando os seus pensamentos! disse um deles. Ela também é, pois, apenas uma das incompreensíveis diabas brancas. Esse julgamento, pronunciado em voz baixa, expressou a opinião de todos.

Jean acalmara-se de novo. Franzindo a testa, olhou para o homem, não sabendo se era seu amigo ou seu inimigo.

— Cada ser humano poderia ser um rei na Terra, se apenas reconhecesse a mão da justiça divina em tudo que o atinge. Jean encolheu os ombros. Agora não estava com vontade de ouvir ditos filosóficos.

— O que significa o turbante? Queres, de repente, negar teu sangue europeu? perguntou um tanto ironicamente. Visram não respondeu de imediato, pois um dos "boys" estava enchendo seu copo de suco de fruta. Quando ele se afastou, disse em voz baixa:

— Como sabes, sou metade indiano, e o turbante facilita-me, às vezes, o trabalho no Congo. Jean!... Não desperdices tuas forças comigo. Temos uma tarefa difícil diante de nós e não podemos dar-nos ao luxo de desperdiçar energias. Jean aprumou-se irado, mas Visram continuou falando calmamente:

— Sim, voei no mesmo avião de Anette. Isto, contudo, foi providencial. Em Nairóbi visitei-a diariamente, pois eu não queria que ela voltasse para a Europa com a alma contraída e perseguida por demônios de medo.

— Realmente interessante! disse Jean com sarcasmo. Só não compreendo por que te preocupas com minha mulher! O que ela te importa?

Tobias interrompeu a conversa dos dois, pois fez um pequeno discurso. Terminado o mesmo, tio Manuel tirou a guitarra da parede, começando a tocar baixinho. Visram dirigiu-se novamente a Jean.

— És infeliz por causa de Anette, por não quereres ver a verdade. Anette nunca te amou. Se ela te amasse, estaria hoje aqui. No fundo, ela é corajosa e valente, mas de algum modo se sentia solitária e desprotegida. Preocupei-me com ela, pois desejava de todo o coração que não se lembrasse deste país com medo e até com ódio.

Jean escutara com a cabeça abaixada. Seus punhos cerrados afrouxaram... A vontade de abater Visram desaparecera totalmente... Sim, ele tinha razão... Anette, provavelmente, somente se casara com ele devido a sonhos de mocinha...

As palavras de Visram eram cruéis, contudo, haviam afastado todas as dúvidas... A verdade, quase sempre, doía... Não era em vão que os seres humanos temiam a verdade mais do que a peste... O aturdimento de Jean cedera. Bebeu um copo de vinho, levantou-se e colocou a mão no ombro de Visram.

— Preciso refazer-me um pouco desse golpe. Lá fora, ficou parado, olhando para cima, para o maravilhoso céu estrelado.

"Lá em cima nada mudou por causa do meu minúsculo sofrimento de amor!" pensou com humor algo amargurado, seguindo pelo caminho que conduzia até as casas de hóspedes. Diante da casa de Abu Ahmed ficou parado indeciso; sabia que o velho homem devia estar cansado da viagem. Não valia a pena incomodá-lo agora... Seria melhor voltar para os outros... começar de novo... é o que deveria fazer agora. Pois não tinha mais motivos para continuar a fazer de sua vida um inferno... o capítulo "Anette" estava encerrado.

Em cima abriu-se uma porta, e logo depois Tombolo desceu os degraus do terraço com uma cesta vazia. Vendo Jean ao lado da casa, dirigiu-se a ele.

— Ela chegou, mas também não serve para ti! Já pertence ao reino dos espíritos, onde o sangrento Cláudio está à espera dela!

Jean fingiu ignorância.

— Ela? Quem é ela? perguntou com ar inocente.

Tombolo não se deixou desviar. Calada, tirou do bolso uma pequena figura talhada em madeira, erguendo-a.

— A corda foi trançada com cabelos de virgens! disse com um olhar significativo.

Jean queria tirar-lhe o talismã da mão, mas a velha impediu. Ela mesma tinha de pendurar-lhe no pescoço esse impagável pequeno fetiche. Uma vez que Jean tinha o dobro de sua altura, postou-se nos degraus do terraço, pendurando a preciosidade em seu pescoço. Jean examinou minuciosamente a pequena figurinha, dizendo depois astuciosamente:

— Que pena serem apenas cabelos de virgens! Gostaria muito mais das virgens inteiras! Tombolo olhou-o com desagrado, murmurando algo para si mesma e retomando sua cesta.

Quando se achava fora do alcance visual, Jean tirou o talismã do pescoço e enfiou-o no bolso, sorrindo divertidamente.

— Proteção! Pois nem quero ser protegido! Agora decididamente não mais.

De repente se tornou consciente de que, apesar de tudo, atribuía forças sobrenaturais a essa pequena figura. "Por que não?..." Na África, fetiches estavam ligados a tais forças invisíveis... Olhou mais uma vez para cima, para o céu; nesse ínterim a lua também havia subido mais. Começou, então, a voltar vagarosamente para a sala de jantar.

CAPÍTULO III

Abu Ahmed estava cansadíssimo. Recostara-se em sua cama alta e, apoiado por muitas almofadas, bebia, quase às gotas, leite aromatizado de um bule. O turbante estava um pouco deslocado em sua cabeça e percebia-se em seu rosto como a viagem o havia cansado. Acocoradas no chão encontravam-se várias mulheres já de certa idade, acompanhando com grande interesse como Saleh, o servo de Abu Ahmed, fazia massagens nos pés de seu amo. Abu Ahmed colocou o recipiente com leite na mesinha ao lado da cama, olhou amavelmente para as mulheres e, com um suspiro, acomodou-se nas almofadas.

Tombolo voltou com a cesta cheia de frutas, depositando-a no recinto ao lado. Depois ficou observando durante algum tempo Saleh no seu trabalho, corrigindo a posição de duas bolsas de água quente. Notando que Abu Ahmed estava deitado com os olhos fechados, mandou para fora as caladas espectadoras, com um gesto impaciente.

— O pai com o miolo velho necessita de sono! disse com um ar importante, empurrando resolutamente as renitentes mulheres porta afora. Ela própria, porém, ficou, tomada de curiosidade.

— Por que o pequeno grou voltou para o ninho? Por que não voa para mais adiante? perguntou insistentemente, postando-se ao lado de Saleh. Pai Ahmed abriu os olhos cansados, olhando-a. Mas a luz ofuscante que Tobias parecia gostar tanto, machucava-o. Ergueu a mão, a fim de proteger os olhos. Tombolo compreendeu que a claridade o incomodava.

— Logo apagarei a luz e acenderei a lamparina de óleo! disse prestimosamente. O velho sábio acenou com a mão, agradecendo, e disse:

— Mataram o marido do pequeno grou; eis por que volta ao ninho... Não conhece o rumo para onde deve voar. Tombolo ouvira com a cabeça inclinada para a frente.

— Um diabo a menos! disse laconicamente. Jamais gostara de Cláudio. Todavia queria saber mais...

— Por que mataram esse diabo branco?...

Mas Saleh fez-lhe um sinal. Abu Ahmed adormecera.

Tombolo pegou seu banquinho. Teria ficado de bom grado. Contudo Saleh era inexorável no que se relacionava ao sono de seu amo.

Diante da casa de Fátima, ela parou pensativamente. Depois, resolveu entrar. Nesse ínterim, Fátima havia tomado banho e comido algo. Estava agora sentada em sua cama branca de peles, contemplando no espelho de prata, pendurado em frente, a sua beleza nua de cor bronzeada. Zuhra escovava seus cabelos, esfregando-os com óleo aromático.

— Faz meu penteado depressa, senão ficará tarde demais! disse Fátima impacientemente, enquanto pegava da mão de sua meia-irmã, Arabella, um aro de ouro.

— Por que devo fazer-te ainda hoje um penteado alto? Deita-te e estica o corpo! disse Zuhra.

Fátima interrompeu a sua velha serva, exortando-a mais uma vez para que se apressasse. Arabella estava acocorada na cama, ao lado da irmã, tirando, sob altas exclamações de admiração, uma jóia após outra de uma mala branca, colocada já aberta por Zuhra ao lado de Fátima. Logo tinha um pequeno monte de braceletes de diamantes, diademas, anéis, broches e enfeites para as pernas. Fátima não olhava para a maravilha cintilante. Ela quase tremia de impaciência. Mal seu penteado ficou pronto, postou-se diante do espelho. Arabella vestiu-a cuidadosamente com um vestido justo de veludo vermelho-claro. O vestido de mangas curtas era muito decotado e mal alcançava os joelhos.

Fátima contemplou-se com olhos críticos, tirando a seguir uma jóia de uma bolsa de seda. Em um colar de pérolas pendia um disco de ouro em cujo centro estava encravado, artisticamente, um grande diamante. Com um grito de admiração Arabella pegou o colar.

Zuhra começou a lamentar-se e queixar-se em voz alta, ao ver Fátima colocar o colar em volta do pescoço.
— Esconde a pedra sinistra! Esconde-a depressa! Eu a levo embora, me dê! Fátima repeliu a serva quando ela pegou na jóia, e um sorriso maldoso mostrou-se em seu belo rosto.
— Esconder?... Por quê?... Não é tudo destino?... Por que estás com medo, Zuhra?... Sorrindo sarcasticamente, olhou para a velha e fiel serva.
— Pouco me importa morrer agora ou mais tarde! acrescentou obstinadamente.

Tombolo, totalmente contrária a seu costume, sentara-se calada, observando o que se passava. Agora dizia:
— Fica aqui, pequeno grou, o sereno hoje não é bom para ti! Está frio também!
— Frio? Talvez para teus ossos velhos! disse Fátima com desdém. Para mim, hoje, está quente e logo vou ficar com mais calor ainda, pois dançarei... Zuhra começou a chorar, e Tombolo, por causa de seu amo Tobias, tentou mais uma vez retê-la. Levantou-se e dirigiu-se até a cama, onde Arabella, nesse momento, deixava correr por suas mãos cascalho leitoso... Diamantes em seu estado original.

Tombolo apontou para as pedras, falando com dureza:
— Se tivesses ao menos tanto miolo em tua cabeça como um grou, saberias que hoje é mais seguro dentro do ninho. Fátima fez um gesto de recusa com a mão.
— Que me importa de que maneira Cláudio conseguia os diamantes? Deveria eu tê-los jogado na rua, antes de vir para cá? Além disso, ele não foi assassinado por causa de alguns diamantes!

Tombolo olhou ainda insistentemente para Zuhra. Contudo, essa velha voltara ainda mais magra e mais desmiolada. Provavelmente nem ouvira as advertências que vibravam pelo ar por toda a parte.

Fátima lançou ainda um último olhar examinador no espelho. As lamentações de Zuhra e a raiva de Tombolo não a dissuadiriam de seu propósito. Puxou a placa de ouro com o diamante de tal modo, que a mesma chegou a se alojar entre os seios; enfiou depois os pés nos sapatos de couro dourado de salto alto.

Arabella colocou-lhe no ombro um xale indiano de seda com bordados de ouro; estava, então, pronta para ir. Sem olhar para trás ela saiu e ficou parada no meio do parque, suspirando... Não deveria enfraquecer... seus inimigos, pelo menos, deveriam ver que não se escondia de medo... Estreitou um pouco mais o xale em torno de si. Tombolo tinha razão. Fazia frio.

Com passos rápidos seguiu o caminho até a sala de jantar e abriu a porta. Foi tão intenso o silêncio após a sua entrada no salão, que dava a impressão de que o pulsar da vida tivesse se estancado. Sessenta pares de olhos fixaram-se nela. Durante algum tempo ficou parada, tirando o xale dos ombros, enquanto seu olhar passava pelas fileiras das mesas. De modo teimoso e desafiador!

Tobias olhou para a porta e seu coração quase parou. "Fátima!..." A beleza dessa filha tinha algo que entorpecia e até amedrontava. Olhou-a com ternura, levantando-se um pouco cambaleante. Jean obrigou-o a sentar-se novamente em sua cadeira, e dirigiu-se à porta, a fim de conduzir Fátima até a mesa. O aspecto dela fizera também seu coração bater mais rapidamente. A pequena menina saltitante tornara-se, pois, uma belíssima fada de olhos verdes...

Fátima encarou Jean quando ele se encontrava diante dela. Ainda se recordava bem do gigantesco e simpático homem loiro que sempre estava junto de Justin. Quando Jean quis conduzi-la à mesa, recusou. Sentia intuitivamente que nem ele e certamente nem seu pai sabiam algo de sua traição. Intimamente se admirava a tal respeito, pois o telégrafo da selva havia espalhado a notícia da morte de Cláudio em todas as províncias e distritos... E o papel que ela representara nas ocorrências sangrentas também não era mais nenhum segredo.

Após fitarem-na calados e de modo inexpressivo, durante alguns segundos, os africanos voltaram-se de novo indiferentemente para seus pratos. A moça já estava praticamente morta. Certamente era um pouco desagradável ela ser justamente filha de Tobias. Mas nesse caso não se podia levar em conta a amizade.

Tobias, que já havia tomado vinho demais, ficou sóbrio de um momento para o outro. O comportamento dos africanos perante sua filha era sinistro. Que mal ela cometera para que não lhe dessem a menor atenção como se fosse uma estranha?...

Justin olhara apenas rapidamente para ela e seu expressivo e belo rosto, em seguida, transformou-se em máscara rígida. Um francês levantou-se e disse a Tobias:

— Cada vez que vejo madame Fátima, está mais bela. Com essas palavras beijou as pontas dos próprios dedos, caminhando lentamente por entre as fileiras de mesas. Tobias levantou o olhar, agradecido. Pelo menos um parecia não estar mal influenciado.

Visram e talvez alguns outros eram, certamente, os únicos na sala que não consideravam a presença da jovem mulher como mero desafio. Visram, com sua alma sensível, percebia até que medo e desespero se escondiam atrás do comportamento arrogante e obstinado de Fátima. Admirava a coragem dela, com a qual mostrava a todos que estava disposta a receber a sua sentença...

Justin deveria ter sentido algo similar, pois o aspecto de máscara desaparecera de seu rosto e fitou Fátima demoradamente. Ela era a mulher que nos últimos cinco anos ele amava sem esperança. Sua traição era-lhe incompreensível, contudo nada havia mudado em seu amor por ela.

Visram levantou-se. Sabia que haveria uma apresentação de danças em honra dos visitantes. Mas nem ele nem Tobias imaginavam que Fátima também queria dançar. Tio Manuel já desaparecera com sua guitarra, e agora Tobias levantou-se também, convidando todos a segui-lo.

Quando Fátima, seguida de Visram e Jean, dirigia-se para a praça de festa, chegaram, naquele momento, todos os empregados nativos da fazenda acompanhados do surdo rufar de tambores e ressoantes sons de corneta. À frente de todos pulavam as crianças com as bocas ainda lambuzadas de gordura. Também se tornariam um dia grandes dançarinos e talvez lutadores!... Fátima parara, esperando pelo pai.

— Hoje dançarei para todos.

— Por que hoje, minha filha? perguntou Tobias, consternado.

— Talvez seja a última vez, e sempre gostei tanto de dançar.

Na aldeia dos nativos realizava-se também um banquete. Tobias queria que todos sentissem o quanto ele se alegrara com a chegada de sua filha. Todos haviam recebido abundantemente carne de porco grelhada, peixes em conserva, azeitonas, geléia vermelha, cuscuz e grandes pedaços de doces de frutas. Além disso, haviam consumido muitas calabaças de cerveja de bananas. Esperavam agora, alegremente, as danças. Há pouco ficaram sabendo que Fátima, já aguardada pelos espíritos, dançaria novamente, depois de longo tempo. As danças dela eram algo especial.

As crianças gritavam alegremente, correndo entre as pilhas de lenha que já estavam sendo acesas, e os adultos acomodavam-se na beira da área de danças, deliciando-se antecipadamente com as alegrias que viriam. Seis mulheres velhas acocoraram-se diante de uma grande pilha de lenha amontoada numa extremidade da praça de festa. Precisavam de lenha para suas seis pequenas fogueiras, as quais haviam acendido, e cujas brasas avivavam continuamente. Das outras grandes pilhas de lenha, preparadas nos dois lados maiores da praça, subiam labaredas luminosas quando os visitantes chegaram, acomodando-se nos assentos. Alguns homens com rostos bronzeados e cabelos pretos estavam sentados em banquinhos baixos, tocando acordeão, guitarra e flauta, enquanto no lado oposto tamborileiros e corneteiros esperavam por sua vez.

Quatro figuras extraordinariamente belas e bem morenas saltitaram durante algum tempo na área de danças, balançando a seguir as pernas de um lado para o outro, como se quisessem experimentar os músculos. Os quatro vestiam saias de penas que desciam até os joelhos e um enfeite alto na cabeça composto igualmente de penas coloridas e reluzentes. As mãos e os pés estavam cobertos por garras de aves, móveis, garras essas talhadas em madeira, constituindo pequenas obras de arte em sua espécie. Sobre o nariz estava afixado um pontudo bico de pássaro, e com qualquer movimento, riscos multicores brilhavam na parte superior de seus corpos reluzentes de óleo.

O chão batido da praça de festa era brilhante, liso e tão duro como se fosse de cimento. Ultimamente jogava-se nele principalmente futebol ou tênis, ou as crianças da fazenda utilizavam-no como local de brincar. Os nativos tinham uma praça própria de festas em sua aldeia um pouco mais afastada.

Fátima desaparecera entre as altas fogueiras, e Zuhra corria apressadamente atrás dela. Monsieur Visram queria guardar o colar com o diamante enquanto durasse a dança. Contudo, quando a velha chegou, Fátima já saía dançando. O silêncio, de reter a respiração, era interrompido por exclamações de admiração e suspiros de contentamento, quando ela graciosamente se movimentava, dando voltas no local de danças.

Fátima levantou os braços, saudando sorridente seus amigos e inimigos. Acenou, então, para as numerosas crianças e disse algumas palavras estimulantes aos músicos e tamborileiros. A dança podia começar...

O diamante sobre o seu peito cintilava como um pequeno fogo de artifício e seus braceletes de ouro tiniam baixinho. Os suspiros de contentamento dos nativos tornavam-se mais fortes. Fascinava-os o aspecto do pequeno grou com a pedra maligna sobre o peito e o vestido de veludo vermelho-claro. Podiam compreender por que os espíritos do outro mundo já esperavam por ela com inveja.

Enquanto Fátima se movimentava para o centro do local de danças, os grandes tambores de festa iniciaram o rufar. O ar vibrava com as batidas surdas, e seu esquisito ritmo selvagem fazia estremecer os corações de todos os espectadores. Justin fechou os olhos por alguns segundos. Nesse ritmo vibrava um eco de longos, longos tempos passados, quando não havia nem ódio de raças, nem civilização e nem armas atômicas. Zangado consigo mesmo e seus pensamentos desatualizados e abstratos, abriu os olhos novamente. Fátima tinha tirado os sapatos. Estava descalça, com os pés firmes no chão, enquanto seu corpo se virava sedutoramente numa dança de ventre.

As grandes luzes elétricas foram desligadas, de modo que agora somente o jogo variável de luz e sombra das chamas das fogueiras iluminava o cenário. Os movimentos de Fátima tornavam-se mais lentos, cada vez mais lentos, até que por fim movia ritmicamente apenas os braços e as mãos. Também o rufar dos tambores tornava-se mais lento e mais baixo, até parar totalmente.

A primeira dança terminara. Fátima estava parada com os braços cruzados sobre o peito, respirando fundo e olhando com os olhos fulgurantes para seu pai... Nesse momento voou um ramalhete verde pelo ar, caindo aos pés dela. Estarrecida, olhou para baixo. Galhos da árvore da morte... que outro presente, aliás, poderiam ter-lhe jogado? Uma mulher da fileira dos espectadores soltou um grito de espanto, e uma criança começou a chorar. Todos os espectadores, inclusive os músicos, olhavam como que petrificados para o ramalhete verde.

O coração de Fátima batia desordenadamente e um medo doloroso traspassou sua alma. O que, aliás, estava fazendo ali? Insegura, levantou o olhar. Parecia como se o solo oscilasse debaixo de seus pés...

Os flautistas e tamborileiros pareciam ter se refeito de sua surpresa, pois começaram a tocar a música de introdução da dança propriamente dita. Fátima também se acalmara. Levantou a cabeça, olhando desafiadoramente para os espectadores, fileira por fileira. O olhar dela fixou-se no reluzente rosto preto de Kongolo. Ele estava sentado ao lado de um belga, e olhava à sua frente de modo indiferente, quase triste.

Tobias e Visram levantaram-se, indignados, passando em revista os espectadores. Fátima, de repente, riu alto e sarcasticamente, acenando para os flautistas. Ela dançaria, apesar de tudo, dançaria como nunca havia feito. Seus inimigos deveriam ter boas recordações dela. Tobias sentara-se de novo, ao ouvir o riso horrível de sua querida filha. Com medo e pavor observava como Fátima, sempre rindo, enfiou os pés nos sapatos, colocando-se em posição.

Agora os quatro dançarinos aproximaram-se saltitando com movimentos grotescos, cercando a dançarina. Com os braços esvoaçando e as pernas duras, Fátima pavoneava-se de um lado para o outro. Soltava gritos estridentes, transformando-se visivelmente em fêmea de grou, esperando o cortejar dos machos. Com a cabeça jogada para trás e o peito projetado para frente, começou a dançar de um lado para o outro entre seus galanteadores. Sedutoramente e ao mesmo tempo repelindo.

Os flautistas tocavam uma melodia estridente que soava como o grito de um pássaro, e os tamborileiros batiam com as pontas dos dedos um acompanhamento retumbante. Começava a luta pela fêmea. Os dançarinos bicavam uns aos outros, soltando ao mesmo tempo gritos finos e estridentes. Era visível que cada um, sozinho, queria cortejar a fêmea de grou.

Finalmente se evidenciou que um deles era mais forte e mais ágil do que os demais. Com bicadas rápidas avançava contra seus três rivais, afugentando-os até às pequenas fogueiras nos fundos. Depois virou-se, dançando atrás de Fátima e dando gritos selvagens de vitória.

A dançarina fugia e novamente se aproximava, sem que seu galã, no entanto, pudesse pegá-la. Os altos e estridentes gritos dados por ela, apenas o incitavam mais ainda. Os pulos dele tornaram-se cada vez mais altos e grotescos, observando constantemente a fêmea de grou que com seus movimentos provocantes apenas parecia querer zombar dele.

Os flautistas produziam agora com seus instrumentos sons prolongados, enquanto dois homens batiam ritmicamente, com bastões curtos, sobre algumas placas de latão. A melodia mudara, mas a dança continuava do mesmo modo. Então aconteceu. A dançarina não se desviou com suficiente rapidez e o bico agudo de seu impaciente pretendente a atingiu. A resistência dela estava quebrada.

Com altos gritos de triunfo o grou, ébrio de amor, anunciava sua vitória. Com movimentos trêmulos de braços e a cabeça baixa, a dançarina deixou-se cair ao chão, enquanto seu cortejador, com selvagens contorções, começava a cambalear em volta dela. Já erguia seu braço, a fim de colocar suas garras nos ombros dela, tomando posse, quando os três dançarinos, que esperavam nos fundos, aproximaram-se do incauto vencedor, saltando grotescamente.

As flautas silenciaram e os grandes tambores reiniciaram seu rufar. Agora seu ritmo era incitante e eletrizante.

Os três rivais afugentados começavam a se vingar. Juntos, envolveram o vencedor, bicando-o de tal forma, que, vencido, com gritos grasnantes, empregou todas as suas forças para fugir dos seus atormentadores. Saltava em volta do local de dança, fugindo a seguir para a escuridão da noite, perseguido ainda pelos três enfurecidos.

Liberta agora dos cortejadores ébrios de amor, Fátima levantou-se, erguendo os braços. Inocente e ao mesmo tempo sedutora, ficou parada durante alguns momentos. Seus cabelos pretos soltaram-se durante a dança, caindo-lhe até os ombros. Vagarosamente baixou os braços e com um movimento cansado afastou os cabelos, olhando a seguir em sua volta, como que acordando. Os grandes tambores silenciaram; apenas os flautistas tocavam uma agradável melodia.

Baixando o olhar, Fátima deparou com o ramalhete verde de galhos da árvore da morte. Estava ali ainda, intato, pois os dançarinos dançaram de tal forma, que não precisaram tocá-lo. Durante algum tempo olhou essa coisa verde a seus pés, depois, com um movimento gracioso, levantou-o e jogou-o com um impulso audaz numa das fogueiras. A seguir deixou o local, rindo e acenando.

A dança terminara. Os nativos ainda continuaram sentados por algum tempo, suspirando depois profundamente. Era como se acordassem lentamente de um estado de transe. Para eles a dança em si não era um acontecimento fora do comum ou um divertimento extraordinário. Ela fazia parte de sua vida, como o sol, a chuva e o vento. Expressava a alegria, o sofrimento, a tristeza e o amor, libertando suas almas do excesso de sentimentos.

Os demais espectadores, também fascinados, contemplaram a dança. Um francês de Brazzaville rompeu o encanto em que ainda se encontravam, dizendo a Tobias, em voz alta, que a filha dele poderia ser a rainha de todos os estabelecimentos noturnos da Europa, das Américas, sim, de todo o mundo, se apenas quisesse.

De todos os lados concordavam sorridentes com ele. Clemens, que também havia bebido demais, superou o francês, exclamando:

— Fátima, a rainha da África, dançou para vós. Ela é tão bela, tão misteriosa como a sua pátria!

— Cala-te, estás bêbado! disse Visram, empurrando Clemens para fora da multidão de espectadores. Tobias não ouvira as palavras de Clemens. Abatido e preocupado, assistira à dança da filha. O diamante sobre o peito dela havia-o perturbado. Ela dançara de um modo totalmente diferente que o de costume. Estava, isto sim, maravilhosamente bela... mas também estava perturbada de algum modo. Com seu coração amoroso sentia a mudança que se processara nela. Às vezes ainda se lembrava de como Fátima, quando pequena, chorava, gritava e até tinha acessos, ao ser perturbada em suas danças.

Também Visram contemplara com os mais variados sentimentos a dança. Durante os altos e baixos da mesma, ele recordara-se, inesperadamente, do navio que naufragara nos redemoinhos da correnteza diante de Matadi. Esse naufrágio acontecera quando ele visitara um amigo, empregado da repartição portuária de lá.

O Congo estava em cheia, e por isso era duplamente traiçoeiro nessa região. O navio dançava e virava sem leme sobre as perigosas águas, até finalmente ser jogado contra a margem rochosa do rio, encalhando ali, semidestruído. O piloto, que deveria conduzir o navio seguramente para o porto, desaparecera nas ondas. Algo assim nunca acontecera. Corriam os mais incríveis boatos. Os nativos oravam muitos versos do Alcorão e também dançavam certas danças, oferecendo diversos sacrifícios a fim de acalmar os indignados entes do rio.

Dois dias após a desgraça, era retirado das águas o cadáver de uma criança de poucos meses de idade. Dizia-se que tinha um dente no maxilar superior; sua morte, portanto, era mais do que justificada... A administração do porto divulgou que o piloto sempre bebia demasiadamente, e era muito provável que sofrera um colapso cardíaco...

Visram voltou à força do mundo colorido das recordações. Tudo isso era do passado. Ao passo que Fátima e sua dança pertenciam ao presente. Sentia muito que ela também tivesse sido condenada a perecer sob as correntezas do ódio no pequeno fim de mundo do Congo Belga.

Toda a tragédia da existência humana novamente se lhe tornara consciente, ao ver a graciosa Fátima, jovem e cheia de vida, dançar em volta do ramalhete da morte. Dúvidas surgiram nele... Será que seu trabalho no Congo seria coroado de êxito? Uma sombra escura deitou-se sobre sua alma. A consciência de sua impotência tornara-se-lhe subitamente tão intensa, que gemeu... sim, gemeu de dor.

Tobias olhou-o preocupado, e esse olhar triste do amigo fez com que voltasse a si. Desligou-se a seguir, à força, do fluido negativo prestes a arrastá-lo. Viera para ajudar e não para duvidar!

Sim, a dança terminara. Tobias levantou-se. Agora procuraria Abu Ahmed. Mais de duas horas, de qualquer forma, o velho não dormia. Com sua filha poderia falar mais tarde ou na manhã seguinte. A demorada apresentação da dança certamente a teria cansado...

Pouco a pouco os espectadores se levantavam, pegando seus banquinhos, esteiras, almofadas e pedaços de tapete, afastando-se. Alguns ainda ficaram em grupos, conversando alegremente. A apresentação da dança tinha sido extraordinária, e tornara-se ainda mais excitante pelo fato de Fátima já pertencer, em parte, ao reino das sombras.

Também Jean e Justin se afastaram lentamente do local festivo. Jean estava como que embriagado pela singular arte de dançar de Fátima. Sentiu-se livre da tristeza, das dúvidas e da revolta que durante meses haviam envenenado sua vida. Anette tornara-se agora uma sombra. Não demoraria muito e não haveria mais nenhum caminho que conduzisse a ela. Nem nas recordações...

— Fátima é uma maravilhosa e reluzente ave-do-paraíso! Como é que se pode compará-la a um grou! Justin sorriu melancolicamente. Jean sempre era meio poético. E ele tinha razão. Ninguém melhor que o próprio Justin sabia que ela era maravilhosa...

Um pássaro! Ela, essa incomparável dançarina! continuou Jean, irritado. Cada um sentirá, pois, que essa maravilhosa criatura é como uma chama viva, impulsionando-nos, míseras criaturas humanas, para o eterno fenômeno do amor!

Justin seguia calado seu caminho. Compreendia o entusiasmo de Jean, contudo, o que poderia ter respondido? Nele próprio a dança não desencadeara nenhum entusiasmo. Pelo contrário. O aspecto de Fátima lhe fora uma tortura. O ardente anseio por ela extinguira tudo o mais nele. Teve de se agarrar à força aos braços de sua cadeira de vime, para não se levantar de um salto e tirá-la do local de danças, fugindo com ela para um mundo sem tristeza e sem dores. Nesse instante, porém, tornara-se consciente de que tal mundo sem pecados não existia na Terra. Era, portanto, obrigado a continuar vendo Fátima balançando-se na dança, com a pedra da desgraça sobre o peito, cheia de escárnio e desafiadoramente, enquanto o chão sob os pés dela já estava ardendo... A fim de desviar-se da dança e de seus próprios pensamentos amargos, havia observado as colunas de fumaça das grandes fogueiras. A fumaça subira reto para o céu de luar claro, dissolvendo-se depois na suave correnteza do ar.

Justin ficou parado, olhando em volta. As fogueiras haviam-se consumido. Apenas brasa e cinzas ainda podiam ser vistas... Jean também parara. A praça de festas estava agora iluminada por fortes lâmpadas elétricas. De modo frio e ofuscante iluminavam a redondeza. Sim, apenas brasa e cinzas restavam do jogo mágico das chamas das altas fogueiras.

— As luzes de Tobias! disse Jean sorrindo, indicando para as lâmpadas elétricas. Ali embaixo... vejo-a. Está, neste momento, circundada por uma porção de admiradoras... esperarei por ela.

— Esperar? Por quê? perguntou Justin surpreso. O que queres com ela? Não se destina a ti. Além disso, encontra-se sob o signo da morte.

— Signo da morte?... Não sejas ridículo Justin. Signo da morte... na época atual! Quero ser maldito se acreditar em tal tolice.

— Não importa se acreditas ou não. Isto em nada altera o fato de que o Congo inteiro foi convocado contra Fátima. Conheces suficientemente bem o perfeito serviço de comunicação dos nativos.

— Por que teria de ser feito um mal a ela?... Não se necessita de uma maldição de morte para transportar alguém desse mundo para o outro!

— Não, não é necessário. Contudo, os métodos dos africanos do Congo são, pois, diferentes dos métodos dos brancos. Sabes disso tão bem quanto eu. Os dois homens se entreolharam calados. A atitude indolente e indiferente do amigo provocou a ira de Jean.

— Por que não fazes algo se é verdade que visam a morte dela? E Tobias! Ele é teu amigo! E ama essa filha especialmente!

— Eu mesmo tudo faria para salvá-la, se ela me permitisse! disse Justin com resignação.

— De que a acusam? É o que te pergunto, e por que não a advertes?

Fátima, nesse ínterim, despercebida de ambos se aproximara, escutando ainda as palavras indignadas de Jean.

— Justin! Jean! Os dois homens viraram-se rapidamente, encarando-a algo embaraçados.

Pensei que estivésseis brigando... por minha causa. Não, não tem sentido brigar por minha causa. Ela olhou para os olhos irritados e valentes de Jean, sorrindo. Parecia um cavaleiro dos contos de fadas, prestes a arrancar sua amada das mãos de poderes hostis. O sorriso dela intensificou-se. Depois se virou, juntando as mãos, suplicando.

— Justin! Desculpa-me, desculpa-me o sofrimento que te causei. Ele baixou a cabeça, olhando-a. As palavras murmuradas em tom baixo penetraram como um sopro em sua consciência, tocando a ferida ainda dolorida... Por que se cruzavam agora os caminhos de ambos? Será que forças misteriosas, que dirigiam os destinos humanos, ainda uma vez os conduziam um para o outro?...

Como ele continuasse calado, Fátima tomou-lhe a mão e apertou-a contra seu coração e a seguir o encarou com os olhos marejados de lágrimas:

— Justin!

— Fátima, querida, o que devo perdoar-te? Tinhas razão... Vem para mim... vamos sair daqui. A Terra é grande, posso exercer por toda a parte minha profissão de médico.

— Não, não! disse Fátima, com a voz angustiada. Não deves tornar-te infiel a ti mesmo... Não suportarias tal estado. Por fim ainda me odiarias. Fátima soltara a mão dele... Fugir... para onde deveriam fugir? E não era como uma fuga, se o amado abandonasse seu trabalho aqui?...

Justin segurou-a pelos dois braços, dizendo com firmeza:

— Desta vez não deixarei escapar a felicidade de mim. Além disso, somente fora do nosso país posso proteger-te...

Fátima meneou a cabeça, recusando. Não podia falar, pois do contrário começaria a chorar desenfreadamente.

— Fátima, olha para mim! Não queres ir comigo? Apagou-se... apagou-se mesmo o teu amor?... Com o coração angustiado olhou para a sua cabeça abaixada. Finalmente ela ergueu a cabeça, encarando-o. E foi como se quisesse gravar cada linha do belo e escuro rosto dele...

Sem dúvida continuava ainda a amá-lo, contudo nunca deveria arrastá-lo para o seu ambiente, o ambiente de uma traidora. Seria a ruína dele também. Os nativos confiavam nele cegamente. Mas qual seria a reação deles se Justin se aliasse a ela? Segundo os conceitos dos nativos, Fátima, devido a sua traição, estava atada indissoluvelmente a Cláudio. Provavelmente, então, também Justin não mais estaria seguro. Não... nada deveria acontecer-lhe... Sua obra benemérita ajudaria milhares de pessoas...

Jean observara confuso e com surpresa os dois. O murmurar de ambos não podia entender; os olhares trocados por eles, porém, não precisavam de mais nenhum esclarecimento especial. Haviam-no esquecido por completo. Sentia como se estivessem anos-luz distante dele e que a preocupação íntima de ambos os isolava de todos para sempre. Dor e decepção surgiram nele...

Por que Justin nada lhe havia falado de seu amor por Fátima? Eram amigos desde a infância... Sentiu-se traído e ludibriado. Além disso, tornara-se ridículo. Olhou repreensivamente ainda uma vez para trás, entrando a seguir no caminho enluarado que conduzia ao jardim botânico do falecido irmão de Tobias.

Com a cabeça novamente abaixada, Fátima encontrava-se diante de Justin, escutando calada suas palavras persuasivas... O que deveria fazer? Como poderia dissuadi-lo de sua intenção? Ele sentira que ela ainda o amava... Só haveria uma saída... uma saída amarga...

Fátima recuou um passo, olhando-o examinadoramente da cabeça aos pés, assim como se avalia um animal premiado, rindo a seguir escarnecedoramente.

— Agora estamos quites. Lembras-te ainda de como naquela vez me abandonaste insensivelmente? Meu desespero e minha dor nada valiam para ti!

Como que paralisado, Justin deixou cair os braços, fitando-a incrédulo. Zombavam dele, demônios invejosos? Uma risada frívola e alta foi a resposta a sua pergunta calada...

— Não, não estás errado não! Estás vendo direito! escarneceu ela, tirando o xale de seda de seu pescoço e abrindo inteiramente a capa de couro forrada de pele. Diante dele estava agora uma mulher leviana e sensual. A mulher que ela havia sido ao lado de Cláudio. Ele apertou ambas as mãos contra as têmporas. Olhou por cima dela para o local de festas... Não, ela estava representando. Sempre fora imprevisível e cheia de caprichos, mas nunca vulgar e maldosa... minutos antes ainda... estiveram tão unidos animicamente pelo mútuo olhar...

Justin apertou os braços dela ferreamente, mantendo-a diante de si de tal modo que podia ver seus olhos.

— Por que essa comédia? Por que estás me torturando? perguntou, franzindo a testa. Por quê?... fala querida... Fátima, porém, continuou calada. Um brilho perigoso manifestou-se nos olhos dele, ao notar o visível escárnio com que ela o fitava.

— Solta-me, tuas mãos me machucam! exclamou ela oprimida. Hoje ainda devo falar com Jean, o belga mais encantador de toda a região do Congo. Como Justin não a soltasse de imediato, ela mordeu-o na mão.

Justin soltou-a, ficando diante dela com raiva mal dominada. Tinha sido um tolo, não merecendo outra coisa. Um mundo de esperanças se dissolvera em nada. Olhou mais uma vez para o local de danças, onde ainda há pouco a imagem de seus sonhos havia dançado; a seguir enfiou as mãos nos bolsos e saiu de cabeça baixa.

Desesperada, Fátima acompanhou-o com o olhar, enquanto as lágrimas corriam pelas suas faces. Sim, Justin deixara-se enganar. Havia ela agido direito? Pela segunda vez vira desaparecer de seus olhos a luz do amor e da esperança... Sem dúvida... fora certo o que fizera. Justin não deveria ser arrastado para a esfera de culpa de uma assassina... pois ela também era uma assassina... uma traidora...

— Fátima... Fátima!... Os irmãos a procuravam. Amrita, certamente, já há muito estava esperando por ela. Não, hoje não suportaria nenhum divertimento... Como que acossada olhou em volta, correndo a seguir pelo mesmo caminho antes tomado por Jean. Depois de alguns minutos parou, sem fôlego. Podia prosseguir agora mais devagar. Aqui não havia mais luz elétrica e nenhuma pessoa a procuraria nesta parte afastada da fazenda.

Não sabia para onde queria ir. Apenas prosseguir neste caminho limpo e branco, sempre para diante... então sentiu-se cansada, cansadíssima...

Aliviada viu o velho banco de pedra que ainda continuava ao lado da pequena nascente que brotava da terra.

Sentou e encostou-se no banco de pedra. Nunca uma dança a cansara tanto. Estreitou mais a capa em redor de si, enxugando as lágrimas com o xale de seda. Certamente estava tão exausta animicamente devido aos acontecimentos dos últimos dias, e isso se transferia para o corpo...

Fátima fechou os olhos. Suas pálpebras estavam pesadas como chumbo. Durante algum tempo descansaria ali, nesse silêncio, depois poderia voltar recuperada. De repente, assustou-se. Havia escutado um barulho... bem próximo. Escutava atentamente. Certamente era apenas uma das muitas aves noturnas ou algum outro animal... "Nunca tive medo de animais..." Depois escutou mais uma vez o mesmo barulho. Foi o quebrar de um galho nas árvores. Calma, fechou outra vez os olhos.

Zuhra causara o barulho ao acocorar-se entre alguns arbustos. Seguira sua ama como um fantasma da noite, sorrateiramente, pois Fátima não queria que ela a seguisse por toda a parte como uma sombra. Poderia, pois, agir diferentemente?... Não prometera à mãe dela, Sumaika, com a mão no Alcorão, criar a criança, cuidar dela e antes de tudo protegê-la?... Três vezes neste ano a ama de outrora lhe havia aparecido, tendo a mesma aparência de pouco antes de sua morte. Jovem, bela e encantadora. Acenara-lhe com a cabeça... acenara contente...

De repente a velha soluçou, começando a murmurar para si mesma... "Cuidei de tua filha e a servi como servi a ti, contudo, ela apenas tem a tua aparência externa e não teu coração... ela é renitente... desapiedada mesmo... e agora tenho de esconder-me... já que não me quer perto dela..."

Fátima espantou-se mais uma vez... não havia dúvida, dessa vez chegou um suspiro até seus ouvidos... talvez fossem os espíritos dos falecidos... dizia-se que os assassinados não tinham paz no reino dos espíritos... estavam procurando seus assassinos... "Finant e o alegre Antoine! Ambos amavam tanto a vida..."

Antoine, certo dia, dera-lhe de presente, quando ainda criança, um cachorro. O animal tornara-se grande, forte e um companheiro inseparável. Uma vez até tirou-a da água quando estava prestes a afogar-se. E ela?... O que fizera?... Um acesso de choro desesperado sacudiu seu corpo. Trouxera dor a todos... Por quê? Por quê?... Nunca quisera fazer mal a outrem...

Fátima ergueu-se com olhar perdido à sua frente. Também a Justin apenas causara sofrimento... e também o traíra... como havia dito ele ao deixá-la? Que a misericórdia de Alá nunca a abandonasse — e então partira. Isto fora há cinco anos... ou já fazia mais tempo?... mil anos, cem anos...

Naquele tempo eles se amavam, e ele queria casar com ela... um ano apenas teria de esperar por ele. O ano que ele queria passar num hospital em Alexandria, a fim de terminar seus estudos. Um curto ano apenas... e ela não esperara. Por birra, por teimosia.

— Quero tornar-me um bom médico, é o que estou devendo a Daniel Balmain, meu pai espiritual... tenho de praticar um ano ainda... havia apelado ao amor e compreensão dela. Contudo falara à toa.

— Meu pai é um homem rico! respondera ela arrogantemente. Existem suficientes oportunidades de praticar aqui.

Pois bem, ele ficara firme. A riqueza do pai dela nada lhe adiantaria. Teria de adquirir mais conhecimentos... Fátima passou a mão no rosto, afastando os cabelos e recomeçou a chorar baixinho... De que maneira cruel recusara o anel que ele lhe trouxera...

— Não preciso de teu anel! Quando voltares de teus pacientes pestíferos estarei casada! Ao dizer essas palavras, ela lhe jogara o anel... e ele... ele tinha saído assim como saiu hoje à noite.

CAPÍTULO IV

Tobias, nesse ínterim, estava sentado na cabana do sábio, esperando que ele terminasse sua oração. Visram ficara parado na varanda. Era melhor Tobias conversar sozinho com o velho pai Ahmed. A história de sua filha tocá-lo-ia profundamente... uma terceira pessoa seria supérflua nesse colóquio...

Antes de deixar a varanda, Visram aspirou o ar, perscrutadoramente, sorrindo a seguir consigo mesmo. Tobias não estaria tão sozinho com Abu Ahmed. Um certo aroma de canela revelou-lhe que Tombolo não podia estar longe. Certamente havia se acomodado no quarto lateral para de forma alguma perder algo da conversa...

Visram ficou parado ao lado dos degraus, olhando para o céu. Ainda estava estrelado, mas sobre a região dos lagos novamente já se amontoavam nuvens de chuva.

— A tempestade está perto! disse Kongolo. Visram virou-se, deparando com os rostos sorridentes de Kongolo e Kalondji.

— Apesar dos meus estudos na Europa não esqueci as peculiaridades da minha tribo. Ainda posso locomover-me quase imperceptivelmente.

— Oxalá nunca percais vossa peculiaridade! murmurou Visram, seguindo Kalondji até o terraço. Kalondji estava visivelmente abatido. Encostou-se num pilar, fitando com olhos tristonhos o vazio. Kongolo acomodara-se num banco de vime. Ele igualmente estava oprimido.

— Abu também nos deixará agora! disse melancolicamente. Também ele!...

Visram olhou novamente para o céu, observando as nuvens durante algum tempo. Sim, ele também acreditava que uma tempestade, um temporal se aproximava. Uma leve corrente de vento se levantara, trazendo um forte aroma de lírios e de resinas. Visram sentou-se ao lado de Kongolo.

— Saleh nos disse em Costermansville que Abu Ahmed em breve deixaria a Terra. Como continuaremos a viver sem o conselho e a ajuda dele? Kongolo ainda estava atordoado. Visram sentia intuitivamente que o amigo nem sequer contara com o falecimento do sábio. Abu Ahmed tinha quase cem anos de idade.

— Ele ainda vive graças ao seu forte e vivo espírito, pois seu corpo... já há meses pude observar os infalíveis sinais de um desligamento próximo! disse Visram. Kongolo acenou com a cabeça, compreensivamente; continuou, porém, desanimado. Seu irmão Ramsés desaparecera de sua casa em Elville, na última semana, sem deixar vestígios. E agora adveio ainda a notícia do desenlace próximo de Abu...

— Tens notícias de teu irmão Ramsés? perguntou Visram preocupado.

— Nada... decerto já chegou ao reino dos espíritos. Visram aprofundou-se em pensamentos. O desaparecimento de Ramsés só podia significar que ele também fora assassinado...

Kalondji sentou-se numa cadeira de vime, ao lado do banco.

— Sabes algo de Loto?

— Tanto quanto vós! disse Visram pesarosamente.

— Eu sinto... aqui dentro... Kongolo indicou para a cabeça e para o peito, que meu irmão se encontra no país onde os espíritos dos faraós estão. Kalondji acenou silenciosa e afirmativamente com a cabeça. Ele também supunha que assim fosse.

Visram lembrou-se do seu primeiro encontro com Loto. Esse jovem estudava naquela época em Alexandria e ao mesmo tempo trabalhava num escritório de engenharia civil. Um dos colegas de Loto constatara que, no fundo, ele se parecia com um antigo faraó. Tal semelhança era comprometedora, segundo a opinião de alguns, que lhe deram o nome Ramsés. Assim, de Loto, surgiu Ramsés. Pois bem, Kongolo também ocultava seu verdadeiro nome. Uma pequena minoria dos membros da Sankuru sabia quem se escondia atrás do nome fictício de "Kongolo".

Saleh saiu do quarto do sábio, sentando-se numa cadeira um pouco afastado dos três. No terraço, de repente, escurecera. Nuvens cobriam a lua.

— O vento sudeste afastará a tempestade! constatou Kalondji, quando um forte golpe de vento passou pela varanda.

Tobias estava sentado numa confortável cadeira colocada ao lado do sábio, aguardando absorto. Acalmara-se, mas a preocupação por sua filha doía como um ferrão na carne.

— Alá é grande! disse o sábio, fitando Tobias com seus olhos ainda claros. Louvado seja Deus, o Senhor dos mundos, o Misericordioso! Com essas palavras, repetidas por Tobias, Abu Ahmed terminou sua oração, continuando sem nenhum preâmbulo.

— Fátima veio a mim depois da morte de Cláudio. Alá, santificado seja Seu nome, fez com que eu, justamente nessa época, estivesse em Elville. Ela ficou lá durante alguns dias sob minha proteção. Depois voamos até Costa*. Chegando lá, encontramos todos aqueles que hoje são teus hóspedes aqui na fazenda.

Abu Ahmed fez uma pausa, tomando um gole de bebida preparada e colocada ao lado da cama por Saleh antes de sair. Suas velhas mãos emagrecidas tremiam, e o rosto estava assustadoramente magro e encovado. A força que ainda o mantinha vivo parecia ter se concentrado nos olhos.

— Tua filha e o criado Joko contaram-me sobre os acontecimentos que desencadearam os assassinatos...

— Joko? Quem era Joko?... Tobias lembrou-se paulatinamente. Era o criado de Cláudio.

— Descobrira-se uma conspiração contra certo homem do governo... não Lumumba... não... este já estava morto... Cláudio, com seu cérebro astucioso, deveria encontrar os conspiradores. Teriam de ser encontrados... a qualquer preço. Muito dependia disso. Negócios gigantescos e tratados comerciais, não muito limpos, já tinham sido fechados com a respectiva pessoa... licenças... terras... e muito mais ainda os interessados tinham em suas mãos.

---

* Nota da editora: Costermansville

Abu Ahmed silenciou por algum tempo. O falar tornava-se-lhe difícil. E ele sentia como Tobias estava sofrendo. Lutou contra um acesso de fraqueza. Não, ainda não podia falhar. Tobias tinha de saber a verdade. Somente a verdade podia devolver-lhe a paz perdida. Devagar e com interrupções recomeçou a falar.

— Tua filha Fátima, lembrando-se de teu pedido, não queria revelar nada ao marido dela a respeito da Sankuru. Cláudio, porém, durante tua última visita a Elville, escutou uma parte de vossas conversas... Sempre deve ter escutado às escondidas. O fato de Fátima ser tão afeiçoada a ti, era como uma pedra na vesícula desse homem. Tinhas falado da sociedade secreta e de seus progressos satisfatórios... o que ele não conseguira ouvir, teria de saber através de Fátima... de qualquer forma... e a qualquer preço.

Tobias começou a adivinhar a verdade. Um acesso momentâneo de fraqueza provocou-lhe suores frios ao mesmo tempo em que começou a ver tudo cinzento diante de seus olhos. Quando se refez um pouco, disse, atormentado:

— Compreendo... Cláudio com sua diabólica arte de persuasão arrancou o segredo de Fátima.

— Assim foi, meu amigo.

— Eu não deveria ter mencionado para minha filha nada a respeito da Sankuru. Falei até alguns nomes. Mas o que eu poderia fazer? Viajava tantas vezes a Leo[*] e Elville, que Fátima tornara-se curiosa. Expliquei-lhe com poucas palavras a finalidade e a meta da sociedade, pensando até que ela pudesse ajudar... e Fátima sabia calar... Não obstante, é um enigma para mim ela ter traído tudo...

Quando Tobias silenciou, exausto, Abu Ahmed prosseguiu.

— Cláudio, de início, ficou estupefato quando soube de tua ligação com uma sociedade secreta. Era ridículo. Deveria ter ouvido algo errado. Quando saíste, por ocasião de tua última viagem, Cláudio fechara-se em seu gabinete de trabalho para refletir.

Fátima, nesse ínterim, estava tocando piano. A desconfiança de Cláudio, sempre à espreita, despertou. Sociedades secretas

---

[*] Nota da editora: Leopoldville

eram proibidas. E as palavras sociedade secreta foram mencionadas. Disso ele tinha certeza. Lembrou-se das sociedades secretas que ele mesmo criara, as quais sempre lhe tinham sido extraordinariamente lucrativas. Era fácil, sob tal pretexto, provocar lutas tribais, rebeliões, conspirações e feitiçarias. Eram mais ou menos estes os pensamentos de Cláudio quando estava sentado em seu gabinete. Nem Joko nem Fátima contaram-me isso. Mas conhecia-o bem demais, por isso me era fácil adivinhar tudo que se passava com ele, enquanto esboçava o plano para arrancar de Fátima o segredo de seu pai...

Abu Ahmed reclinara-se sobre os travesseiros. Era mais difícil do que pensara. De repente Tombolo estava ao seu lado, oferecendo-lhe previdentemente a caneca da qual havia bebido antes. Depois de tomar alguns goles da bebida fortificante, contraiu a boca num leve sorriso. A surpresa de Tobias ao ver aparecer sua velha serva ao lado da cama, como se surgisse da terra, era até divertido.

— De onde vens? perguntou Tobias só por perguntar. Tombolo indicou a porta lateral. Agora ela podia colocar seu banquinho diretamente ao lado da cadeira de seu amo Tobias. A voz do pai com o cérebro velho era tão baixa, que muita coisa não conseguia captar do aposento ao lado... A curiosidade de Tombolo às vezes ultrapassava os limites... Tobias tentou olhar para ela com severidade, contudo não conseguiu. Que escutasse. Provavelmente tudo que Abu Ahmed estava contando não era mais nenhum segredo para ela...

— Pois bem, Cláudio refletia. Uma conspiração estava em andamento e ele tinha de encontrar os cabeças. Quem é que podia garantir que a honestidade de seu sogro não era apenas uma máscara? A ele, pessoalmente, tais sociedades secretas pouco importavam. Eram-lhe úteis, uma vez que vendia armamento ruim aos nativos... Mas a sociedade secreta de Tobias!... Quem sabe, talvez, agora, houvesse encontrado o bando de conspiradores...

Quanto mais refletia sobre isso, tanto mais provável lhe parecia tal suposição. Cláudio pessoalmente tinha motivos assaz suficientes para eliminar os supostos conspiradores. As transações que se desenrolavam, por assim dizer, atrás das portas, eram para ele e seus amigos, bem como para o homem do governo, tão favoráveis, que não havia motivo algum para renunciar a essa cooperação fraternal. Cláudio, contudo, sabia bem que somente através de uma artimanha poderia levar Fátima a falar.

Antes de Abu Ahmed continuar, ele olhou para Tombolo.

— Traz para teu amo também uma caneca de Scherbet. Tombolo já desaparecera no quarto lateral, oferecendo logo a seguir uma caneca a Tobias. Enquanto ele bebia vagarosamente, Abu recomeçou a falar.

— O que agora te contarei, soube por intermédio de Fátima e de Joko. Fátima terminara de tocar piano. À sua frente encontrava-se a porta do gabinete de trabalho. O que estaria fazendo Cláudio a esta hora a ponto de se fechar? Talvez houvesse acontecido novamente algo de desagradável e ele então estaria escrevendo um relatório.

Cada dia trazia acontecimentos horríveis... A seguir ela sentiu-se insegura e receosa. Pois sabia que Cláudio se mostrava amigo dos belgas. A mesma amizade ele fingia também para com os africanos. Na realidade traía ambos os lados, se isto resultasse em alguma vantagem para ele. "Um dia eles o pegarão!" pensara ela com indiferença. Seu receio relacionava-se ao seu pai. Se Cláudio fosse apanhado... quem sabe se com isso seu pai também teria de sofrer.

Escutava, pois, novamente com atenção. Da sala de jantar veio um tinir baixinho de copos. Joko, decerto, estava pondo a mesa... Na lavanderia, nos fundos, alguém tocava banjo... certamente era o filho mais novo do cozinheiro, ferido nos últimos tumultos e agora obrigado a ficar deitado em casa. Ouviam-se também alguns tiros, um fato nada extraordinário nesses tempos... Nesse momento ouviu-se a batida de uma porta de armário no gabinete de Cláudio, e algo caiu no chão... Decerto uma amostra de minério... Depois ele abriu a porta, olhando-a.

"Fátima, preciso de teu conselho." Como ele não continuasse a falar, ela perguntou-lhe de que conselho necessitava. Em vez de responder, ficou parado diante dela, gemendo atormentado e comprimindo as mãos contra os olhos.

"As ocorrências sangrentas das últimas semanas têm sido demais, mesmo para mim... até agora permanecemos como espectadores, enquanto nossos conhecidos perderam tudo, sendo obrigados a fugir..."

Fátima olhara-o perplexa. O tom medroso em sua voz era novo para ela. Esquecia sempre, pois, que ator formidável Cláudio era.

"Quero fazer algo de bom, Fátima!" exclamara pateticamente. "Somos agora bastante ricos, está dentro das nossas possibilidades." Fátima concordara naturalmente. Cláudio, mecanicamente, tirara, enquanto falava, uma jóia do bolso. Fátima correra ao seu encontro com uma exclamação de admiração, pegando a jóia. Era um diamante incrustado no meio de uma plaqueta redonda de ouro, num colar. Um diamante maravilhoso...

"Cláudio! De quem é? Para quem é esse diamante? É teu. Eu sei!..."

Cláudio apenas olhara a jóia um pouco distraído, meneando a cabeça negativamente.

"Não, a jóia não me pertence. Contudo, talvez a compre."

Abu Ahmed parou exausto. Tombolo deu-lhe novamente de beber. A mistura de ervas e frutinhas, preparada por Saleh de acordo com uma receita especial, reanimou-o. Tobias enxugou o suor do rosto. Também se sentia ainda fraco e atordoado. Sua mão tremia ao tomar a caneca, novamente cheia, das mãos de Tombolo.

Nesse ínterim, Abu Ahmed continuou a falar:

— Fátima pendurara o colar no pescoço, olhando-se no espelho para ver o efeito. O diamante provocou-lhe uma exclamação de êxtase. Cláudio nem olhava para a pedra. Absorto em pensamentos caminhava de um lado para o outro na sala. Fátima observava-o através do espelho. Deveria ter acontecido algo de sério. Ela não se lembrava de tê-lo visto tão pensativo e tão preocupado.

"Necessito de teu conselho, pois ouvi algo a respeito de uma sociedade secreta que se dedica à caridade."

Fátima assustara-se quando ele pronunciou as palavras "sociedade secreta". Logo, porém, se dominara, olhando-o interrogativamente.

"De caridade! Portanto, algo totalmente novo no Congo Belga. Como sabes, 'benfeitores' sempre me enfastiaram até o ponto de bocejar... Contudo, como falei... quero ajudar e fazer o bem."

Fátima olhara-o confusa, perguntando o que poderia fazer.

"És uma moça tão inteligente, talvez possas descobrir como eu poderia entrar em contato com membros dessa sociedade beneficente... Sempre cuidas dos nativos... e teu pai também fez muito a favor deles... mas penso agora que poderíamos ajudar em escala maior... Ficamos tão ricos aqui..."

Joko ficara parado na sala de jantar, com uma pilha de pratos nos braços, escutando perplexo as palavras hipócritas de Cláudio. Sabia que tudo era fingimento. Então foi tomado de medo e pavor.

"O que faria madame Fátima?" Ele passou pela porta, olhando para o salão. Fátima estava sentada num divã, olhando indecisa à sua frente. Joko acertadamente sentia que ela estava em dúvida, se devia ou não falar... "Será que continuaria firme, ou trairia o segredo de seu pai?..."

Joko encostou-se à parede, ao lado da porta, observando atentamente o que lá dentro acontecia... Tornara-se membro da Sankuru, por intermédio de Kalondji, tendo recebido dele a incumbência de anotar todas as pessoas que visitavam Cláudio.

Joko sentira certo. Fátima estava em luta consigo mesma. De um lado não queria trair o pai e de outro não entendia por que Cláudio não deveria participar também da ação de ajuda em grande escala da Sankuru... Para ganhar tempo ela perguntou pela origem do maravilhoso diamante... "é inigualavelmente belo e puro!..." Cláudio observava-a ardiloso, espreitando-a. Não faltava muito... ela falaria... Joko não perdia nenhuma das manifestações de Cláudio. Sabia agora qual a intenção dele... Como poderia advertir madame Fátima?...

Cláudio tomou a jóia na mão, olhando-a indiferentemente.

"O diamante bruto era meu. Foi lapidado em Kimberley. Não é de todo puro. Para conhecedores é apenas de segunda água..." Sentou-se, então, numa cadeira com a jóia na mão, olhando repreensivamente para Fátima...

Fátima estava sentada quase imóvel, olhando para o diamante que Cláudio virava automaticamente de um lado para o outro. No fundo ela não compreendia seu pai. Cláudio sempre fora carinhoso e generoso para ela. Embora não o amasse... tinha de reconhecer essas qualidades boas.

"Sobre o que estás pensando tão concentradamente? Não penses não que eu esteja interessado na convivência com tolos idealistas!" Fátima olhou para ele. Dava-lhe a impressão de uma pessoa menosprezada em sua melhor boa vontade.

"Ou será que me consideras incapaz de qualquer manifestação boa?" perguntou ele, espreitando. Deu-lhe então o diamante, dizendo:

"Se me consideras indigno de auxiliar numa coisa boa, dou-me por vencido. Mas aqui... toma a pedra... ela é tua... pelo menos me é permitido enfeitar-te, minha bem-amada... mesmo que não confies em mim."

Fátima fora vencida. Cláudio colocou o colar no pescoço dela. Quando Fátima começou a falar, Joko entrou, dizendo com um olhar suplicante que uma mulher desejava falar com ela urgentemente. Fátima nem olhou para o criado. Mas Cláudio voltou-se e gritou raivosamente para Joko que fosse para o diabo junto com a pessoa lá fora.

"Não nos perturbes de novo, do contrário passarás mal!" acrescentou ainda, ameaçadoramente.

Joko pouco se impressionara com a ameaça. Encostara-se novamente junto à parede ao lado da porta do salão. Sua tentativa de advertir a filha de Tobias falhara.

Cláudio virou-se novamente, olhando para Fátima como um conquistador extasiado. Ela hesitou somente um pouco ainda, dizendo a seguir que conhecia apenas três ou quatro nomes dos membros dessa sociedade secreta.

"São amigos de Justin e do meu pai."

Cláudio olhou-a agradecido, mencionando que no fundo duvidara da existência de tal sociedade. Fátima disse então os quatro nomes que soubera através de seu pai. Entre eles estavam Antoine e Finant, dois homens que ela já conhecia desde a infância. Os outros dois, Ramsés e Lucas, ela não conhecia.

Cláudio estava contente. Sim, mais do que isso. Pois exatamente os quatro mencionados estavam trabalhando contra o grupo dele. Essa sociedade secreta era, portanto, mais perigosa do que ele pensava. Um brilho pérfido surgiu em seus olhos.

Admirando diante do espelho uma vez mais o maravilhoso fogo do diamante, Fátima viu, de repente, o rosto de seu marido no espelho. O que leu nele, paralisou-a de pavor... triunfo e alegria maldosa... Devia estar enganada... Alegria maldosa... por quê?... Era mais ardiloso ainda do que ela pensava?... e aí... o que aconteceria?...

Cláudio, divertido, deu umas risadas, pedindo a Fátima que não mencionasse sua conversa a nenhuma pessoa.

"Sabes, um legítimo benfeitor sempre fica nos bastidores!" acentuou ele com um sorriso cruel nos lábios, olhando a seguir para o relógio e fingindo grande surpresa.

"Já tão tarde?... Preciso sair mais uma vez ainda... Quase esqueci a reunião com o homem de Tel Aviv... Muito depende para mim, dessa conversa..."

Fátima pôde apenas sorrir forçado, quando se despediu dela carinhosamente. Foi bom ele ter saído... assim poderia refletir... Cláudio iludira-a. De repente, odiava-o com toda a força de sua alma... O que poderia fazer?... A quem se dirigir em sua aflição?... Tornara-se uma traidora...

Joko logo deixara a sala de jantar e a casa, quando Fátima mencionara os quatro nomes. Tinha de comunicar o ocorrido a Kongolo o mais breve possível. Levou, porém, mais de uma hora até que pudesse falar com ele. Kongolo estava, sim, no edifício do governo, mas por estar participando de uma conferência, ninguém quis perturbá-lo...

Abu Ahmed silenciou um pouco, a fim de reunir novas forças. Suas horas na Terra estavam contadas; além disso, tinha mais uma entrevista...

Tobias estava sentado na cadeira, imóvel, como que enrijecido. Seu cérebro registrara as palavras, bem como o sentido delas. Contudo, seu coração recusava-se a assimilar o que ouvira... Sua filha era leviana, mal-acostumada, caprichosa e amava essas pedras desgraçadas... Mas uma traidora! Não!... Não!... Nunca!

— Deve ser um engano! murmurou. Sim, um engano naturalmente. Talvez Joko não tenha entendido direito...

— Não, não foi um engano! disse Abu Ahmed em resposta às palavras murmuradas. Joko não ouviu erradamente, meu amigo.

Tobias olhou para o velho sábio... durante longo tempo, num tormento calado, depois uma sombra de tristeza, de dor e de resignação cobriu seu rosto... Pai Ahmed, seu amigo paternal falava, como sempre, a verdade... e nada podia modificar-se nisso...

— Sim, é assim mesmo... A armadilha para a qual ela correu voluntariamente e sem a mínima necessidade há cinco anos, fechou-se agora em volta dela. A armadilha estendida pelo belo Cláudio...

Tombolo viu o tormento de seu amo. Queria ajudar e não sabia como... indefinidas e confusas imaginações perturbavam seu pensar, tolhendo-a nas respostas que sempre tinha prontas para dominar qualquer situação. Ela bufava, oferecendo com mãos trêmulas a caneca com Scherbet a Tobias.

— Cláudio fez, imediatamente, um serviço perfeito! continuou Abu Ahmed seu relato, depois de também ter tomado alguns goles da bebida fortificante. Logo fez sua denúncia no lugar certo. Os funcionários ficaram surpresos ao ouvir os quatro nomes. Contudo, não se podia duvidar das palavras de Cláudio. Estava sempre muito bem informado. Era amigo deles e também tinha sido amigo de Lumumba... Aliás, um dos poucos brancos que era levado em consideração pelo estadista assassinado... e quem sabe se esses conspiradores não seriam também culpados da morte dele...

Somente um dos presentes conhecia o verdadeiro caráter de Cláudio. Esse não acreditava na culpa dos quatro.

"Finant e Ramsés eram amigos de Lumumba!" falou para os outros. Cláudio apenas deu uma risada sarcástica, perguntando-lhe se de fato sabia tão seguramente quem era hoje amigo ou inimigo...

"Se não agirdes depressa, será tarde demais!" acrescentara com ênfase. "Os culpados já prepararam tudo para a fuga... a não ser que queirais proteger os conspiradores."

As últimas palavras foram as que decidiram. Ninguém queria ser considerado protetor de conspiradores. Além disso, os interesses de Cláudio também eram os seus... O que valia hoje, aliás, uma vida humana no Congo?...

E assim aconteceu que na mesma noite ainda foram fuzilados os quatro, sem nenhum interrogatório ou investigação. Outros sete foram presos na mesma noite, por motivos de segurança, por serem conhecidos como amigos de Lucas e Antoine. Poucos dias depois também foram fuzilados.

Tinham sido onze assassinatos inúteis, uma vez que logo se verificou que nenhum deles tinha algo a ver com qualquer conspiração. Os onze pareciam, sim, fazer parte da sociedade secreta de nome Sankuru, a qual tinha sido proibida ainda por Lumumba...

Da detenção e do assassinato dos onze fiquei sabendo por intermédio de Evaristo. Ele não acreditou na culpa dos quatro, contudo não tinha nenhuma idéia de como poderia desviá-los da desgraça.

Kongolo também não esperara muito. Imediatamente compreendera todo o alcance do relato de Joko e sabia que era necessária máxima urgência, se quisesse advertir e salvar os quatro. Ramsés, além de tudo, era seu irmão. Contudo, os quatro desapareceram, como que engolidos pela terra. Não os encontrando após dois dias, Kongolo e seus amigos sabiam o que acontecera. A advertência de Joko viera tarde demais. Cláudio tinha aproveitado bem a dianteira.

Formas de ódio, formas de ódio gritando por vingança acumulavam-se na alma de Kongolo. Cláudio e seus comparsas também teriam de desaparecer. Eram como que importunas e perigosas moscas de carniça... Do mesmo modo precisava desaparecer a mulher dele, a traidora!...

E Kongolo agiu. Cláudio viveu ainda três dias após o desaparecimento dos três amigos e do irmão de Kongolo. Foi morto no seu próprio jardim. Seu cadáver fora tão estraçalhado, que nem a própria mãe o teria reconhecido. Do homem grande com o rosto de beleza quase feminina restara apenas uma massa sangrenta. Da mesma forma ocorreu com alguns amigos seus, também chantagistas inescrupulosos. Alguns dos malfeitores, aliás, escaparam. Dizia-se que haviam voado para Ruanda. Kongolo olhara à sua frente indiferentemente ao ouvir da fuga... Eles também não escapariam. Os espíritos da vingança provavelmente já estavam atrás deles...

Fátima teria tido a mesma sorte de Cláudio, se não fosse advertida a tempo pelo cozinheiro.

Tobias ficou pensativo:

"O cozinheiro?... ele era da fazenda. Dera-o a Fátima quando partira com Cláudio. Mas onde ficara esse homem? Por que não havia voltado?..."

— Kongolo mandara divulgar a notícia da morte de Cláudio em todas as províncias e distritos. Cláudio era conhecido por toda a parte. De início, fizera apenas negócios com as tribos e recrutara trabalhadores e crianças para as fábricas e minerações.

Mais tarde, porém, começou a instigar as tribos contra os brancos, vendendo-lhes armas. Armamento ruim. Ao mesmo tempo, denunciava-os à administração principal em Leokin, a fim de conseguir ali uma boa posição. Os nativos, com seu sexto sentido, logo reconheceram o jogo duplo de Cláudio. Começaram a odiá-lo e a desconfiar dele.

Quando, portanto, a notícia da morte do branco Cláudio se espalhou, foram celebradas festas em muitas aldeias. O ar vibrava com o surdo rufar dos tambores e com o bater dos pés que acompanhavam as danças. Expressavam, nas danças, tudo o que acontecera e o que esperavam que acontecesse ao branco Cláudio no reino dos espíritos... Eram danças de triunfo... e ouviam-se também canções de triunfo... O diabo branco com suas múltiplas caras não mais poderia traí-los nem amedrontá-los...

Um dia depois, Kongolo espalhou outra notícia. A notícia dizia, aproximadamente, o seguinte:

"O branco Cláudio está morto. Contudo, sua mulher, a traidora, escapou. Matai-a!... onde quer que a encontreis! Matai-a! O branco Cláudio já está esperando por ela no reino dos espíritos!... Matai-a!..."

Abu Ahmed falara cada vez mais baixo, encostando-se agora nos travesseiros e fechando os olhos. Tobias ainda estava sentado sem se mover. Um pouco atordoado e com um leve véu sobre os olhos, mas conhecia agora toda a verdade... Não podia fraquejar. Tinha de controlar seus nervos e ajudar a sua filha...

Era estranho... não sentia nem ódio nem revolta contra Kongolo. Esse homem agira como tinha de agir. Para um africano, a mulher, ao se casar, separava-se totalmente da família. Simplesmente não mais fazia parte dela. Por esse motivo Kongolo de modo algum se ateve à idéia de que Fátima ainda continuava sendo uma filha querida para Tobias... E Cláudio?... Não fazia falta... Apesar de seu porte desembaraçado e de sua bela aparência, somente fora escória da humanidade. Nada mais...

Tobias não pressentia que a dominante força espiritual de Abu Ahmed o influenciava de tal modo, que ele julgava o ocorrido de um ponto de vista mais elevado. Essa força despertava o senso de justiça, eliminando ao mesmo tempo todas as formas de ódio, de discórdia e de desconfiança que surgissem. Levantando o olhar, Tobias fitou os olhos bem abertos de Abu Ahmed.

O vislumbre de sorriso fez com que os velhos olhos brilhassem. O ódio não envenenaria o sangue de Tobias. Sua alma continuaria limpa e seu espírito poderia continuar a se desenvolver livremente e sem fraquezas...

Durante minutos reinou um silêncio absoluto na sala. Depois Abu Ahmed ergueu-se novamente um pouco e disse:

— A África é a terra que foi explorada de múltiplas maneiras. A caça aos escravos e seu tráfico! De seres humanos livres fizeram animais de trabalho subjugados e maltratados. E ainda mais... Hordas de caçadores brancos, que conspurcam anualmente diversas partes da África com a sua presença. Eles acossam e matam os animais, não para saciar a fome, mas por esporte... sim, por esporte... As criaturas de Alá são acossadas e caçadas por esporte... e, para as potências colonialistas, a África sempre foi uma reserva de matérias-primas extraordinariamente lucrativa. Com mão-de-obra barata...

Os verdadeiros proprietários foram estragados pelos brancos... pelo menos em sua maior parte... tornaram-se criaturas sem direitos e impedidas em seu desenvolvimento progressivo sob toda a sorte de pretextos...

Kongolo, na realidade, agiu como um africano destituído de direitos que se rebela contra a incompreensão, a cobiça, a presunção e a hipocrisia dos brancos, tentando libertar a si próprio e aos seus desse mal... É como um fluxo há muito represado que rompe as comportas... A raça branca poderia ter exercido uma influência de liderança na Terra inteira... mas agora... ela foi condenada...

Tobias acenou com a cabeça, concordando. Ele entendia muito bem mesmo, mas refletir sobre isso apenas aumentava o desconsolo do momento. Sua cabeça começou a doer, e uma invencível necessidade de dormir assaltou-o, apagando todos os demais sentimentos. Como poderia pensar agora em sono?... Tinha de saber ainda uma coisa.

Pegou a caneca que se achava na mesa a seu lado, bebendo o resto do Scherbet. Agora poderia fazer também a pergunta temida.

Nesse ínterim passara a confusão dentro do cérebro de Tombolo. Lembrou-se difusamente de seu tempo na missão e de uma cruz preta na qual um homem torturado pendia. Viera uma grande inundação, e o missionário, bem como todos os demais, se ajoelharam com as mãos postas diante do torturado, implorando-lhe que fizesse com que as águas baixassem pelo menos nos campos de cultura e nos quintais...

Assim fora naquele tempo... Aliás, nem mais se lembrava se o deus torturado mandara baixar as águas... agora tinha muito mais motivos para implorar a esse deus, do que os missionários naquele tempo... de repente, recordou-se de que ela e as outras crianças contemplaram a cruz preta com profunda desconfiança... resolutamente afastou essa desconfiança. Agora não tinha tempo para se lembrar de algo que pudesse irritar o torturado.

A seguir lançou um olhar taxativo para a cama alta, pegou seu banquinho, encostou-o nos pés da cama e ajoelhou-se nele com as mãos postas.

— Salva a criança ruim! implorou ela com a voz sufocada pelas lágrimas. Salva-a, senhor, por causa do coração do meu amo Tobias... Salva-a dos espíritos que já esperam por ela!... Teu miolo é tão velho, que podes iludir todos os espíritos! acrescentou, murmurando, enquanto olhava para todos os lados.

Abu Ahmed olhou bondosamente para a velha criada.

— Nossas forças são limitadas. Ninguém pode realizar o que é impossível... É impossível tirar de outrem uma carga de culpas... não é possível, Tombolo... A velha criada levantou-se pesadamente e envergonhada. Deveria saber isso...

— Os seres humanos lutam, sofrem com dúvidas e medos, cometem milhares de erros, não sabendo que tudo desencadeia um eco no mundo dos espíritos, eco esse que volta... Tombolo, arrependida, retirara-se com seu banquinho para um canto. Era-lhe desagradável ter molestado pai Ahmed com tal pedido. Certamente, ele pensaria agora, que ela esquecera todos os seus ensinamentos...

— És uma alma fiel! disse Tobias comovido.

— Sim, isto ela é. Fiel e corajosa! confirmou Abu Ahmed com voz fraca.

Tombolo ergueu-se. Essas palavras destinavam-se a ela. Seu rosto começou de novo a reluzir alegremente e puxou seu banquinho para mais perto da cama. As palavras elogiosas entraram nela como uma comida especialmente boa, nutrindo seu espírito e seu corpo...

Tobias olhou-a com um sorriso melancólico; inclinando-se um pouco em sua cadeira, perguntou a Abu Ahmed:

— Ela ainda poderá ser salva?

Após alguns segundos, os quais pareceram uma eternidade para Tobias, o sábio disse que momentaneamente havia fanáticos demais na região do Congo.

— Cláudio era odiado, e tua filha está sendo atingida pelo mesmo ódio. O depoimento de Joko foi inequívoco.

Tobias acenou com a cabeça. Não podia falar, pois a garganta, de repente, estava como que apertada.

— Talvez tua filha possa adiar um pouco a morte terrena, saindo para o estrangeiro... mas nota bem, meu amigo... eu falei... talvez...

Saleh entrara silenciosamente no quarto, olhando perscrutadoramente para o rosto de seu amo. Tinha um aspecto admiravelmente repousado e os olhos estavam límpidos e brilhantes... mas os pés... estavam gelados, apesar das bolsas térmicas e das peles de ovelha. Saleh foi até a cabeceira da cama e afofou cuidadosamente os travesseiros, apoiando com um braço as costas de Abu Ahmed; depois pegou o bule vazio, desaparecendo no quarto ao lado.

Tobias levantou-se. Estava calmo e conformado. Sabia o que poderia fazer a favor de sua filha. No estrangeiro ela estaria quase segura... Cuidadosamente tomou a mão magra de Abu Ahmed e levou-a a sua testa. Depois recolocou-a com idêntico cuidado sobre o cobertor de peles, olhando com o coração agradecido para o ancião.

— Nós nos veremos novamente, Tobias... que Alá, o Misericordioso, te abençoe até lá.

Estas foram as últimas palavras que Tobias ouvira de Abu Ahmed na Terra. Saiu fortalecido e com uma fagulha de esperança no coração, fechando silenciosamente a porta atrás de si. Mal estava fora, e Tombolo também se colocou ao lado da cama. Tomou igualmente com todo o cuidado a mão do ancião, apertou-a contra a testa, e murmurando baixinho deixou o quarto.

Visram, Kongolo e Justin levantaram interrogativamente o olhar, quando Tobias saiu do quarto do sábio.

— Pai Ahmed está passando bem! Miraculosamente bem! disse Tobias baixinho. E, Kongolo!... sei de tudo... e compreendo... cada culpa exige a sua reparação...

Como ninguém respondesse, ele desceu com movimentos cansados os degraus da varanda. Agora poderia dormir... apenas dormir. Estava cansado de corpo e alma...

Kalondji esperava embaixo por Tobias. Caminhou calado a seu lado, acompanhando-o até em casa. Tobias conhecia agora a verdade. O grande e barulhento Kalondji não encontrava palavras de consolo. Mas sua alma, que tinha dó de Tobias, impeliu-o a caminhar a seu lado, esperando até que a porta da casa se fechasse atrás dele.

Estavam ligados um ao outro, na alegria e no sofrimento. Tinham as mesmas intenções e o mesmo alvo. Nem Kalondji nem seus amigos teriam a idéia de responsabilizar Tobias pela culpa da filha. Tampouco esperavam que ele lhes guardasse rancor por causa da condenação de Fátima. No Congo tratava-se de "olho por olho e dente por dente". Para ponderações de espécie sentimental não havia tempo... nem compreensão nesse abalado mundo...

Diante da casa ambos os homens tinham parado um pouco, e Kalondji aspirara com prazer o ar aromático. Realmente parecia como se uma nuvem de odores aromáticos tivesse descido sobre a casa.

— É Amrita, ela gosta das resinas aromáticas! disse Tobias, enquanto um vislumbre de alegria se evidenciava em seu rosto cansado.

— "Amrita?" Kalondji não sabia de imediato quem era. Somente no caminho de volta para a casa de Abu Ahmed recordara-se de que se tratava da bela mulher somali com quem Tobias casara em Nairóbi, alguns anos depois da morte de Sumaika.

Tobias caminhava indecisamente pelo comprido terraço que circundava a casa. Deveria falar ainda hoje com Fátima?... Ele esperava mantê-la junto de si durante um longo tempo... Agora também o seu mundo, tão firmemente construído, ruíra.

Os terríveis pesadelos... como o haviam atormentado nas últimas noites... começou a tremer de frio, de frio interno. Uma onda de raiva selvagem invadiu-o. Cerrou os punhos, olhando fixamente à sua frente com o rosto desfigurado de ódio. À raiva e ao ódio juntava-se agora o medo. Medo de algo indefinido, querendo arrastar a sua alma para profundezas horripilantes com mil tentáculos...

Seus sentidos estavam como que paralisados, parecendo estar sem força para resistir. Não era mais um espírito humano autoconsciente, mas sim uma criatura na maior aflição, cercada e torturada por todos os demônios da Terra, impelida a uma condenação certa.

Finalmente, desprendeu-se um gemido da alma torturada de Tobias, e ele olhou em volta, como que despertando. Seu corpo enrijecido começou a se restabelecer lentamente, e, com o calor que voltava, desfez-se a contração dos membros. Estava salvo... Tobias limpou com as mãos trêmulas o suor do rosto. Nunca lhe acontecera algo semelhante...

"Foi o rosário de sofrimentos de almas condenadas que senti e sofri... mas escapei-lhes... Ó Deus, Misericordioso, dá-me forças. Não quero seguir o caminho da condenação, mas sim o caminho da ascensão! Nunca mais deverão o ódio, o medo e a revolta envenenar meu sangue, empurrando meu espírito para as profundezas... nunca mais..."

Tobias aprumou-se. Sentia-se cansado, abatido e sonolento. A dor na cabeça e na nuca aumentara, mas seus olhos brilhavam novamente com otimismo. As fúrias e os demônios do ódio e do desespero haviam desaparecido, e as três luzes, da esperança, da firmeza e da confiança, brilhavam em seu lugar. Apesar do infortúnio que quase o levara à beira do abismo, sua vida tornara-se novamente luminosa e alegre...

Caminhou até a outra extremidade do terraço, debruçando-se um pouco sobre a balaustrada. A seguir escutou atentamente... Não era como se ouvisse o choro de uma mulher na calada da noite?... Debruçou-se, porém nada mais ouviu... Devia ter se enganado. Ao aprumar-se, passou por ele um morcego voando com um som agudo, desaparecendo nas névoas de cerração que subiam das águas. Uma leve brisa começou a murmurar nas árvores, e uma fragrância de jasmim, quase narcotizante, passou com as correntes de ar.

Tobias ficou escutando ainda durante algum tempo o surdo rufar dos tambores que soavam fracamente à distância, depois se virou. Às suas costas abriram-se silenciosamente as portas. Primeiramente a grossa porta de madeira, depois a de tela de arame.

Amrita saiu com suas saias de seda farfalhante e encostou-se ao lado dele na balaustrada. Durante algum tempo ela também olhou para o pálido e enluarado mundo encoberto de névoa. A seguir tomou o braço do marido e entrou com ele na casa. Nesse ínterim ela soubera através de Justin, em breves traços, a história de Fátima e sabia que Tobias sofria por causa da filha... Urgia que ele se acalmasse, dormindo um pouco.

Ela logo desapareceu no aposento ao lado, enquanto Tobias se deitava num dos divãs dispostos no belo aposento, agradavelmente aquecido. Tobias olhou em torno da grande sala de estar, como se a visse pela primeira vez. Sim, aqui dentro reinavam paz, beleza... e calor... Os grossos tapetes, os preciosos gobelinos, os baús entalhados, os artísticos vasos de cor azul e dourada, os incensórios e tudo o mais encantavam-no de novo, despertando uma sensação de inexprimível bem-estar.

Amrita trabalhava na sala de jantar, ao lado, e não demorou muito para que o aroma de café sobrepujasse as fragrâncias da Arábia.

Tobias sorriu, dirigindo o olhar para um quadro pendurado na parede à sua frente e habilmente iluminado por uma lamparina suspensa. Era a jovem Amrita, quando a conhecera em Nairóbi. O quadro, pintado por um espanhol, era extraordinariamente fiel. Tobias olhou-o pensativamente.

"Ela pouco se modificou nesse intervalo!" pensou com satisfação. A mesma cabeça fina, os olhos escuros e brilhantes e a cálida pele de cor bronzeada. Os cabelos dela ainda eram da mesma forma pretos e reluzentes como naquele tempo; também o coque na nuca ainda continuava o mesmo. Apenas os brincos... os brincos hoje eram diferentes. Demorou muito até que ela se separasse dos aros de ouro que enfeitavam suas orelhas. Esses aros tinham sido a única coisa que não gostara nela...

As saias de seda de Amrita farfalhavam novamente, e Tobias voltou ao presente. Ela colocou uma bandeja com xicrinhas quase transparentes e doces numa mesa baixa; serviu café para ele e chá para si mesma. Após tomar a primeira xicrinha e comer também algo, ele pegou a mão dela, segurando-a. Amrita serviu-se novamente de chá e, a seguir, disse que Fátima poderia ir para junto de seu pai em Nairóbi.

— Ele está tão sozinho e lá nada faltaria para ela.

Tobias olhou-a agradecido. Essa idéia não era má. Naturalmente, apenas Nairóbi entraria em cogitação. Ali tinham conhecidos e amigos. Lá estava Victor e talvez também a tia Susane...

— Visram, Jean e Justin talvez já amanhã voem para lá. Precisam providenciar instrumentos cirúrgicos, vacinas, fortificantes e medicamentos. Voarão com Michel...

— Fátima terá de ir com eles... queira ou não queira.

— Estou convicta de que ela agora sairá daqui com prazer... o avião voará sob a bandeira da Cruz Vermelha. Amrita nem sequer pressentia como o seu marido se sentia aliviado ao pensar que Fátima, talvez já no dia seguinte, estivesse em relativa segu-

rança... Havia ainda segurança em alguma parte do mundo?...
Talvez aqui no meio da maravilhosa paisagem, bem afastada de qualquer luta e aflição...

Tobias deitara-se no divã e, enquanto Amrita ainda falava, adormeceu. Ela cobriu-o, colocou embaixo de sua cabeça uma almofada, apagou a luz e foi para o seu quarto. Poderiam dormir três horas, no máximo. Tobias teria de estar pronto para viajar às cinco horas da manhã...

Também Visram, Kongolo, Kalondji e Justin — Justin se juntara a eles um pouco mais tarde — puderam falar nesse ínterim com Abu Ahmed. Embora o falar tivesse se tornado visivelmente difícil para o velho sábio, ele lhes dera novas idéias e diretrizes para os seus trabalhos. Ocorrências, às quais tinham dado grande importância, desfizeram-se em nada, ao passo que outros acontecimentos, aos quais deram pouca atenção, poderiam tornar-se-lhes perigosos.

O pouco tempo junto de Abu Ahmed proporcionou clareza a seus espíritos, fortalecendo-os em seus empenhos. Primeiramente o sábio pai olhara para Kongolo. Demorada e penetrantemente.

— Kongolo, não te esforces para introduzir aqui sistemas governamentais de outros países. Procura uma forma de governo correspondente ao caráter dos nativos!... Nem julgues precipitadamente quando a desconfiança de tua própria raça se põe em teu caminho, impedindo... E... Kongolo... não deixes que o ódio envenene o teu sangue... seria uma pena... Pai Ahmed ainda murmurou alguma coisa... soou como uma bênção, depois se dirigiu a Visram.

— Tu és médico e curas os corpos, mas as almas dos seres humanos são muito mais doentes... Procura uma forma de adoração a Deus que corresponda à verdade e que seja compreensível aos nativos... Retira-te do convívio e procura a solidão. Apenas durante um curto lapso de tempo... Todos os grandes feitos nascem no silêncio...

Visram inclinara-se bem para a frente, absorvendo virtualmente as palavras do sábio. Sabia que essas palavras encerravam um mundo de reconhecimentos que se revelavam apenas pouco a pouco.

Abu Ahmed, com os olhos fechados, encostou-se de novo no amontoado de almofadas. Ele pedia forças. O corpo velho e gasto estava apenas pendurado em sua volta, como um invólucro quebradiço. Para cada palavra que falava, tinha de fazer grande esforço.

Kongolo olhou timidamente para o velho homem, deitado como se estivesse morto. Não era possível que já os abandonasse. Certo, por enquanto sabia o que teria de fazer. Aliás, certos planos cogitados por ele não mais seriam executados. Teria de começar de novo e pensar de outro modo. Seu sangue não deveria ser envenenado. "É o que prometo, pai Ahmed..."

— Kalondji!... Os quatro assustaram-se quando pai Ahmed chamou esse nome com voz extraordinariamente forte. Kalondji, deves ajudar Visram. Ele necessita de pessoas fiéis... pessoas verdadeiramente fiéis...

Foi tudo o que pai Ahmed disse ao gigante preto. Essas poucas palavras, porém, bastaram para Kalondji. Para ele teria sido suficiente também, se pai Ahmed apenas tivesse pronunciado seu nome. As poucas palavras abriram-lhe os portais do céu, indicando o caminho que um dia seguiria... se permanecesse um ser humano fiel... Acenou com a cabeça várias vezes, tentando inutilmente esconder as lágrimas que lhe gotejavam dos olhos e corriam pelas bochechas gordas...

Chegara a vez de Justin.

— Ensina tudo o que sabes a outras pessoas que almejam por tal saber. Combate os fanáticos e falsos profetas, onde quer que os encontres. Muitos caminham hoje às escondidas, pregando rebelião e guerra! disse Abu Ahmed com voz tão baixa, que Justin quase não entendeu. Mas a seguir sua voz revigorou-se e ele pronunciou dois nomes cuja menção todos escutaram atentamente.

— Ambos, embora não conheçam bem os dialetos dos nativos do Congo, ainda sabem o suficiente para causar discórdias e outros danos... Eles avivaram as fagulhas, fazendo inflamar de novo as velhas rixas tribais entre os lulubas e os balubas...

Abu Ahmed fez ainda um movimento indefinido com a mão, a seguir adormeceu um pouco novamente... Justin olhara à sua frente desnorteado. Todo o planejamento e atuação eram inúteis quando pregadores ambulantes, sob o manto religioso, semeavam rebelião e discórdia. Para ele, as duas pessoas cujos nomes Abu Ahmed acabara de citar nada mais eram além de inócuos fantasistas...

"É admirável", pensou Justin, "como o sábio pai está bem informado de tudo, embora quase não tenha mais contato com as pessoas..."

— Se quisermos executar nossos planos, não deveremos mais perder de vista esses "benfeitores" ambulantes! observou Visram com seriedade... Do contrário seremos como semeadores que preparam o solo durante o dia, enquanto manadas de javalis, durante a noite, revolvem o chão, destruindo a sementeira...

Kongolo e Kalondji estavam muito menos surpresos do que Visram e Justin. Pregadores ambulantes sempre lhes causaram a máxima desconfiança. Pertenciam à categoria de missionários e demais pseudobenfeitores da humanidade.

Justin estava deprimido e também amargurado. Como é que poderiam proteger-se de tais chacais com corpos humanos?... Fazia somente poucos dias que viera dos distritos ao sul de Kasai. Ali se concentrara o grosso dos fugitivos balubas. A varíola e a fome grassavam entre esses infelizes. Cem mil, pelo menos, aglomeravam-se em torno da missão Mai Munene, assediando-a. Justin encontrara ali apenas um médico e alguns enfermeiros nativos. Saíra de lá a fim de providenciar medicamentos e vacinas...

Abu Ahmed mais uma vez abriu os olhos e disse a Visram com voz firme:

— A tua incumbência é a mais difícil, uma vez que a maioria dos seres humanos terrenos já está morta. Estas palavras enigmáticas foram as últimas que Abu Ahmed, o iluminado, lhe pronunciara na Terra. Visram pressentiu o que o ancião queria dizer. Chegara o tempo mencionado em muitos escritos antigos. O tempo em que Alá, Seu nome seja santificado, sacudiria os seres humanos da árvore da vida. Já haviam sido, desde longos, longos tempos, um fardo morto para o Senhor dos Universos... apenas um fardo morto!...

Os quatro homens, sentados em ambos os lados da cama de Abu Ahmed, absortos em pensamentos, sentiam a bondade e o amor que irradiavam dele e foram sempre a expressão de seu caráter. Calma e paz desceram sobre as suas almas açuladas, e encaravam o futuro com muito mais esperança.

Tinham um alvo, um alvo em comum que deles exigia um pensar e agir abnegados... Eram escolhidos... Tinham de erigir escolas, por toda a parte no país, onde cada adulto e cada criança pudesse aprender de acordo com sua aptidão.

"Liberdade através do saber!" Esse deveria ser o seu lema. Os missionários poderiam ter feito muito nesse sentido, se não tivessem malbaratado inutilmente seu tempo e suas energias, impondo suas próprias religiões a seres humanos de espécie totalmente diferente.

Quando Saleh veio do quarto ao lado, os quatro assustaram-se como que despertando de um estado sonolento. Não sabiam que o espírito de Abu Ahmed, já no limite para o mundo do além, continuava a impressionar seus espíritos, ensinando e acendendo neles uma luz inapagável...

Kongolo foi o primeiro a se levantar. No seu rosto inexpressivo não se notava o quanto sofria. Abu Ahmed fora para ele sempre um ser humano sobrenatural, no qual confiava irrestritamente. Agora tinha de presenciar como esse espírito bondoso deixava a todos... era quase além do que podia suportar...

Visram, emocionado, observava o amigo. Sabia da profunda veneração que Kongolo dispensava ao pai Ahmed. Os ensinamentos do sábio, anos atrás, fizeram-no suportar mais facilmente a desesperadora escravidão em que seu povo havia caído. E Visram pensou consigo mesmo que ninguém podia perscrutar realmente a alma de outrem... Conhecia Kongolo, o africano de pensamento realista, proferindo sentenças de morte sem hesitar onde estas lhe parecessem adequadas; contudo conhecia também o outro Kongolo, que aceitava sempre de modo humilde e sem contradição as exortações e os conselhos de Abu Ahmed, seguindo-os como mandamentos sagrados...

    Justin, que saiu por último, fechou a porta atrás de si e parou indeciso. Olhou Kongolo, Visram e Kalondji afastarem-se da casa; depois, lembrou-se de Jean. Por que Jean não estivera junto com eles?... O que o impedira?... Abu Ahmed, certamente, teria aberto um novo mundo para ele também, onde ainda existiam confiança e esperança...

CAPÍTULO V

Jean também se ocupava com Justin. Irado e decepcionado seguira vagarosamente pelo caminho que conduzia ao jardim botânico, formado com esforços e cuidados durante anos por Martin, o irmão falecido de Tobias. O jardim, na realidade um amplo parque, estendia-se serena e misteriosamente diante dele. Jean parou a fim de se orientar, pensando então em Martin, falecido em Portugal e no entanto enterrado em Luanda... "Algumas pessoas são, no mais verdadeiro sentido da palavra, andarilhos terrestres..."

Jean seguiu um caminho que dobrava mais adiante à direita...

"Agora estou no bosque das bétulas..." pensou, parando novamente e olhando ao redor. Sabia que Martin cuidava especialmente destas árvores. No luar pálido e envolto por tênues véus de neblina, elas realmente apresentavam um aspecto fantasmagórico. De repente, lembrou-se de que os nativos afirmavam que o espírito de Martin voltara, continuando a zelar para que suas queridas árvores e arbustos recebessem os cuidados certos...

Os nativos sempre tinham razão com tais afirmações, mesmo que fossem algo esquisitas...

"Esse Martin deve ter sido uma pessoa extraordinariamente inteligente, e eu decerto poderia ter aprendido muita coisa com ele..." pensou Jean com amargo auto-reconhecimento. Lembrara-se de que Martin evitava os seres humanos. Dizia-se que ele apenas amava os animais e as plantas... Martin, pois, teve a sorte de reconhecer a tempo seus semelhantes.

Jean estava com raiva de si mesmo. Somente ele era um tolo confiante que ainda acreditava em amizade e fidelidade... Impulsionado por seus pensamentos raivosos, caminhou rapidamente adiante, seguindo uma trilha sinuosa que conduzia a uma colina. Lá em cima encostou-se no grosso tronco de um enorme castanheiro, que ali se desenvolveu em solitário esplendor. Olhou para a água embaixo, observando os véus de neblina que passavam e o luar que se refletia nas ondas suaves. Jean, com sua alma de artista, notava como a misteriosa luz da lua modificava miraculosamente toda a paisagem. Contudo, fechou-se à beleza dessa noite, dizendo a si mesmo que tudo o que via também era somente ilusão. Exatamente como o amor de Anette e a amizade de Justin.

Depois de poucos minutos, foi arrancado bruscamente dos pensamentos lúgubres. Um dos grandes morcegos voara tão perto, que roçara nele com a asa dura. Mariposas também começaram a esvoaçar a sua volta, e um ruído esquisito, vindo dos galhos da árvore, fez-se ouvir. Afastou-se alguns passos e olhou para cima. Milhares de mariposas voavam em redor da copa do gigante solitário, banhado pelo luar. Afastou-se mais e viu as mariposas pousarem, pouco a pouco, nas folhas. Por fim, elas envolveram como uma nuvem os galhos largamente estendidos da árvore.

Jean caminhou na colina, de um lado para o outro, durante algum tempo. Viu as distantes aglomerações de nuvens no luminoso céu noturno, bem como os relâmpagos que enrubesciam as mais escuras. Rajadas de vento sopraram de repente, trazendo consigo o eco do rufar de tambores distantes. Um frio úmido subiu da água, fazendo-o estremecer. Não obstante, não sentia frio. Pelo contrário. Sentia-se febril, um pouco tonto e com uma pressão dolorida nas órbitas dos olhos.

"Não devo mais beber tanto, somente fracalhões afogam seus problemas no álcool!" pensou Jean, descendo a seguir a trilha novamente... Talvez pudesse dormir ainda algumas horas... No bosque de bétulas parou uns momentos... Talvez o sábio Martin ainda estivesse por ali e lhe aparecesse fantasmagoricamente...

Sem querer, sorriu ao pensar nisso... Mas o sorriso logo esmoreceu em seus lábios, e o coração batia desordenadamente em seu peito. Escondeu-se atrás de uma das árvores, olhando atentamente ao longo do caminho. Não, não se enganara... Uma figura movia-se mais adiante, aproximando-se dele lentamente através dos véus de neblina.

De repente, reconheceu a figura... era Fátima... O vermelho de sua capa parecia ser a única coisa viva no ambiente palidamente iluminado. Ele deu uma risada irônica e abandonou a sombra da árvore.

Fátima, por sua vez, avistou uma figura grande que se aproximava vagarosamente. Quis gritar... e fugir... contudo, sua voz falhou, e o medo e o pavor paralisaram seus membros... Tio Martin... Somente ele poderia caminhar aqui a essa hora da noite... dele ela não precisava ter medo... pelo contrário... sempre fora bondoso e solícito...

Ao notar que Fátima parara no meio do caminho, Jean aproximou-se dela rapidamente.

— Fátima! Ela soluçou aliviada ao reconhecê-lo, encostando-se no seu peito em busca de proteção. Jean, atordoado, abraçou a jovem mulher em prantos. A presença dela nesse parque afastado parecia-lhe como um milagre... Mas onde estava Justin... não era de se supor que ele a tivesse deixado sozinha nessa úmida e fria noite nebulosa...

Fátima tinha adormecido de cansaço e aflição naquele banco ao lado da nascente. Sentara-se de tal forma que pôde apoiar a cabeça no duro encosto do banco... Queria descansar somente alguns minutos e acalmar seus nervos no profundo silêncio do parque... mas depois...

Zuhra estava ficando cada vez mais apreensiva. Continuava acocorada ao lado do arbusto, como uma sombra, cuidando para que nada acontecesse a sua querida.

— A criança poderá ficar com pneumonia, se eu deixar que continue sentada ali... murmurou para si mesma... Mas se eu a acordo, vai se enfurecer, ameaçando-me... bem, posso suportar a raiva dela...

Zuhra levantou-se com dificuldade e com passos incertos caminhou para o banco. Fátima acordou subitamente, dando um grito de susto e olhando pasmada ao redor... Zuhra parou a certa distância, observando sua ama... Certamente fora atormentada outra vez por um pesadelo...

"Tua filha sofre, Sumaika... ajuda-a... ajuda a nós todos..."

Estava certo. Fátima novamente tivera um grave pesadelo. Todas as noites era torturada por tais sonhos... todas as noites, desde... Hoje o sonho tinha sido horrível. Ela corria como uma amaldiçoada através da escuridão... através de uma escuridão sem fim... nenhum vislumbre de luz havia em redor dela... e era obrigada a prosseguir sempre, embora soubesse que o caminho conduzia para o vale dos desesperados...

Fátima acabara de se sentar, cismando com dolorosa incredulidade sobre o pesadelo. Não fora um pesadelo. Era verdade! Era amaldiçoada... Ela mesma provocara os pavorosos acontecimentos que trouxeram a morte prematura para onze pessoas cheias de vida... não podia ser verdade... não... não... Fátima levantou-se de um salto e saiu correndo, como que se assim pudesse fugir de seus pensamentos.

Zuhra viu horrorizada Fátima enveredar pelo caminho do jardim botânico. Seguiu-a tão depressa quanto permitiam seus velhos e inseguros pés. Tinha de segui-la, embora tremesse de medo... Fátima, essa desmiolada, esquecera-se de que seu tio Martin passeava a noite pelo parque, falando com suas árvores...

Então Zuhra também viu a grande e difusa figura que se adiantava vagarosamente através da neblina. A voz dela também falhou e deixou-se cair no chão, tremendo e em parte paralisada de medo. Com os olhos arregalados, olhou fixamente à sua frente. Ouviu uma voz... uma voz conhecida de homem... era Jean...

Zuhra baixou o mais que pôde a cabeça, agradecendo a Alá, o Misericordioso, pelo auxílio... Jean... lágrimas de alívio corriam dos olhos dela... ele levaria a descuidada e impetuosa criança para casa... agora poderia ir embora...

Zuhra ficou parada ainda durante algum tempo, escutando, a fim de se assegurar de que não ouvira erradamente... e que a pessoa era realmente Jean. A seguir virou-se e foi embora.

Fátima chorou amargamente no peito de Jean. Eram, contudo, lágrimas libertadoras, pois levavam embora o medo e o desespero, dando-lhe um sentimento de libertação e alívio pela primeira vez, desde as malfadadas ocorrências. O calor humano de Jean atuou como um bálsamo curador sobre as dolorosas feridas de sua alma. Sentiu intuitivamente que ele não a condenava, nem a empurrava para o terrível isolamento, como outros teriam feito de bom grado. Fátima segurou a mão dele entre as suas. Ele aparecera na escuridão como um anjo salvador e a conduziria de volta para a luz e o calor.

Jean passou a mão sobre a testa dela, afastou os cabelos úmidos de orvalho e enxugou-lhe as lágrimas. Sentiu como ela estava só e necessitando de consolo. A tragédia de sua jovem vida abalava-o, embora não soubesse exatamente o que acontecera... Gostaria muito de saber o que ela procurava nesse parque afastado, a essa hora. Antes de tudo teria de levá-la de volta à sede o mais depressa possível... Como Justin pôde abandoná-la depois dessa fatigante dança?...

— Temos de voltar, Fátima, estás necessitando de calor e sono. Ela não respondeu, contudo seguiu-o obedientemente. Enquanto caminhavam, Jean colocou seu braço em volta do ombro dela. De repente, ele sentiu uma profunda ternura por essa criatura que se desviara do caminho. Também ela vivera num mundo de ilusões... Sob esse aspecto, de certo modo, seus destinos tinham sido idênticos. Se não existisse Justin, poderia tentar conquistar o amor dela...

Em frente à casa de Fátima, ele parou para se despedir. Contudo, com grande surpresa, viu que ela lhe agarrava a mão com força.

— Entra junto comigo, Jean. Ajuda-me a prosseguir em meu caminho! Jean hesitou. Entrar com ela e continuar consolando-a...

— Eu te peço, falou Fátima com voz suplicante. Preciso de alguém... alguém que não me considere como se eu já estivesse morta.

O pedido insistente era-lhe incompreensível. Justin deveria tê-la protegido e consolado...

— Justin nada mais tem a ver comigo! disse Fátima tão rapidamente, como se tivesse lido os pensamentos dele. Dei-lhe a entender isto claramente, quando tu nos deixaste.

Não obstante, algo não estava certo. Finalmente Jean entrou atrás dela na casa, ainda hesitando. Zuhra já esperava diante da porta aberta, deixando ambos entrar. Jean correu a vista pelo aposento muito bem decorado, antes de se acomodar num divã.

Quem esperaria tal imponência no interior dessas simples casas brancas de tijolos... ou... cabanas, como Tobias de preferência as denominava...

Jean apoiou a cabeça nas mãos, refletindo intrigado sobre o comportamento de Fátima. O olhar de amor trocado por ela e Justin não era tão fácil de apagar de sua memória. Por outro lado, não tinha motivos para duvidar das palavras dela... "Justin nada mais tem a ver comigo", se isso fosse verdade...

Um leve ruído de pratos fê-lo levantar o olhar. Zuhra, como de costume, entrou despercebidamente no aposento, colocando uma bandeja diante dele na mesa.

— Isto é como no país das delícias, onde apenas se precisa dizer "põe-te mesinha!", disse Jean surpreso, ao ver as inúmeras gulodices aparentemente destinadas a ele. Zuhra parecia pensar que ele chegara para um opulento banquete... Quando lhe ofereceu serviçalmente as travessas, ele meneou a cabeça rindo.

— Não dá, Zuhra, a essa hora meu estômago se opõe; dá-me apenas café quente ou cacau, depois irei embora.

Decepcionada, Zuhra recolocou as travessas. Escolhera o melhor para ele. Estava tão agradecida a Jean por ter trazido Fátima de volta... Mas como Jean poderia saber que ela, por meio das gulodices especiais, queria expressar-lhe sua gratidão? Gratidão por ter tirado a imprudente filha de Sumaika do escuro e sinistro parque.

Jean tomava seu café prazerosamente, quando Fátima entrou com um ruído farfalhante. Ela tirara suas roupas úmidas, vestindo agora um penhoar de tafetá de seda verde reluzente. Lançou um olhar de agradecimento para Jean, parando surpresa diante da mesa.

Essa abundância de comida... esquisito... Zuhra em geral nunca era tão solícita com um homem estranho. Jean, no entanto, não era totalmente estranho... contudo... olhou para a velha empregada interrogativamente, voltou-se a seguir para Jean, oferecendo-lhe um prato com biscoitos de milho condimentado.

— Esses pequenos biscoitos são exatamente o certo. Café quente e biscoitos quentes de milho... de madrugada.

Jean olhou para o relógio. De fato... já passava das três horas. Ele havia se levantado quando Fátima entrou, recebendo em pé o prato com biscoitos. Ela logo o fez sentar-se a seu lado no divã, deixando que sua xícara fosse enchida com cacau. A bebida quente reanimou seu corpo endurecido de frio e de tristeza. E Jean? "Seu encanto desprendido e bondoso afastarão nesta noite os espíritos dos assassinados. Hoje não poderão perseguir-me!..." pensou ela com satisfação.

Zuhra, previdentemente, colocara a travessa de biscoitos na mesinha, diretamente à frente de Jean, desaparecendo a seguir junto com suas gulodices desprezadas.

Fátima encostou-se em Jean, cansada e contente... mas a jaqueta de couro... era fria e úmida.

— Tira a jaqueta, aqui dentro é tão quente! Jean levantou-se, olhando-a perscrutadoramente.

"Não", pensou com firmeza, "não posso ficar aqui. Pois sou um homem ferido e ela é uma, ou melhor, a mais encantadora mulher que conheci até agora. Conheço Justin e sei que ele a ama, e ele é meu amigo..."

— Fátima, tu não és nenhuma ave noturna! disse Jean com leve ironia. Já está mais do que na hora de dormir... Necessitas de repouso. Aliás, estou surpreso por conseguires estar tão bem-disposta depois de uma dança dessas!

Após essas palavras pegou as mãozinhas dela para se despedir. Fátima, contudo, não largou as mãos dele. Recomeçou a chorar, pedindo-lhe com um timbre de medo na voz, que ficasse.

— Meia hora apenas, até o dia clarear. Não tens idéia do quanto necessito agora de tua presença.

Jean olhou-a perplexo. Apenas meia hora ela queria. Realmente tornava as coisas difíceis para ele. Como poderia resistir à tentação que partia dela?... Ela fez oscilar todos os bons propósitos dele. "Pois bem, por mim..."

Ele deu de ombros, tirou a jaqueta de couro e colocou-a sobre uma cadeira. Que todos os espíritos o ajudassem para conservar lúcida a cabeça, a fim de não se tornar traidor de seu melhor amigo...

Fátima, com a cabeça abaixada, estava sentada no divã. De certa forma, dava a impressão de estar desamparada e abandonada. Jean olhou alguns segundos para ela.

— Fátima! Ela olhou-o com olhos assustados, mas logo depois sorriu agradecida. Ele ficaria...

— Fátima, já recebeste alguma vez aulas de religião católica? Ela acenou afirmativamente, olhando-o um pouco confusa. Jean riu ironicamente para ela, acomodando-se a seu lado.

— Espero que ainda te lembres do que aprendeste! Fátima balançou a cabeça duvidando.

— Não deves tentar ninguém! E muito menos ainda um pobre pagão como eu. Ao ouvir essas palavras pronunciadas de modo sério e untuoso, Fátima riu alto. Agora ela entendia.

— Lembro-me de uma sentença dessas, mas apenas mui vagamente! disse continuando a rir.

— Apenas mui vagamente, é o que pensei. Talvez te lembres de uma outra sentença, embora também de modo vago.

— Que sentença? perguntou Fátima com curiosidade. Jean, de fato, era divertido.

— A outra sentença diz que o espírito, sim, é forte, mas a carne é fraca! Recordo-me muito bem dessas sentenças, pois Père Mignard parecia gostar delas especialmente como tema religioso.

Fátima fez um gesto de contrariedade.

— Certamente eu não queria tentar-te. Nada está mais distante de mim do que isso... As noites... elas são tão atormentadoras para mim...

— Naturalmente não tinhas a intenção de me seduzir. Tu mesma, tua beleza excitante, já é tentação suficiente! Jean não se iludira... o papel de moralista não era nada fácil... Contudo, no fundo estava Justin... Justin! Jean levantou-se de um salto, pensando nisso.

— Fátima, sinto que pouco me adianta o meu espírito forte, por isso meu corpo fraco diz: foge, antes de trair teu amigo Justin!

— Não o estás traindo! exclamou Fátima, amedrontada. Pergunta-lhe tu mesmo! Fica aqui, contando-me de vossa infância em comum. Para dormir, de qualquer forma, já é tarde demais. Sabes que tereis de sair às cinco horas.

— Bem, falarei com Justin, depois te levarei comigo para Nairóbi, amparando-te e protegendo-te.

— Começa, pois, a contar! disse Fátima impacientemente. Se pensas somente nele, também podes falar dele!

Jean encostou a cabeça no macio divã, refletindo. O que deveria contar de sua infância e da de Justin? Poderia ter escrito um volumoso livro sobre isso!

— Jean! Estás comendo teus pensamentos! disse Fátima brincando.

— Apenas estou pensando o que devo contar-te. O tempo mais belo de minha infância começou quando Justin entrou em minha vida. Ele tinha naquele tempo mais ou menos seis anos de idade e eu sete. Morávamos em Kinshasa.

— Então conta-me desses anos... Eu gostaria de os ter visto quando ainda eram tão pequenos.

— Minha mãe estava doente dos pulmões! começou Jean, gaguejando um pouco. Tinha uma enfermeira procedente da Alsácia. Chamava-se Christine e amava um mercador indiano. Naturalmente, apenas de modo clandestino. Meu pai estava sempre ocupado, viajando freqüentemente... E havia também Maata. Minha boa e reluzente ama preta. Eu a amava mais do que a minha mãe. Maata gostava de usar turbantes verdes e vestidos de padrões verdes. Não era bem preta, não. Era moreno-escura e eu achava que a cor verde combinava bem com ela.

No início ela era apenas minha ama; quando, porém, a saúde de minha mãe piorou, Maata dirigia toda a casa. No começo os criados resmungavam e também nossa cozinheira achava que ela se dava ares de muito importante, contudo Maata era esperta e astuta.

Em pouco tempo tinha o apoio de toda a criadagem; também meus pais logo perceberam que podiam confiar-me sossegadamente a ela, bem como toda a casa. Naquela época chamavam-me apenas de "a pequena sombra"... Depois entrou Justin em minha vida. Era um menino magro, moreno, sempre examinando gatos, cachorros, passarinhos, lagartos e outros animais para ver se não tinham alguma doença.

Ao perceber como nós dois nos dávamos bem, brincando juntos harmoniosamente, Maata, quase que diariamente, me levava para a aldeia dos nativos. Ela fazia essas viagens com um ar sereno e alegre, embora soubesse que com isso ultrapassava em muito os seus limites.

Minha constante ausência de casa, às vezes, chamava a atenção e perguntavam a Maata para onde ela me levava.

"Para onde vou?" perguntava ela com inocente surpresa. "Faço bonitos passeios à beira do lago com Jean e um amiguinho dele." Acrescentava geralmente, com inimitável dignidade, que numa casa onde os espíritos da doença se alojaram não era um bom lugar para crianças pequenas...

Meu pai e minha mãe também lhe davam razão, porém nossos amigos e conhecidos desconfiavam desses passeios à beira do lago. De qualquer forma, Maata era bem-conceituada diante de meus pais e passávamos boas horas juntos. Com referência aos passeios à beira do lago, tratava-se na realidade de passeios de canoa.

Um dos numerosos parentes de Maata possuía um "schimbuck", uma canoa, na qual nos levava. Navegávamos até Brazzaville ou entre as ilhas flutuantes. O parente — nós o chamávamos de tio — pescava e às vezes colhia ovos dos juncais. Justin e eu nunca pudemos fazer uma idéia exata da verdadeira ocupação dele. Sentíamo-nos felizes em sua companhia, pois através dele descobrimos um mundo totalmente novo. Conhecemos as grandes aves que nidificavam nas ilhas entre os juncos... Marabus pulavam por lá. Tinham bicos grandes e cabeças peladas. Às vezes víamos pelicanos nadando em longas filas e encontrávamos também, de vez em quando, um ninho com ovos amarelos no meio do capinzal. O que mais apreciávamos eram os flamingos róseos que viviam em bandos nas ilhas. Justin interessava-se mais, geralmente, por um pato que tinha uma asa aleijada.

Certa vez, ao anoitecer, o tio pegara esse pato. Ele era de opinião de que a asa torta provinha de um tiro e que esse pato daria um bom e substancioso assado. Mas Justin virou os olhos e começou a tremer quando lhe quiseram tirar o pato. Diariamente examinava a asa dele. Por fim tirou todas as penas do lugar torto, a fim de operá-lo.

"Todas as noites Ifabi sentar-se-á no teu peito, bicando o teu coração!" gritara sua mãe adotiva, que chegara no momento exato em que Justin, com um caco de vidro, encontrava-se diante do pato amarrado, o qual soltava gritos estridentes. Dessa forma o pato continuou vivo, e Justin deu-lhe o nome de Ifabi. Gostava tanto dele, que certo dia o levou consigo no schimbuck, deixando-o novamente na ilha.

Maata também gostava da água. Ela descendia de negros do rio, que habitavam casebres situados sobre estacas altas. Conhecia também muitas histórias sobre os entes das águas, bons e maus... Ai daquele, porém, que a lembrasse de sua origem. Por algum motivo achava desonroso descender de negros do rio. Quando alguém lhe perguntava onde ficava sua aldeia natal, dizia com um olhar beato que era uma filha da missão; mais, ela não sabia.

Uma conhecida de minha mãe, que sabia a origem de Maata, perguntou-lhe certa vez, sem a mínima má intenção, por sua aldeia no rio...

Maata apenas encarara inexpressivamente a curiosa. Não conhecia nenhuma aldeia no rio... Depois fez contra essa mulher, esposa de um diretor de banco, um feitiço para que ela adoecesse.

Quando um dos criados não trabalhava direito ou se fazia de bobo, Maata xingava-o de negro do rio ou do matagal...

Fizemos, depois, uma viagem pelo rio Congo... naturalmente empreendemos tal viagem com o consentimento de meu pai...

Jean fez uma pausa de alguns minutos. Lembrou-se da intensa alegria que ele e Justin sentiram quando subiram o rio Congo pela primeira vez.

— Continua falando, Jean! reclamou Fátima, ao notar que ele se perdia em recordações...

— O capitão do vapor era um amigo de meu pai, recomeçou Jean. Era um belga jovial e nos levou de bom grado. Tivemos sorte, pois ele sentava sempre junto com os quatro passageiros brancos, parecendo esquecer totalmente a nossa presença. Quando, aqui e acolá, cruzávamos seu caminho, geralmente ele já estava levemente embriagado. Desse modo podíamos, desimpedidamente, fazer o que queríamos no navio todo.

Naturalmente, Maata organizara para nós a viagem ao Congo, com astúcia e artimanha. Seu irmão mais velho, Janot, era cozinheiro nesse vapor. Cozinhava para o capitão e os poucos homens da tripulação, inclusive, naturalmente, para os passageiros brancos, caso estivessem a bordo. Por intermédio desse irmão, Maata também recebia a melhor comida da cozinha do capitão. E uma vez que gostava de comer bem, a presença do irmão era-lhe muito conveniente. Decisivo para essa viagem, porém, fora um sonho que ela tivera durante três dias seguidos.

Aparecera-lhe, por três vezes, a prima mais velha da terceira mulher de seu pai. E como Maata dissera, essa prima tinha os cabelos e o rosto lambuzados de barro e, além disso, acenava violentamente com os braços... Não se poderia deixar de lado, negligentemente, um sonho desses... é o que Justin e eu logo compreendemos.

"Terás de viajar para tua aldeia!" dissemos uníssonos. "Um sonho assim pode indicar um caso de falecimento na família!" acrescentou Justin, com um ar digno de qualquer sacerdote de oráculo.

Maata estava contente. Nossa reação fora como ela esperara. Podia fazer, portanto, essa viagem já há muito almejada. Uma vez que não quisesse, porém, por preço algum, deixar-me para trás, dirigiu-se a meu pai, comunicando-lhe com palavras comoventes que meu maior desejo seria uma viagem pelo rio Congo. Quando meu pai, surpreso, levantou o olhar, ela logo disse que eu não me dirigira pessoalmente a ele com esse pedido devido ao estado de minha mãe.

Meu pai, naturalmente, logo se dispôs a satisfazer meu "grande e almejadíssimo" desejo. Sim, alegrava-se até, por brotar em mim o amor pela natureza... Minha mãe ficou comovida até às lágrimas, ao saber de que modo desprendido Maata procurava proporcionar-me alegria...

E então chegou o grande dia... Pulávamos como potros selvagens, antes de subir no navio. Maata e dois criados estavam ao lado de nossa bagagem, no cais, e meu pai conversava com dois conhecidos que também queriam seguir rio acima.

Finalmente pudemos transpor a prancha que ligava o navio ao cais, ficando na larga e baixa caixa com os terraços sobrepostos. Achávamos particularmente interessante o fato de o navio do Congo não ter verdadeiras balaustradas. Assim a gente estava mais perto da água e de todas as eventuais aventuras. Em pouco tempo, meu pai e nossos conhecidos estavam fora do alcance de nossa vista, de modo que Maata não mais precisava fingir indiferença. Caminhou conosco pelo navio todo, balançando sua nova saia para lá e para cá, enquanto seus olhos brilhavam alegremente.

O timoneiro olhou-nos um pouco inseguro, enquanto caminhávamos assim pelos diversos compartimentos do navio, para depois ficarmos acocorados no terraço inferior, no meio de nativos que comiam galinha e um mingau de milho de uma panela comum. Minha presença junto a essa gente de cor parecia intrigá-lo, pois ele postou-se perto de nós, fixando o olhar em mim. Somente quando Maata virou-lhe as costas ostensivamente, murmurando para si algo sobre imundos goaneses, ele saiu a contragosto.

Nosso entusiasmo e nossa felicidade começaram ao sairmos dos morros apertados e vermos as maravilhosas florestas tropicais que formavam, em longos trechos, uma moldura alta e misteriosa. Em alguns lugares, os cipós pendurados até a água, as inúmeras flores que sobressaíam do verde reluzente, os muitos pássaros que revoavam por toda a parte dando gritos estridentes... tudo nos fascinava. E os inúmeros peixes voadores que pulavam como loucos fora da água antes das tempestades, executando verdadeiras acrobacias artísticas... dias depois vimos também famílias de hipopótamos tomando banho, em cujos dorsos pousavam grandes pássaros pretos... Às vezes macacos de cor vermelha balançavam-se de árvore em árvore, acompanhando o navio durante algum tempo... também uma águia marinha nos acompanhou, voando durante horas seguidas rio acima... Muitas vezes passavam nativos em suas pirogas compridas. Eles ficavam de pé em suas canoas estreitas, remando com incrível velocidade...

O rio, com seu cenário variado, foi para Justin e para mim tão maravilhoso, que não duvidávamos um momento sequer de que encontráramos um resto do paraíso perdido.

"Isso é o que Père Mignard deveria ver!" exclamava Justin todo entusiasmado. Eu perguntei a Maata se ela já viajara em sua vida através de uma maravilha como aquela. Bem, ela absolutamente não parecia tão maravilhada pela beleza da natureza à sua volta. Olhou para nós dois e meneou a cabeça; a seguir remexeu em sua volumosa bolsa de viagem, tirando um pacote de doces "número um" para nós. Eram tâmaras recheadas, de sabor tão delicioso, que demos esse nome a elas.

Certo dia, um tremendo berreiro arrancou-nos do jardim de éden. Aliás, apenas a Justin. Pois eu estava e continuava como que encantado, apesar do berreiro, enquanto Maata permanecia acocorada no chão, em sua pose predileta, olhando broncamente à sua frente. Justin levantara-se de um salto, correndo em direção ao berreiro. Encontrou uma mulher agitada, circundada por gente velha e jovem, sacudindo para cima e para baixo uma criança de cerca de dois anos.

Justin forçou agilmente passagem através da multidão, contemplando a situação por algum tempo. Uma mulher mostrou-lhe um osso de galinha, indicando a seguir o menino pequeno aparentemente prestes a morrer por asfixia. Justin não perdeu nenhum minuto. Pegou a criança, pediu a uma outra mulher que a segurasse e depois abriu a boca do pequeno o mais que pôde, enfiando sua mão delgada na garganta dele. Logo depois tirou triunfante um osso, erguendo-o para que todos pudessem vê-lo. Pela rápida e pronta atuação de Justin, provavelmente a criança fora salva.

Até hoje Justin afirma que esse feito, naquele tempo, foi a operação mais bem-sucedida e mais hábil de toda a sua vida...

Jean fez uma pausa, olhando interrogativamente para Fátima.

— Não é muito enfadonha essa história para ti?

— Pelo contrário! respondeu ela, perguntando, quase sem fôlego, o que Justin fizera depois.

— Pelo que me recordo, ele segurou o osso na mão, fitando-o curiosamente, enquanto as mulheres o olhavam, perplexas, sem dizer nada. O silêncio repentino tirou-me do encantamento. Dei uma volta, dirigindo-me à reunião silenciosa. Justin metera o osso em seu bolso, dando a seguir um tapa no traseiro do pequeno, enquanto olhava para a mãe severamente. Para mim, o pequeno Justin, naquele momento, tinha um ar verdadeiramente digno... Com a pose de um velho e experimentado médico ele abriu caminho entre a multidão, afastando-se.

Maata aproximara-se curiosa, observou calada os outros durante alguns instantes e acocorou-se a seguir, baixando a cabeça. Ao observá-la, compreendi pela primeira vez o que significava quando alguém dizia: "ele está comendo seus pensamentos".

Também as demais mulheres, velhas e jovens, acocoraram-se com o olhar fixo à sua frente, aparentemente ainda perplexas. Maata finalmente levantou a cabeça, respirando fundo. Estava, agora, esclarecida... Ela sugara os pensamentos das outras, sabendo que Justin se tornara um pequeno curandeiro. Percebera, naturalmente, também a confusão provocada entre os nativos pelo repentino aparecimento de um curandeiro.

Eu estava indeciso, de pé, ao lado de Maata, prestes a sair, contudo algo me reteve. E foi bom ter ficado, pois pude observar um fenômeno que se desenrolou além da nossa capacidade de compreensão. Dez, doze ou ainda mais nativas estavam acocoradas juntas no chão. Nenhuma dizia uma palavra sequer. Não obstante, eu tinha a infalível sensação de que elas estavam conversando e trocando idéias entre si. Mal ousei mexer-me. Meu olhar estava como que preso a uma mulher velha, que aparentemente dirigia esse diálogo calado... Anos mais tarde tive a oportunidade de observar várias vezes o mesmo fenômeno do silencioso intercâmbio de pensamentos...

Fátima acenou afirmativamente com a cabeça. Ela também conhecia essa maneira de transmissão de pensamentos, unindo entre si, muitas vezes, membros de famílias várias milhas distantes...

—— Quando finalmente consegui libertar-me, saí silenciosamente, procurando Justin. Ele estava sentado ao lado da grade que separava o recinto das máquinas e virava o osso na mão. Quando sentei-me a seu lado, ele disse pensativamente que queria ser médico. Um médico verdadeiro, naturalmente, capaz de curar. Alegrei-me muito com tal decisão, pois assim poderíamos continuar juntos. Eu até estava surpreso por ele não ter externado já há tempos esse desejo...

"Estudaremos na Europa... Meu pai alegrar-se-á por quereres ser médico!" falei entusiasmado.

Esse maravilhoso dia em que Justin tornara-se um curandeiro e no qual havíamos descoberto um pedaço do paraíso, ainda estava longe de ter chegado a um fim. Justin estava sentado sonhadoramente ao meu lado e certamente pensava sobre futuros hospitais e curas sensacionais. Mesmo eu encontrava-me novamente num estado de total bem-aventurança. Enquanto estava encostado à grade, observando, na parte traseira, as ondas bramantes e cintilantes das duas rodas-d'água, lembrei-me das ruas envidraçadas das quais Père Mignard falara muitas vezes. Na minha fantasia viva, os traços cintilantes de água transformaram-se em ruas de vidro que conduziam através de nosso recém-descoberto paraíso.

Um tremendo trovão trouxe a mim e a Justin de volta ao presente. Logo depois, as massas de água que despencavam envolveram nosso navio...

"As cortinas de chuva fecharam!" gritou Justin no meu ouvido.

"Assim poderia ter sido na arca de Noé!" respondi gritando...

Enquanto trocávamos nossas opiniões aos gritos, nosso amigo Janot chegou, arrastando os pés e acocorando-se a alguma distância de nós. O temporal durou meia hora, mais ou menos, quando alguns tardios raios de sol irromperam e a chuva acabou. Janot levantou-se de um salto, com grande agilidade, chegando até nós.

Olhou-nos perscrutadoramente durante alguns segundos, dizendo a seguir, como se fosse algo sem importância, que naquela noite poderíamos descer a terra com ele, tão logo o vapor ancorasse. Alegremente levantamos de um salto, querendo saber os pormenores. Janot, porém, deu-nos uma garrafa com óleo, dizendo que nos esfregássemos bem com ele.

"Existem nuvens de mosquitos e outros insetos noturnos que, não fosse esse óleo, sugariam o sangue de vosso corpo". Após essas palavras ele subiu novamente.

Às seis horas da noite ou um pouco antes, a embarcação chegava ao seu ancoradouro. Justin e eu, engordurados e malcheirosos, já às cinco horas caminhávamos de um lado para o outro. Inicialmente o cheiro rançoso do óleo quase me narcotizara. Também Justin recuou um pouco quando começamos a nos esfregar. Mas, depois, certamente recordou-se de que era um médico principiante, pois pegou um pouco do óleo entre dois dedos, apalpou sua consistência e, franzindo a testa, olhou para mim.

"É apenas óleo de fígado deteriorado ou de peixes podres. Só isso." Depois dessa constatação senti-me um pouco melhor.

Embora cheirasse mal, como poderia um inofensivo óleo prejudicar?...

Quando chegamos ao nosso ancoradouro noturno, já um grande grupo de novos passageiros estava esperando, os quais queriam ir rio acima. Nós, contudo, não nos incomodamos com ninguém; deixamos o navio, seguindo Janot. Notamos logo que também a família da criança salva nos seguia. Agora sabíamos... A mãe, provavelmente, queria apresentar o pequeno curandeiro mágico em sua aldeia.

Janot parara algum tempo ao lado de pilhas de madeira, falando com dois mercadores que acabavam de ofertar suas mercadorias num estridente francês do Congo... bananas, galinhas assadas e peixes...

Nesse ínterim, Justin e eu inspecionávamos os muitos fardos e cestas de vime que aguardavam transporte sob um grande barracão de junco. Depois chegou Janot e entramos num mundo úmido, abafado e aromático. A primeira coisa que notamos foi a gritaria e o grasnar de centenas de aves grandes, de cor verde, comedoras de bananas, que revoavam nos tamarindos e árvores de fruta-pão.

De bom grado ficaríamos parados, apreciando um pouco o movimento atarefado dos pássaros. Janot, contudo, dava-nos sempre um empurrão quando pretendíamos parar. Compreendemos que precisávamos nos apressar. A múltipla e variada música noturna da mata virgem já começara. Vaga-lumes verdes e vermelhos, do tamanho de uma lanterna, voavam pelo crepúsculo, provocando exclamações de encanto. Primeiramente o paraíso, depois essa floresta de contos de fadas...

A família com a criança já há muito desaparecera.

"Certamente correram à frente, a fim de anunciar a nossa chegada!" observou Justin.

E ele tinha razão... Já estava completamente escuro quando chegamos à aldeia. Alguns homens e mais a mãe da criança estavam aguardando diante de uma alta paliçada. Eles nos conduziram através de uma estreita abertura, e poucos minutos depois entramos em uma cabana, na qual a chama de um fogão brilhava ao nosso encontro. Tivemos de nos acomodar em bancos baixos de esteira, e algumas mulheres nos deram de comer abundantemente.

Enquanto comíamos, ouvimos o rufar de tambores. Eram tambores falantes.

"Retransmitiram nossa chegada!" murmurou Justin para mim... A notícia do extraordinário salvamento da criança era retransmitida para as aldeias em redor...

Depois de comermos, a mulher convidou-nos a segui-la. Em frente da cabana alguns homens nos receberam. Carregavam archotes e nos conduziram pela rua da aldeia como que em triunfo. Lembro-me de que brilhava a chama nos fogões de todas as cabanas... Depois chegamos à praça de danças ou de festas da aldeia. Acenderam uma grande pilha de madeira, e uma multidão silenciosa nos olhava.

Assustados, ou melhor, surpresos, Justin e eu paramos. Janot, porém, deu-nos novamente um empurrão nas costas; continuamos, pois, caminhando até nos encontrarmos finalmente entre todos os habitantes da aldeia. Dois rapazes chegaram e levaram Justin para o meio deles. Era o "troféu" que deveria ser apresentado...

Nunca em minha vida esquecerei o quadro: o pequeno Justin com sua calça curta de brim cáqui e sua camisa xadrez, iluminado pela grande fogueira no meio da praça. Seus cabelos pretos e lisos caíam-lhe um pouco na testa, e o rosto brilhava. Nesse ínterim, os habitantes da aldeia haviam se acocorado e Janot puxou-me impacientemente também para o chão.

O silêncio era tão grande, que apenas se ouvia o crepitar do fogo. Esse silêncio, contudo, estava cheio de expectativa. De repente estremeci como se tivesse levado um choque elétrico... pois um terrível uivo cantante rompeu a silenciosa expectativa. Olhei cautelosamente em redor, mas ninguém parecia ter se impressionado. Portanto, o uivo deveria fazer parte da apresentação.

Somente quando eu já estava com mais idade, foi que percebi o quanto todos os nativos gostavam de efeitos dramáticos.

A um sinal dos tambores, cerca de uma dúzia de moços, extraordinariamente enfeitados, saltaram para a praça, envolvendo Justin. Batiam palmas e batiam os pés contra o solo como se fossem búfalos em disparada. Não me lembro mais da duração dessas manifestações. Encontrava-me num mundo fora do tempo e estava muito impressionado com o cenário misterioso.

De repente, Justin encontrava-se novamente sozinho na praça, e eu pude ver que ele estava plenamente consciente do papel que representava. Surgiram então três homens, e um suspiro de alívio passou pela multidão que aguardava. Eu também suspirei fundo, como que liberto, embora não soubesse por quê. Os três homens, cuja idade era impossível de se determinar por estarem enfeitados com listas coloridas, acocoraram-se, puxando o pequeno Justin para o meio deles.

Eram dois curandeiros e um feiticeiro. Estavam envoltos em peles de lince amarelo e preto, e o feiticeiro tinha na cabeça um enfeite alto de penas em forma de leque. Não me recordo mais do adorno de cabeça dos outros. Toda a minha atenção dirigia-se para Justin e o homem com o leque de penas. Justin estava calmamente sentado, com as pernas cruzadas, entre as três figuras fantásticas. Achei que ele sentara-se com a mesma dignidade que os outros. Era o pequeno curandeiro do navio, que deveria ser testado.

Ambos os curandeiros, um após o outro, pegaram as mãos dele, examinando-as dos dois lados. Puxavam tanto os dedos dele, que quase podia escutar o estalar dos mesmos. Depois apalparam seus braços e pernas, e também seus cabelos e pescoço. O feiticeiro sentara-se, nesse ínterim, calmamente, permanecendo com os olhos semicerrados.

"Ele perscrutava meu cérebro!" contou-me Justin mais tarde.

Os dois curandeiros, finalmente, sentaram-se de novo, observando, ao que me pareceu, algo incrédulos o menino. O feiticeiro, então, se mexeu. Tirou alguma coisa do bolso, pendurando-a no pescoço de Justin. Vimos depois que se tratava de uma corda tecida de cabelos, na qual pendia um pequeno e duro saquinho de couro. O saquinho era pesado. Justin ainda hoje o carrega no pescoço...

De repente, a representação terminou. Os dançarinos pulavam novamente na praça, batendo com as mãos e os pés como antes. Ao dispersarem-se, vimos que também os três homens haviam desaparecido. Apenas Justin, com a cabeça abaixada, encontrava-se ainda sentado no mesmo lugar. Levantou o olhar somente quando dois homens levantaram-no pelos braços, conduzindo-o para junto de mim e de Janot. Justin pareceu-me um pouco ausente. Demorou algum tempo até que respondesse minhas perguntas.

"O que sentiste quando os dois curandeiros te apalparam?" perguntei cochichando. Ele olhou-me sem compreender e perguntou:

"Apalpar? Quem me apalpou?" Justin nem percebeu meu olhar incrédulo, assustado até.

"Senti apenas o olhar dele penetrando em mim e trazendo algo à tona. Era um olhar amarelo de leopardo... Se pelo menos eu soubesse o que ele tirou de mim!..." murmurou para si mesmo.

Fiquei preocupado, pois, segundo meus conhecimentos, Justin ainda não tinha visto, durante sua curta vida, um leopardo vivo.

"E sabeis como me separei do olhar amarelo?" continuou Justin falando. Naturalmente não sabíamos e ele também não nos deixou muito tempo em expectativa.

"Pronunciei para mim mesmo, em voz alta, as palavras de conjuro que a mãe Therese me ensinara."

Senti-me muito aliviado por Justin ter tido tanta presença de espírito, protegendo-se dessa maneira. Eu conhecia as palavras de conjuro, pois Maata as havia inculcado em mim também.

Elas protegiam contra o mau-olhado e afugentavam espíritos suspeitos...

"Pronunciei as palavras algumas vezes!" disse Justin orgulhosamente. "O feiticeiro, aparentemente, gostou delas, pois sorriu para mim, pendurando a corda no meu pescoço."

Eu gostaria de ter falado, naquele tempo, mais prolongadamente com Justin. Contudo, Janot fez pressão para partirmos. Ele apareceu munido de uma cesta cheia, pronto para caminhar. Andamos no meio dos nativos pela rua da aldeia. Os que carregavam os archotes constantemente iluminavam Justin e eu, para que todos pudessem nos ver direito. Quando já estávamos perto da paliçada, verificamos que Justin não queria acompanhar-nos.

"Ficarei aqui a fim de aprender. O feiticeiro fala uma espécie de francês... na viagem de volta podereis buscar-me..."

Não me envergonho de confessar que comecei a chorar após tal declaração. Janot olhou com raiva para Justin, perguntando se por acaso os abutres tinham comido a bicadas o pouquinho de miolo de pato que possuía...

"Naturalmente virás conosco!" Depois dessas palavras, Janot pegou Justin pelo braço, querendo puxá-lo à força, após saber que o mesmo queria ficar. De repente o feiticeiro encontrava-se à nossa frente. Não obstante minhas lágrimas, constatei que o leque não era de penas, mas sim, de latão ou ouro...

O homem olhou para mim e para Janot. Nada mais. Contudo, enquanto nos olhava fixamente, eu soube o que Justin quis dizer quando se referiu a olhar de leopardo... Janot virou-se, como que acossado, fugindo da aldeia. E eu o segui. Depois de algum tempo ele parou e olhou para trás... não, ninguém nos seguira. Nem Justin... Acocoramo-nos um pouco a fim de nos refazermos do susto. Depois Janot acendeu a lanterna e caminhamos calados, voltando para o ancoradouro.

Maata estava sentada sobre um cesto, ao lado da prancha do navio, aguardando. Durante segundos ela encarou seu irmão Janot e então, calada, subiu comigo no navio.

No dia seguinte um trovão interrompeu meu sono. Eram duas horas da tarde. Às cinco aportaríamos em Lukolela para desembarcar malas de correio e passageiros.

Constatei, perplexo, que a viagem prosseguiu pontualmente, mesmo sem Justin... Em Coquilhatville desembarcaram dois passageiros brancos, e um missionário subiu a bordo. Nesse ínterim Maata me preparara, pois ela desembarcaria em Monkero e subiria por um afluente do Congo até sua aldeia natal. Foi isso mais uma surpresa para mim. Sobrevivi, contudo, à separação de Justin e sobreviveria também à separação de Maata...

A viagem até Stanleyville ainda me proporcionou várias vivências agradáveis. Fiz amizade com um dos timoneiros, o qual freqüentemente ficava de pé ou acocorado na proa do navio chato, "medindo" as profundidades. Quando chegávamos a trechos perigosos do rio, com bancos de areia ou árvores gigantes tombadas, sondava-se o canal de navegação durante milhas. Eu então ficava acocorado perto dele, olhando atentamente para o rio.

Também o engenheiro da embarcação era muito amável comigo. Explicava-me como acionavam as máquinas, respondendo pacientemente minhas muitas perguntas. Deparava às vezes também com o missionário, o que para mim era menos agradável. Janot alimentava-me com finas gulodices, e o marinheiro Roberto contava-me histórias fabulosas do tempo em que navegava num navio a vapor no rio Kasai.

Eu estava alegre e bem-disposto, contudo meus pensamentos dirigiam-se a Justin constantemente... O que estaria acontecendo a ele na aldeia dos nativos? O que aprenderia do feiticeiro? Quereria, aliás, voltar?

Pensando nessa última hipótese sentia um aperto no coração... Meu medo, porém, era infundado. Justin apareceu exatamente no local onde esperávamos encontrá-lo. Antes dele, contudo, Maata subiu novamente a bordo do navio. Era uma Maata magra e algo debilitada, mas suas qualidades ditatoriais não foram prejudicadas.

Logo me repreendeu bastante por estar sujo, por não me ter lavado e porque minha camisa e a calça estavam cheias de manchas de óleo. Era, naturalmente, óleo de máquinas. Lançou um olhar de esguelha para Janot, criticando-o severamente por causa do meu estado descuidado; sabíamos, contudo, que as palavras dela se destinavam ao engenheiro que estava encostado à balaustrada, rindo e piscando divertidamente para mim.

Finalmente chegou o dia em que Justin, circundado por cerca de vinte pessoas e um amontoado de cestas maiores e menores, nos aguardava. Estava no local de ancoragem do vapor, sereno e ereto, assim como é exigido de um futuro curandeiro. Fitei-o perplexo ao vê-lo na margem nessa pose estranha; e não menos extraordinária era a sua aparência.

Suas costas e seu peito estavam cobertos por uma pele de leopardo, e na cabeça tinha um aro enfeitado com penas, usando um pequeno leque sobre a testa. Quando o navio atracou, ele passou com um olhar fixo pelo timoneiro, o qual também estava perplexo. Já deveria ter se despedido de seus acompanhantes, pois não lançou mais nenhum olhar para trás. Dois serventes transportaram então todas as cestas para bordo. Pertenciam todas a Justin.

Maata e Janot, naturalmente, logo perceberam que Justin fazia a pose de um curandeiro, a fim de nos impressionar. Quanto a mim, conseguira o que pretendia. Eu não sabia o que pensar. Além disso, Justin me parecia mais alto e mais escuro do que o tinha na memória.

Enquanto eu estava confuso, ele subiu todo orgulhoso para sua cabina, seguido de Janot, Maata e dois carregadores de bagagens. Segui lentamente atrás dele. Mal todos nós chegamos à cabina, Justin deu um grande salto, digno de um dançarino do diabo; a seguir nos abraçou um após o outro, jogando-se por fim na cama, rindo. A risada sacudiu-o tanto, que seu enfeite de cabeça caiu no chão.

Esse inesperado riso convulsivo deu-me, pelo menos, tempo de recuperar meu autocontrole. Quase me engasguei com minhas lágrimas reprimidas de alegria, ao constatar que Justin não se alterara e que continuava a ser o mesmo amigo de antes.

Quando Justin se refez e levantou, lembrei-me de um quadro de João Batista, que Père Mignard nos mostrara certa vez. O Batista também usava somente uma roupa de pele. Meu amigo, sem dúvida, continuava o mesmo, contudo contou muito pouco de sua estada na aldeia dos nativos...

As cestas que trouxe consigo continham peles, ervas verdes e secas, cascas e galhos, pedras esquisitas e pedaços de raízes, penas de todas as cores, uma pequena caveira, o couro de um jacaré, bem como muitas peles de lagartos, e ainda muitas outras miudezas, das quais hoje já não posso recordar-me...

Perguntamos a Justin quem lhe dera todas essas raridades, mas ele somente fez um gesto vago com a mão... Seu feiticeiro certamente lhe impusera um determinado "segredo profissional..."

Meus problemas resolveram-se com a volta de Justin. Aproveitamos amplamente nossa viagem rio abaixo, amolando Maata constantemente com perguntas sobre sua aldeia. O serviço de informações da selva parecia ter divulgado até bem longe os feitos de Justin. Pois, muito distante, abaixo de Lukolela, embarcaram alguns passageiros com uma criancinha doente. Essa criança encontrava-se inanimada nos braços da mãe, dando a impressão de já estar morta.

Janot, que sempre sabia de tudo, cochichou para nós, com um olhar de esguelha para Justin, que a família recém-chegada somente seguiria junto um trecho do rio abaixo, por causa de um certo pequeno curandeiro... Justin logo olhou interessado e até alegre para a jovem mulher que acabara de entregar a criança inanimada a uma velha e pequena mulher.

Apesar dos protestos de Maata, ele dirigiu-se à velha, cheio de pose, sentando-se a seu lado...

"Meus pacientes têm primazia!"... clamou ele ainda, olhando para trás, antes de se acomodar... Janot, que observava Justin, começou depois a rir de tal modo, que se engasgou com uma espinha de peixe a ponto de ele mesmo quase necessitar do curandeiro. Quando finalmente a espinha desceu pela garganta junto com uma massa de papa de milho, Janot não ria mais e nem escarnecia. Disse somente que os espíritos quase o sufocaram por estarem com raiva da ignorância dele...

"Justin é um pequeno curandeiro!" murmurou para si mesmo, várias vezes, arrependido e amedrontado... aliás, não sabia de que categoria eram os espíritos, os quais intervinham tão visivelmente a favor de Justin; contudo, nós três estávamos convictos de que deveria tratar-se de espíritos muito poderosos.

Acabei de comer rapidamente, sentando-me atrás de Justin, no chão. A criança ainda estava inanimada e deitada nos braços da velha, e Justin nada fazia. Apenas fitava o pequeno ininterruptamente... Esse silencioso fitar durou uma hora, mais ou menos, quando então se levantou, dizendo algumas palavras.

Subiu para a nossa cabina, parecendo-me um pouco deprimido e olhou-me algo absorto, quando eu, de repente, encontrava-me a seu lado. De sua atitude deduzi que se tratava de uma doença muito grave...

Justin, finalmente, virou-se para mim, dizendo que não sabia por que a criança estava deitada assim sem vida... Depois dessas palavras, ele mexeu demoradamente em suas cestas, tirou algumas cascas e ervas, e fez com elas, na cozinha de Janot, um chá de cheiro penetrante. Quando novamente descemos para o convés dos nativos, Maata estava sentada do lado da criança doente, fitando-a também silenciosamente.

Eu carregava o bule de chá, seguindo Justin. Com ares de um experimentado curandeiro, sentou-se novamente ao lado da velha; a seguir mergulhou dois dedos na mistura ainda quente, deixando cair algumas gotas na boca do pequeno.

Nas primeiras tentativas nada aconteceu. Fiquei inquieto e medroso, implorando a todos os santos que conhecia para que ajudassem Justin... A fama dele teria de se fortalecer com mais uma cura... Maata continuava com o olhar inexpressivo e fixo à sua frente, o que significava que estava pensando profundamente, isto é, que ela "comia" os pensamentos da família da criança doente, a fim de descobrir a causa da doença.

De repente escutei um gargarejar e um leve tossir e vi Justin agarrar a criança. Nesse momento minha admiração por ele era sem limites... ter ele a coragem de levantar, sem mais nem menos, um ser tão doente, sacudindo-o ainda, estava acima da minha capacidade de compreensão...

O pequeno acordara de seu desmaio, mas Justin continuava a pingar gotas em sua boca. Após algum tempo, ele pediu suco de abacaxi. Maata levantou-se tão rapidamente como um pato novo, desaparecendo.

Justin levantou-se, caminhando com a criança de um lado para o outro. Pouco depois ela não mais quis tomar as gotas. Virou a cabecinha para o lado, começando a chorar. Vi o sorriso feliz que se estampava no rosto de Justin... Uma criança que chorava era uma criança viva...

Nesse ínterim chegou Maata com o suco de abacaxi. Com um olhar, viu a situação alterada. Ela também pensava, provavelmente, que uma criança que chorava estava viva... Maata, portanto, mostrou um ar tão alegre e esperançoso, que nenhum dos presentes duvidava de aquela ser mais uma cura milagrosa do pequeno curandeiro.

A criança bebeu o doce suco sem maiores esforços. Aparentemente estava com sede. Logo depois adormeceu nos braços de Justin. Quando Maata lhe tirou a criança, observei que a mesma estava reluzente de suor. Respirei, então, aliviado. Suar sempre era bom...

O menino sarou visivelmente. Logo no dia seguinte comeu duas bananas e uma tigelinha de papa de milho com peixe.

"Era somente ar represado, soprado nele por um ente invejoso!" disse Maata, quando lhe perguntei a respeito da doença.

Janot, porém, especialmente orgulhoso de sua mentalidade progressista, disse que havia visto no pescoço da criança uma pequena ferida. Após essas palavras misteriosas, ele lançou um de seus olhares de esguelha, aguardando nossas perguntas. Percebendo com bastante satisfação que o olhávamos sem compreender, dignou-se a dar maiores esclarecimentos. Disse-nos que nesse trecho do rio existia um pequeno animal, meio pássaro e meio morcego, que arranhava ou bicava a pele de crianças ou animais, de preferência, a fim de lhes chupar o sangue.

"Todos os moradores dessa região conhecem esse animal... bem como o remédio a ser aplicado em tais casos..."

Justin deu de ombros. Janot talvez tivesse razão. Ele não sabia o que a criança teve, por isso fez a bebida exatamente de acordo com as indicações de Kialo, bebida prevista para casos de doenças não definidas...

Fosse o que fosse, a família da criança estava orgulhosa e contente. Mostravam o pequeno a todos, trocando olhares significativos. A fama de Justin, como curandeiro, estava mais do que consolidada. Quando desembarcaram no próximo ancoradouro, a velha, avó da criança, passou às mãos de Justin uma noz alongada.

A noz era pesada e sua parte superior estava envolta por uma fina tecedura de fibras. Quando mais tarde ele retirou a tecedura para ver por que a noz era tão pesada, descobriu no seu interior uma pepita lisa de ouro, do tamanho de um ovo de pombo... Esse ouro foi o primeiro honorário recebido em sua carreira de médico.

Aquela pepita de ouro deve ter sido para Justin, naquela época, algo semelhante à pedra filosofal. Ele sempre a carregava consigo. Ainda hoje é o seu talismã, no qual confia plenamente.

Por fim, a viagem que nos revelou um pedaço do paraíso perdido terminara. Estávamos novamente em Leo, a cidade atrás dos montes, onde, naquele tempo, nos julgávamos tão seguros... E Justin? Desde então, muitas vezes voltou à "sua aldeia", passando sempre uma parte de suas férias com Kialo. No ano passado, até esteve duas vezes lá, embora atualmente não seja tão fácil chegar à aldeia, pois desde nosso tempo de infância muito se modificou.

Jean silenciou. Dando um suspiro, apoiou a cabeça entre as mãos. A longa narração fora para ele como uma excursão ao país da infância. Mais ainda...

— Jean! A voz sussurrante de Fátima trouxe-o de volta ao presente. Ao olhá-la, observou que ela havia chorado.

— Somente agora o compreendo! disse saudosamente. Eu o amei, contudo, não o compreendia... O menino Justin!... Já então era cônscio de seus deveres!... Fátima enxugou as lágrimas que gotejavam novamente de seus olhos e perguntou:
— Por que Justin gosta tanto desse curandeiro? Jean hesitou em responder, pois não sabia se sua suposição era certa.
— Maata disse que Kialo se afeiçoou muito a Justin. E, por essa razão, fez uma magia, atraindo-o sempre de novo à aldeia... Acho que Maata tem razão, pois só assim pude explicar a mim mesmo, naquele tempo, a afeição de Justin por aquele curandeiro e sua aldeia.

Fátima acenou afirmativamente com a cabeça.
— Só pode ser assim. Quem conhece Justin tem de amá-lo!
Jean levantou-se.
— Já ouço o barulho de motores; provavelmente estão aquecendo nossos veículos! disse ele sorridentemente, vestindo a jaqueta de couro.

Fátima fitava-o agradecida, com olhos imperscrutáveis, quando ele, tomando suas mãos, se despediu:
— Vem comigo para Nairóbi!... Embora não possa ficar lá por muito tempo, colocar-te-ei em lugar seguro! pediu Jean com voz preocupada.
— Talvez eu vá... Somente posso dizer talvez, pois tudo se tornou inseguro em minha vida! respondeu Fátima, quase murmurando, enquanto colocava os braços em volta do pescoço dele e encostava a cabeça no seu peito. Jean abrira-lhe um novo mundo com a sua narração... porém tudo viera tarde demais...
— Os tambores! urge que eu vá! Jean pôs-se a escutar. A seguir, Jean a abraçou como se fosse uma despedida para a vida inteira. Depois saiu rapidamente.

CAPÍTULO VI

Já estava amanhecendo, quando Jean seguia pelo caminho do parque. Viu as luzes acesas na grande sala de jantar e vários boys correndo atarefados de um lado para o outro.

Jean ficou parado ao lado de um pé de jasmim de forte fragrância, aspirando prazerosamente o ar frio e puro. Um bando de grous voou tinindo por cima dele, desaparecendo nas neblinas prateadas que subiam do lago. Observou o vôo, levantando a seguir o olhar para o límpido céu estrelado...

"Esta paz matinal!... Não era como uma oração de agradecimento da natureza ao Criador?..." Sem querer juntou as mãos. Um dominante e desconhecido sentimento de gratidão elevou-se de sua alma... Uma onda de força perfluiu-o, e o conceito de tempo desapareceu por alguns instantes. Sentiu-se arrastado para dentro de uma radiosa corrente de luz da eternidade, que conduzia a um mundo de paz e amor. "Honra a Deus nas alturas!..." é o que cantava e soava em seu íntimo, ao voltar do mundo de luz que se abrira ao seu espírito...

Como que despertando, Jean olhou em redor. Ouviu novamente o rufar dos tambores e as vozes estridentes dos boys que trocavam gracejos em seu francês do Congo. Uma buzina estridente de automóvel, contudo, fê-lo voltar completamente ao presente. Passou a mão pela testa. O que lhe acontecera? Mais tarde pensaria sobre isso. Agora não tinha mais tempo. Retomando a caminhada, tornou-se dolorosamente consciente de que também ele não passava de um solitário peregrino na escuridão desta Terra...

Embora fosse amargo tal reconhecimento, sentiu-se refrescado e revigorado. Na metade do caminho lembrou-se de Abu Ahmed. Tinha de ir até ele ainda. Era impossível viajar sem despedir-se desse bondoso homem velho.

Mal Jean chegara à casa do sábio, quando a porta já se abria e o fiel Saleh fazia um gesto convidativo com a mão. Abu Ahmed estava de pé no meio do quarto, respirando como que aliviado, quando Jean entrou.

Jean ficou parado, estupefato. Uma capa preta cobria quase totalmente a vestimenta branca do velho. O que significava tal vestimenta solene a essa hora matutina? Um turbante branco?...

Abu Ahmed sorriu quase imperceptivelmente ao ver a surpresa de Jean; a seguir, fazendo um gesto suave com a mão, disse:

— Jean, meu filho, vou-me embora... Deves viver sempre de tal modo, que as bênçãos do Todo-Poderoso, do Misericordioso, possam atingir-te!...

Jean, comovido, ajoelhara-se, apertando a testa de encontro à mão de seu pai espiritual. De repente soube o que as palavras "vou-me embora" significavam. Abu Ahmed, porém, não lhe deixou tempo para que se entregasse a sentimentos de dor ou tristeza. Colocou a mão sobre a cabeça do ajoelhado, abençoando-o em nome de Deus. Dirigiu-se depois ao leito, conduzido por Saleh, e deitou-se. Jean sentou-se num banquinho ao lado da cama, aguardando.

— Escuta, Jean! Viaja o mais depressa possível a Nairóbi, lá permanecendo. Durante meio ano não deverás voltar... Dois amigos de Cláudio saíram de seu esconderijo. Eles sabem que pertences a Sankuru. Cláudio deve ter-lhes contado isso. Sabem, além disso, que membros da vossa sociedade não apenas assassinaram Cláudio, mas também alguns amigos deles... Esses dois são perseguidos por demônios de ódio, tendo, além disso, medo. Por isso são duplamente perigosos.

Não sabem que Tobias também faz parte da Sankuru. E isto é bom, pois assim a fazenda poderá permanecer vosso refúgio... E, Jean... diz a Kongolo que não mais volte para cá depois da reunião no território de Ruanda. Ninguém deverá voltar para a fazenda de Tobias antes de passar um ano. Doutra maneira, perderíeis este lugar... Diz a ele... a Kongolo... que soldados estão chegando, e junto deles se encontram as duas últimas criaturas do bando de Cláudio.

Abu Ahmed falara baixinho, porém muito nitidamente. Jean olhou perplexo à sua frente... Soldados?... Por quê?... Queria perguntar ainda algo, contudo o velho pai cerrara os olhos. Jean já estava fora de sua memória...

Obedecendo a um aceno de Saleh, Jean deixou a casa, dirigindo-se, pensativamente, ao seu bangalô. Visram e Justin, que haviam pernoitado em sua casa, já estavam prontos para a viagem. Os boys estavam esperando a bagagem. Jean juntou rapidamente suas coisas. Uma parte teria de ficar, e o mais necessário ele meteu no saco de viagem.

Tombolo trouxe-lhe uma caneca com café quente; abraçou-a, despedindo-se, e contou-lhe rapidamente o que ouvira de pai Ahmed.

— Esconde minhas coisas, Tombolo! Voltarei. A seguir correu para fora.

Os veículos estavam circundados por mulheres, homens e crianças. Não somente os moradores da sede estavam presentes, mas também toda a aldeia dos nativos parecia ter se reunido para a despedida; Jean soube com alívio que Tobias não viajaria junto.

— Não posso deixar sozinho, agora, nosso velho pai! disse Tobias deprimido. Além disso tenho de falar com minha filha. Jean acenou com a cabeça afirmativamente e comunicou-lhe as palavras de Abu Ahmed.

Tobias levantou o olhar, apavorado.

— Soldados, estás dizendo?...

— Não te traias meu amigo! pediu Jean com insistência. Ninguém sabe que fazes parte da Sankuru. Sabes com que prazer gostariam de culpar-nos da morte de Lumumba!...

Tobias compreendeu. Raiva cintilou em seus olhos. Contudo, acalmou Jean. Naturalmente, seria cauteloso. Se traísse a si mesmo, trairia ao mesmo tempo seus amigos. Isto nunca aconteceria. Apertou firmemente a mão de Jean.

— Podes viajar despreocupadamente... Cuida de Fátima...

No volante do primeiro jipe já estava sentado o motorista burundinês, de nome Otto, piscando alegremente os olhos para duas moças. Otto morava na sede e guiava geralmente um dos caminhões de entrega. Visram e Jean sentaram-se a seu lado e Kalondji, Kongolo e um coronel belga de Katanga, de nome Renée, apertaram-se no assento de trás.

A fileira de veículos pôs-se em movimento, e os tamborileiros rufaram seus tambores, com movimentos intensos, uma marcha de despedida. Visram constatou, divertido, que desta vez se tratava de uma marcha austríaca, aliás, a marcha "Radetzki". O repertório dos tamborileiros era realmente internacional. Também Renée sorriu para si mesmo, ao ouvir a marcha.

Somente Jean parecia nada ter notado. Absorto, tinha o olhar fixo à sua frente, enquanto os veículos passavam pelas extensas terras de Tobias. Numa curva do caminho mandou parar, comunicando aos amigos as advertências de Abu Ahmed. Em silêncio e com tristeza no coração, escutavam as palavras de seu velho pai, o qual era para todos como uma luz no turvo mundo.

Visram foi o primeiro a quebrar o silêncio. Virou-se, perguntando a Kongolo se não seria mais indicado, devido às circunstâncias, que somente alguns deles viajassem até a casa de Efraim. Kongolo concordou. Uma advertência de Abu Ahmed não devia ser desprezada sem mais nem menos. Propôs que a transmitissem logo aos demais também. Desceram todos, aguardando a chegada dos outros jipes; a seguir, Visram percorreu a fileira de veículos, pedindo que todos descessem, pois Jean tinha algo a lhes comunicar.

Todos escutaram interessados, ao ser mencionado o nome de Abu Ahmed. Conheciam e veneravam o velho sábio, de quem ninguém sabia a verdadeira idade.

Quando Jean silenciou, não havia ninguém, pois, entre eles, que não tivesse reconhecido imediatamente o perigo. Soldados eram piores do que enxames de gafanhotos; deviam proteger-se deles da melhor forma possível!

— Alá, o nome Dele seja santificado para toda a eternidade! disse Kalondji em tom cantante. Abu Ahmed advertiu a nós, seus filhos no espírito. Queres um conselho, Visram? Eu prefiro voltar, do que cair nas mãos dos sangüinários de Cláudio.

Visram deu razão a Kalondji. Depois se dirigiu interrogativamente a Kongolo, que em dialeto waheli conversava animadamente com seus amigos de Katanga.

— Fala, Visram. Teu conselho há de guiar-nos! disse Kongolo. Sim, todos estavam de acordo. Visram saberia melhor o que poderia ser feito...

— Sob as circunstâncias modificadas, o mais inteligente seria somente alguns de nós irmos à fazenda de Efraim! disse Visram, olhando para todos. Kongolo e alguns amigos seus não deverão ser encontrados aqui, de modo algum. O mais seguro seria se uma parte voltasse imediatamente para Costa e logo seguisse a viagem de lá.

Quando Visram externou sua opinião, todos ficaram calados. Ele tinha razão, naturalmente. Um belga fez um gesto raivoso com a mão, praguejando contra a ONU e seus mercenários. Um francês achou que todos deveriam ser fuzilados antes que pudessem causar mais danos ainda.

E Jean disse que, da parte dele, toda a raça humana poderia desaparecer da face da Terra; Justin riu, ao ouvir as palavras de seu amigo. Père Mignard se esforçara tanto para ensinar ao pequeno Jean paciência e amor ao próximo...

Kongolo, bem como Kalondji, advertiram para que se apressassem. Seria melhor que decidissem logo e seguissem o caminho. Algumas propostas foram ainda consideradas, mas por fim todos reconheceram que o conselho de Visram era o único bom.

Três jipes continuariam em direção à fazenda de Efraim, enquanto os outros tomariam um atalho que conduzia à estrada principal rumo a Costa. Quando tudo estava organizado, o belga Renée deixou-se levar de volta para a fazenda. Ele era militar e poderiam pensar que se encontrava na fazenda em missão secreta da ONU...

— Em Kivu há tifo; poderias até aparecer como membro da Organização Internacional de Saúde! disse Justin pensativo. Renée, contudo, rejeitou tal idéia.

— Em Kivu há também sangrentas rebeliões. Minha presença na fazenda não surpreenderá nenhum soldado.

Os jipes partiram agora em diversas direções. Dentro de poucos dias poderiam encontrar-se em algum lugar, se isso fosse necessário. Kongolo dera a Visram ainda uma lista.

— São coisas que podereis, tu ou Jean, comprar para mim em Nairóbi! disse brevemente, partindo também a seguir no seu jipe.

Um dos colaboradores de Kongolo, que viajava juntamente para a fazenda de Efraim, estava aborrecido por causa da modificação do programa.

— Não basta o que a raça branca já nos fez de mal; agora também atiçam soldados contra nós... Às vezes duvido que consigamos criar algo de útil...

Visram compreendia muito bem esse homem. Também nele já haviam surgido dúvidas...

— Fica contente por serem apenas soldados! disse Justin com voz cansada. Imagina se fossem bombas atômicas!...

Kalondji riu tão estrondosamente, que todos levaram um susto. Que bombas atômicas pudessem ter efeito tão divertido era algo novo para todos!

— Eu pensei nos canibais! disse Kalondji ainda rindo, ao ver os rostos perplexos de seus amigos. Em verdade é uma pena que o ofício deles esteja saindo da moda cada vez mais! acrescentou pensativamente.

— Canibais? perguntou Visram. Falta a ti, pois, o amor cristão ao próximo, meu amigo, do contrário não lhes darias bocados tão indigestos. Os outros, agora, também riam. Realmente, não valia a pena aborrecer-se com coisas impossíveis de serem mudadas, pelo menos no momento.

Os jipes seguiram seu percurso. Ao lado do motorista burundinês de Tobias, estavam agora Jean e Justin. No banco de trás acomodaram-se apertadamente Visram, um velho suíço e um telegrafista de Stanley.

— Esperemos que não responsabilizem Tobias pelos acontecimentos de Angola, pois ele é considerado amigo dos negros por toda a parte... do mesmo modo que seu irmão que ainda mora lá! disse Jean preocupado.

— Se um sério perigo ameaçasse Tobias, Abu Ahmed o advertiria a tempo! disse Justin confiantemente.

— O que, aliás, vamos fazer na fazenda de Efraim? perguntou Jean com interesse.

— Conheceremos lá novos membros da nossa sociedade. Além disso, a fazenda poderá tornar-se um refúgio seguro para muitos de nós... caso continuem a suspeitar de nós com relação a atividades subversivas. Após estas palavras, Visram deu uma risada sem alegria.

— Justamente de nós é que suspeitam!... Aproveitaremos também a oportunidade para atender ao insistente convite de Efraim, uma vez que Kongolo e alguns outros tinham algo a tratar na cidade de Costa.

— Esqueceste de mencionar o amigo de Tobias! disse Justin. Visram levantou o olhar interrogativamente. Ele quer entregar-nos terras onde, segundo dizem, se encontram grandes jazidas de minérios. Lá poderíamos instalar diversas escolas agrícolas e várias universidades.

Visram fez um gesto negligente com a mão, dizendo que tinham mais meios do que era necessário para seus planos.

— Não mencionastes o amigo de Cláudio! lembrou o suíço.

— Este, com certeza, não esquecemos! disse logo Jean. Há oito dias Tobias recebeu uma notícia de Efraim, informando que um conhecido contrabandista de armas e traficante de entorpecentes chegara, oferecendo-lhe uma elevada soma pelas terras do outro lado do rio. Além disso, esse homem lançara tremendas ameaças contra uma sociedade que pretenderia privar novamente os nativos de seus direitos... E Efraim ainda acrescentara que esse criminoso deveria ter o mesmo destino de seu amigo Cláudio, o mais depressa possível.

— Por que o amigo de Tobias quer nos dar suas valiosas terras? perguntou o suíço com curiosidade.

— Ele é idoso e não tem parentes próximos! disse Visram. Além disso, deseja que suas riquezas sejam utilizadas a favor dos africanos das regiões do Congo.

O suíço acenou afirmativamente com a cabeça. Achou, porém, que seria melhor que a riqueza mineral permanecesse escondida. Do contrário, poderia surgir uma segunda Katanga nessa pacífica região.

Jean pensou em Efraim. Além de Tobias, certamente ninguém sabia quem era ele e de onde se originava. Efraim parecia um árabe, sendo chamado pelos nativos de "Castanha" devido aos muitos castanheiros que plantara...

Os olhos de Jean passavam sobre a paisagem pedregosa que agora atravessavam. Árvores gigantescas ressecadas, lagartos vermelhos, bem como algumas águias, certamente águias de cobras, era só o que se enxergava nessa vastidão.

Não demorou, contudo, para que o deserto de pedras desaparecesse sob um tapete de pequenas flores amarelas... Otto, o motorista, começou a assobiar imitando um zunido e mostrando as abelhas que cobriam as flores. Milhões de abelhas colhiam diligentemente o pólen. Todo o ar vibrava com o zunido delas...

Todos, com exceção de Justin, contemplavam entusiasmados o esplendor amarelo das flores, com as incontáveis abelhas laboriosas. Justin, porém, ocupava-se em pensamentos com Visram. Não lhe escapara a expressão de exaustão em seu rosto. Abu Ahmed transmitira uma missão extraordinária ao amigo. Não seria fácil encontrar uma forma de ensino religioso que correspondesse à espécie dos nativos. Não obstante, ele não duvidava de que Visram cumpriria a sua missão.

Os nativos confiavam em Visram e veneravam-no. Chamavam-no de "o homem com a sombra grande". Ele era um milagreiro elevado e um curandeiro todo especial... E por que tal suposição não deveria ser certa? Ele já expulsara tantos maus diabos de seus corpos e libertara-os de muitas tristezas e dores que oprimiam seus fígados...

Mesmo Tobias via, no fundo, uma espécie de milagreiro em Visram. E isso desde a data em que ele aparecera inesperadamente na fazenda, chegando no exato momento para salvar sua filha Glória, de quatro anos, da morte certa.

A criança caíra de uma árvore, sofrendo uma comoção cerebral, além de outros ferimentos. Visram logo tomou a criança dos braços do desesperado Tobias, curando-a a seu modo. Quando Glória pôde andar novamente, os tambores dos nativos "telegrafaram" o sucesso de Visram de aldeia em aldeia...

Justin sorriu absorto. Admitia que também ele estava fascinado com a personalidade de Visram. O dia em que o avistara pela primeira vez, permanecera-lhe inesquecível; foi num laboratório, nas proximidades de Jadotville. Examinava algumas radiografias, quando de repente um homem alto, de rosto bronzeado, vestido de branco, parou ao lado de sua mesa, olhando-o amigavelmente com seus olhos azuis... Os olhos azuis daquele rosto... Fixara os olhos no visitante, sem poder falar. Somente quando este colocara a mão na testa e depois sobre o peito, saudando-o com as palavras: "A paz esteja contigo e os teus!", recuperou a fala.

"Considerei-o um espírito!" havia então respondido, não muito inteligentemente. O sorriso de Justin alargou-se, ao se recordar dessa cena.

"Espírito?" perguntara Visram então. "Por que não? Todos nós, pois, temos espíritos dentro de nós! E eu tenho vontade de ser um espírito prestimoso... Não desejas isso também, Justin Tebeki?..."

Justin lembrou-se de que não só essas palavras, mas principalmente a voz de Visram, encontraram nele um entusiasmado eco. Era como se tivesse encontrado um velho amigo, que há muito tempo não via.

Mais tarde soubera, através do próprio Visram, qual a causa dos seus olhos azuis. Seu pai fora um dos mais ricos proprietários de bazar indiano em Nairóbi. Sua mãe, porém, era austríaca, de nome Josette von Lichtenberg. De alguma forma Justin lembrou-se de que o nome soava assim.

Krishna — assim se chamava o pai de Visram — conhecera Josette em Viena, numa viagem pela Europa. Tinha sido amor à primeira vista. Apesar da forte resistência de seus pais, Josette casara-se com Krishna, viajando com ele para Nairóbi. Visram nasceu em Nairóbi. A mãe mandara batizá-lo, três anos mais tarde, por ocasião de uma estada em Viena, dando-lhe o nome pouco comum de Johannes Salvator.

Josette ficou alguns meses em Viena, pois queria que seu segundo filho nascesse lá. Contudo, esse segundo filho nascera morto, e a mãe morreu poucos dias depois. Visram ficou dois anos com seus avós austríacos, quando então o pai foi buscá-lo definitivamente. Visram era o bem mais precioso que possuía.

Mais tarde, Visram escolheu a profissão de médico, muito contra a vontade de seu pai. O filho, portanto, novamente o deixaria. E realmente o deixou, pois Visram estudou em Viena, fazendo estágios na França e na Índia. Seus antepassados, por parte do pai, originavam-se de Puna. Lá Visram conheceu uma parente afastada, de nome Lakschmi, casando-se com ela. Lakschmi deu à luz duas meninas, Rada e Sita. Ambas, já casadas, moravam em Nairóbi.

Visram encontrou na Índia um médico chinês com o qual muito aprendeu. Justin sabia que esse chinês tivera uma influência decisiva sobre o amigo... Agora Visram estava com quarenta anos. Sua mulher, Lakschmi, morrera por causa de uma febre maligna...

— Logo chegaremos! Disse Jean. Justin levantou o olhar. Sim, já estavam passando a floresta. Ocupara-se tão intensamente com Visram, que nem notou já terem atravessado o rio.

— Está cheirando a flores de tília e de bálsamo! Constatou Jean, olhando em redor, procurando.

— Sim, é como se viajássemos através de uma floresta européia; em absoluto, não tem o cheiro da África! Disse o suíço pensativamente.

CAPÍTULO VII

Enquanto os jipes seguiam em direção ao seu destino, Tobias reunia-se com seu velho tio e alguns colaboradores. Ninguém duvidava que os soldados realmente estivessem a caminho. As advertências de Abu Ahmed sempre se confirmavam...
 Enquanto ainda estavam sentados em reunião, Renée chegara à fazenda. Tobias olhou-o surpreso e preocupado. Não era aconselhável ter um oficial belga na fazenda... Contudo, após Renée ter explicado seu plano, todos ficaram muito contentes e em conjunto deliberaram de que maneira poderiam livrar-se dos soldados o mais rápido possível.
 Aliviado e bem mais calmo, Tobias dirigiu-se mais tarde à casa da filha. Teria de persuadi-la a viajar para o exterior. Mas antes que começasse a falar, ela disse que resolvera voar para Nairóbi.
 — Quero aproveitar ainda minha vida, por um curto lapso de tempo! Não penses, pai, que estou fugindo! frisou ela energicamente, abraçando-o. Tobias estava feliz. Pouco lhe importava por que ela viajaria para Nairóbi. O que importava era que deixasse o Congo Belga.
 Fátima nada disse inicialmente quando soube dos soldados e dos dois amigos de Cláudio. Tobias já ficou preocupado por ela permanecer sentada tão serenamente, aparentando estar absorta em recordações desagradáveis.
 — De qualquer forma temos de eliminar os dois espiões. São perigosos. E chegando com os soldados, são duplamente perigosos! disse Fátima. Tobias acenou concordando. Dê-lhes muita comida, muito vinho e aguardente... tenho uma idéia... Arabella com sua linda voz poderia cantar para eles! acrescentou. Tobias recusou com um gesto de mão.

— Minhas filhas não são para divertir soldados ordinários! disse indignado. Estranha-me que faças tal proposta, minha filha.

Fátima acalmou o pai, persuadindo-o em voz baixa. Finalmente ele concordou, contrariado. Pois nunca pôde negar algo a essa filha... contudo, não gostava de tudo isso.

Mal Tobias saiu, e Fátima mandou chamar sua irmã Arabella. Agora o caso era convencê-la.

— Os amigos de Cláudio têm de ser confundidos e desviados, pois continuam a ter grande influência em determinados lugares! Arabella acenou entusiasticamente com a cabeça. Naturalmente cantaria. Pois sempre cantava...

— Somente hoje, contudo, poderemos distrair a atenção deles... e amanhã? Não procurarão espionar tudo ainda mais, e não dirigirão perguntas estúpidas aos empregados? perguntou Arabella em dúvida.

— Amanhã é amanhã. O dia de agirmos é hoje. Talvez amanhã tenhamos ajuda de Abu Ahmed. Além disso, amanhã, Jean, Justin, Kongolo e os outros já estarão muito longe daqui. Arabella contentou-se, e Fátima combinou com ela a apresentação a ser feita.

Também na cozinha conversavam sobre a vinda dos soldados. Tombolo, ao saber que deveria ser preparada uma refeição opulenta para esses parasitas, disse simplesmente:

— A peste sobre eles! desaparecendo com um sorriso sarcástico. Terão comida boa, mas a bebida será melhor ainda! Tenho ainda o suficiente das ervas de sonhos alegres!

Por volta do meio-dia chegou na fazenda um dos pastores, avisando Tobias que três vezes dez soldados estariam a caminho.

— Quando chegarão? perguntou Tombolo que se encontrava ao lado de Tobias. O pastor olhou calado um tempo à sua frente, depois observou a posição do sol e disse que às quatro horas, ou um pouco mais cedo, poderiam esperar os jipes dos uniformizados. Tobias mandou dar alguns pedaços grandes de doces de frutas ao pastor; dirigiu-se a seguir à cozinha e deu as necessárias instruções. De maneira alguma deveriam dar a impressão de que já esperavam a visita indesejada. Pelo contrário!

Todos os empregados da fazenda teriam, naturalmente, de ser preparados para a visita. Foi-lhes dito que provavelmente seriam interrogados.

— Que perguntem! zombavam as mulheres e moças. E os homens diziam orgulhosos que ainda existiam arcos e flechas em quantidade suficiente.

— Ainda não nos esquecemos como lutar! vangloriavam-se orgulhosamente.

Tobias fez um gesto de recusa. Ele não queria nenhum assassinato em sua fazenda. Seria outra coisa, caso os soldados agredissem alguém. Isto, contudo, não era de se esperar.

Depois de Tobias sair, as crianças correram ao encontro de Duschongo, soltando gritos e insistindo para que ele lhes desse pequenos arcos e flechas. Já que aos adultos não era permitido lutar, elas queriam armar-se para o combate! O velho olhou inexpressivamente para o pequeno grupo de crianças. Estava visivelmente indeciso. Enfim, levou-as para a sua oficina.

Depois de duas horas, o grupinho de crianças transformara-se num pequeno regimento equipado com arcos e flechas. Nem os tambores de combate, em miniatura, faltaram. Seguiram com grande gritaria alameda acima, desaparecendo entre as velhas árvores. Quando, um pouco antes das quatro horas, dois caminhões desceram pela alameda, as crianças atiraram suas flechas. Os veículos pararam, e alguns soldados saltaram rindo.

— Estais brincando de guerra! Assim está certo! disse um deles em francês. As crianças olharam caladas à sua frente, exclamando uma delas depois:

— Que o verme amarelo devore o vosso fígado! Os soldados acompanharam com o olhar as crianças, pretas e pardas, que desapareceram depois rapidamente... Até parecia que sabiam da chegada deles na fazenda...

Alguns minutos mais tarde os caminhões pararam, buzinando alto, em frente ao prédio da administração. Tobias saiu, mostrando-se muito surpreso ao ver os soldados.

— Militares? Certamente errastes o caminho!

— Infelizmente não. Viemos para cá por ordem superior. Aqui estão minhas credenciais. Meneando a cabeça, Tobias tomou o papel, lendo-o com atenção.

— Vejo que o senhor tem uma patente superior. Contudo, o que deseja de mim?

Os soldados desceram, formando um círculo em volta de ambos. Todos tinham bonés de cor azul e eram, em sua grande maioria, pretos.

— Sudaneses! disse o interlocutor secamente. Militares da ONU. O que buscamos junto do senhor é o seguinte: procuramos alguns membros de um movimento de libertação africano, de nome Sankuru. Um homem valoroso de nome Cláudio José foi assassinado. Além disso, alguns outros homens de confiança do governo desapareceram. Todos provavelmente estão mortos. Supõe-se, também, que o assassino do grande Lumumba se esconda nessa associação.

O interlocutor, um branco, que de acordo com o documento tinha o posto de major, olhou Tobias interrogativamente. Desse amigo de negros ele imediatamente saberia a verdade.

Tobias levantou o olhar, apavorado. Parecia ter perdido a fala.

— Constantemente são assassinados soldados da ONU. E isto apenas se deve atribuir à traição. Procuramos os traidores e também os encontraremos! reafirmou o major.

Tobias continuava olhando à sua frente, como se não compreendesse, de modo que um ator muito poderia ter aprendido com ele. Na realidade, observava os soldados. Estes, sem dúvida, olhavam impacientes e aborrecidos à sua frente.

Finalmente Tobias dirigiu-se ao major, fazendo um gesto de convite com a mão, significando que poderiam vasculhar livremente a fazenda. Depois perguntou a que regimento pertenciam. Essa pergunta soou de modo tão bronco e estúpido, que o major se convenceu de estar tratando com um semi-idiota. Por isso apenas disse que seu regimento era composto por soldados de diversas nações.

— Existe agora uma espécie de legião estrangeira do Congo. Tobias acenou com a cabeça compreensivamente, perguntando a seguir por que, aliás, se procurava os assassinos de Lumumba.

Essa pergunta foi quase demais para a paciência do major. Estava excessivamente cansado e já ouvira perguntas estúpidas em demasia. Parecia-lhe que os interrogadores apenas queriam zombar dele... Dominou, contudo, a sua raiva e disse que Lumumba fora um grande estadista e que tornaria independente o povo africano.

Tobias acenou mais uma vez com a cabeça, em sinal de compreensão, dizendo ter ouvido falar que Lumumba odiava até a morte todos os brancos e que prestara um juramento de não se contentar até que tivesse expulsado o último branco do país.

— E como vejo, o senhor é também um branco! acrescentou ainda um tanto ingênuo. O major deu de ombros, calando-se.

"Flamengos ordinários!" murmurou Tobias para si mesmo. Depois, caminhou até os soldados que estavam sentados a alguma distância, os quais pareciam ter os olhares fixos num ponto. Tobias olhou para o caminho do parque, julgando não poder confiar em seus próprios olhos.

Uma Arabella totalmente estranha vinha andando pelo caminho, pavoneando-se. A semelhança com Fátima, nesse aparato, era surpreendente. Tobias ficou tão perplexo com o aparecimento esquisito de sua segunda filha, que nem percebeu como o pretenso major se assustou ao vê-la.

Arabella rebolava os quadris, vestida com uma roupa vermelha de seda, justa, e sandálias douradas de salto alto. Seu belo rosto estava fortemente maquiado e os cabelos escuros caíam-lhe soltos pelas costas. Ela sorriu de modo provocante para todos, passando a seguir por eles arrogantemente.

— Quem é essa beldade encantadora? perguntou o major. Refizera-se do susto. Naturalmente não era Fátima. Nem podia ser. Certamente já fora assassinada. E espíritos não existiam...

Tobias foi poupado de uma resposta, pois seu tio saiu do escritório, perguntando se os visitantes não queriam ir ao refeitório, pois deveriam estar com fome. Evidentemente não estavam preparados para tantos visitantes, mas café, chá e cacau, bem como vinho, sempre havia.

— Encomendarei logo um banquete na cozinha! disse bem-humorado, saindo em direção à mesma.

— Meus soldados podem ir convosco! disse o major arrogantemente para Tobias. Eu, porém, interrogarei os moradores da fazenda. Pelo menos uma parte deles.

Tobias concordou. Chamou Tombolo, que vagava curiosa pelas proximidades, dizendo-lhe que o major queria saber muitas coisas.

— Conduze-o pelos arredores e não encubras nada.

O major olhou desconfiado para a velha. Tombolo, contudo, apenas fez uma mesura, que quase impediu Tobias de continuar em seu papel, e convidou o visitante a inspecionar primeiramente a cozinha e o depósito de suprimentos.

— Lá tem muito lugar e bons esconderijos! cochichou misteriosamente ao se pôr a caminho com o major, que, aliás, se chamava Elias.

Quando o major saiu, Arabella voltou.

— Quase estragaste nosso plano, pai! disse repreensivamente. Terás de fingir, olhando-me como se eu sempre andasse assim e tivesse também essa aparência.

Tobias ria para si mesmo. A mesura de Tombolo! Onde essa velha fiel vira algo assim?

— Como a gente pode ficar sério com coisas assim? perguntou Tobias, sorrindo para a filha. Primeiramente tu com o passo de um pavão, depois Tombolo... Agora também Arabella teve de rir.

— Fátima tem se esforçado tanto! E Tombolo resistiu com toda a força contra a idéia de fazer uma mesura... Zuhra logo reconheceu Elias, um amigo de Cláudio. Fátima ficou surpresa por ele estar nas forças militares. Contudo, depois achou que todos os malfeitores do mundo haviam se reunido agora no Congo. Mandou dizer-te que não devemos subestimar esse Elias.

— Subestimar? Tobias olhou com raiva para a cozinha onde o major investigava. Parou um pouco, indeciso, voltando depois para o escritório.

Sem ser percebido por Tombolo e Tobias, um segundo oficial desceu da cabina do caminhão, desaparecendo atrás de uma fileira de nogueiras do Cabo, atrás das quais, por sua vez, se encontravam algumas casas de hóspedes. Curioso, dirigiu-se aos bangalôs, limpos e pintados de branco, olhando através das portas de tela.

Abriu algumas portas, olhando para dentro das casas. Aparentemente não estavam habitadas. Intrigado, olhou em volta. Algo ali não estava em ordem. Embora não visse ninguém, sentiu quase fisicamente como se estivesse sendo observado... e escarnecido... Pois bem, que rissem. Se Balmain estivesse lá, ele o encontraria.

Parecia, no entanto, que o procurado não estava no local. Esse flamengo era demasiadamente arrogante para se esconder... Virou-se e voltou para o lugar do estacionamento. De lá caminhou vagarosamente, com um ar ingênuo, passando por algumas casas maiores com terraços. Depois seguiu por um caminho que conduzia a outras pequenas casas. Eram as moradias dos empregados dos escritórios.

Amavelmente saíam ao ver o estranho e faziam gestos convidativos. Ele parou, falando algumas palavras sem importância, enquanto olhava prazerosamente para as morenas bonitas que saíam curiosas das casas, passeando de braços dados de um lado para o outro. Esse pessoal parecia contente e alegre, constatou quase com inveja. Nem notou que ainda era cedo demais para os homens estarem em casa descansando, e também cedo demais para que as beldades passeassem.

Ao voltar, viu, um pouco afastados, bangalôs maiores. Pois bem, logo verificaria quem morava lá. Estava sondando a posição das casas. Algumas se situavam tão escondidas entre o espesso arvoredo e arbustos em flor, que somente eram vistas quando a pessoa se encontrava diretamente à frente delas.

De repente parou, olhando perplexo para uma aglomeração de pessoas acocoradas em silêncio, em frente a uma das casas com as paredes cobertas de hera. Brancos, morenos e pretos tinham o olhar fixo no terraço, quando a porta de entrada da casa se abriu. Saleh, com sua roupa branca, desceu os degraus, olhando interrogativamente para o major. Contrariadas, as pessoas acocoradas ao redor, deram passagem ao militar.

— Major Markus! apresentou-se o oficial, procurando aparentar coragem e imponência. Saleh fitou calado o estranho alto, loiro e com olhar desconfiado que estava à sua frente.

— Meu amo está morrendo! disse ele após algum tempo, contemplando a aglomeração cada vez maior de pessoas...

— Morrendo? perguntou Markus sem grande convicção. Exatamente hoje estava morrendo alguém aqui... Muito esquisito! Saleh não deu resposta. Olhou em redor, retornando a seguir para a casa.

Markus ficou parado. O que deveria fazer? De repente sentiu calor, embora soprasse um vento fresco. Tirou o lenço, enxugando o rosto molhado de suor; virou-se e viu dois de seus soldados atrás da multidão silenciosa. Acenou para eles, subindo então com passos firmes os degraus do terraço. Queria ver o moribundo.

Saleh abriu a porta ao ouvir o barulho nos degraus de madeira, dando passagem. O major e os dois soldados entraram curiosos na casa, contudo, logo depois voltaram apavorados. Os soldados correram pelos degraus abaixo, desaparecendo dos olhos de Markus. Ele também desceu celeremente. Em seguida, porém, parou, aborrecido consigo mesmo.

"Morrendo! Ninguém estava morrendo! O homem idoso lá dentro deveria estar bem firme ainda sobre os pés, pois podia enfrentá-los como um fantasma ameaçador."

Saleh entrou para ver o que tanto assustara os intrusos. Contudo, nada viu de especial. Seu amo ainda jazia inconsciente em seu leito, e não era de se supor que acordasse novamente.

Markus controlara-se. Entraria mais uma vez na casa. Provavelmente alguém se escondera ali, e queriam iludi-lo. Os dois soldados recusavam-se terminantemente a acompanhá-lo. Sabiam melhor do que o branco o que ocorria. Eram dois negros do Sudão que não duvidavam um momento sequer de terem visto o espírito de um ser humano que realmente estava morrendo.

— O espírito já deixou o seu corpo. Só em parte. Mas decerto deseja uma vida mais fácil no reino dos espíritos... O companheiro entendeu-o. Somente um branco estúpido nunca compreenderia... Seguiram com olhos inexpressivos o major, quando este novamente entrou na casa.

Saleh seguira-o, indicando o leito alto, iluminado por uma lamparina de óleo. Calado, Markus fitou o esquelético rosto moreno do velho sábio, cujo espírito realmente já começava a desligar-se do corpo.

— Esse, pois, não é o homem que eu vi! disse ele incrédulo e grosseiramente. Saleh mostrou a porta lateral. Estava aberta. Com alguns passos Markus se encontrava no quarto ao lado. Contudo, estava vazio. Além disso, não havia também nenhum lugar onde uma pessoa pudesse se esconder.

Uma porta no quarto lateral dava para uma pequena cozinha e um banheiro. Também esses dois recintos estavam vazios, e não se via outra saída. Markus examinou todas as janelas. Aborrecido e um pouco amedrontado constatou que através da tela, fechada e pregada, ninguém poderia sair.

Markus afastou-se, sem lançar um olhar para o leito. Um dos dois soldados que o esperavam a uma distância segura, disse, com as mãos levantadas, que o moribundo que estava lá dentro era um homem bom e santo.

— É também um grande milagreiro! acentuou ele misteriosamente, ao notar que o major mal lhe dava ouvidos. "Mulher preta me dizer isso!"

Markus seguiu adiante. Podia-se dizer muita coisa. E os pretos viam por toda parte fantasmas, é o que todo o mundo sabia.

— Que mulher te disse isto? perguntou Markus, parando. Talvez pudesse descobrir algo através dessa mulher. O soldado olhou sem jeito à sua frente, dizendo a seguir que a mulher falara com os olhos...

— Com os olhos?! Markus estava furioso. Caminhou em direção ao escritório. Já começava a escurecer. À noite, muito menos ainda encontraria algo.

O major Elias estava igualmente furioso e impaciente como seu amigo Markus. Ele também nada conseguira até agora. O primeiro boy, interrogado na cozinha utilizada quando havia hóspedes na fazenda, disse atrevidamente:

— É o senhor quem está aqui, "cara de queijo branco"! deslizando a seguir porta afora. A bofetada destinada a ele ficou, então, no ar. Elias deixou irritado a cozinha, e Tombolo correu atrás dele, jurando a sua inocência.

— O boy é ruim. É apenas um ignorante cafre dos rochedos! Mas eu era uma "girl" das missões! O senhor pode perguntar-me sobre tudo. Elias virou-se tão depressa, que quase colidiu com a girl sexagenária das missões. Apavorada, Tombolo recuou de um salto, ao ver o rosto dele desfigurado de ódio. Contudo, logo ela se controlou, olhando-o com serena dignidade. Também Elias se controlou. Não deveria perder o autodomínio perante a cambada preta, se quisesse obter alguma informação.

— Pois bem! Sabes de tudo! Dize-me então se Jean Balmain se encontra aqui ou se está sendo esperado.

Tombolo franziu a testa e a seguir tirou uma pitada de rapé de uma caixinha do bolso do avental, aspirando prazerosamente um pouco do tabaco. A caixinha supostamente era de um missionário que falecera trinta anos antes, em conseqüência de uma enfermidade. Finalmente, recolocou a caixinha com rapé no bolso. Depois olhou ao redor, verificou se não havia algum ouvinte próximo, e lançou, nesse ínterim, olhares furtivos para o oficial trêmulo de raiva e impaciência.

— Balmain está em Leo. Meu amo Tobias expulsou-o da fazenda há dois meses! Elias olhou para a velha, que tinha um olhar amedrontado, dando a seguir uma risada de escárnio.

— É isto o que eu devo acreditar? gritou raivoso. Comigo podes dispensar teus gracejos de negro. Eu vos conheço, sim... vos conheço bem demais!... Tombolo não se deixou confundir. Fez um sinal de protesto, esclarecendo a seguir as circunstâncias.

— Foi por causa da minha patroa Amrita... Ela é a segunda e querida esposa do meu patrão... É de Nairóbi e é muito bonita... Elias fitava atentamente a velha, a qual agora olhava ingenuamente para ele. Se era assim... pensou ele maldosamente, então bem poderia ser verdade que esse sujeito não mais se encontrasse ali.

Mas Tombolo ainda não terminara suas revelações.

— Meu patrão Tobias mandou bater em dois boys até sangrar, porque estavam comentando esse caso. Após essas palavras ela ergueu as mãos, implorando compreensão, e pediu com voz comovente:

— Não me traia, senhor general! Eu já sou tão velha! O chicote certamente me mandaria para o reino dos espíritos...

Elias nem deu mais ouvidos à velha. Deliciava-se antecipadamente ao pensar no dia em que contaria no clube em Elville que o pretenso amigo dos negros, Tobias de Kivu, mandava chicotear, clandestinamente, seus pretos. Depois de algum tempo, desapareceu a expressão de malícia do seu rosto e perguntou baixinho se havia outros hóspedes presentes.

Tombolo meneou a cabeça negativamente.

— Aqui não há ninguém, mas amanhã, com a lua cheia, estão sendo esperados alguns.

— Quem está sendo, pois, esperado? perguntou Elias o mais desinteressadamente possível.

— Ramsés, Antoine e Anatol Finant! disse Tombolo singelamente. Elias levou um choque, perguntando ameaçadoramente:

— Quem está sendo esperado? Pronunciando isto, cerrou furiosamente os punhos, fazendo gestos ameaçadores diante do rosto dela. Assustada, Tombolo fez um movimento brusco para trás, soluçou alto umas vezes, enxugou ostensivamente os olhos de algumas lágrimas inexistentes e repetiu em tom repreensivo os três nomes.

Elias enxugou o suor do rosto e disse tranqüilamente:

— Esses três estão mortos. Tentou sorrir, pois, se amedrontasse mais ainda a velha, nada mais ouviria dela.

Tombolo ainda soluçou um pouco, dizendo a seguir indiferentemente que os três estariam e ao mesmo tempo não estariam mortos.

— Que quer dizer "mortos e não mortos"? Elias estava prestes a perder o restante da paciência. Essa mulher velha não devia regular...

— A grande Mumalee, minha amiga, enxerga espíritos e ela diz que Antoine, Ramsés e Finant sempre vêm para cá durante a lua cheia. Vêm como hóspedes, passeando pelo bosque de bétulas! continuou ela.

— Vêm como hóspedes, passeando! disse Elias chiando de raiva.

— A grande Mumalee é de opinião, continuou Tombolo imperturbável apesar do aparte, que eles vêm esperar os seus assassinos! Elias calou-se. Ou a velha o estava fazendo de tolo ou não estava certa da cabeça.

— E o que pensas a respeito dos três? perguntou ele.

— Eu? Eu não sei! gaguejou sem jeito, passando novamente a mão sobre os olhos enxutos. Certamente querem ser sepultados aqui! acrescentou incerta.

— Palavreado de negro do rio! Nada mais que palavreado de negro do rio! disse Elias com desprezo, virando-se. Já ouvira o bastante dessa idiota. E foi bom que houvesse se virado, pois assim não pôde ver o olhar maldoso com que Tombolo perfurou, literalmente, as costas dele.

— Mumalee acha que eles voltarão depois de amanhã! disse ela claramente.

Elias, contudo, não mais lhe deu ouvidos. Não lhe importava o que essa maluca Mumalee dissesse. Sentiu um calafrio, apesar de o suor lhe correr pelo rosto todo.

Tombolo caminhava atrás dele. Seus calafrios não lhe escaparam e quando ele novamente parou, a fim de enxugar o suor, Tombolo disse, sem dar muita importância ao fato, que havia muitas doenças na aldeia dos negros.

— O pessoal sente calafrios e mais calafrios, tornando-se brancos, mais brancos e cada vez mais brancos, acabando por fim deitados e não mais levantando.

Elias escutara apenas superficialmente, do contrário notaria que um negro não poderia tornar-se branco e cada vez mais branco. Não tinha medo de doenças... Nunca estivera doente, e a respeito dos calafrios não era o caso de se admirar devido à temperatura naquela altitude.

— Vou fazer um bom vinho quente! disse Tombolo agora muito solícita. Meu amo Tobias costuma tomá-lo, bem como o velho tio Manuel. Ela caminhava agora apressadamente à frente dele, a fim de lhe mostrar o caminho. A idéia de tomar vinho quente chegou em boa hora para o major.

— Onde estão meus soldados? perguntou de repente. Não os vejo em parte alguma. Aliás, não vejo ninguém. Tombolo fez um gesto vago com a mão, indicando para trás.

— Os soldados pretos estão todos na aldeia dos negros. Lá haverá grande festa com muita dança, muita cerveja e fogos de artifício!

Elias meneou contrafeito a cabeça. Enfim não tinha vindo a essa fazenda enfeitiçada para participar de festas. Nada decorria como ele e Markus pensaram... Parou e pôs-se a escutar... Rufar de tambores... A seguir, pôs-se novamente a andar. Se não quisesse perder Tombolo com o seu vinho quente, teria de apressar-se.

Além disso, escutava-se o rufar de tambores por toda a parte, onde quer que se encontrasse. A raiva que sentia pela velha serva desvaneceu-se. Ela, pois, era bronca e supersticiosa como todos os pretos. Finant e os outros estavam mortos e ninguém poderia ressuscitá-los.

Tombolo esperava por ele diante de uma casa comprida e branca, abrindo atenciosamente a porta quando Elias se aproximou.

— Aqui está a sala de comer e de beber! disse ela, dando uma risadinha de mofa e fazendo diversas mesuras com visível prazer. Elias ficou parado antes de entrar, olhando-a com a testa franzida. Sentiu-se ridicularizado e escarnecido. Não sabia, no entanto, de onde vinha esse sentimento.

— Traz logo o vinho, do contrário realmente poderás ver fantasmas! repreendeu rudemente...

Na sala de jantar estava sentado o velho Manuel, como o fazia diariamente a essa hora, dedilhando sua guitarra. Quando o major entrou, ele logo se levantou, convidando-o cortesmente a sentar-se.

— O senhor decerto está com fome e com sede! disse animadamente ao calado visitante. Elias acenou mal-humorado com a cabeça, olhando a sala de jantar muito bem revestida de madeira. Observando as bonitas cadeiras entalhadas e o piano, ficou mais aborrecido ainda. Sempre outros possuíam o que ele mesmo gostaria de ter... Tombolo veio da dispensa com um jarro de vinho temperado e colocou-o diante dele na mesa, fazendo uma mesura saltitante.

— Vinho bom e quente do Cabo, do senhor Júlio! disse esclarecendo, fazendo nova mesura. Tio Manuel engasgou-se com a sua aguardente, tendo um acesso de tosse ao ver a velha movimentando-se saltitante de cá para lá tão solicitamente. E os dois boys que punham a mesa ficaram de boca aberta, divertindo-se visivelmente, ao observar a velha.

— Por que ela pula como um marabu enlouquecido, diante do diabo estrangeiro, saltitando assim? perguntou baixinho um ao outro.

Tombolo riu para si mesma contente. Notara o pasmo do velho Manuel, bem como o assombro dos dois boys. Alguns costumes dos brancos alegravam até o fígado de pobres seres humanos pretos!...

Após o primeiro gole, Elias colocou a caneca na mesa.

— O vinho tem um gosto amargo! disse desconfiado para o velho Manuel, que o olhou bondosamente.

— Amargo? Então preciso prová-lo logo. Tomou um gole, degustando-o prazerosamente com a língua. A seguir tomou um maior ainda, bebendo por fim o conteúdo todo da caneca.

— É o mais fino vinho do Cabo, meu amigo... Além disso, Tombolo ferveu tempero aromático e misturou ao vinho.

— Bem, se o vinho está em ordem, eu também posso bebê-lo sossegadamente! disse Elias um pouco sem jeito. O branco nunca sabe o que se passa com os pretos! acrescentou, desculpando-se.

Tombolo trouxe um segundo jarro com vinho quente e uma garrafa de aguardente para Manuel. Encheu solicitamente as canecas de ambos, dizendo que não deviam beber demais, pois para a refeição haveria ainda um gole todo especial. Elias bebia agora avidamente o vinho, esvaziando a sua caneca. Em seguida encheu-a pela segunda vez. O vinho era bom, embora deixasse um gosto esquisito na boca...

Quando Tombolo colocou a caneca cheia de aguardente diante de tio Manuel, ele disse piscando os olhos:

— Espero que te lembraste de que já estou velho demais para sonhos alegres! Com um risinho de mofa Tombolo lançou um olhar de esguelha para o major, que agora tomava despreocupadamente o seu vinho temperado.

— É extraordinariamente calmo aqui em cima! disse Elias com a língua algo pesada, enchendo mais uma vez a sua caneca com o vinho do novo jarro. Manuel acenou com a cabeça, tocando alguns acordes em sua guitarra.

— Vi de longe uma chaminé alta; é uma fábrica?

— É a fábrica de conservas de frutas de Tobias. Lá ele produz os seus famosos doces de frutas.

— Doces de frutas? Elias deu uma risada tola. Queria dizer algo engraçado, contudo apenas conseguiu balbuciar para si mesmo algo incompreensível.

— Não quer tirar uma sonequinha antes do jantar? perguntou tio Manuel, sorrindo contente.

Elias, contudo, já adormecera. Sua cabeça pendia para baixo e ele estava meio caído na cadeira, de tal maneira que poderia perder o equilíbrio a qualquer momento. Manuel ajeitou-o numa posição mais apropriada e pegou novamente a guitarra. Depois de alguns minutos, Tombolo, seguida de quatro robustos criados, entrou na sala de jantar. Olhou com desprezo para o adormecido, fazendo a seguir um sinal aos criados. Rindo, os quatro levantaram-no e carregaram-no para uma das pequenas casas de hóspedes. Tombolo acompanhou-os com um olhar malicioso. O diabo branco uniformizado ficaria quieto até a madrugada.

Poucos minutos mais tarde apareceu Arabella na sala de jantar. Pavoneava-se em seus saltos excessivamente altos, caminhando com passos balançantes de um lado para o outro. Encostou-se a seguir ao piano, com um olhar sofisticado.

— Tio Manuel, acompanha-me! pediu ela com voz afetada. Manuel olhou estupefato para a sua queridinha que fazia com a mão um gesto resignado. Depois dos feitos artísticos de Tombolo, não se admirava de nada!

Com um movimento cansado, Arabella afastou os cabelos para trás, dizendo em tom aborrecido:

— Nada de fado. Terá de ser uma canção que se coadune comigo e com minha alma! Isto era quase demais para o velho. Colocou o instrumento cuidadosamente sobre a mesa, observando represensivamente a moça.

— Realmente, poderias ter penteado os cabelos! E o teu vestido é tão apertado, que também poderias andar nua. Estava contrafeito. Ela sempre fora uma menina tão inteligente!

— Por que devo fazer um penteado? perguntou Arabella surpresa. Assim tenho uma aparência muito mais interessante. Major Markus também acha.

— Major Markus? Agora Manuel entendia. Arabella, pois, tinha de representar também um papel... O que queres cantar? Isto é, o que a tua alma delicada suporta? perguntou rindo. Esperou pacientemente. Quando ela encolheu os ombros com indiferença, ele começou a tocar a melodia de uma canção brasileira.

— Anísio Silva! disse ela com um olhar embevecido, começando a cantar com a bela voz de contralto.

— Não, essa canção com um fundo de tristeza e dor não combina hoje contigo! disse Manuel. Pelo menos não combina com o teu papel de hoje.

Tio Manuel começou a tocar baixinho uma outra melodia, dizendo então significativamente:

— É isto que precisas para o teu soldado!

Arabella deu um salto para o ar, alegre e totalmente ausente de sofisticação, cantando a canção "Parlez-moi d'amour". Teve de repeti-la três vezes, até Manuel se contentar com a apresentação.

Na terceira repetição, todo o pessoal da cozinha acompanhou a canção cantando. E até os boys acompanhavam baixinho "Parlez-moi d'amour". Depois essa canção ecoou também na sala de refeições dos empregados. Doze soldados brancos cantavam-na para algumas beldades morenas, que lhes serviam vinho quente.

O vinho era bebido alternadamente sob cantos e vivas. Apenas um soldado nada bebia. Ele queria permanecer lúcido, pois o major Markus lhe prometera uma grande soma em dinheiro, se conseguisse saber algo sobre um tal Jean Balmain. Esse soldado viera recentemente da Argélia juntamente com os demais companheiros, ou melhor dito, fugira de lá, e todos queriam ficar ricos o mais depressa possível. Até agora tinham tido sorte.

Faziam parte de um grupo de voluntários bem pagos, em Katanga, e havia também bons negócios extras, se mantivessem os olhos abertos. Pois bem, ele não decepcionaria o major... parecia dispor de boas relações tanto com pretos como com brancos...

Olhou as moças, uma após a outra. Nenhuma, porém, parecia-lhe apropriada para ser interrogada. Talvez a magra ali, encostada à porta, a qual aparvalhada e com os olhos arregalados olhava para dentro. Pois bem, ele poderia encostar-se à porta...

A magra, de início, nem o notara, tão entusiasmada estava com o aspecto dos brancos uniformizados. O comportamento desses diabos era algo excitante para a singela trabalhadora de lavoura. Somente percebeu o soldado, quando ele se achava perto dela, perguntando onde Jean Balmain se encontrava.

— Jean Balmain... Jean Balmain? Ela disse algumas palavras, as quais felizmente ele não compreendeu. Um criado, que tinha observado desconfiado o soldado, ouviu o nome Balmain. No mesmo momento levantou uma bandeja e introduziu-se no meio dos dois, dando um pontapé na canela da preta magra. Já, já, ele impediria essa mulher de falar perante diabos estrangeiros.

— Doces de frutas, senhor! Ofereceu os doces ao soldado, mas ele não aceitou, aborrecido. "Essa bandeja é uma manobra. Esse Balmain, portanto, encontra-se na fazenda, escondido em alguma parte." A lavradora, que não sabia de nada, mancou para dentro da cozinha, esfregando a canela. "Esse boy vai ver só..."

Tombolo, porém, já aparecia no cenário, olhando ameaçadoramente para a magra. Tão ameaçadoramente que ela pegou a cesta a fim de desaparecer silenciosamente. Tombolo puxou-a para dentro da padaria, dando-lhe, a seguir, vinho quente para que bebesse, sem, contudo, os tais condimentos aromáticos.

A magra começou a tossir e rir, comendo logo ruidosamente o pedaço de carne de porco oferecido a ela por Tombolo. Cheirou intensamente a broa fresquinha de milho, acomodando-se por fim num banco baixinho. Tombolo sentou-se ao lado dela, falando insistentemente com a mulher. Quando a conversa finalmente terminou, a lavradora voltou para a cozinha, postando-se rindo ao lado da porta, de onde podia observar os soldados.

— Onde está Jean Balmain? perguntou o soldado, que notara com satisfação o retorno dela.

— Jean! Senhor Jean? perguntou ela com um significativo rolar de olhos.

— Sim, é a quem me refiro! Disse o soldado impacientemente, oferecendo a ela algumas notas de dinheiro.

— Senhor Balmain já há muito tempo fora daqui... Senhor Tobias bater nele por causa mulher! gaguejou ela meio em francês e meio em português.

— Fora daqui? Não acredito! Fala, bruxa preta!

A mulher olhou amedrontada ao redor. A pose ameaçadora do soldado era evidente. De repente, porém, aí estavam Tombolo e ao lado dela a cozinheira, olhando aparentemente curiosas para os soldados.

— Bonitos homens lá dentro! disse a cozinheira, lançando um olhar convidativo para os soldados. Ela era um pouco leviana e gostaria de ficar junto dos visitantes.

Tem muita dança atrás, na aldeia! Mais uma vez ela virou-se para o soldado. Este, contudo, parecia totalmente desinteressado... Tombolo empurrou a cozinheira para o lado, repreendendo enraivecida a magra:

— Queres ser açoitada também como as outras? O soldado pôs-se a escutar. Algo não estava certo aqui... O soldado ficava cada vez mais curioso. Tinham medo, visivelmente, de que a pobre mulher pudesse revelar algo...

— Eu apenas queria perguntar pelo senhor Balmain. Somos amigos! disse ele com tom submisso para Tombolo.

— Podes ir embora. Eu mesma vou dar a informação a este nobre senhor. Não é verdade que o meu amo Tobias bateu no senhor Jean! disse Tombolo com um ar de superioridade. Ele apenas o expulsou da fazenda. Nada mais.

O soldado olhou à sua frente, duvidando. Essa velha gorda parecia ser de confiança. Embora nunca se soubesse o que realmente os pretos estavam pensando...

A cozinheira levou a mão à boca, rindo idiotamente. E Tombolo tinha o olhar fixo à sua frente, fingindo estar tão ofendida, como se tivessem feito uma grande injustiça com ela. A seguir gritou repentinamente para o soldado, de modo tão furioso, que o mesmo recuou assustado.

— E se essa negra do mato mais uma vez afirmar que meu amo pessoalmente chicoteou esse Balmain, então eu mesma mandarei açoitá-la de tal forma, que o fígado dela rebentará em pedaços.

Depois dessas palavras o corpo todo de Tombolo tremia.

— Eu sou a superiora de todos os criados do meu amo! gritou ela ainda.

O soldado deu de ombros, afastando-se. Pouco lhe importava o que acontecera com esse Balmain. O fato é que o procurado parecia não se encontrar na fazenda. Não poderia dizer muita coisa ao major! Dessa vez, certamente, não haveria um ganho extra...

De repente tornou-se consciente do silêncio reinante no salão. Nenhum dos seus companheiros cantava. Olhou um por um. Estavam, pois, totalmente embriagados. Bela surpresa essa...

O vinho do Cabo é quente e bom! disse uma moça morena, estalando a língua. Quando lhe ofereceu uma caneca desse vinho, ele repeliu-a brutalmente e saiu... Tinha de procurar seus superiores e perguntar o que deveria ser feito com esses porcos bêbados...

CAPÍTULO VIII

Nesse ínterim, o major Markus passeava pelo parque. A ocorrência com o suposto moribundo intrigava-o mais do que queria admitir. Se o velho, lá em cima, estava de fato morrendo, quem então o enfrentara assim ameaçadoramente?... Caminhava tão absorto em seus pensamentos, que somente viu Tobias quando este lhe falou, perguntando se não queria tomar vinho ou café quente.

Markus fingiu não ter ouvido tal pergunta. Uma raiva surda surgiu nele. Esse português, amigo dos negros, caçoava dele.

— Quem é o velho moribundo lá naquela casa? perguntou rudemente.

— É Ahmed, pai Ahmed! respondeu Tobias, com voz triste.

— Um árabe charlatão, pois! As feições do major transformaram-se em uma máscara escarnecedora.

— Charlatão? Por causa desta palavra eu deveria matá-lo! disse Tobias calmamente. Não o faço, pois seria contra a vontade do bondoso homem velho que está lá dentro.

Embora Tobias falasse com absoluta calma, o escárnio de Markus desfez-se. Sim, ele até tentou uma espécie de desculpa, ao contar o acontecimento.

— Eu não faço parte de crédulos fantasistas, eis por que gostaria de saber o que estão tramando.

— Não estamos tramando nada! disse Tobias com frieza. Apenas pode ser que Abu Ahmed não queira que gente como o senhor o perturbe na sua hora de morte.

O oficial ainda não se contentara.

— Bem, explique-me: como pode um moribundo enfrentar alguém, de modo vivo e forte, ameaçando com ambos os braços?

— Talvez o senhor tenha visto o espírito dele! disse Tobias cansado.

— Espírito? Markus tentou falar o mais indiferentemente possível. Percebe-se que o senhor já vive há muito tempo na África! Nenhuma pessoa civilizada crê mais em espíritos!

— O senhor e os da sua espécie têm razão! observou Tobias, agora impaciente. O mundo civilizado acredita apenas na sua própria grandeza! Por isso se tornou tão frágil, que vive em constante medo de ruir.

Depois dessas palavras, Tobias afastou-se. Saleh veio ao seu encontro, quando ele estava se dirigindo à casa do velho pai. O estado do moribundo não se alterara. Continuava deitado sem sentidos. Tinham de aguardar...

Markus seguira Tobias. Ouvira as palavras de Saleh. Era inacreditável. Mas parecia que no Congo tudo era possível.

— Aceito o seu convite para tomar um pouco de vinho quente! disse ele, dirigindo-se a Tobias.

— Aqui em cima sempre faz frio à noite. Seu companheiro certamente já está sentado na sala de jantar! respondeu Tobias.

— Onde, aliás, estão os meus soldados? perguntou Markus, olhando ao redor.

— Os sudaneses devem estar na aldeia dos nativos e os franceses... provavelmente a minha governanta está cuidando deles.

O que o senhor, aliás, procurava na casa do meu velho amigo Ahmed? perguntou Tobias bruscamente.

— Pergunta estranha. Viemos à procura de criminosos. Jean Balmain bem poderia ter se escondido na casa do velho.

— Se o senhor veio por causa de Jean, então deveria ter chegado antes. Ele já foi embora.

Tobias e o visitante chegaram à frente do prédio em que se encontrava a sala de jantar. Antes de abrir a porta, ambos pararam, escutando.

— Que voz maravilhosa! disse Markus, elogiando. Gostava de música.

— Pode entrar. Seu companheiro decerto estará lá dentro.

Tobias abriu a porta para o oficial, saindo a seguir. Teria de descansar um pouco junto de Amrita, do contrário não poderia agüentar esses espiões uniformizados a noite toda. Doera-lhe a cabeça durante todo o dia... e ainda não fazia muito tempo que tivera o acesso de malária.

Nesse ínterim escurecera, e a fazenda brilhava sob a luz de inúmeras lâmpadas elétricas instaladas por toda a parte. Tobias contornou a grande casa onde morava, entrando pela porta do terraço nos fundos.

Amrita, toda agitada, veio ao seu encontro, cochichando que Visram voltara:

— De acordo com o desejo dele, mandei chamar o coronel Renée.

— Onde estão os soldados? perguntou Tobias preocupado.

— Os de cor estão na aldeia dos nativos; quanto ao refugo de brancos da Argélia, Tombolo fez com que ficassem tão embriagados, que todos tiveram de ser carregados para a barraca do sul, em estado inconsciente.

— Tombolo? Tobias tomou o braço de Amrita, dirigindo-se com ela para a sala de estar. Certamente Tombolo misturou erva para dormir no vinho, do contrário não teriam se embriagado a ponto de ficarem inconscientes... Por que Visram voltou?

— Por causa de Abu Ahmed. Além disso, traz notícias de Efraim.

Visram e Renée aguardavam Tobias no salão de Amrita. Ambos examinavam documentos estendidos diante deles numa mesa. Tobias sentou-se ao lado deles, depois de um breve cumprimento, informando sobre o estado de Abu Ahmed. Tudo o mais Amrita já contara. Ele tomou lentamente uma xícara de chá aromático; enquanto isso, Visram fez um relato, em traços largos, da reunião na fazenda de Efraim.

— Aqui, nesta pasta, temos tudo de que necessitamos! Temos as anotações exatas sobre o tráfico bem ramificado de entorpecentes. O ponto final desse comércio infame é a Europa... Também o comércio de moças e crianças de cor, feito por Cláudio e seus amigos, está anotado direitinho.

— Incrível! Para onde, pois, foram essas moças e crianças? perguntou Amrita indignada.

— Somente poderemos verificar isso após um exame minucioso dos documentos! disse Renée. O comércio de escravos, aliás, nunca deixou de existir na Terra.

Visram abriu uma pasta de couro contendo diversos mapas. A seguir colocou algumas latas ao lado. Provavelmente filmes...

Renée já havia colocado sobre a mesa vários passaportes, recortes de jornais, notas de libras esterlinas e de dólares, três saquinhos contendo diamantes lapidados e uma pedra escura. Visram, que sentara, lia atentamente um caderno fino.

Tobias, cuja dor de cabeça melhorara com o chá, estudava intrigado dois dos mapas. Um era de Katanga e o outro da Rodésia. Em ambos os mapas estavam assinaladas com lápis vermelho, em destaque, algumas regiões. Com um sorriso singular, Visram colocou o caderno de lado.

— Temos aqui um relato muito significativo. Com isto o morto certamente poderia ter ganho muito dinheiro... talvez também quisesse extorquir alguém! disse Visram, dando o caderno a Renée. Tobias levantou o olhar de modo interrogativo. Deixou os mapas de lado e folheou o caderno de notas.

— Outras coisas, como revólver, máquina fotográfica, diversos anéis, um relógio, dois binóculos e ainda dois sacos de viagem ficaram com Efraim. Deixamos lá também vários sacos com amostras de minérios.

— E esta pedra aqui?

— Dá-la-ei a Justin. Ele poderá usá-la como peso para os papéis das suas receitas. Amrita pegou a pedra e disse que o morto, seguramente, não a levara para servir de peso para papéis...

— Jean acha que essa pedra contém platina. Pode ser que se origine de cascalho de montanha ou de rio. Visram começou a recolocar as coisas na pasta. Renée soltou uma exclamação de surpresa, colocando o caderno na mesa. Tobias pegou-o e leu o título: "Dos segredos da 'Union Minière du Haut Katanga'..."

— Suponho que os acionistas ingleses, belgas e americanos não se alegrariam muito ao ver esse caderno... Já o título é perigoso! observou Visram ironicamente.

— As bombas lançadas sobre o Japão, certamente, foram fabricadas com o urânio e o cobalto de Katanga.

— Isto, sem dúvida, é um segredo público! disse Visram. Este caderno, contudo, contém realmente algo não-conhecido pelo público em geral. Tschombé é apoiado de toda a maneira imaginável pelo lado inglês; Katanga deve tornar-se independente das outras regiões do Congo.

— Um segredo tão secreto também não é! disse Renée rindo.

— Para a ONU, pelo menos, deve ser... Se não fosse, não teriam transportado todo um aparato militar para cá... para libertar Katanga!... Monsieur Tschombé tem os melhores conselheiros brancos. Todos sabem disso! Visram, agora, também ria para si divertidamente...

— Sem dúvida, os ingleses têm nos ajudado muito. Pois Tschombé não é um dos que odeiam os brancos...

— Agora contarei em que estado encontramos o homem a quem pertenciam todas essas coisas interessantes. Quando chegamos à propriedade de Efraim, ele conduziu-nos a um curral afastado e vazio. A primeira coisa que vimos lá foi uma cruz tosca com um esqueleto branco e limpo pendurado nela. Debaixo da cruz havia um amarrado de roupas, um par de botas, bem como um boné militar azul.

Efraim disse que o crucificado morreu com uma flechada.

"Meu filho de doze anos deu a flechada, quando esse indivíduo matou friamente o seu gnu domesticado com um tiro de revólver. Os pastores levaram depois o estrangeiro, crucificando-o. E assim há um maldito caçador de seres humanos e de animais a menos na Terra!" exclamara Efraim com raiva.

— Como foi, aliás, que esse homem chegou à fazenda de Efraim?

— Ele queria comprar terras do outro lado do rio. Tu as conheces. Tobias acenou afirmativamente com a cabeça. Naturalmente conhecia as terras de lá.

— A paisagem de pedras que chamamos Serir, são essas as terras que ele queria comprar! exclamou Amrita surpresa.

— Sim, alguns brancos cheiram as riquezas do subsolo, do mesmo modo que os de cor cheiram a água em regiões secas! disse Visram. Numa visita Amrita se entusiasmara com as muitas abelhas, as flores amarelas e as comedoras de cobras que pulavam em redor. Ela até havia filmado essas aves de pernas finas e altas.

— Ainda vais ficar, Visram, não é? perguntou Tobias. Infelizmente tenho de voltar para meus hóspedes não-convidados...

a não ser que nossa boa Tombolo também tenha adormecido os dois oficiais.

— Mais tarde voltarei. Antes de tudo preciso ver Abu Ahmed. Visram fez uma profunda reverência diante de Amrita, afastando-se a seguir rapidamente. Também Renée queria voltar para os escritórios. Os documentos do morto deram-lhe uma idéia. Ele abriu a pasta, tirando vários papéis.

— Esses documentos serão de grande utilidade para mim. Os dois falsos majores provavelmente já ao amanhecer desaparecerão!

Tobias levantou-se suspirando. De repente sentia-se tão cansado, que preferia esticar-se no divã.

— Fica aqui! Pediu Amrita. Uma hora de sono, e o cansaço desaparecerá.

— Não é possível. Além disso, tenho de cuidar de Arabella. Estava tão travessa, e não posso imaginar, aliás, o que ela e Fátima pretendem com isso. Amrita sorriu. Brincar um pouco e divertir-se é o que suas filhas queriam. Arabella, de fato, tinha uma aparência esquisita com aquela vestimenta.

Visram, ao ver tantas pessoas acocoradas diante da casa de pai Ahmed, sentiu uma dor espasmódica no plexo solar. Encontraria o bondoso e velho amigo ainda em seu corpo terreno? Abriu cuidadosamente um caminho através da multidão, e subiu os degraus do terraço. A porta da casa estava aberta. Saleh veio ao seu encontro, conduzindo-o para dentro. Estava muito quente no salão e cheirava a incenso.

Abu Ahmed estava estendido sobre o cobertor branco de pele de carneiro. Tinha um turbante branco na cabeça e uma capa preta cobria quase totalmente sua roupa branca. Visram sentou-se num banquinho diante da cama, pegando a mão fria de Ahmed. A morte terrena já se efetuara, não obstante ainda pairasse um halo de vida sobre o corpo inerte. Saleh levou o incensório para o quarto lateral, sentou-se depois novamente ao lado de Visram e entregou-lhe um pacotinho.

— Abre-o somente em Nairóbi, é desejo do meu amo.

Visram tomou o pacote, guardando-o no seu bolso interno. Baixou a cabeça e fechou os olhos. Amor e gratidão uniam-no ao pai Ahmed. E isto assim permaneceria, embora ficassem separados terrenalmente por algum tempo. O velho amigo estava agora liberto de seu corpo terreno, a caminho de regiões mais felizes. Mais uma vez Visram pegou a mão fria, apertando-a contra sua testa. Era uma última saudação e a despedida na Terra.

Saleh mexeu-se ao lado dele, e Visram levantou a cabeça, como que acordando, e recolocou cuidadosamente a mão de Abu Ahmed no leito. Será que cochilara? Olhou para seu relógio. Tinham-se passado vinte minutos desde que entrara na casa. Atrás dele alguém começou a soluçar. Virando-se, viu Zuhra e Fátima acocoradas no chão, meio escondidas pela grande estufa de cerâmica. Por que ambas soluçavam tanto?

— Acende as grandes luzes, Saleh! Teu e meu amo já está liberto da matéria pesada.

Saleh também se aproximou agora do leito, ajoelhando-se diante dele. Igualmente tocou com a testa a mão fria do falecido. Seu amo fora embora. A Saleh, contudo, seria permitido segui-lo em breve. Quando ele se afastou, Fátima e Zuhra ajoelharam-se diante do leito, chorando.

— Quereis perturbar o sossego do nosso querido amo? perguntou Visram em tom severo, tocando no ombro de Fátima.

Não, isto elas não queriam! Fátima levantou-se, puxando a criada. Sabia que suas lágrimas não eram por causa de pai Ahmed. Ele não precisava das lágrimas de uma mulher pecadora! Chorava por causa de sua vida, a qual vivera sem finalidade, e por Justin, a quem perdera. Zuhra dirigiu-se com Fátima para o quarto ao lado. Ali elas ficariam velando.

— Escuta, Saleh, não diz a ninguém ainda que nosso amo foi embora. Estamos com intrusos na fazenda e por essa razão teremos de nos calar por enquanto. Saleh, cansado, acenou com a cabeça, acomodando-se numa cadeira. Visram tinha razão.

Primeiramente Visram dirigiu-se ao escritório, a fim de informar Renée da morte de Ahmed.

— Temos de fazer tudo para proporcionar-lhe um enterro cheio de paz. Os oficiais juntamente com seus soldados terão de sair.

— Certamente sairão! afirmou Renée com convicção.

Visram, agora, teria de avisar Tobias. Deixou rapidamente o escritório, entrando, segundos depois, no salão de refeições.

Markus olhou com desconfiança para a porta. O que fazia ali esse indiano? E ainda um indiano com um diamante cintilante no turbante!...

Visram inclinou a cabeça, para saudar, e tocando sua testa e seu peito com a mão, desejou a paz de Alá a todos os presentes. Arabella cumprimentou-o jubilosamente, agindo como se já fizesse muito tempo que não o via. Do mesmo modo o cumprimentaram Tobias e tio Manuel. Até os criados inclinaram-se diante de Visram, como se há anos ele estivesse ausente da fazenda... Tio Manuel pensou, divertido, que faltava somente Tombolo com suas mesuras malucas...

Markus concentrou-se em pensamentos. O rosto escuro do indiano, sobretudo seus olhos claros, não lhe eram estranhos. Sim, lembrava agora. Vira-o em companhia de um médico negro e de Jean Balmain...

Antes de Visram entrar no salão de refeições, Markus fitava Arabella constantemente. Ela era, pois, a meia-irmã de Fátima por isso tal semelhança... Gostaria de saber se realmente Fátima estava morta...

Em todo caso, Arabella era muito mais atraente do que a irmã... e a voz que ela possuía... Mas essa moça somente perdia tempo nesse lugarejo de negros. Pena que não pudesse ocupar-se com ela mais de perto... tinha, porém, de cuidar para manter fresca a cabeça.

Algo não estava certo. Os soldados embriagados... Seria possível que não suportassem um vinho quente e temperado?... Mas Elias? Que este, após alguns copos de vinho, simplesmente perdesse o equilíbrio, era mais do que esquisito... Ele mesmo tivera, sabiamente, o cuidado de não beber desse vinho. Bebia aguardente, a mesma que o velho tomava... "Continuar com os olhos abertos!" dizia para si mesmo... pois aguardente demais... a mais fina aguardente de tâmaras, declarara o português... Estendendo a mão para a garrafa, deparou com Visram, que estava do outro lado da mesa, olhando-o perscrutadoramente...

Markus fez um gesto convidativo... um indiano de olhos azuis... Nessa fazenda enfeitiçada, aparentemente tudo era possível... no entanto... o indiano também era uma pessoa de cor...

— O que conduz o senhor a esta fazenda de negros? perguntou arrogantemente, empurrando a garrafa de aguardente para Visram. O senhor não responde? Não compreende francês!... Para mim tanto faz!

— A sua linguagem, de fato, não compreendo! disse Visram serenamente...

Essa voz?... Markus inclinou-se um pouco para a frente, e de repente as névoas de álcool que o envolviam, desapareceram. Visram continuou a fitar Markus, perscrutadoramente, sorrindo a seguir. Um boy colocou um jarro com suco de frutas na mesa, enchendo um copo para Visram. Dois outros boys correram para a cozinha, contando de que maneira estranha todos se comportavam em relação ao senhor Visram. A cozinheira não era boba. Podia imaginar o que acontecia e olhou para os boys ameaçadoramente.

— Se revelardes com um olhar sequer que monsieur Visram esteve aqui hoje cedo, então vós, cafres dos rochedos, podereis preparar-vos para algo muito ruim!

Os boys riram descaradamente, balançando perigosamente suas bandejas cheias.

— Cafres dos rochedos! Apenas palavras estúpidas! As empregadas da cozinha também riam! Elas sabiam que a cozinheira e Tombolo freqüentemente se vangloriavam com palavras novas e incompreensíveis. Isto firmava sua posição entre os numerosos empregados.

Arabella sentou-se ao lado do pai, encostando a cabeça no ombro dele. Tobias estava sentado calado diante de um copo de vinho. Sua dor de cabeça voltara, e o falecimento de Abu Ahmed pesava sobre sua alma. Pressentimentos sombrios perseguiam-no durante todo o dia. Previa um futuro sombrio e impenetrável diante de si.

Markus caíra em si. Estava sentado em sua cadeira, observando Visram furtivamente. Sentia que presunção ou arrogância nada valiam diante desse indiano. Embora dissesse para si mesmo que o outro era apenas uma pessoa de cor, pertencendo portanto a uma raça humana inferior, percebia a força dele de maneira quase dolorida, superando tudo o que até agora conhecera...

"Certamente é um desses saltimbancos indianos..." A raiva brotou novamente em Markus... Observou com os olhos semicerrados tio Manuel, o qual estava sentado no lado estreito da mesa. O velho, contudo, sentara-se como um ioga que tivesse engolido um bastão... E esse Tobias fitava apenas seu prato. Não obstante... Markus tinha a impressão de que escarneciam dele silenciosamente, e que todos viam em sua pessoa apenas um contrabandista ridículo e bem ordinário...

Enquanto os boys serviam a sobremesa, ouviu-se o barulho de motor e logo depois o chiar de freios. Manuel queria levantar-se, a fim de ver quem estaria lá fora. Estava preocupado... Por que Tobias não se mexia?... Arabella levantara, sentando-se novamente na banqueta do piano. O silêncio dos três homens deixou-a nervosa. Imaginara a situação bem mais divertida...

Vozes e risos ouviam-se lá de fora e uma porta de jipe, rangendo, bateu; depois Tito, o guarda-livros de Tobias, seguido de um oficial belga, entrou na sala. Arabella soltou uma exclamação de surpresa ao reconhecer Renée, sua paixão secreta.

Tobias respirou aliviado ao ver Renée, vestido com um capote de couro empoeirado, entrando pela porta. Levantou-se e cumprimentou o oficial, intimamente admirado com a capacidade de ator do amigo. O belga cumprimentou Tobias, tio Manuel e Arabella, olhando depois para Visram, como se nunca o tivesse visto; por fim fitou Markus com um olhar perscrutador, fazendo com a mão um gesto de continência.

— Peço desculpas pela perturbação. Não vos molestarei por muito tempo.

— Molestar? interrompeu-o tio Manuel... Sente-se, primeiramente, e tome conosco um vinho quente...

Além disso, Tobias convidou o visitante tardio para descansar um pouco e jantar com eles.

— No momento, nada mais eu preferiria! disse Renée, aspirando o ar como um conhecedor. Sem dúvida, aqui, tudo cheira a vinho quente aromático.

Tobias sorriu, dizendo, com um olhar algo malicioso para o major, que esse vinho quente aromático já colocara pelo menos uma dúzia de soldados num bem-aventurado estado de embriaguez.

— Soldados? De onde vêm soldados para cá? perguntou Renée com surpresa, olhando interrogativamente ao redor.

— São meus soldados! disse Markus, esclarecendo, um pouco confuso e inseguro, porque se encontrava na fazenda. Renée ficou calado por um momento; depois, porém, falando modestamente, não ocultou ao major que achava estranho encontrar em Kivu soldados provenientes de Katanga.

— Eu sirvo em Elville, e não posso recordar-me...

— Estou há muito pouco tempo no serviço militar! disse Markus rapidamente. Nos últimos tempos estive em Manono... e é muito desagradável para mim que meus soldados tenham se embriagado dessa maneira.

— Não se preocupe com isso. Meus soldados também sempre bebem demais, desde que não sejam maometanos.

Markus encostou-se na cadeira, mais ou menos tranqüilizado. Esse belga parecia ser um sujeito acessível.

— Lembro-me agora de uma coisa! disse Renée um pouco hesitante. O senhor está certo de que seus soldados estão apenas embriagados?

— Certamente! O que poderia ser então?

— Perguntei porque houve aqui uma epidemia de febre tifóide. Por isso vim sozinho... Não quis arriscar que meus soldados caíssem em delírios febris.

Markus, agora, estava preocupado. "Uma epidemia?..." Renée piscou alegremente para Arabella, e ela respondeu piscando. O que mais teria gostado, era de abraçá-lo. Ele ainda não percebera, contudo, que ela era adulta e que o amava ardentemente... Um boy engasgou-se ao rir, quando ouviu a palavra "febre", desaparecendo a seguir na copa.

Renée comeu e bebeu com a melhor disposição. Quando a mesa estava arrumada, perguntou cortesmente se Tobias queria responder-lhe algumas perguntas...

— Estamos procurando um certo Irwing. Encontramos documentos e outros papéis numa pasta... Esse homem faz parte de uma quadrilha perigosa... isto se já não estiver morto...

Renée olhou interrogativamente para Tobias e tio Manuel, não percebendo por isso o olhar perplexo do major, fixo nele.

— Tudo indica que foi assassinado! disse Renée clara e lentamente. A seguir passou alguns documentos para Tobias.

— Esse Irwing estava na guarda nacional em Elville. Como foi que chegou a Kivu? perguntou Tobias, depois de ter passado os documentos a Visram.

— Provavelmente, esse homem seguiu seus próprios interesses! opinou Visram, devolvendo os documentos a Renée.

— O senhor, por acaso, conheceu um homem com esse nome?

Markus estava demasiadamente atordoado para poder responder. Irwing? Era impossível que ele também estivesse morto... Fora o mais inteligente dentre eles... Não, não podia ser verdade... Esse coronel apenas queria blefar...

Tão calmo quanto lhe era possível, perguntou de que, aliás, era acusado esse tal Irwing, ou por que, além disso, era um suspeito.

— Fui enviado em missão secreta para uma certa localidade fronteiriça! disse Renée seriamente. Por isso não me é possível dar maiores detalhes...

— Talvez ele tenha algo com a morte de Lumumba? Ou fazia negócios com entorpecentes!

— Quem pensa ainda na morte de Lumumba? Os assassinos desse homem são conhecidos há muito tempo. Pelo menos conhecem-se seus mandantes.

— Eu acho que cada branco deveria ser grato aos assassinos por não existir mais esse homem que odiava os brancos! disse Markus o mais sarcasticamente que lhe era possível. E qual o governo do Congo que procura esse Irwing?

Markus olhava agora com escárnio não disfarçado para o coronel belga. Tobias levantou-se.

— Vou andando, pois Abu Ahmed está morto! Arabella irrompeu em altos prantos, seguindo seu pai.

— Pai Ahmed estava inconsciente durante o dia todo. Não esperávamos outra coisa... Não obstante... enquanto ainda respirava também tínhamos esperança... e ele ainda estava entre nós... Após essas palavras, tio Manuel também se levantou, olhando para os boys, postados imóveis, com os olhares fixos na porta, como se por ali entrasse o espírito do falecido. Mal, porém, Manuel lhes virou as costas, eles depositaram suas bandejas, desaparecendo da sala silenciosamente.

Markus enraiveceu-se, ao ver a cara indiferente de Renée à sua frente. A carreira militar há pouco por ele iniciada lhe agradava. Agora teria de desaparecer o mais depressa possível. Isto ele sentia, pois ao contrário de seus amigos, gostava de viver no Congo. O coronel não era nada melhor do que ele.

— Vou fazer uma última visita a Abu Ahmed! disse Renée para Visram. Esse homem velho deixa uma grande lacuna.

— Pensei que se tratasse de uma mistificação, pois há poucas horas esse velho esteve à minha frente, ameaçando-me.

Visram levantou o olhar com ar interrogativo. Abu Ahmed estivera inconsciente durante o dia todo. Esse homem deveria estar bêbado.

— Por que o senhor duvida da morte desse grande sábio?

— Por quê? Markus olhou para os brilhantes olhos azuis de Visram, contando contrafeito o que acontecera a ele e a dois de seus soldados.

— O senhor tem uma explicação para tal ocorrência? perguntou por fim.

— Abu Ahmed era uma pessoa tão extraordinária, que nossos pensamentos não bastam para compreender toda a personalidade dele... Além disso, estou convicto de que ele não o ameaçou... a não ser que o senhor tenha entrado no recinto de morte com más intenções... Certamente queria adverti-lo... Sim, ele levantava freqüentemente a mão advertindo.

Com um movimento cansado, Markus passou a mão sobre a testa. O que o indiano dizia soava convincentemente... no entanto, ele não compreendia...

— Advertir? Por que o velho queria advertir-me? Pois eu não o conhecia!

Visram olhou pensativamente algum tempo à sua frente, dizendo a seguir:

— Não há dúvida de que o pai Ahmed quis adverti-lo... Disso eu deduzo que ainda existe algo de bom latente em vós... Algo de bom que vale a pena despertar...

Novamente Markus quis refugiar-se na ironia e escárnio, sem contudo consegui-lo direito. A serenidade e paz emanadas do indiano dominavam-no inteiramente. E era o primeiro ser humano que ainda via nele algo de bom... preocupando-se, aparentemente, com a salvação de sua alma.

— Sou soldado! Não posso pensar como o senhor!

— O senhor não é soldado... alegre-se com isso. É ainda muito moço! Por que não começa uma outra vida? Ou será que quer acabar assim como seus astutos amigos Cláudio e Irwing?

Markus estremeceu como se fosse golpeado, ao ouvir o nome de Cláudio. Desconfiado, perguntou:

— O que sabe o senhor a respeito de Cláudio?

— Tudo! respondeu Visram com firmeza. Cláudio e Irwing estão mortos, apesar de sua riqueza e de sua astúcia... Urge que o senhor escolha amigos menos astutos. Após estas palavras, Visram levantou-se, dirigindo-se vagarosamente para a porta. Quase contrafeito, Markus seguiu-o.

Visram deu alguns passos e logo depois parou, escutando. Joel, o pastor, já retransmitia a notícia do falecimento de Abu Ahmed... Markus também parou, escutando as batidas de um grande tambor-falante. Visram indicou para o norte, explicando que as batidas vinham da aldeia de pastores da encosta do morro. Aquela aldeia também fazia parte da fazenda. Depois seguiu vagarosamente pelo caminho que atravessava o parque e novamente parou escutando.

— Parece haver uma festa na aldeia dos nativos! murmurou para si mesmo, meneando a cabeça. E a julgar pelo ritmo deve ser uma grande dança.

— Talvez uma dança macabra! disse Markus. Lembrou-se, então, de que seus soldados estavam na aldeia dos nativos.

— Se há uma festa na aldeia, tenho de ir para lá! Meus sudaneses certamente estão lá. Se o senhor quiser mostrar-me o caminho, cuidarei do pessoal.

Visram estava intrigado... não havia hoje nenhum motivo para festas e danças. De repente sorriu, acenando para que Markus o seguisse. Lembrara-se de Tombolo. Ela, seguramente, organizara a festa a fim de manter os soldados afastados.

— Vou com o senhor; sabe-se lá em que estado os foliões se encontram!...

Markus estava mais do que de acordo, por não precisar caminhar sozinho. Não obstante, perguntou desconfiado se Visram não queria ir até o falecido.

— Depois irei até lá. Na realidade pai Ahmed não mais precisa de nenhum de nós...

Markus acenou com a cabeça concordando, se bem que tal modo de pensar era-lhe estranho. Contudo, raciocinou depois que, de qualquer forma, tristeza ou lamento de nada valeriam. Ainda hoje estava triste por causa da morte de seu amigo Cláudio, e o que adiantava isto?...

— Sim, uma pessoa somente pode ficar triste por causa de si mesma. Por causa de sua vida malbaratada ou por causa de seu atuar e pensar errados! disse Visram, sorrindo amavelmente ao ver a cara estupefata do outro. Não, não há nada de misterioso em mim... Ler os pensamentos de outrem não é tão difícil como em geral se supõe.

Um pouco confuso, Markus caminhava ao lado de Visram. Passaram por várias casas, uma pequena lagoa e diversos galpões; a seguir atravessaram um setor do bosque plantado pelo falecido Martin.

Visram parou na beira do bosque. O céu todo estava imerso num clarão vermelho, e o rufar dos tambores, as palmas, bem como o bater dos pés, ouviam-se como se o local de danças estivesse bem perto. Visram olhou para a água do riacho, onde o luar se refletia. Gostava sobremaneira das noites de luar... Parado e sentindo calafrios, Markus aguardava que seu companheiro prosseguisse na caminhada. Lembrara-se de Ramsés e Finant... Provavelmente bebera demais, pois o que tinha a ver com esses assassinados?... Isso deveria certamente estar ligado à morte do misterioso sábio... Quando alguém morria, geralmente outros já falecidos eram lembrados...

Visram levantou a cabeça, aspirando o ar perscrutadoramente. "É! Ainda usam aquela coisa estimulante!" pensou reprovando... "Como se as danças por si mesmas já não os excitassem suficientemente..." Também Markus aspirou prazerosamente o cheiro aromático que passava pelo ar misturado com a fumaça das fogueiras.

— Um cheiro agradável! disse ele.

— Pode ser que o cheiro seja agradável e aromático! observou Visram. Mas seria melhor se passassem sem essas drogas. Visto Markus não entender de que drogas ele falava, Visram acrescentou, explicando, que o curandeiro da aldeia costumava, por ocasião de grandes festas, lançar certas raízes e resinas numa panela com brasa... Visram não deu maiores esclarecimentos.

— Na África aprende-se a cada dia algo novo... Às vezes tenho vontade de acabar minha vida entre os selvagens... pois a nossa supercivilização já há muito não mais me interessa.

— Quem sabe seu desejo se realize algum dia!

Desciam agora a larga rua da aldeia, parando atrás de algumas árvores grandes. O quadro que se lhes ofereceu era fantástico. Cinco grandes fogueiras lançavam suas labaredas para o céu, e uma compacta massa humana, batendo os pés, se achava concentrada em volta do local de danças. Ao mesmo tempo alguns se balançavam para lá e para cá no ritmo de uma canção monótona, jogando para trás a cabeça...

Visram observava o jogo de luzes e sombras das chamas, desenhando imagens grotescas nos rostos e figuras reluzentes de óleo. Markus, curioso, dava passos para a esquerda e para a direita para tentar descobrir uma brecha na muralha humana. Queria ver o que se passava na pista de danças...

— O pessoal logo se acocorará! disse Visram, ao perceber como Markus procurava uma brecha através daquele aglomerado de gente... É uma pausa, por isso todos os espectadores participam.

Enquanto Visram ainda falava, uma corneta de pastor tocou, e todos se acocoraram, como que por uma ordem. Markus reteve a respiração, ao ver a dançarina imóvel no meio do local de danças...

— É a pequena Mumalee... sua mãe, a grande Mumalee, decerto, se encontra na casa de Abu Ahmed. A pequena Mumalee recebeu aulas de danças junto com a filha de Tobias. Ela poderia fazer uma grande carreira... contudo sua mãe não a deixa sair...

— Essa mãe deve ser muito egoísta, impedindo o caminho da filha, segurando-a junto a esses negros! interrompeu Markus a explicação de Visram.

— O senhor está enganado. Mumalee, a grande, é vidente e prevê o futuro... Ela acha que a filha está destinada a uma vida extraordinária, contudo muito perigosa... naturalmente, quer adiar o momento... pois tão logo a pequena Mumalee se separar dela, começará seu perigoso destino...

Markus mal escutava. Via apenas a dançarina morena, nua, com exceção de uma curta saiazinha de penas brancas, começando a se balançar lentamente de um lado para o outro. Mumalee tinha cabelos pretos, longos e lisos, enfeitados com uma corrente de corais vermelhos. Seu nariz era fino e a boca tinha um formato bonito.

"Nada supera a beleza de algumas mestiças!" pensou Markus... contudo, logo parou de raciocinar, pois ela começava a dançar.

— Ela está dançando a dança do pato! explicou Visram, ao ver a dançarina movimentando-se de modo bamboleante de um lado para o outro. Corria de maneira pesada, contudo, agilmente. Ao mesmo tempo meneava a cabeça de modo que os cabelos compridos cobriam seu rosto.

Visram olhou divertido para seu acompanhante. Esse moço parecia nunca ter visto danças africanas de animais. Bem, Mumalee era extraordinária, mesmo para um conhecedor.

Markus "comia" virtualmente com seus olhos a dançarina. Os nativos pelo menos diriam assim ao observarem seu rosto. Estava tão absorto com o aspecto dela, que nem viu como dois tamborileiros e três espectadores caíram numa espécie de transe, sendo carregados sem sentidos. Visram sabia que os espíritos deixaram os corpos terrenos inconscientes para dançarem juntos, invisíveis, a dança do pato... Voltariam sozinhos, quando a dança terminasse...

Mumalee, a dançarina do pato, parecia ter acabado de sair da água. Ela se sacudia de tal modo, que todos seus membros entravam em movimento tiritante, e tinha-se a nítida impressão de que gotas d'água caíam dela. Com as pernas bamboleantes, corria em todas as direções como se procurasse algo...

Das fileiras dos espectadores ouviam-se gritos estridentes. O pato fez-se notar! A pata, contudo, agora não queria nenhum galã; o que ela procurava era o ninho. Finalmente... depois de muito bambolear para lá e para cá e depois de muitas contorções do corpo, acomodou-se no centro da pista de danças. Encontrara um lugar para o ninho. Os tamborileiros, que batiam como malucos nos seus tambores, pararam de repente. Desfez-se o encanto, sob o qual a multidão de espectadores estivera, e um suspiro de contentamento fez-se ouvir.

Visram tocou Markus de leve.

— Vejo ali um de seus soldados. Está olhando no momento para cá. O senhor não quer falar com ele?...

Markus ainda tinha o olhar fixo na dançarina. A moça encantara-o. Sua arte de dançar despertara nele um êxtase de prazer que jamais conhecera. Confuso e um pouco surpreso, olhou para Visram quando este mais uma vez se fez notar.

— Sinto-me enfeitiçado! disse ele, enxugando o suor do rosto. Eu vi virtualmente as gotas caírem de suas penas, quando ela se sacudia daquela forma... Pareceu-me mesmo uma pata...

Visram sorriu um tanto misteriosamente. Aliás, como Markus mais tarde se lembrou, ele havia sorrido significativamente, dizendo em voz baixa:

— O senhor co-vivenciou o feitiço do pato, e isto é mais do que uma dança comum...

— Feitiço do pato? perguntou Markus estupefato e interessado. O senhor pode ter razão... Nunca vi uma dançarina mais maravilhosa... somente a figura dela... apesar de sua cor um pouco escura eu me casaria com ela já!

Visram, agora seriamente preocupado, olhou para seu acompanhante.

— Será melhor o senhor falar logo com seus soldados, pois a próxima dança será uma dança coletiva... E no que diz respeito a casamento, o senhor tire imediatamente essa idéia da cabeça... Mumalee, a mãe, já pôs em fuga três pretendentes brancos, o que prova ser ela agraciada, realmente, com um extraordinário dom de vidência.

Contrafeito, Markus caminhou ao encontro do soldado que estava parado a certa distância, aguardando.

— Ao levantar do sol deixaremos a fazenda... e que ninguém se atrase!

Visram levantou as sobrancelhas e, depois que o sudanês sumiu novamente no meio da multidão, perguntou que dialeto era aquele e se o soldado também o entendera... Um estrondoso som de corneta dispensou Markus de uma resposta embaraçosa. Pois ele teria de dizer que compusera frases com diversos dialetos, os quais aparentemente todos os pretos compreendiam. No mesmo momento, porém, sanfonas, guitarras, banjos e flautas entoaram, entusiasmando de novo o público com a melodia do "song" de Calcutá. Moços e velhos cantavam e dançavam, batendo os pés no chão e batendo palmas em torno de toda a pista de danças, enquanto, no centro da mesma, cerca de uma dúzia de dançarinos davam os mais malucos saltos para o ar. Toda a atmosfera vibrava de prazer de viver e da mais desenfreada alegria.

Para Visram bastou o que vira. Algo atordoado pelo cheiro das ervas mágicas, virou-se, tomando o caminho de volta. Precisava de ar puro e fresco para respirar. A exalação de suor de tantos corpos, oprimira seu peito.

Markus ainda não podia desligar-se dessas vivências desenfreadas. Olhou como que enfeitiçado para o movimento selvagem e não teria faltado muito para que submergisse nesse redemoinho maluco. Perscrutando, olhou em redor. Onde estava a pequena Mumalee? Não era vista em parte alguma. Alguém avivara as fogueiras, pois os dançarinos movimentavam-se durante segundos numa nuvem de faíscas candentes. Procurou por Visram, contudo ele também não mais era visto. Dirigiu-se hesitante ao caminho de volta. Não poderia, pois, ficar. E Mumalee?... Ela também teria vários amantes de cor na aldeia...

Visram estava encostado à balaustrada da ponte, olhando para Markus, quando este finalmente chegou.

— O feitiço do pato, bem como a dança de Calcutá e tudo o mais, constituem apenas um "intermezzo". A real e grande dança começa somente mais tarde... Contudo, acredito que a dança da alegria, certamente, transformar-se-á numa dança dos mortos ou dos espíritos... Vejo ali a grande Mumalee. Ela acaba de chegar...

Markus estava mais do que admirado. Tudo isso seria apenas um intermezzo? Como então seria a grande dança?...

Nesse ínterim, a grande Mumalee chegara, quase que silenciosamente, parando diante de ambos, como se surgisse do solo. Markus assustou-se... Uma "sorcière"?... Sim, somente uma bruxa ou feiticeira poderia causar uma impressão tão sinistra. Visram parecia não notar nada de extraordinário naquela mulher.

Deu-lhe alegremente a mão, contando rapidamente da festa de danças. Mumalee acenou repetidas vezes com a cabeça. Estava envolta, da cabeça aos pés, numa capa preta de lã, e assim parada, de pé, sob o pálido luar e sem nada dizer, dava uma impressão fantasmagórica e até sinistra.

Vagarosamente ela se virou, e Markus viu um rosto escuro com estranhos olhos claros, examinando-o penetrantemente. Ao ver esses olhos que se dirigiam a ele, mal pôde esconder seu mal-estar. Onde já vira tais olhos? Eram olhos de aves de rapina ou de serpentes?... De tão atordoado, nem notou que Mumalee não era repulsiva nem feia. Ela era bela. Contudo, a beleza dela lembrava épocas já há muito tempo passadas, quando ainda havia videntes, sacerdotes de oráculos e dominadores de dragões...

— Eu te procurei, Visram, pois Ramsés luta com seu assassino no bosque das árvores de incenso!

Markus escutou desconfiado. Ramsés? Essa mulher deveria estar louca... Aquele homem estava morto e tão bem enterrado, que não poderia lutar com ninguém...

— Foi um quadro horrível. Mas o assassino leva vantagens. Voltará para seu corpo terreno, quando a situação for perigosa para ele.

Visram ouvira atentamente. Mumalee expressava-se às vezes de modo bastante difícil. Ela via coisas e ocorrências do mundo astral que permaneciam ocultas geralmente aos seres mortais. Não obstante, ele sempre a entendera...

— Ramsés, então... seu espírito, provavelmente, persegue o assassino... mas onde está esse assassino?

— O assassino dorme na segunda casa de hóspedes. Seu corpo está coberto por um uniforme odiado. Contudo somente o corpo dele dorme. Seu espírito está andando por aí.

— Na segunda casa de hóspedes? Visram olhou pensativamente para Markus. Lá só pode estar dormindo seu companheiro...

Markus afastou os cabelos da testa, olhando perplexo para Visram. Queria retrucar desdenhosamente e gritar que não poderiam fazê-lo de bobo, e que seria ridículo escutar a conversa sem nexo de uma idiota! "Seus malandros pretos!" pensou ainda cheio de ódio; depois, como já acontecera muitas vezes, um medo incompreensível tomou conta dele, afligindo-o, torturando-o e fazendo dele um miserável farrapo humano...

— Afastarás o assassino da fazenda, Visram? Ou devo fazê-lo do meu modo? perguntou Mumalee.

— Podes estar certa de que eu o afastarei! disse Visram tranqüilizando. O sepultamento realizar-se-á pouco antes do nascer do sol. O assassino perturbaria Abu Ahmed.

Após essas palavras, Mumalee olhou para Visram algo melancólica; suspirou fundo e afastou-se da mesma forma silenciosa como viera. Markus não lhe era digno de nenhum olhar.

Visram parecia ter esquecido Markus. Enveredou por uma estreita trilha lateral que conduzia ao bosque de Martin. Ramsés! Tinha sido assassinado e na fazenda procurava agora seu assassino. Seus outros amigos assassinados, talvez, estivessem fazendo a mesma coisa!...

— O que quer esse fantasma? perguntou Markus com voz fraca, quase cochichando, quando Visram parou, olhando para trás.

— Que fantasma? Ah! refere-se a Mumalee... Ela desce para a aldeia, a fim de informar os nativos da morte de Abu Ahmed.

— Ela e sua filha pertencem a essa aldeia aí embaixo?

Visram não respondeu imediatamente. Preocupava-o a idéia de que seus amigos assassinados estivessem atrás dos assassinos... seria melhor que deixassem a vingança a outros poderes...

— Os nativos temem e veneram Mumalee. Ela é sua mãe grande. Contudo ela não faz parte deles...

De repente parou a música, o rufar, cantar e bater dos pés. Fez-se um silêncio, um silêncio sinistro. Escutava-se apenas o murmurar fraco do riacho.

— Logo poderemos dar uma olhada na sepultura. Abu Ahmed escolheu o lugar já há algum tempo. Visram continuou a caminhar rapidamente. Parou numa clareira, a fim de se orientar.

— Lá está. No meio das quatro árvores de incenso...

— Árvores de incenso? Como é que árvores de incenso vêm para cá?

— De Nairóbi! respondeu Visram algo impaciente.

A cova já estava pronta. Perto dela ainda se encontravam algumas pessoas com as pás. Reconhecendo Visram, aproximaram-se, falando com ele em voz baixa durante algum tempo. Markus estava ao lado da cova e dava a impressão de uma pessoa que não confiava nem em seus próprios olhos.

— Apenas essa cova para um sábio árabe? Mas isto é uma sepultura cristã!

Visram não respondeu. Estava agora com pressa... Markus seguiu-o profundamente absorto em pensamentos. De repente, ficou-lhe claro que o velho realmente havia morrido... e também estava certo que o mesmo ficara inconsciente. Dizia para si mesmo que provavelmente fora uma alucinação quando imaginara ter visto o falecido com a mão levantada. Se era assim, ele ofendera gravemente o proprietário da fazenda; a única coisa que lhe restava era desaparecer o mais depressa possível... junto com seus soldados e o amigo embriagado...

Visram parou diante da segunda casa de hóspedes, estendendo a mão a Markus, despedindo-se.

— Logo depois do sepultamento viajarei... para o Quênia. Lá dentro, certamente, seu amigo dorme. Espero que ele esteja pronto para deixar a fazenda às cinco horas...

— Pode estar certo disso. Será que ainda nos veremos? Gostaria de conversar com o senhor novamente...

— Isso depende do senhor exclusivamente! disse Visram, indo embora. Alegrar-me-ia um reencontro, porém sob circunstâncias diferentes.

Markus ficou parado diante da casa de hóspedes durante alguns minutos, escutando o surdo rufar de um tambor. "Esse tipo de tambor já era tocado há centenas, sim, há milhares de anos do mesmo modo!" pensava admirado. Hoje ele soava para comunicar a morte de um sábio árabe que seria sepultado de maneira cristã entre quatro árvores de incenso...

Markus refletia sobre toda a sua vida, parecendo-lhe fantástico ter sido até o momento apenas um vigarista com boas maneiras... Quase que à força, desligou-se dos pensamentos incômodos e incomuns que pareciam investir contra ele de todos os lados.

"Que quer dizer vigarista?" perguntou para si mesmo cinicamente. "Por que não devo buscar minha riqueza onde quer que a encontre? Enfim não sou um Rockefeller, porém somente o quinto filho de um alfaiate rural iugoslavo! E mesmo Rockefeller continua tirando mais riquezas ainda das minas de urânio de Katanga!..." Finalmente Markus cobrou ânimo para entrar. Elias não era muito seu amigo, não... também ele pouca simpatia sentia por esse homem fechado...

Contudo, Elias tinha sido amigo de Cláudio e de Irwing... Irwing!... Elias nada sabia ainda da morte dele. Seria melhor que soubesse logo. Talvez já estivesse acordado e não mais embriagado...

Elias, contudo, ainda dormia profundamente. Markus caminhava no quarto de um lado para o outro, olhando em volta. Estava cansado e com fome. Contente, viu uma bandeja com pão, carne e frutas... Nessa fazenda havia, pois, realmente tudo, pensou satisfeito ao tomar o primeiro bocado. Comida boa e bons vinhos... espíritos lutando e a mais maravilhosa dançarina do mundo.

Através de vastas regiões do Congo já corria a notícia do falecimento de Abu Ahmed. Canções fúnebres eram entoadas, e danças dos mortos realizadas por toda a parte. O pai com o cérebro velho não fazia diferença entre branco, preto, moreno ou amarelo. Para ele o ignorante africano tinha o mesmo direito de viver que o altamente civilizado branco. Por esse motivo cantavam-se canções fúnebres e apresentavam-se certas danças de espírito, mesmo nas mais afastadas aldeias...

Mas depois, tudo passara... Depois de algum tempo, o falecido sábio era, na memória deles, um espírito venerável que agora vivia num mundo onde não havia nem brancos, nem missionários, nem imposto de cabana...

Tobias sentia inveja dos nativos. Mediante suas canções e movimentos de dança, eles podiam amenizar suas dores e tristezas a ponto de nada mais restar delas. Ele, contudo, não conhecia nenhum canto ou dança que pudesse diminuir sua dor ao despedir-se de Abu

Ahmed. O velho pai fora sempre como uma rocha num mar revolto. Tobias lembrava-se das penosas caminhadas empreendidas pelo falecido, a fim de apaziguar hostilidades e proteger missionários em perigo. Quantas vezes teve de explicar o cristianismo aos nativos, de acordo com a espécie deles. Muitas famílias de missionários, sem ter idéia disso, deviam suas vidas ao bondoso homem velho. Estava sempre, inesperadamente, presente quando uma desgraça se preparava em algum lugar... Por causa disso, havia muitos africanos que não sabiam se o pai com o miolo velho era um ser humano ou um espírito que às vezes deixava inesperadamente o reino dos espíritos...

Prostrado, Tobias estava sentado ao lado do caixão, quando Visram entrou na casa. O corpo de Abu Ahmed já se encontrava deitado num simples caixão de madeira, aguardando a hora em que fosse devolvido à terra o que dela viera.

Tobias tinha uma dupla dor. Sua filha estava em perigo e ele sabia com absoluta certeza que ela em breve seguiria Abu Ahmed.

— Tobias! Visram acomodou-se ao lado dele, olhando para o amigo. Tobias levantou o olhar, assustando-se. Não eram os olhos de Abu Ahmed que o fitavam? Mas não; era, pois, Visram. Respirou aliviado. As formas de dor e de desespero tornaram-se mais amenas. A presença do amigo era um raio de esperança na escuridão da noite.

— Tenho de falar contigo e é melhor que seja agora! disse Visram, depois de ter juntado, cheio de amor, as mãos do falecido no caixão. Tobias levantou-se. Olhou ainda uma vez para o rosto sereno de Abu Ahmed, seguindo depois Visram. A multidão abriu uma passagem quando os dois homens desceram os degraus da varanda.

Os nativos, com seu sexto sentido, sabiam muito bem que seu amo Tobias, hoje, carregava uma dor dupla no fígado. Calados, olhavam para ele, apresentando-lhe as palmas de suas mãos. Deveria perceber que de bom grado carregariam o fardo dele... Também sofriam. Pai Ahmed agora não era mais tão facilmente alcançável. Contudo, já se haviam consolado. De agora em diante, evocariam o espírito dele... Mas Fátima, a filha de seu amo, o que lhe aconteceria? Como ele suportaria essa perda? Ainda estava viva... Contudo, todos os indícios eram de uma desgraça próxima. Ainda ontem, ao anoitecer, um dos criados do jardim tropeçara num comedor de cupim... e ao levantar-se viu os coveiros... esses grandes besouros de cor preta e vermelha que saíam em quantidade de um buraco na terra... E ainda a matilha de cachorros selvagens correndo pela estepe, a qual fora vista por um pastor... Esses significativos sinais não eram destinados a Abu Ahmed. Ele já tinha cem anos de idade... talvez até várias centenas de anos... quem é que poderia saber? Mas pai Ahmed estava com saudades do reino dos espíritos, pois a Terra não mais lhe proporcionava alegrias.

Visram conduziu Tobias à pequena casa de hóspedes onde sempre se alojava quando vinha à fazenda. Tombolo estava sentada, esperando lá dentro. Ao ouvir passos, rapidamente abriu a porta, pegando o jaquetão de couro de Tobias. Já havia preparado comida e colocado bebidas quentes, e o aposento estava agradavelmente aquecido. Agradecido, Tobias olhou para a velha e fiel serva. Ela também era um espírito bom. Sempre estava presente no momento certo. Acomodou-se numa cadeira. Seu corpo e sua alma estavam tomados por um cansaço mortal.

Visram também se sentara. Comeu alguma coisa e tomou uma caneca de chá. Nesse ínterim, elogiou Tombolo devido a seus cuidados, e depois se informou sobre os soldados colocados fora de combate.

— Todos esses rapazes devem ter um estômago fraco, para que algumas canecas com vinho do Cabo pudessem derrubá-los dessa maneira! disse Visram, olhando de esguelha para ela. Ou será que sentiram outra coisa? Visram perguntara tão ingenuamente, que Tombolo se deixara iludir. Estava contente porque ele não notara nada de especial, pois bem sabia que Visram não gostava de certas ervas, pelo menos não para a finalidade em que ela as usara naquele dia.

— Sim, é verdade! Todos os soldados tinham o estômago vazio, por isso o vinho os fez dormir tão rapidamente! respondeu logo e o mais desinteressadamente possível, enquanto lidava com a louça.

— Sem dúvida, um estômago vazio explica muita coisa! disse Visram como que para si mesmo... não obstante há algo misterioso... considerando que nenhum povo, a não ser os brancos, tem condições de encher seus corpos com tanta quantidade de álcool... Bem, esperamos, pelo menos, que os nobres guerreiros tenham tido sonhos bastante divertidos...

Tombolo parou no meio do caminho com sua bandeja e olhou para Visram.

— Falta ainda algo, minha astuta Tombolo? perguntou ele, piscando os olhos. Ou será que pensaste em teus soldados com seus sonhos alegres?...

Tombolo desapareceu com um grunhido na pequena cozinha ao lado. "Monsieur, pois, tinha de fato notado algo. Ele era quase um pequeno Abu Ahmed. Não fazia mal que ele soubesse disso!" pensou ela satisfeita, rindo para si mesma posteriormente, ao lembrar-se das caras idiotas dos soldados brancos quando tiveram de ser carregados...

Visram esperou até que Tombolo desaparecesse lá fora, sentando-se a seguir bem perto de Tobias e disse:

— Ainda hoje deves mandar um mensageiro até a missão da Cruz. Efraim teme um ataque dos homens-kitawalas brevemente.

Tobias novamente olhava preocupado à sua frente. Sentiria se acontecesse algo de mal ao missionário de lá. Aquele era um dos poucos sacerdotes que haviam iniciado sua missão de maneira correta.

— O mundo torna-se cada dia mais inseguro. Ou digamos, a Terra. Por enquanto são apenas os homens leopardo, os missionários, as bombas atômicas... porém algo totalmente desconhecido se aproxima de nós...

— Sim, algo indefinido paira no ar! Tens razão, Visram! disse Tobias tristonho.

— Felizmente há ainda comédias no meio da tragédia humana... lembro-me agora de um episódio com o qual ainda hoje dou risadas ao me recordar!... disse Visram. Tobias levantou o olhar, duvidando. Parecia-lhe que não dava uma risada já fazia uma eternidade.

— Com isto que agora te contarei, tirarás a preocupação de teu fígado de tanto rir... e talvez até possas dormir algumas horas. Como sabes, estive durante meio ano numa estação missionária, começou Visram a contar. Essa missão encontrava-se num distrito equatorial situado não longe de um dos afluentes do Kasai... Uma seita americana havia gastado muito dinheiro, a fim de transformar os "pobres selvagens" o mais rápido possível em batistas beatos... Aliás, poderiam ter aplicado seu dinheiro em finalidades mais sensatas.

Visram interrompeu sua narração. Tombolo estava acocorada atrás dele, aspirando o ar de modo irritado.

— Acalma-te, Tombolo, e continua escutando. Decorreram situações as mais cômicas durante minha estada lá. Principalmente porque o pessoal da missão enfrentava os nativos sem a mínima compreensão, querendo convertê-los. Havia também uma professora ainda bem jovem, que sofria sobremaneira com o calor e as inúmeras moscas e mosquitos. As crianças africanas gostavam dela. Por estar sempre banhada em suor, chamavam-na "Mami aquática"; às vezes também se referiam a ela chamando-a de "Mami branca ou vermelha". Isto, contudo, acontecia mais raramente.

Numa outra oportunidade, quando essa professora dava aula, totalmente suada e com o rosto vermelho e picado por insetos, um garoto levantou-se cortesmente, exclamando com voz muito aguda:

"Tira tuas roupas Mami aquática!... Deves pegar óleo amadurecido e esfregar-te com ele!"

Pois bem, o conselho era decididamente bom. E fora também gritado num francês bastante bom... Contudo, a professora não deu nenhuma resposta. Ou estava demasiadamente cansada e apática, ou aborrecida... O garoto, contudo, não se deu por satisfeito. Sua vontade de ajudar não conhecia limites.

"Deves fazer assim, Mami branca!" gritou ele agitado. "Assim!"

Depois dessas palavras, fez-se um tumulto na sala de aulas, de modo que olhei curiosamente através da tela. O quadro era singular. Todas as crianças — aproximadamente vinte, com idade de sete a dez anos — tiraram as próprias roupas tipo saco, pulando e cantando em volta da professora. Batiam ao mesmo tempo fortemente em suas barriguinhas reluzentes de óleo, a fim de mostrar à Mami como se sentiam bem sem roupas e bem untadas de óleo... As crianças estavam convictas de que era melhor demonstrar à Mami aquática literalmente como ela deveria comportar-se... era compreensível, sim, que ela, por causa da pele branca, estivesse envergonhada; ainda mais se também tivesse tantos cabelos no peito como o homem com o fígado mau...

Primeiramente a professora olhou estarrecida para as crianças nuas que pulavam, depois se virou enojada e indignada, correndo em prantos para fora da sala de aulas.

Tombolo ria divertida. Nada a alegrava mais do que histórias sobre missionários... Visram olhou para Tobias, perscrutadoramente. O amigo parecia ter esquecido sua dor, pois também ele sorria.

— Esse acontecimento teve ainda um final ruim! continuou Visram. As crianças foram castigadas pela mulher do missionário, com varas finas... Os pais das crianças incompreendidas, então, chamaram alguns feiticeiros, os quais se reuniram durante dias e noites... e alguns dias mais tarde a mulher do missionário morreu... em conseqüência de uma febre, como se dizia...

Tobias levantou-se. Visram sabia narrar de maneira tão viva, que tudo o mais caía no esquecimento.

— Escolherei agora dois mensageiros, a fim de advertir o padre Lucas. Contudo, será difícil encontrar alguém. Pois todos os nativos têm verdadeiro medo mortal dos kitawalas.

Antes que Tobias pudesse sair, Visram reteve-o, perguntando:

— Uma vez que falamos de missionários, quero fazer-te uma pergunta que já muitas vezes me preocupou. É que quero descobrir como os brancos tiveram a idéia de que os africanos pudessem compreender a religião deles. De um lado o branco considera o africano uma criatura de nível baixo e inferior, e de outro lado exige que essa criatura tenha a mesma capacidade de compreensão dele próprio... pelo menos no que se refere à religião...

Tobias refletiu algum tempo e, dando de ombros, opinou que toda essa mania de converter poderia também apenas ser um produto da estupidez ou da arrogância humanas.

— Penso que Deus, o Onipotente, um dia acordará uma pessoa aqui na África capaz de encontrar uma forma de religião adaptada à maneira e ao conceito de vida da raça daqui. Penso com isso em Buddha, Zoroaster, Maomé e também no chinês Lao-Tse...

— Tens toda a razão, meu amigo! disse Visram pensativamente. Tobias deitou-se num divã. Seus olhos ardiam e a cabeça doía. Deu ordem a Tombolo para que escolhesse os mensageiros e os despachasse logo. Tombolo fez um gesto desdenhoso, a fim de expressar que não valia a pena salvar a vida de um missionário. Viu, porém, os olhos de Visram fixos nela, de modo que desapareceu o mais rapidamente possível.

Visram caminhava de um lado para o outro no amplo recinto. Pensava em Abu Ahmed e na incumbência que dele recebera. Seria difícil descobrir e fazer o certo. Sim, difícil, mas também traria bênção e paz. Ergueu a cabeça, olhando para a pintura iluminada, pendurada numa das paredes, e que representava uma paisagem com neve. Raios avermelhados de um sol poente sobre brancas planícies de neve.

Tobias gostava sobremaneira dessa tela. Visram olhou pensativamente para esse quadro. Anette? De repente, lembrou-se de Anette, assim como a vira a última vez em Nairóbi. Encontrara-a no avião e ainda estivera rapidamente com ela algumas vezes. Estava com medo e se encontrava em fuga. Em fuga da África e de seu matrimônio. Anette confiara nas palavras dele, tendo voltado, livre de medo, para a sua pátria.

Tobias gemeu. Atormentado e cheio de dor. Mas quando Visram se abaixou, viu que o amigo adormecera. Nem acordou quando a porta da entrada se abriu ruidosamente e Fátima entrou apressada. Com alguns passos Visram juntou-se a ela. De modo algum Tobias deveria ser acordado agora. Sono era no momento de importância vital para ele.

Fátima mostrou-se decepcionada. Seu pai dormia? Como poderia dormir, uma vez que Abu Ahmed logo seria sepultado e ela própria viajaria?

— Deita-te também, Fátima, senão sofrerás um colapso nervoso...

— Não, não é possível! disse ela recusando. Queria ir embora. Talvez pudesse fugir de suas recordações no estrangeiro.

— Não posso presenciar o sepultamento de pai Ahmed. Ele salvou-me. Sem ele, eu teria sido linchada!

Quando ela saiu do aposento, Visram acompanhou-a com o olhar. Seria melhor que viajasse. Ninguém poderia ajudá-la...

Depois de Fátima ter saído, Visram tirou de um estreito armário embutido uma longa capa preta, presente de um árabe magnata do óleo, e a vestiu. Era um presente precioso, pois a fivela que fechava a capa na gola era de platina com pedras preciosas. Visram olhou a fivela, antes de fechá-la; a seguir tirou do mesmo armário um turbante branco, fixando nele uma grande pérola negra.

Colocou o turbante na cabeça e, a seguir, abaixou-se um pouco sobre o adormecido Tobias. Estava preocupado com o amigo. O rosto dele estava amarelado e encovado.

"Ele precisa continuar dormindo sossegadamente!" pensou Visram. O enterro excitá-lo-ia inutilmente. Visram saiu silenciosamente. Eram quatro horas da manhã e logo o corpo do falecido seria colocado na terra.

Nesse ínterim, todos os habitantes das casas, bem como todos os empregados da fazenda, se juntaram à frente da casa de Abu Ahmed. Também alguns fazendeiros, vizinhos mais próximos, chegaram, bem como nativos das aldeias circunjacentes. Os enlutados estavam sentados em grande semicírculo à frente da casa, cantando uma melodia monótona e balançando a parte superior do corpo.

Visram parou, escutando. A melodia poderia ser tomada como o bramir do vento e o marulhar eterno do mar; ela facilitava ao falecido a despedida da Terra, consolando ao mesmo tempo os que ficavam. Era a primeira vez que Visram ouvia essa canção fúnebre. Depois de uma prolongada escuta, achou que esses sons monótonos atuavam realmente acalmando e consolando, pois esquecia-se totalmente o motivo pelo qual se cantava.

Visram atravessou a multidão em direção à casa de Abu Ahmed. Todos, solicitamente, abriram caminho ao reconhecê-lo. Vestido com a longa capa preta e com o turbante, dava a impressão de ser mais inacessível ainda do que em geral. Era um herói misterioso que estava em contato com forças invisíveis. Tombolo, que o seguira sem ser percebida, viu com satisfação e orgulho os olhares de admiração que o acompanhavam; ela também se sentou, entoando o lamento fúnebre.

A grande Mumalee estava sentada na varanda, junto com sua filha. Ela ainda estava envolta por sua capa preta, mas na cabeça enrolara um pano branco de seda, que caía até o peito. A pequena Mumalee formava um contraste singular com a mãe, pois vestia um manto vermelho-claro de seda e um gorrinho vermelho também de seda; no colo tinha uma bolsa vermelha de viagem.

Ao ver Visram, queria levantar-se de um salto, contudo a mãe empurrou-a energicamente de volta ao banco.

No aposento de Abu Ahmed havia cerca de uma dúzia de homens sentados ou em pé. Saleh veio ao encontro de Visram, dizendo que estava na hora. Ele também usava um turbante branco e um manto semelhante ao que seu amo vestia em ocasiões solenes.

Parecia conformado e calmo, mas Visram sabia que a separação lhe doía muito.

— Meu amo ainda se encontra ao lado do caixão! falou em voz baixa para Visram. Mas logo estará inacessível.

Visram encontrava-se de pé com a cabeça inclinada e percebeu, pela primeira vez, como Saleh já era velho. Naturalmente estava velho! Já há trinta anos vivia com pai Ahmed. Durante esse tempo vira e aprendera muito, e algo do saber do seu amo passara para ele. Visram sabia que Saleh esteve com Abu Ahmed no Tibete, no Sião, na China, na Índia e na Arábia. Depois ambos caminharam por toda a África. Poderiam ter viajado para a Europa, pois Abu Ahmed tinha amigos lá também. Mas Visram sabia que o falecido não gostava da Europa.

"O que devo fazer no reino dos seres humanos que só possuem cérebro?" havia respondido Abu Ahmed, quando alguém lhe perguntara por que evitava a Europa.

Depois veio o caso do Congo Belga... Abu Ahmed descendia de uma rica família berbere. Poderia ter levado uma vida principesca, contudo preferia uma vida abnegada... Sim, Saleh tinha muitas recordações... recordações instrutivas e alegres, bem como tristes...

Visram postou-se na cabeceira do ataúde, dirigindo-se aos presentes:

— Abu Ahmed deixou-nos! disse ele com sua voz sonante. Ele era nosso mestre e nosso auxiliador na dificuldade! Ele nos mostrou vivencialmente que todas as raças podem viver pacificamente, lado a lado, sem perderem suas particularidades específicas; divulgou, parcialmente, a doutrina de Maomé entre os nativos, uma vez que descobrira ser essa doutrina, no momento, mais facilmente assimilada pelos africanos... Mas Abu Ahmed, ele próprio... era cristão!... Não um cristão de igrejas nem de domingos, mas sim um cristão de coração. Com seu saber e seu conceito a respeito do cristianismo, achava-se muito acima de todas as demais religiões... E isto é tudo que posso dizer! acrescentou Visram, um pouco mais baixo. Não podia falar mais. Explicar a personalidade do falecido era o que ninguém poderia fazer...

Atrás dele alguém soluçava alto. Visram virou-se, vendo Markus encostado à porta.

— Já estou indo! disse ele com voz oprimida, ao ver o olhar interrogativo de Visram. Eu apenas queria o perdão dele... pois chamei-o de charlatão...

Certo. Visram entendera. Em contato com tantas pessoas boas, as coisas boas latentes em Markus também começaram a despertar para a vida. Markus fez um gesto indefinido com a mão, olhando o caixão, como se estivesse atordoado; a seguir virou-se hesitante, saindo para o terraço. Saleh olhou significativamente para Visram. Mesmo agora aconteciam ainda as coisas mais inesperadas na presença de Abu Ahmed...

Quando Saleh e alguns outros passaram pela porta, carregando o caixão, os primeiros passarinhos começavam a chilrear, e uma luz rósea anunciava o novo dia. A multidão ergueu-se ao ver o esquife, e as pessoas recuaram de tal modo, que uma larga passagem se formou. Visram era o primeiro a caminhar atrás do ataúde, seguido pelos demais. Contudo, apenas poucos acompanharam-no até o lugar do sepultamento. Eram principalmente os amigos de Tobias que vieram para apresentar as derradeiras honrarias ao velho e bondoso pai Ahmed. Os empregados, ainda cantando, voltaram para suas aldeias.

Amrita colocara cestas com flores ao lado da sepultura tão logo soubera do falecimento de Abu Ahmed. Era a última saudação dela, e as flores que ele tanto amava deveriam cobrir seu esquife. O esquife foi baixado à sepultura, espalhando-se flores sobre ele. A seguir cobriram-no com terra. Mais tarde Tobias plantaria uma muda de mirto sobre a sepultura...

Caminhando vagarosamente, Visram e Saleh voltaram depois do sepultamento para a sede. Com a morte de pai Ahmed também para eles acabara-se uma fase da vida.

— Eu precisaria muito de ti, Saleh! disse Visram, ao se aproximarem das casas. Conheces nossos planos. Novos hospitais e tudo o mais que ainda terá de vir... espero firmemente que da parte do órgão de saúde, em Genebra, venha ajuda para nós... O dr. Candau é uma pessoa competente e de visão ampla...

Saleh acompanhou com o olhar uma garça que voava para o sul, refletindo sobre o convite. Não tinha outros planos. E onde poderia ajudar mais do que em hospitais?

— Aceitarei com alegria, quando o tempo chegar! disse ele. Nesse ínterim ampliarei e instalarei melhor o ambulatório da fazenda.

CAPÍTULO IX

— Lá vão eles! exclamou o velho Manuel, indicando para a frente. Sim, estavam indo embora. Os dois caminhões com os soldados.
— Por que será que estão tão interessados em Jean? perguntou Saleh.
— Talvez esperam espremer algo dele! opinou um velho fazendeiro que viera com Manuel do local do sepultamento. Visram ficara parado com uma exclamação de surpresa, ao ver o grande número de veículos estacionados na enorme praça diante dos prédios da administração.
— Parece que toda a província compareceu! murmurou para si mesmo. Pois bem, terei mesmo de acordar o dono da casa.
Saleh e os outros sorriram. Tobias deve ter ficado muito aborrecido por terem-no deixado dormir, enquanto o corpo de seu velho amigo era sepultado...
Entrando na casa de Tobias, Visram viu a grande Mumalee e Tombolo, porém nada de Tobias.
— Estourou o pneu de uma caminhonete! disse Tombolo sorrindo. Caso contrário meu amo Tobias ainda estaria dormindo. Ficou furioso, como um búfalo alvejado por um tiro, ao saber que o sepultamento já fora feito.
— Isso posso imaginar! respondeu Visram, tirando a capa e o turbante, ao mesmo tempo que observava disfarçadamente Mumalee. A expressão do rosto dela era verdadeiramente trágica ao dirigir seu olhar para ele.
— Estou aqui por causa de minha filha. Ela terá de sair daqui.
Tombolo meneou a cabeça afirmativamente.
— Sim, ela terá de sair, senão fugirá com um traficante de escravos!...

Visram caminhava de um lado para o outro no aposento. Sabia como Mumalee gostava da única filha. O que Tombolo dissera era de menor importância; para ela todos os brancos que travavam relações com moças de cor eram traficantes de escravos.

Mas se Mumalee pedia algo, o caso era diferente. Ficou parado, indeciso, olhando as várias malas e bolsas de viagem. Decerto a bagagem restante de Jean. Nesse ínterim, perguntou a si mesmo onde poderia abrigar a pequena Mumalee. Essa moça era bela e inteligente. Portanto, sempre teria complicações com homens. Com brancos, bem como com pessoas de cor... A fim de ganhar tempo, dirigiu-se a Tombolo, perguntando com interesse se ele havia sentido o cheiro certo.

— Parece ser café, ou será que esse aroma veio da casa ao lado?...

Tombolo saiu, porém contrariada. Mas se ela se apressasse ainda poderia ouvir o que monsieur Visram pretendia fazer com a bruxinha. Visram, contudo, não tinha a menor intenção de ocultar algo. Esperou a velha criada entrar com a bandeja, oferecendo a primeira caneca a Mumalee. Ela precisava de algo quente. A seguir pegou outra caneca, bebendo. Mas, depois do primeiro gole, recolocou a caneca e olhou Tombolo de modo reprovador.

— Tombolo, Tombolo! Creio que és uma mestra somente em fazer chá, principalmente quando se trata do chá dos sonhos alegres... mas chamar de café esse líquido aqui, só com muita imaginação!

Tombolo, pestanejando, olhou para o bule de café, um tanto aborrecida e ao mesmo tempo consciente de sua culpa. Ela não entendia por que não se podia deixar o café ferver bastante!...

Mumalee bebera calada a sua caneca, esperando que Visram dissesse alguma coisa.

— Pensei que tua filha não deveria deixar o Congo! falou ele com interesse.

— Sim, de fato não deveria. Descobri, porém, que ela quer fugir para Katanga com um sujeito mal-encarado. Esse sujeito se vangloria de ser amigo íntimo de Tschombé e de que uma boa colocação e riquezas estariam à espera dele em Katanga...

— De onde tua filha conhece esse homem? perguntou Visram, depois de uma longa pausa.

— Ele veio da fazenda vizinha. Pelo que diz, teria parentes lá. Apresenta-se como negociante de couros. Na realidade, porém, é um fugitivo de Angola. Lá pregou luta e rebelião e paralelamente vendeu aos tolos, além de outras coisas, um pó que tornaria invisíveis as pessoas. Muitos nativos pegavam esse pó, saindo corajosamente para a luta. Para a luta contra os portugueses... eram, pois, invisíveis... Tudo o mais tu mesmo podes imaginar! acrescentou Mumalee amargurada.

Agora Visram entendia a preocupação da grande Mumalee. Esse homem, provavelmente, voltaria com a moça para Angola, largando-a, quando se cansasse dela, em algum botequim do porto...

— Devo, portanto, levá-la comigo para o Quênia! disse Visram, por fim, hesitantemente. Mas se ela ama esse homem? Como é que a impedirias de ir com ele?...

— Amor? Ela não ama esse trapaceiro. Quer apenas sair daqui, nada mais!

— Posso levá-la comigo e em Nairóbi pedir a Victor que a empregue em uma boate. Visram gostaria de ter acrescentado ainda, que a pequena, com todo o fascínio de suas danças, tornar-se-ia um problema também em Nairóbi, contudo não queria amedrontar mais ainda Mumalee.

— Mas voltarei logo, portanto, eu mesmo não posso cuidar de tua filha! ponderou. Mumalee agradeceu com poucas palavras. Nem estava esperando que ele se preocupasse com a menina. Queria apenas que a levasse dali...

— E mais uma coisa, Mumalee. Não poderás proteger tua filha daquilo que lhe está destinado, isto é, que terá de vivenciar conforme o destino. Isto ninguém pode! Mumalee acenou com a cabeça, concordando. Sabia que assim era.

— É também a última vez que interfiro na vida da minha filha.

— Urge que agora saia daqui. Será que a pequena está pronta para viajar comigo imediatamente?

Tombolo acenou afirmativamente, apressando-se para sair. Alojara a moça junto de sua senhora Amrita. Tinha de guardá-la em segurança...

— Visram, eu te agradeço por ajudar-nos... e toma esta jóia. É de um ourives malaio de Luanda. Nunca foi usada.

Mumalee pegara uma bolsinha de seda azul, tirando dela uma pequena pomba de asas abertas, incrustada de pérolas. Visram pegou a jóia, contemplando encantado a pequena preciosidade.

— É uma obra de arte extraordinariamente bem trabalhada, mas não posso aceitá-la! disse com firmeza.

— Não é para ti, mas sim para a mulher que amares! Mumalee pegou a pomba das mãos dele, guardando-a de novo cuidadosamente na pequena bolsa.

— Toma, por favor, a mulher branca muito se alegrará com isso! Depois dessas palavras um tanto misteriosas ela deixou o aposento. Visram, perplexo, acompanhou-a com o olhar. Mulher branca?...

Mal Mumalee, a grande, havia saído, e Tombolo já estava de volta com a pequena Mumalee. Visram disse-lhe que gostaria de levá-la consigo para Nairóbi, contudo, se ela amasse o negociante de couros, então, seria melhor que fosse com esse homem...

— Não amo ninguém! respondeu a moça obstinadamente. Quero sair daqui, sair da fazenda! Danço melhor que todas as demais; mesmo Fátima não pode dançar como eu, pois ela não conhece a magia da dança...

— Então vai logo para o automóvel e espera por mim.

Não havia tempo para longos esclarecimentos. Tobias acabara de chegar com seu Ford novo, quando Visram, poucos minutos mais tarde, deixou sua pequena casa. Tobias parecia cansado e doente, não obstante, insistiu em levar o amigo a Costa.

— Assim poderei despedir-me também de minha filha. Quem sabe quando vou revê-la...

Mumalee, a grande, estava parada ao lado do carro, escondendo sua preocupação e seu amor sob um sorriso. A filha não deveria perceber de que modo doloroso ela sentia a despedida. Provavelmente a moça tornar-se-ia, então, mais rebelde ainda...

— Aqui tens mais dinheiro... não se pode saber... pois bem... nunca te faltará dinheiro enquanto viveres...

Visram sentou-se ao lado de Tobias, e mal os boys acomodaram as malas, o carro já subia em disparada pela alameda.

Mumalee soluçava um pouco, sentada no banco de trás; a despedida tornou-se para ela mais difícil do que imaginara. Depois, contudo, enxugou as lágrimas. Iria agora ao encontro da aventura e de algo desconhecido. Não havia lugar para tristeza em sua nova vida.

Tobias enveredou por um caminho em cujas margens cresciam velhos álamos, passando a seguir por uma ponte de concreto, freando então bruscamente. Um rebanho de ovelhas cruzava nesse momento o caminho.

— Sim, é a cria nova, animais novos exclusivamente. Têm boa aparência.

Visram lembrou-se de quando as pequenas ovelhas haviam chegado. Encontrava-se nessa época na fazenda para cuidar de alguns doentes acometidos de tifo.

— Deve haver um animal morto nas proximidades! disse ele, indicando para uma árvore alta e seca. Abutres de pescoço pelado. Eles me lembram os soldados.

Tobias sorriu fracamente. Olhou para os grandes bandos de pássaros migratórios que voavam, decerto, para as vastas estepes atrás das montanhas: Passaram as ovelhas com seus pastores, e a viagem continuava. Tobias enveredava agora por um atalho pedregoso que conduzia à estrada principal. Numa curva parou novamente, examinando o chão com os olhos.

— Os dois caminhões seguiram na direção de Ruanda. Sim, os rastros dos pneus eram nitidamente visíveis...

— Tenho a impressão de que o tempo de paz, com a morte de Abu Ahmed, terminou em nosso distrito também.

— Paz não existe mais hoje em nenhuma parte da Terra! disse Visram. O próprio ser humano não tem mais paz dentro de si...

Tobias meneou a cabeça afirmativamente. O amigo certamente tinha razão. Mesmo em sua pequena fazenda havia agora problemas inesperados. Lembrou-se novamente de Abu Ahmed. E ainda não compreendia bem como pudera dormir, enquanto o melhor homem e o mais fiel amigo estava sendo sepultado. Era uma coisa indesculpável de sua parte.

— Guia com um pouco mais de cuidado, meu amigo! advertiu Visram.

— Estamos com pressa. Mal tinham escapado de um choque com um caminhão carregadíssimo, e logo a seguir Tobias, em sua distração, quase atropelou um ciclista. Tobias suspirou fundo.

— Não precisas olhar-me tão preocupadamente. Estava apenas pensando no pai Ahmed. Não tenho nada; e verás que logo estaremos em Costa. Tobias vasculhava seus bolsos, e o carro aproximou-se outra vez perigosamente de um jipe. Finalmente achou o que procurava.

— Eis aqui uma lista de Amrita. E junto está também uma carta para o pai dela. O que mais gostaríamos era mandar Arabella também para Nairóbi. A menina só suspira por aquele coronel belga, ao qual, no máximo, viu quatro vezes em sua vida.

Visram sorriu consigo mesmo.

— Teus filhos estão ficando adultos...

Mumalee, de repente, deu uma risada alta, assustando ambos os homens. Haviam esquecido completamente a presença da moça.

— Arabella, aliás, enamorou-se de um homem errado. Renée é casado e tem três filhos.

— Tudo isso ela sabe! disse Tobias aborrecido. Até conhece a mulher e as crianças. Arabella, contudo, sempre foi teimosa, e quando põe algo na cabeça...

— Amrita é uma mulher inteligente. Nessas circunstâncias ela tem razão em mandar a pequena senhorita viajar.

— Arabella está entusiasmada com monsieur Renée, mas ela ama Jean! intrometeu-se Mumalee na conversa.

Tobias repeliu-a, aborrecido. Visram, contudo achou que Mumalee poderia ter razão. Jean estivera durante meses na fazenda e seu infeliz amor por Anette tornara-o duplamente interessante.

— Minha mãe diz que monsieur Jean somente ama a sombra de sua mulher. Mas ele a esquecerá casando com alguém natural daqui... e então se tornará feliz! E o que minha mãe diz é verdade, pois ela fala com os espíritos e esses lhe dizem tudo.

— Tens razão, Mumalee, o que tua mãe diz está certo. Mas por que não a ouves se tens certeza da sabedoria dela?

Visram virou-se, olhando perscrutadoramente para a moça.

— Não ligo para aquilo que os espíritos dizem. Quero viver e dançar. Além disso, estou cansada de mostrar minha arte apenas para negros incultos.

Visram, naturalmente, compreendia a moça. E Tobias deu uma risada. Lembrou-se de Tombolo e das bofetadas que dera em Mumalee, quando esta, certa vez, chamou-a de negra inculta do rio...

Mumalee novamente deu uma risadinha.

— Saindo daqui, pouco me importa se os espíritos têm razão ou não. Eles, pois, podem castigar-me! Que importância tem isso?...

— Chegamos. Tobias passou por algumas casas novas e entrou num posto de gasolina, parando o carro dentro de uma espaçosa garagem.

Na realidade essa garagem era apenas um velho galpão, onde toda a sorte de veículos aguardava conserto. O proprietário, de nome Kamante, era um mecânico eficiente e homem de bom coração. Mas, para pesar de sua clientela, gostava de festas e se interessava também demasiadamente por política. Acontecia de ele sair em viagens de visita por semanas a fio, esquecendo completamente de sua oficina. Nesse ínterim os donos dos automóveis que aguardavam os reparos descarregavam sua irritação, devido ao atraso, sobre os dois empregados adolescentes que permaneciam na garagem.

Tobias deu várias buzinadas; apareceu então um dos adolescentes, dizendo que seu tio estava no aeroporto.

— Ele está no bojo de um Dakota! acrescentou com um ar importante.

Entrementes, Visram havia descoberto o furgão amarelo num canto. Fátima, pois, encontrava-se ali. Certamente estava no avião e entregava-se a pensamentos negativos. De qualquer forma a viagem lhe faria bem, distraindo-a. Visram estava curioso para saber se conseguira fugir de sua sombra, Zuhra. Essa serva tinha às vezes algo de macabro em si.

Tobias telefonara para o aeroporto. Tudo estava em ordem. Do sul, aliás, soprava um vento que aumentava constantemente e já levantava espessas nuvens de pó, mas Michel era um excelente piloto. Durante a guerra pilotara aviões de combate; tinha sido abatido e salvara-se do avião em chamas com o paraquedas.

Tobias sentou-se novamente atrás do volante, seguindo para o aeroporto. Parou diante do edifício e desceu. Alguns boys tiraram logo as malas e bolsas do automóvel, enquanto Visram conversava com um funcionário.

O Dakota com as insígnias da Cruz Vermelha encontrava-se entre dois outros aviões. Estava pronto para levantar vôo. Michel experimentou os motores. Aliás, não gostava do vento, mas não se podia escolher o tempo. Gregory, o co-piloto, estava ao lado do avião, junto de Justin, Kamante e dois missionários protestantes; falavam sobre o rápido desenlace de Abu Ahmed. Até na missão americana, perto de Bukavu, já se sabia da morte do velho sábio. O sistema africano de notícias continuava a funcionar perfeitamente.

Mumalee ficou parada ao lado do automóvel, um pouco indecisa; não via Fátima em parte alguma. Mas o avião lá estava, e Michel acabava de descer a escada. Pegando sua malinha, ela saiu correndo para o campo de pouso. Um funcionário segurou-a ainda pela capa, trazendo-a de volta.

Tobias deu as explicações necessárias. Mumalee era a acompanhante de sua filha doente, e elas voariam sob os cuidados de dois médicos. O funcionário riu, seguindo Mumalee com os olhos. Como que perseguida, ela novamente escapara correndo pela praça. Bem, se dependesse dele a moça poderia voar junto...

Tobias agradeceu e seguiu Mumalee. Cumprimentou rapidamente os dois missionários americanos, bem como Kamante, subindo a seguir a escada do avião. Fátima vira-o e já o esperava ansiosamente. Seu pai sempre estava presente quando necessitava dele, apesar de ter-lhe causado somente preocupações. Mal Tobias chegara em cima, ela o abraçou, encostando carinhosamente a cabeça no seu peito.

— Em breve voltarei, pai... e desculpa-me! murmurou com a voz sufocada pelas lágrimas.

— Não, fica lá! Estarás mais segura no Quênia; não penses em retornar em breve... Visitar-te-ei freqüentemente... Lá esquecerás tudo!

Tobias falara cheio de angústia. A despedida da filha atingiu seu peito como uma pressão dolorida. Fátima chorava agora descontroladamente, levantando a cabeça.

— Não posso esquecer, pai! Não posso esquecer os mortos...

— Em Nairóbi esquecerás o passado! disse Tobias o mais firmemente possível. Lá teus amigos e parentes cuidarão de ti.

Visram vinha subindo pela escada. Estava na hora da partida. Com o coração oprimido, Tobias separou-se de Fátima. Talvez seria melhor se viajasse com ela.

Cambaleando levemente, desceu a escada. Sentiu uma dor aguda no peito e a tontura, contra a qual há algum tempo lutava, tornou-se mais forte. Depois de rápida despedida dos missionários e de Justin, ele deixou o aeroporto junto com Kamante. Parou uma vez mais junto à cerca, olhando para trás. Visram e Justin acenavam novamente; depois a porta se fechou. Em poucos minutos o Dakota levantou vôo e, ganhando altura, seguiu seu curso.

— Tobias tinha o aspecto de quem está prestes a ter um acesso de malária! falou Justin, preocupado.

Sim, Visram também acompanhara preocupado Tobias com o olhar. O pranto alto de Fátima, então, tirou-o de seus pensamentos. Ela estava sentada num banco, chamando por seu pai e por Abu Ahmed. Mumalee, acocorada no chão ao lado dela, tentava consolá-la. Jean, que dormia numa cama de campanha, acordou assustado, olhando apavorado para Fátima. Por que ela chorava tão desesperadamente?

— Ela precisa dormir; faz a cama para ela.

Mumalee levantou-se de um salto e pegando os cobertores, entregues a ela por Justin, arrumou a cama onde Jean estivera dormindo.

— Está perto de um esgotamento nervoso, pois, pelo que sei, não dorme direito já há algumas semanas! disse Justin com desânimo.

Quando a cama ficou pronta, Visram levantou Fátima, deitando-a. Mumalee tirou os sapatos dos pés dela, e Justin enrolou-a em vários cobertores. As mãos e os pés de Fátima estavam gelados e ela tremia com calafrios. Visram amarrou ainda um xale de lã em volta da cabeça dela. Mumalee acocorou-se junto aos pés da amiga, esfregando-os através dos cobertores.

Justin acomodara-se na beira da cama, olhando para Fátima. De seus olhos brilhava uma luz que prometia força, calma e esperança, e que envolvia Fátima como que num manto de proteção.

Mumalee olhara durante momentos, como que fascinada, para o rosto de Justin, ficando a seguir cansada e sonolenta. E na sonolência viu vaga-lumes, muitos vaga-lumes enormes revoando como pequenos faroletes vermelhos sobre a estepe. As asas faziam um ruído de chocalhos como se fosse um bater de dentes... Depois Mumalee adormeceu, dançando sobre as estepes junto aos brilhantes insetos voadores. Havia antes esmagado muitos deles, esfregando seu corpo com a substância luminosa e agora era a rainha dos vaga-lumes, dançando com eles sobre as estepes e pântanos onde o céu e a terra se encontravam...

Fátima também se acalmara. Abrira os olhos uma vez e olhara para os dois sóis escuros que a obrigavam a dormir. Os sóis faziam parte de um rosto que ela conhecia e amava e que permaneceria junto dela eternamente... Quando Fátima adormeceu, Justin fechou os olhos. Lembrou-se de seu velho amigo e preceptor Kialo.

"Quando o núcleo lá dentro estiver doendo, então estarás mais perto dos espíritos!" dissera Kialo, batendo no seu peito. Justin sorriu pensando nisso. O velho curandeiro ensinara-lhe muita coisa, mas como libertar-se de um sofrimento de amor, não constava no programa de ensino.

"Devo estar já muito perto dos espíritos!" disse Justin para si mesmo, ao levantar-se cautelosamente. Teria preferido ficar sentado na cama, a fim de vigiar o sono de Fátima. Mas depois mudou de idéia, caminhando lentamente para a frente. Visram e Jean estavam sentados num banco. Jean, nesse ínterim, soube de tudo que havia acontecido na fazenda e sentiu uma grande dor ao saber da morte de Abu Ahmed... Com ele aconteceu o mesmo que com Kalondji. Na realidade nem contara com o falecimento de pai Ahmed...

Justin sentou ao lado de Jean, e Visram levantou interrogativamente o olhar.

— Ela dorme. É jovem e forte. Apenas seu sistema nervoso ficou um pouco abalado, causando como que um curto-circuito.

— Pobre menina! disse Jean condoído. Não é de se admirar que tenha tido um colapso. Sinto-me também prestes a irromper em prantos.

— Não se deve considerar tudo tão tragicamente, meu amigo! opinou Visram. Dentro de poucos dias dançarás com Fátima no Clube Safári!

Nesse ínterim, Gregory preparara chá e café, oferecendo a cada um. Jean aceitou uma caneca de café e levantou-se. Queria certificar-se de que Fátima dormia tranqüilamente. Depois se sentou novamente, começando a examinar algumas listas que Kongolo lhe havia entregado.

Visram também arrumou seus papéis, contudo seus pensamentos estavam em Justin. Com a fina capacidade de percepção de sua antiqüíssima raça, sabia o que se passava com o amigo. Infelizmente nisso ninguém poderia ajudar. O próprio Justin teria de dar o desejado rumo à roda de seu destino. Também Fátima teria de prosseguir sozinha. Visram entregou-se a devaneios filosóficos sobre a existência humana, enquanto Justin lutava com seu amor, aliás, fraqueza, conforme pensava.

"O que faria Fátima em Nairóbi? Jean certamente cuidaria dela... Provavelmente Fátima lhe daria toda a sorte de esperanças, para depois de algum tempo o afastar friamente... Poderia advertir o amigo... contudo, bons conselhos geralmente tinham efeito contrário..."

"Tenho de ficar livre dela!" disse Justin para si, com desespero. "Livre, do contrário um dia seria subjugado, tornando-me seu escravo..."

— Tobias tinha um aspecto tão sofrido, será que está doente? perguntou Gregory ao oferecer bebidas quentes pela segunda vez.

— Provavelmente trata-se outra vez de seu velho mal. Não faz muito tempo que teve uma forte crise de malária! explicou Visram. Mas Amrita sabe muito bem o que terá de fazer, caso se trate de uma recaída.

Visram tinha razão. Enquanto o Dakota voava por cima de lagos e montanhas, sendo às vezes sacudido por rajadas de ventos fortes, Tobias estava sentado na cozinha de seu velho amigo Kamante, lutando contra o mal-estar. Tinha fortíssimas dores de cabeça e nas costas, e seus membros tremiam como os de um ancião.

"Certamente, um novo acesso de malária!" pensou resignadamente. Uma desgraça, pois, nunca vem sozinha. Com as mãos trêmulas tomou o chá que Germaine, a gorda mulher de Kamante, preparara nesse ínterim; uma mistura de quina e outras ervas especiais, sendo esse chá um remédio universal de Germaine.

Tobias sorriu levemente depois de tomar um gole desse remédio universal... O aroma lembrava-o do "xarope" de seu pai Tiago. Como os nativos gostavam de tomar esse tipo de xarope de ervas! Tobias fechou os olhos, recostando-se na cadeira de vime. Seu pai... onde estaria agora? Onde se encontraria seu irmão Martin? Seus pensamentos voltavam para o passado... Seu pai, Tiago Bento Ribeiro, tinha uma pequena farmácia em Luanda... Sua mãe morrera moça ainda... depois veio a herança de uma parente... tal herança consistia em terras ao lado do lago Kivu... Tiago viajou para Kivu. E gostou tanto das terras ao lado do lago que depois, ao retornar a Luanda, vendeu a farmácia sem hesitar, mudando-se para Kivu junto com seus dois filhos adolescentes. Tobias e Martin, bem como com toda a sorte de cascas, ervas e raízes. O irmão mais velho, Júlio, recusara-se a transferir-se para uma região "selvagem", conforme ele dizia. Ficou em Luanda com uma tia.

Como haviam se sentido felizes na nova pátria! Parecia a Tobias que a sua vida começara apenas em Kivu, e com seu irmão Martin dera-se o mesmo. Havia uma velha casa naquelas terras, uma capela e alguns ranchos. Existia também uma aldeia nas proximidades, e os nativos eram afáveis e prestimosos. Nunca faltava mão-de-obra na fazenda. Depois seu pai começara a fabricar o xarope, "o remédio para tudo". Ele colocava, em álcool, quina, cascas de limão e de laranja e açafrão, deixando essa composição curtir durante alguns meses. Quando essa mistura havia curtido o tempo suficiente, era coada, misturada com melado e vinho, e a seguir engarrafada...

Além disso o pai Tiago começou a fabricar doces de frutas. Enquanto não tinha ainda colheitas próprias, comprava por toda a parte abóboras, amendoim, bananas e outras frutas, cozinhando com isso uma espécie de marmelada. Essa marmelada era cortada depois em cubos de diversos tamanhos, os quais em parte eram espetados em finas varas de bambu. Quando tinha uma quantidade grande de xarope e de marmelada, Tiago, junto com um de seus filhos e alguns boys, empreendia viagens. As mercadorias, empacotadas em cestas de bambu, eram carregadas em carroças puxadas por animais. De início essas viagens, naturalmente, eram um pouco penosas, mas os três sempre se sentiam felizes, uma vez que, categoricamente, tinham temperamento de pioneiros.

Viajavam de vilarejo em vilarejo em suas caminhadas pela mata adentro. E sempre era um dia de festa para os nativos, quando o "pai doce" chegava com a sua mercadoria.

Agora era ele, Tobias, o pai doce... e tinha a mesma febre com a qual seu pai morrera... Tobias sorriu novamente para si mesmo. Lembrava-se de tudo o que haviam recebido como pagamento de suas mercadorias doces. Os pequenos saquinhos com grãos e pó de ouro, os objetos entalhados, as penas, lanças, peles e frutas... Mais tarde, Tiago deixou o negócio de trocas para os filhos e empregados. Ele próprio fazia longas viagens pelos rios, ficando ausente durante meses. Nessas viagens, nas quais levava apenas pó branco de quina, sempre trazia na volta ouro e diamantes brutos...

Depois, um dia, foi conduzido de volta à casa pelos boys, seus constantes acompanhantes, gravemente enfermo. Num afluente do médio Kasai contraíra uma febre mortífera... Ele morreu. A fazenda, porém, crescia. Tio Manuel comprara mais terras ainda... A seguir chegou um tio de Portugal, também investindo capitais... Mais tarde desistiu-se da fabricação de xarope, mas a produção de cubos de frutas tornou-se uma verdadeira indústria... E agora, já desde muitos anos, ele era o proprietário principal da grande e próspera fazenda, pois Martin, seu irmão, também falecera numa viagem que fizera a Portugal... Tobias gemeu como se sentisse dores... Todos morriam cedo em sua família... Sua mãe, o irmão Martin... o pai... e quem sabe ele talvez morresse também em breve e sua filha predileta...

Germaine olhou preocupada para Tobias. Seria uma desgraça se ele também desaparecesse no reino dos espíritos. Já o falecimento de Abu Ahmed era triste demais... mas o pai doce ainda não podia deixá-los... Tobias abriu os olhos, pegando novamente a caneca. Germaine começou a falar rapidamente, enquanto trazia chá fresco.

— Dois caminhões com soldados passaram aqui, enquanto vós estivestes aguardando a partida do Dakota! disse ela, com um pouco de malícia. Quase me tiraram os miolos da cabeça com suas perguntas. Um dos oficiais estava prestes a ter um acesso de fúria. Por causa das minhas respostas estúpidas! Um dos boys já estava de prontidão com uma mangueira d'água.

— Caminhões? perguntou Tobias com voz fraca. Pensei que tivessem rodado para Ruanda. Apesar de suas dores, sorriu de leve. Bem podia imaginar como eram as respostas de Germaine. Ela podia levar ao desespero até um santo.

Kamante entrou na cozinha, dizendo orgulhosamente que a mulher dele sabia falar bem, e que também na política poderia ir longe. Com um olhar Kamante percebera o estado de Tobias. Mandou Germaine trazer alguns cobertores, ajudou Tobias a levantar-se, levando-o devagarinho até o automóvel. Ele, Kamante, levaria o doente de volta à fazenda. Depois de Tobias estar bem acomodado e enrolado, sentou-se ao volante e saiu. Kamante estava mais do que satisfeito com essa variação. Ao passar pela oficina, deu mais uma olhada para lá. Pois bem, os carros que necessitavam de reparos estavam bem guardados na oficina. Se os donos desses automóveis não quisessem compreender isso, seria apenas culpa deles. Dessa eterna pressa e dessa correria dos brancos, já há muito estava enjoado.

— Um dos oficiais afirmara que seus soldados tinham sido envenenados na fazenda. Os uniformizados, no entanto, estavam sentados bem vivinhos nos seus caminhões. Germaine riu na cara deles. Tobias voltou novamente a si quando Kamante mencionou os soldados.

— Tiveram uma turvação nos olhos e um tremor no corpo. É o que afirmaram, pelo menos os soldados brancos. Um dos oficiais disse que provavelmente tinham colocado veneno no vinho...

— Veneno? Tombolo colocou um pouco de pó de cacto no vinho deles, para termos sossego enquanto Abu Ahmed estava deitado no seu leito de morte! explicou Tobias baixinho. Essas poucas palavras cansaram-no tanto, que ficou banhado em suor.

Kamante compreendeu, aprovando plenamente a sábia previsão de Tombolo. O que, no entanto, não compreendia, era por que a boa velha não havia misturado junto um outro tipo de pó.

— É pena, muita pena, podíamos estar livres agora desse bicharedo! observou lamentando.

Tobias compreendia Kamante, contudo pensou consigo mesmo que já o pó de cacto, por si só, poderia criar-lhes embaraços... apenas lhe era um enigma de onde Tombolo recebia essa coisa sempre de novo...

— Estão passando pelas fronteiras mais traficantes do que antes! disse Kamante como se tivesse lido os pensamentos de Tobias. E esses traficantes trazem muitas coisas as quais seria melhor que não fossem vistas à luz do dia... A velha Tombolo, aliás, é tão sabida, que bem poderia atuar em Leo como conselheira em assuntos de governo, e quem sabe, então, tudo caminharia melhor do que agora!

Tobias tentou, em pensamentos, seguir o Dakota, contudo foi acometido de novo por uma crise de calafrios, e todo o ambiente mergulhou num mar de dores...

Kamante diminuiu a velocidade, segurando Tobias com uma das mãos. Assim, pelo menos, não poderia cair para a frente, machucando ainda a cabeça. Não estava admirado com a doença do seu amigo português... A preocupação e a dor tinham sido demais para o fígado dele, pensou Kamante... perder uma filha como Fátima... diabos vingativos especialmente maus deveriam estar atrás disso, perseguindo agora Tobias.

Kamante fazia parte dos africanos esclarecidos, não obstante estava firmemente convicto de que Fátima se encontrava perto do reino dos espíritos. Não compreendia, porém, por que a boazinha e alegre Fátima teria de ser vitimada pelos diabos vingativos, ela que sempre se colocava ao lado dos africanos... entre os diabos, tanto grandes como pequenos, também não mais estaria tudo tão certo, pensou ele com profundidade e até um pouco rancoroso... por que deixavam escapar tantas mulheres pálidas e com cabelos amarelos, como, por exemplo, a mulher de Jean Balmain... essas de cabelos amarelos nos desprezam...

Kamante murmurou algo com desdém, mas logo afastou as recordações desagradáveis, pois a África pertencia agora aos africanos... as mulheres pálidas teriam o cuidado de não mais pisar nessa terra... Pena que o grande Lumumba tivesse de ir tão depressa para o reino dos espíritos...

CAPÍTULO X

Com referência à mulher de Jean Balmain, Kamante estava enganado. Oito dias antes ela voltara à África, depois de uma estada de quatro meses na Bélgica. Desembarcara em Nairóbi. Quando desceu do avião em Nairóbi, não mais parecia infeliz. Radiante de alegria cumprimentou Victor Balmain, olhando agradecida para o céu azul.

— Como é bom estar de volta novamente! disse ela com um sorriso feliz em seu belo rosto.

Victor olhara-a estupefato. Era-lhe um enigma o que a jovem mulher queria na África que odiava... Desde que havia recebido o telegrama em que ela comunicava a sua chegada, ele em vão se perguntava qual o motivo de sua volta...

Também seu aspecto o surpreendeu. Parecia ótima, muito melhor do que antes. Tinha-a na lembrança como uma figura descorada e descontente; agora, no aeroporto de Nairóbi, estava queimada pelo sol e com aspecto sadio, fitando-o com olhos risonhos, quase provocantes. Mulheres, pois, constituíam um enigma. Nunca se podia predizer o que fariam na hora seguinte, pensou um pouco confuso, ao caminhar junto dela em direção à alfândega.

De qualquer forma seria agradável ter em casa uma bela e jovem mulher como hóspede. Contudo, havia Susane! O rosto azedo e sarcástico de sua irmã lembrou-o de que a essa hora Anette talvez já estivesse divorciada de Jean. Susane não podia esquecer que Anette havia abandonado, sem motivo, Jean, o seu sobrinho predileto. Punha a culpa somente na jovem mulher. Victor, desde o início, fora de opinião diferente.

— Quando um matrimônio malogra, ambas as partes têm culpa! dissera com firmeza. Mas nesse caso para Susane não interessava o que ele pensava ou opinava. Jean era o queridinho dela, e o que faziam de mal a ele, ela também sentia.

Anette chegara agora e decerto ficaria algum tempo com eles. Victor tirou o lenço do bolso, enxugando a testa. Previa complicações, as quais teria preferido evitar. Durante os seis meses que sua irmã anualmente costumava passar junto dele em Nairóbi, sempre havia agitações. Envergonhava-o ou tornava-se grosseira e ofensiva perante seus conhecidos, e quando algo não era do agrado dela, reclamava de tudo na cozinha. Achava então a comida, que o cozinheiro trazia à mesa, exagerada. Com raiva dessa intromissão, o cozinheiro preparava pratos mais abundantes ainda. Quem mais sofria com essa guerra doméstica subterrânea era, naturalmente, o próprio Victor. Pois por ocasião de cada visita da irmã ele aumentava regularmente dez quilos, a ponto de ficar com problemas do coração e do fígado, os quais exigiam cuidados médicos. Bem, aí nada poderia se modificar. Gostava dessa irmã, sujeitando-se a tudo de bom grado. E nem podia imaginar um ano sem ela.

Anette passara pela fiscalização de bagagem. Os boys tratariam de tudo o mais. Tomou o braço de Victor, caminhando com ele até o automóvel. Soprava um vento quente do mar, fazendo rodopiar alto o pó e pedaços de papel. Contudo, a nova Anette não tomou conhecimento do pó e do vento quente; com interesse olhou para o movimento em volta, sorrindo de vez em quando para Victor. Exatamente como se quisesse dar-lhe coragem. Diante do automóvel parou, exclamando com admiração:

— Tens um novo Chrysler! E ainda de cor vermelha!

Victor sorriu lisonjeado, abrindo-lhe a porta. Os boys trariam as malas em outro veículo. Ele sentou-se ao volante, partindo.

— Ganhei este carro em um negócio de troca! Infelizmente! disse ele, ao entrar na cidade. Susane acha que essa cor não combina com um homem de sessenta anos... Sobre o que a irmã ainda acrescentara, ele guardou silêncio cautelosamente. Mas o carro já tinha essa cor quando o recebi.

— Vermelho é uma cor tão bonita e viva, tio! exclamou Anette. Contudo, por que dizes infelizmente? Será que o automóvel tem algum defeito?

— O carro é bom. Ótimo até. Disse infelizmente porque pertencia a um amigo que entrou em falência. Esse amigo ofereceu-me o carro em troca de uma pequena casa que eu possuía em Mombasa. Ele precisa recomeçar. E assim, pelo menos, tem um teto sobre a cabeça.

— Por toda a parte na Terra existem firmas obrigadas, às vezes, a requerer falência! disse Anette consolando.

— É verdade. Contudo, estão falindo agora no Quênia muitas firmas antigas. O terror está recomeçando.

— Terror? O que queres dizer com isso, tio? perguntou Anette algo assustada. Victor desviou o assunto, explicando que o estado de coisas no Congo influenciava desfavoravelmente o comércio dos países vizinhos... Isto Anette compreenderia. Impossível dizer a ela, no dia de sua chegada, que homens da Mau-Mau novamente agiam no Quênia. Quem é que poderia saber como ela reagiria ao tomar conhecimento de que os fazendeiros no planalto branco não estavam seguros de sua vida nenhum minuto sequer?...

Victor guiava calado cuidadosamente através das ruas movimentadas. As circunstâncias e condições inseguras oprimiam-no também. Os negócios de sua firma iam mal. No momento ninguém comprava máquinas agrícolas. Mas isto ele podia suportar. Tinha vários outros negócios e possuía muito mais dinheiro do que poderia gastar. Oprimia-o o fato de uma parte da população querer que todos os brancos saíssem do país. O Quênia, segundo todas as previsões, alcançaria em 1962 sua independência da Inglaterra. Isto, contudo, não bastava aos nativos. Por essa razão o terror revivia.

Anette olhou preocupadamente para Victor. Não parecia mais tão bem-disposto e bem-humorado como antes. Dava a impressão de estar carregando o fardo de uma grande preocupação. Tinha esquecido completamente a presença dela.

— Tio Victor! Posso ainda te chamar assim? perguntou ela, sentindo-se um tanto culpada.

— Naturalmente, minha filha! respondeu Victor prontamente. Quase esquecera que Anette se encontrava sentada no carro. O que pensaria dele? Pois estava contente com a presença dela. Afastá-lo-ia de suas preocupações, alegrando-o; de qualquer forma a nova Anette faria isso.

— Naturalmente, minha filha, podes chamar-me assim! repetiu ele. Sempre me serás agradável e bem-vinda. Com ou sem Jean. Anette estava contente que fosse assim... Necessitava agora de pessoas amigas.

Victor passou lentamente pela grande catedral. Anette benzeu-se; continuava uma boa católica. Em verdade não mais se prendia tão rigidamente ao dogma. Foi como se Visram, com o qual viajara de Leo a Nairóbi, tivesse rompido os grilhões durante o vôo... Estava aborrecida consigo mesma por não poder esquecer o indiano. Na Bélgica até ouvira a voz dele...

— Tens notícias de Jean, minha filha? perguntou Victor.

Anette meneou a cabeça negativamente.

— Nós também há semanas não temos mais notícias diretas dele! disse Victor melancolicamente. Apenas ouvimos, há pouco, através de Visram, que Jean passa bem.

Anette levou um choque ao ouvir o nome Visram. Nunca poderia esquecê-lo, era inútil revoltar-se contra isso. Cada uma das palavras que ele lhe dirigira quando estava desesperada continuava viva dentro dela. A bondade de Visram deixara-a envergonhada, fazendo com que seu egoísmo e seu medo parecessem até ridículos.

Sem saber, ele arrancara as barreiras que ela erguera em torno de si mesma, devido a seu preconceito racial e orgulho. Sim, teve de admitir que se sentia atraída fortemente por ele e por tudo o que representava.

Por Jean sentira uma paixão passageira, mas o que sentia por Visram era infinitamente mais profundo e feliz. E isto também continuaria, mesmo que nunca mais o visse.

— Quero saber somente o que ainda os retêm no Congo! Jean teria, mesmo aqui, possibilidades promissoras. Muito mais ainda Visram!

— Ah! tio, eu acho que não importa onde uma pessoa trabalhe; o principal é que dedique uma parte de seu tempo à coletividade. Quero dizer, que execute um trabalho que beneficie muitos.

— Não obstante, não compreendo por que os dois se escondem na parte mais preta do Congo!

— A cor da pele não representa nenhum papel, não é tio Victor? disse Anette um pouco sem jeito e insegura.

Victor olhou por um momento, estupefato, para a jovem mulher.

— Estás me surpreendendo, minha filha! disse sorrindo gostosamente. Preto, então, não é mais nenhuma cor do diabo para ti? Mudaste incrivelmente. Nunca teria pensado que uma estada na Bélgica pudesse ser tão estimulante.

Anette tinha o olhar fixo à sua frente. O tio tinha mais do que razão, duvidando de seu novo modo de pensar. Poderia dizer-lhe, porém, que Visram a modificara assim?

— Hoje eu me envergonho ao lembrar-me de como olhava de modo arrogante e soberbo para todas as pessoas de cor. Não obstante, continuo a ter medo. Aliás, não sei de quê.

— Medo? perguntou Victor sorrindo. Vem-me agora à memória Susane. Não repares quando minha irmã se tornar um tanto indelicada. Isto é apenas camuflagem dela. É uma pessoa de fino sentimento intuitivo e inteiramente sincera. Anette tranqüilizou-o a respeito desse ponto. Não tinha medo de Susane.

— Outra vez o cachorro está na rua! disse Victor aborrecido, ao entrar na estrada que conduzia para a grande casa dos Balmain.

O "cachorro" era Titin, a querida cadela terrier escocês que com o sinal da buzina rapidamente desapareceu pelo portão do jardim. Victor entrou pelo mesmo portão, seguindo depois por um caminho de pedras feito recentemente, chegando em frente do grande terraço principal. Anette cumprimentou alegremente Susane.

— Sinto-me tão feliz por estar novamente aqui!

Victor riu divertido para si mesmo ao ver o rosto perplexo de sua irmã.

— Bem-vinda a Nairóbi, minha filha... aliás, não sei por que voltaste justamente agora... bem, espero que tu mesma o saibas.

Victor tirou seu "pano de suor" — assim chamava seu lenço — e enxugou a testa. Estava somente faltando Susane conduzir a conversa agora para Mau-Mau. Isto, então, teria sido a recepção adequada.

Duas moças somalis cumprimentaram Anette, tomando-lhe a bolsa e o casaco de pele que ainda carregava sobre o braço. Depois, Susane levou Anette para o quarto que lhe fora preparado.

O quarto era grande e agradavelmente mobiliado, tendo banheiro e um terraço que dava para o jardim. Numa mesa encontrava-se uma travessa com frutas e num jarro suco de "grapefruit" gelado. Dois boys carregaram as malas para cima, e logo as empregadas começaram a desfazê-las.

— Se não estiveres demasiadamente cansada, logo poderemos comer! disse Susane, ao terminar a inspeção do quarto e do banheiro. Estava tudo preparado como ordenara. Apenas as cortinas, oportunamente, deveriam ser renovadas.

Anette de modo nenhum estava cansada. Depois de alguns minutos deixou o quarto, seguindo pelo amplo corredor. Passou pelo jardim de orquídeas de Susane, ou melhor, jardim de inverno, e parou diante de uma porta de ferro artisticamente forjada.

Antes de abrir a porta, olhou, através da grade, para a grande sala de estar, a qual era o orgulho de Victor. E tinha razão de estar orgulhoso. A sala tinha algo de grandioso da antiguidade; não obstante dava uma sensação de agradável aconchego. Anette empurrou a porta, olhando admirada em volta. O piso de mármore verde-claro brilhava como sempre. Os divãs e as poltronas continuavam nos mesmos lugares. Também o quadro indiano de Buddha, feito em ouro com pedras semipreciosas, continuava pendurado entre duas luminárias em forma de flores.

Diante do grande nicho, no meio da parede ao sul, ela parou sorrindo. No pedestal de mármore branco encontrava-se um maravilhoso ramalhete de orquídeas vermelhas. Em verdade, deveria estar ali a figura de uma moça em mármore, mas Anette sabia que figuras nuas, mesmo em mármore, provocavam o desagrado de Susane. Por esse motivo Victor fazia sumir tais figuras, quando sua irmã de Mombasa o visitava. Ela então enfeitava o nicho sempre com orquídeas ou também outras flores. Mal, porém, partia, ele logo recolocava a moça nua de mármore. Anette soubera, através de Jean, que Victor às vezes tirava a figura branca de mármore, colocando em seu lugar uma estátua preta de ébano.

— O mármore branco às vezes me satura! dissera certa vez para Jean, contemplando com visível prazer a obra de arte preta.

A estátua de ébano também representava uma moça; apenas suas formas eram um pouco mais exuberantes. Essa obra de arte era do Congo. Um jovem baluba a havia entalhado e um comerciante goanês de tecidos a comprara em Luluabourg*, na província de Kasai, trazendo-a para Nairóbi.

Em Nairóbi essa exuberante beleza preta de ébano passou para as mãos de um árabe apreciador de artes, o qual mandou embelezá-la com quatro rubis sintéticos vermelho-claros...

Anette também conhecia a história dos rubis, pois Jean a contara a todos os seus amigos... O árabe mandara colocar o primeiro rubi na testa, entre as sobrancelhas da bela estátua. Achou que a pedra ficava bem nesse lugar. Ao mesmo tempo pensou que rubis nos bicos dos seios destacariam especialmente a exuberância das formas. O umbigo, também, só poderia ganhar com um rubi...

O malaio, que havia colocado a primeira pedra, somente a contragosto executou o ulterior embelezamento da estátua. Achava que o rubi na testa era mais do que suficiente para aumentar os atrativos dessa mulher negra. Os outros rubis privariam essa obra de arte de seu esplendor. Contudo, estava sendo pago; não precisaria importar-se, se o efeito artístico iria perder-se ou não.

Os rubis foram incrustados, e o árabe deu a obra de arte a Victor Balmain, seu amigo de longos anos. Victor havia-lhe dado muitas sugestões de negócios rendosos, além disso era também um apreciador das artes. Ao ver a estátua pela primeira vez, Victor ficou entusiasmado com a perfeição da mesma.

— Rodin não poderia ter feito melhor! exclamara, colocando-a num pedestal de mármore no nicho branco. Essa obra de arte, estranhamente, perdia muito de seu efeito no nicho branco. E Victor achou que havia três rubis a mais.

Alguns dias mais tarde veio visitá-lo o amigo árabe. Vendo a estátua, meneou a cabeça, reprovando.

— Mármore branco... impossível!... murmurou. Essa mulher maravilhosa e perfeita tem de ficar num pedestal de ouro ou pelo menos num de cor vermelha com a correspondente iluminação.

Victor logo achou que o árabe tinha razão. Aborreceu-se por não ter tido, ele próprio, essa idéia. Não era de admirar que

---

* Nota da editora: Kananga

o amigo olhasse descontente, duvidando do senso artístico de seu amigo europeu.

— Essa figura, de certa forma, é o símbolo do Congo... selvagem, suntuosa e exuberante! exclamara ao despedir-se, lançando um olhar de desprezo para o nicho branco com seu pedestal de mármore também branco.

Victor procurou, no mesmo dia ainda, um ourives conhecido, explicando-lhe que necessitaria de um pedestal especial para uma estátua preta. O ourives logo soube o que seria adequado.

— Um pedestal de granito vermelho, que tivesse em cima e na parte da frente uma fina placa de ouro, seria o certo.

Victor considerou boa tal idéia. E quando a estátua então foi colocada no novo pedestal, iluminada por uma luz avermelhada, o efeito foi surpreendente. A figura vivia virtualmente. E era de fato a corporificação da selvagem e exuberante região do Congo...

Victor sorriu divertidamente ao sair da biblioteca e ver Anette, absorta em reflexões, diante do nicho. Oportunamente teria de mostrar a ela o enfeite pagão do nicho!

— Onde estais? perguntou Susane impaciente, ao chegar da sala de jantar com Titin no braço. Victor pegou a cachorra, levando-a para fora, no jardim.

— Se não mendigasses sempre tão descaradamente, latindo alto ainda, poderias ficar conosco durante a refeição.

Titin começou a latir alegremente, e Victor fechou com rapidez a porta atrás de si. Anette foi com Susane para a pequena sala de jantar. Ambas as portas envidraçadas que conduziam pela arcada ao jardim interno estavam abertas. Anette aspirou prazerosamente a fragrância que vinha do jardim.

— A amendoeira decerto está em flor? perguntou a Victor que acabava de voltar.

— Sim, ela está florindo. O jardineiro, aliás, acha que não está na época. Contudo, a natureza nunca se preocupou com aquilo que os seres humanos acham ou desejam... felizmente!

— Sentai-vos enfim. E que bobagens estás falando outra vez! Susane estava agora realmente zangada. A presença de Anette e seu novo e muito melhor aspecto a intrigava. Depois da refeição inquiriria a jovem... Os boys começaram a servir a mesa. De início havia pato frio com bananas fritas. Depois veio peixe e uma omelete com diversas verduras. Para a sobremesa havia figos gelados, melões e uma torta de coco com frutas cristalizadas.

Victor comeu com visível prazer e teria gostado mais ainda da comida se tivesse chegado um vinho à mesa, em lugar de uma pura água mineral. Lamentavelmente Susane havia lido em algum lugar que o vinho engordava... o que, naturalmente, era uma grande mentira...

Anette também gostou muito da comida. Havia se esquecido inteiramente de como era abundante a comida dali. Apenas Susane não estava com apetite...

De repente chegou Titin latindo alto, e quando foi cortada a torta, ela latiu mais alto e mais impertinente ainda do que era seu costume. Susane olhou aborrecida para Victor. Decerto havia posto a cadela no terraço sul, de onde facilmente poderia entrar em casa. Victor, consciente de sua culpabilidade, olhou para Titin, dando-lhe um pedaço de torta. Mal ela havia recebido a sua parte, soltou um uivo horrível, virando-se furiosamente. Seu inimigo Kufi, o papagaio do cozinheiro, seguira-a até a sala de jantar, beliscando-a como fazia sempre que podia alcançá-la.

O fato de Kufi entrar em casa e ainda por cima na sala de jantar era um dos pequenos atos de vingança do cozinheiro contra Susane. Por que ela também se intrometia em tudo?!...

Entre Titin e o papagaio reinava um permanente estado de guerra. Titin, aliás, sempre tentava mordê-lo rapidamente, mas Kufi era mais rápido ainda. Geralmente ele pousava numa altura segura, imitando então, bem maliciosamente, o uivo de dor da cadela.

O cozinheiro, na realidade, aparava as penas de uma das asas de seu queridinho, mas só um tanto, a fim de permitir-lhe ainda levantar vôo, para fazer troça da tola Titin. Susane também estava em pé de guerra com Kufi. Achava-o atrevido e impertinente; além disso, sua constante tagarelice e uivar perturbavam seus nervos. Uma vez ela o amarrara numa delgada e comprida correntinha, banindo-o para o canto mais afastado do jardim da cozinha. O cozinheiro, então, aprontou sua trouxa prestes a ir embora.

— Kufi não é um cachorro que se põe na corrente! dissera ele raivoso para ela, mas sim um pássaro livre... pois os pássaros ainda são livres na África...

Susane teve de ceder. Escondeu sua raiva, tirando a correntinha do pássaro. O cozinheiro não poderia sair. Victor gostava dele; além disso, cozinhava excelentemente. Seria diferente se ela passasse o ano inteiro em Nairóbi...

Um dos boys erguera a cachorra o mais lentamente possível, levando-a para fora. O cozinheiro, com seu avental impecavelmente branco, entrou com cara de hipócrita na sala de jantar, tirando seu queridinho uivante do aparador. A curta representação jocosa terminara, e podiam dedicar-se agora sossegadamente à sobremesa. Depois da refeição foi servido chá de ervas. Também uma introdução nova de Susane. Victor tomou o chá com ares de penitente, levantando-se a seguir rapidamente, dizendo que precisava fazer importantes telefonemas.

— Telefonemas!... Susane achava que seu irmão estava, de algum modo, se degradando.

"Decerto desapareceria novamente no bar, a fim de tomar alguns cálices de anisete... Belos telefonemas..."

— Minha cunhada faleceu cedo demais. Victor está agora sempre entregue a si mesmo. Antigamente, Michele, a filha dele, encontrava-se aqui. Mas desde que casou com um diplomata, dificilmente vem a Nairóbi! disse Susane suspirando ao se levantar.

Anette seguiu-a até o jardim interno, parando com uma exclamação de encantamento diante de uma trepadeira de flores azuis que envolvia as colunas.

— Ela floresce pela primeira vez! observou Susane, acomodando-se numa confortável cadeira de jardim.

— Como está maravilhoso este pequeno jardim agora! Tudo em flor! Anette nunca vira esse pequeno jardim interno em plena floração. Ficou parada ao lado do tanque de peixes, observando os delgados peixes-véu, de cor azul-avermelhado. Como era ainda silencioso, fresco e calmo ali dentro. Escutavam-se apenas bem fracamente os ruídos da cidade... Victor criara para si uma pequena ilha de paz... Rosas e flores de amendoeira... De repente ela pôs-se a escutar... rufar de tambores... não, deveria ter se enganado. Em Nairóbi ninguém mais batia tambores... No entanto, o jardim não mais lhe parecia uma ilha de paz. Sentiu um calafrio e então já estavam presentes as formas de medo... mas não... agora estava imune... e livre... Anette olhou mais uma vez para os pequenos peixes, sentando-se a seguir numa cadeira ao lado de Susane.

— Queria saber somente por que Jean não escreve? perguntou Susane. Provavelmente está esperando até ser decapitado!

Susane ergueu-se, olhando quase que enraivecida para Anette.

— Eu também não sei, tia Susane. Por vossa causa eu gostaria muito que Jean ficasse aqui.

A velha dama deu uma risada irônica.

— Depende de ti, minha filha, tirar Jean do perigo.

— Perigo? Victor chegou no terraço, envolto por uma leve nuvem de álcool, a fim de despedir-se das senhoras. Perigo... Jean está vivo e bem-disposto, é o que eu sinto... além disso, Tobias ter-nos-ia avisado se tivesse acontecido algo de especial.

Agradecida, Anette levantou o olhar.

— Eu também estou convicta de que nada aconteceu a Jean! disse o mais firmemente que lhe era possível.

— Jean entende-se bem com os africanos. Para ele nunca houve um problema racial... de cor ou branco... nunca fez diferença alguma.

— Pois bem, podes ter razão! disse Susane pensativamente, dando uma olhada de soslaio... Enquanto isso, Victor, comovido e quase carinhoso, observava Anette.

— Não queres, afinal de contas, dizer-nos por que voltaste? perguntou Susane rudemente.

Victor retrucou aborrecido.

— Deixa-a em paz! Anette não nos deve nenhuma prestação de contas. Antes de tudo terá de descansar. Victor puxou uma cadeira, sentando-se. Queria, em verdade, sair...

— Não, não tio Victor, não digas isso! Tia Susane tem direito de saber por que voltei. Foi tolo e infantil de minha parte ter fugido meses atrás... Anette olhou, atormentada, à sua frente. Será que essas duas queridas pessoas poderiam compreender? Compreender, aliás, a razão pela qual tinha voltado à África? Susane olhava agora um pouco mais bondosa e compreensivamente para a jovem mulher. Havia, pois, um núcleo bom dentro dela... Jean, certamente, sabia o que estava fazendo ao escolhê-la...

Victor, assustado, ouvira a auto-acusação de Anette.

— Filha, filha, acalma-te! disse ele, olhando-a carinhosamente. Sua juventude, sua graça e sua insegurança tinham algo de comovente até.

— Perfeito nenhum ser humano é! murmurou ele para si.

— Tia Susane, tiveste razão ao chamar-me de mulher histérica! Eu não era apenas isso... era também cega e vaidosa, estúpida e ainda por cima ingrata. Somente na Europa percebi como eu passava bem na África... Desculpem-me, por favor!

Agora também Susane estava assustada. Seus olhos cinzentos tinham uma expressão meiga quando se levantou e sentou ao lado de Anette. Essa menina deveria ter sofrido mais do que pensara...

— Eu fui grosseira contigo, mas sabes que não posso ver sofrer o meu sobrinho Jean. E é perigoso, realmente, no Congo. Também aqui não mais estamos em segurança. Até em Nairóbi acontecem coisas as quais jamais teríamos sonhado.

— Susane! interrompeu Victor a conversa dela. Não a amedrontes inutilmente!

— Eu sei que no Quênia também é inseguro. Visram explicou-me tudo, quando voamos juntos de Leo para Nairóbi.

Visram? Victor prestou atenção. Será que Anette se apaixonara por ele?

— Visram também age de modo incompreensível! interrompeu Susane os pensamentos dele. Entregou a gigantesca casa comercial com todas as suas preciosidades ao seu sobrinho e ao seu genro. Esses dois homens precisam ainda aprender a fazer contas. Depois fundou uma sociedade, ou seja lá o que for, no Congo. Provavelmente em conjunto com alguns tontos... No entanto, há aqui número suficiente de doentes, por que então precisa trabalhar lá? Susane falara rancorosamente. Depois de Jean, logo ficava Visram no coração dela. Ninguém como ele entendia tão bem os seus grandes e pequenos sofrimentos.

— Susane, Anette ainda quer contar-nos alguma coisa! disse Victor um pouco impaciente. Mas sua irmã não se deixou desviar do assunto. Quando, por fim, fez uma pausa, Victor perguntou rapidamente se Anette talvez saberia o motivo de os dois homens quererem permanecer justamente no Congo. Esperava que essa pergunta desviasse Susane.

— Não sei, tio Victor... talvez seja destino ou predestinação.

— De onde sabes algo de destino, pequena pagã? perguntou Victor divertido.

— Se isto é uma piada, chamar a moça de pagã, eu a acho de muito mau gosto! disse Susane fazendo com a mão um gesto de repulsa.

— Eu não queria ofender ninguém. Isto Anette sabe muito bem. Que vós, católicos, na realidade sois pagãos, não poderás desmentir mesmo com a melhor boa vontade. Pois adorais figuras de ídolos ou digamos... santinhos... Não vejo nenhuma diferença entre um fetiche e uma estatueta de madeira ou de pedra representando, pretensamente, um santo.

Susane estava agora seriamente irada.

— Por que dizes isto a ela? Pois és também um católico como Anette e eu...

— Engano, querida irmã. Sou budista e ao mesmo tempo adepto do Profeta. Um dia falarei com padre Laennel sobre esse assunto, quero dizer, sobre destino e predestinação. Apesar de seu traje de padre, ele tem, muitas vezes, opiniões surpreendentemente boas.

Anette estava calada, olhando absorta à sua frente. Falara de destino, pois Visram havia lhe explicado algo a respeito. Contudo, nem ousava pronunciar o nome dele mais uma vez.

— Voltaste, apesar de tudo, por causa de Jean? perguntou Susane esperançosa.

— Não... desculpa-me... Não voltei por causa de Jean.

Victor olhou furtivamente para a irmã, tirando a seguir o lenço e enxugando a testa. Realmente, teria preferido sair. Discussões tornavam-no, de certa forma, indefeso... Mas agora estava curioso por ouvir os motivos de Anette...

— Antuérpia é uma cidade bela e antiga! começou Anette, hesitante. Uma cidade com mansões de ricos burgueses e muita arte. Meu pai também possui uma casa antiga e até uma pequena e valiosa coleção de quadros. A casa estava tão vazia e eu me senti tão só como nunca antes em minha vida. Minha mãe havia falecido, e meu irmão vive com a família na França. Com referência a Jean, não mais posso voltar atrás. Eu não o amo, por isso logo depois de minha chegada lá, iniciei o divórcio.

Anette levantou a cabeça e olhou interrogativamente para Susane. Deveria continuar contando ou deixar a casa? Susane, porém, apenas fez um sinal para que continuasse a contar.

— Acho que há cinco anos me apaixonei somente pela aparência simpática de Jean. Contudo, para um matrimônio, isso certamente era insuficiente.

Victor acenou concordando. Isto ele podia compreender. Pelo menos, ela era sincera...

— Encontrava-me, pois, em minha cidade natal, Antuérpia. Mas a esperada alegria que eu teria com minha volta, ardentemente almejada, não se efetivou. A bela casa antiga parecia-me apertada, e mesmo meus parentes e amigos me pareciam estranhos. Suas pequenas preocupações aborreciam-me e na arrogância deles havia algo de ofensivo. Esqueci-me de que também eu havia olhado do mesmo modo arrogante para todas as demais pessoas de cor. Meus conhecidos estavam revoltados por que os selvagens não mais queriam ter em sua terra os benfeitores brancos. E ainda mais que a colônia do Congo constituía um investimento tão rendoso...

— O governo colonial nada fez para favorecer o desenvolvimento dos nativos. Pelo contrário! observou Victor, aparteando. Os ingleses foram mais inteligentes nesse ponto. Eles sempre educaram alguns nativos, a fim de que pudessem assumir posições de liderança.

Susane interrompeu-o com um gesto impaciente. Agora não queria ouvir preleções sobre política.

— Continua falando, minha filha...

— Sendo professora diplomada em desenho... tenho, aliás, dois diplomas... comecei a dar aulas. Meu tio logo arrumou trabalho para mim. Queriam motivos africanos... Contudo, eu estava só pela metade concentrada em meu trabalho. Tinha saudades da África. Nem eu mesma podia entender...

— Saudades da África! Isto seria, decerto, a última coisa que eu esperava de ti! disse Susane meneando a cabeça.

— Eu sei, mal se pode acreditar. Eu defendi os nativos, explicando o ponto de vista deles; tornei-me assim malvista por toda a parte. Mesmo meu pai não mais me entendia. Ele sempre achara justificado meu medo e minha aversão pelos pretos. O fato de eu agora os defender revoltava-o também. Contei-lhe com que boa vontade me haviam servido. Uma vez um dos boys entalhara para mim uma cabeça belíssima, e nem agradeci por isso...

Meu pai fez apenas a observação de que a função dos pretos era servir aos brancos. Portanto, apenas cumpriam seu dever... Ofendi também Tobias! disse Anette chorando agora.

— Ele convidara-me, tratando-me como uma filha querida...

— Não chores, minha filha! disse Victor consolando. Não podia ver ninguém chorar. Causava-lhe dores no coração e no fígado. Também os olhos velhos de Susane olhavam entristecidos. Pensava saudosamente em Jean. Não obstante... entendia Anette também. Melhor do que antes...

— Certamente eu estava mais do que saturada, e o ócio e o luxo tornaram-me arrogante e egoísta! continuou Anette a falar. Na Bélgica, tão-só, tornei-me consciente de que a África pertencia desde os primórdios aos africanos, sendo que nós éramos meros intrusos. Além disso, há muitos nativos que possuem grande senso artístico, sendo, aliás, também muito mais inteligentes do que os europeus supõem. Vi trabalhos entalhados e tecidos que encontrariam grande aceitação na Europa. E quão dotadas de talentos musicais são, na maior parte, as pessoas no Congo! Tudo isso e muito mais ainda me veio à memória... e então pensei que poderia dar aulas de desenho aos nativos, bem como aulas de pintura. Isto os alegraria e eu poderia assim ganhar meu sustento.

— Certamente podes! Hoje mesmo falarei com John! Podes ter tantos alunos quanto quiseres!

Victor até ficou entusiasmado com tal idéia. Anette levantou o olhar, sem jeito.

— Penso voltar para o Congo e dar aulas lá!

— Para o Congo? Susane inclinou-se um pouco. Ouvi direito? Não é algo fantástico demais querer voltar para lá?

— Os africanos do Congo, naturalmente, aprenderiam a desenhar e pintar com entusiasmo! disse Victor. Contudo és delicada demais fisicamente para suportar o clima de lá.

Victor nunca teria pensado que Anette pudesse ter uma idéia tão tola. Ir ao Congo! Justamente agora que todos os brancos estavam fugindo... Ficou aborrecido.

— Poderias fundar uma escola de desenho em Nairóbi.

— Eu poderia trabalhar em alguma parte na região do Congo. Por exemplo, em Kivu. O clima de lá é tão bom como o da Europa! disse Anette obstinadamente.

Susane estava sentada calmamente. Entendia Anette. Com ela se passara a mesma coisa quando estivera junto de conhecidos em Paris, durante um ano. Já fazia muito tempo. Contudo, ainda se recordava de que modo doloroso havia sentido a nostalgia pela África. Apesar de tudo...

— Quem sabe, Anette talvez tenha razão! disse agora lentamente. Em Kivu tudo parece estar ainda como era. Não ouvi falar sobre nenhuma perseguição de brancos ali. Tobias alegrar-se-ia... aliás, nunca compreendi por que esse homem inteligente e de belo aspecto vive em região tão afastada...

— Talvez more ali justamente por ser inteligente! deu Victor a pensar. Lembrou-se das condições de vida inseguras no Quênia, pensando que seria mais simples para Anette em Kivu...

— Tobias faz parte dos queridos da minha irmã! disse Victor maliciosamente. Ela tem uma fraqueza por homens bonitos. Eu sempre fui uma decepção para ela!

Anette deu uma risada gostosa, observando que homens gordos também podiam ser simpáticos.

— E tu, caro tio, tens olhos tão bonitos! acrescentou ela...

Victor sentiu-se lisonjeado; contudo disse ser tosco, gordo e feio, sendo além disso careca...

— Isto és mesmo! disse Susane sem nenhuma comiseração. Gordo e feio. Não obstante és tu minha maior fraqueza!

Victor levantou-se.

— Depois dessa declaração de amor, preciso, decididamente, de um fortificante! Na porta ainda se virou, perguntando se Anette não queria tomar um licor de anis ou de tâmaras. Algo muito fino!

Anette agradeceu. Para uma bebida alcoólica era ainda muito cedo. Quando Victor saiu, Susane perguntou ainda muita coisa. Queria saber como eram as condições gerais na Europa. E se uma nova guerra era temida... O que se pensava sobre as experiências atômicas dos franceses... Ela interessava-se também muito pela Argélia...

— Pensei que estivésseis bem informados de tudo através de Michele! disse Anette surpresa. Pois está casada com um diplomata tão importante.

— Sim, isto é verdade. Contudo, suas cartas constituem principalmente um canto de louvor à eficiência de seu marido Cecil. De como ele se esforça em manter a paz mundial e assim por diante... Para a esposa de um diplomata ela é bastante simplória. É uma boa alma, porém possui o cérebro de besouro, se aliás o possuir.

— Manter a paz mundial? Visram acha que isto seria uma ilusão! observou Anette, sentindo-se um pouco culpada por ter outra vez mencionado o nome de Visram.

"Visram?" Agora Susane também ficou atenta. Ela, pois, viajara no mesmo avião que ele. Além disso, já o conhecia há vários anos. O modo como pronunciara o nome dava o que pensar. Susane olhou para Anette, examinando-a. Será que se apaixonara por ele?... Pois bem, as mulheres eram tolas; constantemente corriam atrás de Visram... Era duvidoso, porém, que houvesse em sua vida lugar para uma mulher. Lakschmi levara uma vida solitária...

Susane levantou-se.

— Estou cansada e vou deitar-me. Aqui estás em casa, portanto, faz o que te agrada.

Anette acenou com a cabeça, levantando-se também. Tomaria banho, trocaria de roupa e talvez passeasse um pouco. Victor já tinha saído. Ainda teria de trabalhar na redação. Mas à noite sairia com as damas... Anette lembrou-se de que ele era sócio de um diário... De repente Susane parou, dizendo que estava contente por ter morrido o velho Krishna, o pai de Visram.

— Por que, tia? perguntou Anette timidamente.

— Porque não me agrada essa congregação criada por Visram. Aliás, também Yu-Wei morreu há poucas semanas. Queríamos avisar Visram quando ele adoeceu, mas o velho recusou decididamente.

"Yu-Wei?" Anette procurou lembrar-se, recordando-se depois que se tratava do chinês sobre o qual Visram lhe havia contado.

— E sabes o que esse chinês, pouco antes de sua morte, disse a Victor?

Susane fez uma pausa, pois queria retransmitir exatamente as palavras do velho.

— Estarei mais perto do meu antigo aluno do que jamais estive na Terra... Sim, assim ele se expressara... não pude encontrar nenhum sentido nessa sentença...

— Certamente se expressou no seu modo chinês! observou Anette. E isto é muitas vezes incompreensível para nós.

— Enquanto Visram estiver trabalhando apenas como médico, nada lhe acontecerá, mas não estou tão segura de que faça somente isso. Susane entrou com Anette no quarto, olhando mais uma vez em volta.

— Estou tão preocupada com os dois... Jean e Visram... O Congo tornou-se um campo propício para contrabandistas e agitadores...

Susane falara tão apreensiva, que Anette a abraçou, consolando-a e afirmando que não aconteceria nada de mal a ambos.

— É o que sinto nitidamente...

Titin interrompeu as duas senhoras com seu latido alto. Ela seguira-as despercebida, e agora pulava de alegria ao redor.

— Põe-na para fora, do contrário não terás sossego! disse Susane. Victor acostumou-a tão mal, que agora tem um péssimo comportamento...

Depois dessas palavras, Susane foi para o seu quarto, fechando firmemente a porta atrás de si. Anette achou Titin tão engraçada, que não se importou que ficasse no quarto. A cachorrinha pulou logo para a cama, enrolando-se. Anette tomou um copo de suco de frutas, enchendo a seguir a banheira com água fria. O vento quente provocara-lhe um pouco de dor de cabeça. O banho frio a refrescaria.

Quando se dirigia à cômoda, a fim de tirar roupa limpa, viu o retrato de Jean. Levantou com um leve suspiro a fotografia, contemplando o rosto simpático dele. Como estivera apaixonada por ele... o tamanho dele, seus olhos sorridentes de cor azul-claro...

seu rosto queimado pelo sol, haviam-na fascinado. Fora para ela como um herói de filme, executando grandes feitos num mundo sinistro e misterioso. Viera da África em visita a parentes na Bélgica...

Anette recolocou a fotografia... Não adiantava quebrar a cabeça com coisas do passado... Jean continuava o mesmo, apenas ela, inexplicavelmente, havia mudado... por quê?... Fechou a cômoda e entrou no banheiro.

Titin parecia ter apenas esperado por esse momento. Mal Anette sentou na banheira, e ela, latindo alto, também pulou na água fria.

— Titin!

Anette levantou-se rapidamente, deixando a banheira. Rindo tirou a cachorrinha da água, enxugou-a e colocou-a depois energicamente para fora da porta. Tia Susane não estava tão enganada quando tachou Titin de impertinente e malcriada...

Anette soltou a água marrom e suja, tomou a seguir um banho de chuveiro e deitou-se. Estava demasiadamente quente e ventava muito para passear...

CAPÍTULO XI

Victor demorara-se somente pouco tempo na redação e já voltara para casa. O retorno de Anette preocupava-o. Acima de tudo, a sua resolução de ir ao Congo não lhe saía da cabeça. "Realmente uma idéia brilhante!" pensou ele aborrecido. Depois que os próprios servos de Anette espalharam que ela odiava a África e que tinha medo dos nativos, ela queria voltar. Sob tais circunstâncias seria verdadeiro suicídio...

Que Anette estivesse arrependida, era louvável do ponto de vista dos brancos. Contudo, os nativos não possuíam nenhuma compreensão a respeito de arrependimentos. O arrependimento, portanto, era no fundo sem sentido. Mas seria difícil afastá-la de seus propósitos. Anette era teimosa, é o que sabia...

No redondo rosto de Victor, em geral tão alegre, via-se uma expressão de preocupação. No Quênia reinava uma revolta secreta. E no Congo não haveria paz por muito tempo. Um Estado congolês unido! Democracia! Belas denominações que ofereciam um som bonito. Melhor dir-se-ia anarquia em lugar de democracia... Guerrilhas tribais e política tribal... Victor enxugou outra vez a testa. Para onde olhava, só via problemas insolúveis.

Já o fato, por si, de ser odiado na Ásia e na África, podia roubar a alegria de viver de alguém. "Nós, brancos, realmente, conseguimos muito com toda a nossa cultura e nosso progresso!" pensou amargurado. "A desgraça paira como uma nuvem sobre nós."

Victor levantou-se. Lembrou-se de seu fígado. Considerações pessimistas perturbavam as funções desse órgão complicado; além disso também não conduziam a nenhum resultado. Caminhou para o bar, seguido por uma Titin molhada, e tomou uma dose dupla de licor de anis. "Só o equilíbrio é que não se deve perder!" pensou ele, tomando o segundo copo, enquanto, absorto, acariciava a molhada cachorrinha.

Quando Victor preparava um terceiro copo, dessa vez com um pouco de limão, Biruti, o cozinheiro, entrou no bar, silenciosamente como sempre, olhando calado, por algum tempo, para seu amo. Biruti nada tinha em si que o identificasse com um cozinheiro. Era magro, alto, e dava a impressão de muito ativo. Seu rosto era liso, reluzente e moreno escuro. De certo modo Biruti dava uma impressão marcial. Seu turbante vermelho sempre estava um pouco inclinado na cabeça, o que lhe dava um aspecto um tanto atrevido.

Era um wakamba, respondendo geralmente muito vagamente às perguntas sobre sua origem. Originar-se-ia de Tanga e tudo o mais não era da conta de ninguém... Sua mulher Lulu o havia deixado certo dia. Dizia-se que vivia na Rodésia, com um missionário preto. A covarde fuga de sua pérola o havia ferido profundamente. Tortura nenhuma lhe parecia ser suficientemente cruel para ambos... Encontrou então um amigo do Congo Belga. E esse proporcionou-lhe novamente o equilíbrio, dizendo que havia o suficiente de fêmeas humanas. Mais do que o suficiente. Por toda a parte...

Victor recebera Biruti havia dez anos, de um funcionário amigo do governo que fora transferido, e disso ele nunca se arrependera.

— Sim, Brillat, o que há? perguntou Victor, percebendo finalmente a presença do cozinheiro.

— A mulher de Macbeth foi encontrada morta. Com a garganta cortada! disse Biruti, fazendo um gesto com a mão para mostrar como foi cortada a garganta.

— A mulher de Macbeth? Victor olhou horrorizado para seu cozinheiro, perguntando por que haviam matado justamente essa mulher.

Biruti ficou calado. Achou tola a pergunta de seu "bwana".

— Ele anulou o pedido de dois tratores. Quero dizer, Macbeth. Escreveu que a situação dele era insegura. Pelo menos insegura demais para fazer novas aquisições.

Victor levantou-se, enchendo mais um copo do licor. Não adiantava nada. Querendo ou não, a gente era lembrado de que também era apenas um branco odiado. Macbeth era um fazendeiro do planalto dos brancos e justamente esse planalto fértil é que os nativos queriam reaver. De um lado era compreensível. Há anos haviam explicado aos nativos que esse planalto somente poderia ser colonizado por senhores brancos... Biruti achou que a garganta cortada da mulher apenas era um sinal de advertência. Nada mais. Nem se podia falar de assassínio. Victor sentara-se de novo. Estava como que paralisado.

Gostaria de perguntar de onde o cozinheiro havia obtido tal novidade. Mas sabia que não receberia nenhuma resposta a uma pergunta direta.

— Na redação nada se sabe ainda. Do contrário teriam telefonado para mim. Macbeth é um amigo de nossa família! disse ele em tom indagador.

Biruti, contudo, olhou à sua frente com seus olhos amarelados de modo indiferente, deixando silenciosamente o bar. Ao refazer-se um pouco daquela notícia horrorosa, Victor saiu e chamou o motorista. Queria ir mais uma vez à redação. Talvez houvesse chegado agora a notícia do assassínio... Também podia ser que Miguel soubesse pormenores. Ele, como todos os motoristas em Nairóbi, estava sempre bem informado... Mas Miguel, o motorista, nada sabia ainda. Ficou visivelmente sentido por não poder dar nenhuma informação sobre esse assunto.

— Os pretos sempre precisam ver sangue, do contrário não se contentam! disse com desprezo. Era filho de um goanês e de uma mulher somali, e preferia que os ingleses continuassem donos do país. Miguel era inteligente e responsável. Estava do lado dos brancos.

— O que se pode esperar dos pretos se chegarem ao poder; sim, se o Quênia tivesse um homem de visão ampla como Tschombé...

— Ainda te prenderão se continuares a trabalhar contra o movimento de libertação do país! disse Victor, cansado.

— Ingleses, belgas e outros europeus fazem parte da Canakat. Esse Moïse é um líder nato.

Quando Miguel falava sobre a política catanguesa ficava surdo a tudo o mais. Victor calou, deixando o motorista falar. Hoje não se interessava pelo partido de Tschombé nem pelo de

Katanga e nem de nenhum outro país. Gostaria de saber através de quais canais Biruti recebia suas notícias...

Na redação nada ainda se sabia. Victor foi também à sua firma e até ao escritório de um conhecido. Parecia que ninguém sabia desse novo assassinato. Voltou então para casa, sem nada ter conseguido. O vento transformara-se, nesse ínterim, em vendaval, trazendo nuvens de poeira. "Até o tempo não era mais assim como antes!" pensou com resignação, ao subir para o terraço pela escadaria coberta de pó.

Victor amava a beleza, o equilíbrio e a paz. Tudo o mais era-lhe odioso. Uma nova e diabólica substância deveria ter penetrado nos cérebros humanos, do contrário como é que as atuais condições de vida na Terra seriam possíveis. Absorto por esse pensamento, entrou em sua biblioteca acomodando-se diante da escrivaninha.

Na parede em sua frente estava pendurado um belo quadro japonês. Suspirou fundo ao se concentrar na beleza da tela. Takashi, o pintor dessa obra de arte, era seu amigo. "Além disso, uma pessoa extraordinária!" pensou Victor com um pouco de inveja. Takashi tinha a capacidade de se concentrar na pintura ou na poesia de tal forma, que pensamentos atormentadores se dissolviam praticamente em nada.

"Tal capacidade de concentração eu bem precisaria agora!" disse Victor para si mesmo. Pensar de modo abstrato e esquecer o ambiente, isso hoje em dia era necessário... Infelizmente, em relação às suas capacidades de concentração, nunca tinha sido grande coisa. Victor suspirou outra vez profundamente. Estava demasiadamente sintonizado no mundo intelectivo ocidental, havia-lhe dito o amigo japonês. Isso fora expresso mui cortesmente. Quando se despediram, Takashi entregou-lhe um livrete com poesias, ricamente encadernado. Victor gostava de poesia. Não obstante, o sentido profundo das poesias dos japoneses ou versos de duas linhas, nunca se tornaram muito compreensíveis a ele. De repente, deu uma risada e pegou um lápis. De chofre, compreendeu a poesia "econômica" do Japão. Justamente no dia em que soube do assassinato cruel, lembrou-se de um verso de duas linhas de sentido profundo e significativo:

"O sol desce, e as montanhas Ngong são pretas.".

Podia-se realmente, portanto, descrever uma tragédia humana com poucas palavras. As montanhas Ngong e o planalto dos brancos! Para os colonos brancos, o sol estava desaparecendo ali...

Victor levantou-se, deixando a biblioteca. Perguntou a si próprio onde estariam Susane e Anette... Atravessou os salões e olhou para o jardim interno; nenhuma das duas estava à vista. Ouviu então o bater da porta de um automóvel bem como o latido de Titin, e logo depois Susane já se encontrava no vestíbulo.

— Tu estavas na rua com esse vendaval? perguntou censurando. E onde está Anette?

— Anette está dormindo e não deve ser acordada. E eu estive com a família de Visram, comunicando-lhes a chegada de Anette. Rada e Sita são moças queridas, e Anette precisa de juventude em volta.

Susane tirou as luvas, e Victor tirou-lhe a leve capa de seda.

— Por que usas carros de aluguel, tendo a tua disposição aqui dois automóveis? perguntou ele irritado. Não estás em Mombasa.

— Encontrei apenas Sita! disse Susane calmamente. Contou-me do curso de enfermagem que freqüenta. Said quer juntar-se a Visram no Congo. Isto é, tão logo Visram precise dele. Sita está entusiasmada com essa idéia. E tem intenção de persuadir Anette a participar também de um curso de enfermagem...

— Que tolice inacreditável! exclamou Victor, meneando a cabeça. Sita sempre foi um tanto fantasista em suas idéias. Estou, porém, surpreso a respeito do marido dela. Aliás, como é que Said imagina a vida no Congo? E por que quer desistir de sua atividade médica aqui?

— Não posso imaginar bem Anette como enfermeira... ela deveria continuar com seus desenhos! disse Susane com firmeza. Com referência a Sita o caso é diferente. Ela quer estar junto do pai, ajudando-o.

— Talvez também queiras ir ao Congo para praticar caridade! observou Victor ironicamente.

— Por que não? disse Susane, desconcertando totalmente com isso seu irmão. Aliás, fui ver hoje mais detalhadamente o bazar. Charles realmente não é tão ignorante como pensei. Faz parte do bazar agora também uma agência de automóveis. E a drogaria com os medicamentos estrangeiros é dirigida agora pelo filho de Yu-Wei. A seção de instrumentos cirúrgicos é de fato digna de ser vista. Foi instalada por desejo especial de Visram, disse-me Sita com orgulho. Esse bazar é uma mina de ouro. Charles ainda me disse que três dos gerentes, das seções de pedras preciosas, de tapetes e de artes, foram aceitos como sócios. Visram fez questão disso...

— Visram teria bastante dinheiro também sem o bazar! observou Victor. O velho Krishna cuidou para que seu filho único não dependesse só dessa casa de comércio.

Susane tomou um copo de chá gelado de ervas, trazido por uma das copeiras, e seguiu com seu irmão para a biblioteca. Victor caminhava inquieto de um lado para outro, e decidiu contar o caso do assassinato a Susane.

— Eu não sei para onde devemos ir, se o terrorismo se alastrar mais ainda... Para Prosper em Mombasa?... Lá não será diferente daqui... Para Raimond na Indonésia?...

— Indonésia? perguntou Susane surpresa. Raimond era seu irmão mais moço. Vivia em Djakarta e era diretor de uma companhia americana de aviação. Casara-se com uma indonésia e desde então as relações entre eles não eram as melhores.

— Eu fico aqui ou em Mombasa! disse ela firmemente. Se os sangüinários se interessarem por meus ossos velhos, então que me cortem calmamente o pescoço.

— Poderíamos ir também para o Congo, instalando lá a nossa firma em nova forma! deu Victor a pensar. Dentro de um ou dois anos eles já vão perceber que nem todos os brancos são exploradores ou idiotas arrogantes.

Susane estava surpresa por seu irmão ter tomado o Congo em consideração... quem sabe, um dia talvez ela ainda pudesse viver perto de Jean.

— Estou quase acreditando que vivemos na época do fim do mundo... Tudo está se modificando... em parte alguma se tem mais sossego e paz! disse ela suspirando.

Victor sentou-se diante da escrivaninha com o olhar fixo novamente na pintura japonesa.

— Fim do mundo? perguntou ele um tanto absorto... O mundo não sucumbirá, quando muito sucumbiremos nós, seres humanos...

— Desfaz tua firma. Temos o suficiente para viver! disse Susane, levantando-se. Estou com fome e também já está na hora de comer.

Victor permaneceu sentado ainda alguns minutos. Sua irmã era digna de admiração. Nem o pescoço cortado da pobre senhora Macbeth havia-lhe tirado a calma. Sempre tinha sido corajosa, apesar de seu bom coração... mas agora... Nairóbi tornava-se odiosa para ele... de repente, lembrou-se de que Susane nada dissera quando ele mencionara o Congo. Ela não apresentara nenhum de seus argumentos usuais... portanto, não mais parecia considerar o Congo tão quente e cruel... Victor sorriu e levantou-se. Jean exercia, sem dúvida, uma especial força de atração sobre ela...

Susane já estava sentada à mesa de jantar, comendo uma tigelinha de cenouras raladas, quando Victor sentou-se à sua frente. Ele não tinha a mínima vontade de comer. A notícia do assassinato pusera em desordem todo o seu aparelho digestivo. O boy ofereceu-lhe uma bandeja com "hors d'oeuvre", mas Victor recusou mal-humorado. Depois veio Biruti com uma terrina de prata tampada. Tinha preparado um assado de ovelha, prato predileto de seu amo.

O bwana tinha de comer e tomar um copo de vinho, então a mulher morta de Macbeth não mais pesaria no fígado dele. Foi e continuava sendo um enigma para Biruti, por que justamente os brancos tinham idéias tão exageradas sobre o valor de uma vida humana... "eles que possuíam armas tão sofisticadas!" pensou, ao levantar a tampa para que o amo já pudesse saborear o assado com o nariz.

A fisionomia de Victor clareou um pouco ao ver seu assado predileto. Biruti podia ser equiparado aos melhores cozinheiros da Terra... apenas era uma lástima ser tão impenetrável. Lançou um olhar de esguelha para Susane, pensando que talvez sua irmã tivesse razão ao afirmar que ele não sabia que tipo de pessoa tinha em casa.

— Algum dia ficarás estendido na cama decapitado! era sua expressão predileta. Não lhe restaria, pois, outra coisa do que, dali em diante, controlar melhor a criadagem. Conhecia, contudo, todos eles... O criado de casa era um mestiço swahili do litoral. Viera para Nairóbi com uma carta de recomendação de Prosper. O nome dele era Kaninu, mas Victor chamava-o de Jerri. Tinha ainda as duas moças somalis, mas essas jovens nem contavam... e os outros criados?...

— Sobre o que estás meditando tão absorto? perguntou Susane curiosa. Tomaste três copos de vinho em seguida! acrescentou repreensivamente.

— Pensava apenas em Jerri! respondeu um tanto absorto.

— Queres dizer Kaninu! acentuou ela aborrecida. Por que te preocupas justamente com ele? Sou de opinião que esse boy é o único em quem se pode confiar em tua casa.

Ao ouvir as palavras de Susane, Kaninu sentiu-se lisonjeado. Lembrar-se-ia delas, um dia, quando fossem ajustadas as contas com os brancos... Por acaso ele hoje servira a mesa. Os dois outros boys — eram kikuyus — haviam solicitado uns dias de folga... provavelmente tinham de fazer serviços de mensageiro para o seu partido... "África para os africanos... Uhuru na Kenyatta!..."

Foi servida a sobremesa. Havia uvas e bolos de tâmaras com creme. Titin, como sempre, chegou correndo e latindo alto. Atrasara-se, mas seu amozinho decerto não a tinha esquecido. Dessa vez veio sozinha. Kufi, seu adversário, recebia nesse momento seu jantar. Ele sempre podia comer do prato do seu senhor...

— Aqui, sua gorducha! Titin engoliu três bolos de tâmaras. Gordura para lá — gordura para cá... Ela gostaria ainda de um quarto pedaço. Mas tia Susane aborreceu-se, falando sobre o mal que a gordura fazia ao coração... Terminado o jantar, Victor tomou Titin no braço e saiu com ela para o jardim. Anette não aparecera. Estava, portanto, dormindo profundamente. Susane seguiu o irmão. O vendaval acalmara-se, e os boys já tiravam o pó dos terraços.

Victor olhou melancolicamente para as folhas esfiapadas das palmeiras e para os galhos quebrados da figueira de Java. Os oleandros e os arbustos de mirtos pareciam como que depenados. O vendaval fizera bastante estrago no parque ajardinado em volta da casa. Susane caminhava entre os canteiros de flores, olhando pesarosamente a destruição. Galhos, folhas e pedaços de papel cobriam o bem tratado gramado.

— Muito vento, e um vento ruim vindo do deserto! disse Tippu, o jardineiro. Susane assustou-se ao olhar fixamente para o homem. Parecia-lhe que ele se alegrara com o seu susto. Contudo, ela podia ter se enganado. Não obstante... não gostava desse empregado também.

"Ele tem duas caras!" pensou irritada. O jardineiro pegou algumas romãs do chão e levantou algumas samambaias. Tudo o mais faria no dia seguinte, junto com os boys. Susane acenou com a cabeça. Ele não deveria perceber que desconfiava dele. Sob as circunstâncias reinantes, isto poderia tornar-se perigoso... Deixou o jardineiro e voltou para a casa. Sua coragem e confiança ficaram bastante abaladas ultimamente. Sempre pairava um perigo indefinível no ar. Não era palpável, mas existia. Atravessou lentamente e pensativa o grande hall, o salão de música e a pequena sala de jantar; a seguir abriu a porta da copa, olhando a cozinha. O cozinheiro outra vez havia saído. Gostaria de saber para onde ele ia diariamente ao anoitecer. Saiu no terraço dos fundos e olhou ao redor. E aí... um grito horripilante recebeu-a... "Mammaweee... Mammaweee..." crocitava e roncava para ela.

Esse papagaio miserável!... Quantas vezes esse animal já a assustara... O que mais gostaria era de torcer o seu pescoço... mas nem isso hoje em dia a gente tinha a liberdade de fazer. Seguiu irritada para o pequeno salão, sentando-se numa poltrona de encosto alto; o grito "Mammaweee" do papagaio ainda a perseguia, mesmo quando abriu a Bíblia, começando a ler.

Victor ainda passeava no jardim, olhando os estragos. Depois ficou observando o jardineiro que amarrava habilmente algumas plantas. Esse homem era rápido e eficiente. De qualquer forma muito melhor do que o anterior. Já fazia três anos que o jardineiro se encontrava na casa, e Victor estava sobremaneira contente com ele. Lembrou-se de como Biruti o trouxera para a casa e como descrevera com imagens as mais vivas, as capacidades de jardinagem de Tippu. A aldeia natal de Tippu situava-se, pretensamente, no lado oeste do lago Tanganica. Podia ser verdade. Alguns nativos, pois, migravam como nômades de um lugar para outro. Os dois ajudantes do jardineiro eram do Quênia. Um era um barsingo e o outro um kikuyu.

Lembrando-se das advertências de sua irmã, Victor tentou recordar-se do que realmente sabia de sua criadagem. Exclusivamente rapazes eficientes e trabalhadores, pensou consigo mesmo. Por que deveria desconfiar dessas pessoas? Há anos estou sendo servido a meu contento... E por que devo amargurar com desconfiança os últimos anos de minha vida?... Não acontecia tudo como estava escrito?... Biruti, decerto, soubera do assassinato pelo serviço de informação dos nativos. Era esse o mistério todo...

Victor deu ao jardineiro ainda algumas instruções para o dia seguinte, seguindo depois, todo contente consigo mesmo, o caminho do terraço do lado sul. Nada podia reclamar de sua criadagem. Susane teria de compreender que desconfiança não melhoraria as relações com os nativos.

Tippu seguiu silenciosamente seu amo. Victor parou, levantando um vaso de flores que caíra.

— Grande vento, vento ruim! murmurou Tippu, juntando os cacos. Vento vem do deserto... Ali muita fumaça e muitas mortes!

— Do deserto? perguntou Victor surpreso. O vento também pode vir do lado do mar... Tippu fez um gesto negativo.

— O vento vem do deserto... vento ruim.

Victor parou, olhando intrigado para seu empregado. Por que falara com pronúncia tão esquisita?... Lembrou-se de repente das experiências atômicas dos franceses no Saara. Naturalmente, foi a essas experiências que Tippu se referiu. Essas experiências atômicas, provavelmente, apenas vinham muito a propósito para os africanos. Seu ódio ganhava novo alimento.

— Pois bem, decerto tens razão! disse Victor. Poderias trabalhar no nosso jornal como transmissor de notícias. Sabes mais e tudo antes ainda do que nossos melhores repórteres!

Tippu olhou orgulhoso à sua frente. Seu amo tinha razão. Os homens de cor sabiam agora muitas coisas...

— Mas pega agora tua bicicleta e vai para casa. Tens um caminho longo ainda. Traz amanhã dois ajudantes extras. Há muito trabalho no jardim devastado! disse Victor, subindo a seguir os degraus do terraço.

Susane ainda estava tão concentrada em sua Bíblia, que nem levantou o olhar quando ele passou pelo salão em direção à sala de música. Não se via Anette em parte alguma. Portanto, estava dormindo ainda. Victor sentou-se ao piano e começou a tocar.

Titin enrolara-se aos pés dele, "deleitando-se" visivelmente com a apresentação musical do "amozinho".

Biruti, ou Brillat, como era chamado por Victor, entrou no salão de música, colocando a costumeira bebida noturna numa mesa. A bebida era uma mistura de vinho, suco de frutas, ervas e condimentos de excelente sabor. A composição só era conhecida pelo cozinheiro. Até Susane pedia às vezes essa bebida, na suposição errônea de que não contivesse álcool. Victor deixou-a com tal opinião, pois achou que ela necessitava de vez em quando de algo animador. Susane tinha setenta anos... que mal podia fazer um pouco de álcool?...

Anette, ao descer na manhã seguinte, foi cumprimentada por Susane, Victor e Titin.

— Percebe-se que dormiste bem e bastante! exclamou Victor ao encontrá-la. Pareces até proibitivamente bela. Ele beijou com um suspiro as pontas dos próprios dedos, arrumando a cadeira dela. Anette abraçou Susane, dando a seguir palmadinhas em Titin.

— Nunca na minha vida dormi tão bem! disse sorrindo.

— Enquanto dormias, minha irmã arquitetou planos. Aliás, planos extravagantes.

— Planos? Que planos? quis Anette saber.

— Tenho vontade de voar para Kivu! disse Susane. Quero rever Tobias, bem como Amrita e as crianças.

Anette concordou imediatamente. Kivu? Seria bom viajar para lá. Mas como Tobias a receberia?... Na fazenda dele havia paz e ainda se podia sonhar, afirmava sempre Jean. É uma oportunidade inesperada para mim! dizia Anette para si mesma. Quem vai junto com Susane visitar Tobias, sempre será bem-vindo. As perspectivas para o futuro eram promissoras.

Victor observava Anette como que fascinado. Aliás, desde o início ela o fascinara.

— Se eu fosse trinta anos mais jovem, então não te deixaria viajar sozinha! disse ele pesarosamente. Teu aspecto desperta em mim sentimentos românticos latentes!

— Isto eu conheço! observou Susane sem nenhum vestígio de romantismo. Homens acima dos cinqüenta freqüentemente têm idéias as mais malucas. Penso que dentro de uma semana poderíamos viajar! acrescentou ela, dirigindo-se a Anette. Victor ainda queria fazer uma observação mordaz, mas Tofiki, o primeiro boy da cozinha, já estava chegando com o carrinho do café da manhã. Anette concordara alegremente. Se dependesse dela a viagem logo poderia realizar-se. Sentia-se feliz e livre. O desânimo das últimas semanas havia desaparecido como que levado pelo vento.

Tofiki arrumou a mesa, relatando os danos causados pelo vendaval do dia anterior.

— Os seres humanos com as bombas atômicas mandaram vendaval ruim! disse ele com ar impassível.

— Bombas atômicas? Tudo hoje em dia é sem sentido e sem razão! murmurou Susane para si mesma. Anette continuava a olhar em seu feliz encantamento para o jardim interno. Mesmo a idéia das bombas atômicas não penetrou em sua alma...

Titin veio celeremente, seguindo pelas arcadas, e quase pulou no colo de Victor. Ela farejou o seu prato, olhando-o esperançosa. Depois do primeiro bocado, começou a rosnar zangada, olhando fixamente para o carrinho ali perto. Logo a seguir, correu em volta do carrinho, dando uma mordida furiosa na extensa toalha de rendas que pendia amplamente para baixo. Estava farejando seu inimigo. Um tanto amedrontado, Kufi estava sentado na prateleira de baixo, gritando com ruído grasnante e o mais alto possível: "Titin! Titin!". Viajar no carrinho era um dos maiores divertimentos do papagaio. Agora, contudo, gostaria de sair de seu esconderijo. Titin parecia saber disso. Pois em cada direção onde Kufi fazia uma tentativa, a cachorrinha já se achava espreitando, pronta para mordê-lo.

Depois de alguns minutos, Biruti veio em auxílio do seu queridinho. Enquanto Tofiki segurava Titin, ele pegou Kufi, colocando-o no ombro. Agora Kufi estava outra vez por cima. E gritava com visível prazer, alternadamente: "Susane! Titin!".

Anette riu e Victor observara divertido a cena. Apenas Susane estava sentada contrariada. Não gostara nada disso.

— Aposto que o cozinheiro o ensinou a gritar meu nome, disse irritada. Esse sujeito já há anos me aborrece.

— Fica quieta! Tofiki poderá voltar a qualquer momento, tranqüilizou Victor sua irmã. Susane tinha de repente uma fisionomia doente e cansada.

— Desculpem-me. Sei que é ridículo da minha parte aborrecer-me tanto por causa desse bicho bobo. Mas esse homem com os olhos amarelos...

— Deixa. Já te compreendo. Victor deu palmadinhas na mão de sua irmã, enchendo a xícara dela com café.

— Olha, ele nunca esquece teus biscoitos prediletos!

Susane suspirou, começando a comer com bom apetite. O café da manhã nas arcadas era a sua refeição preferida. Victor sempre estava presente e de manhã comia realmente bem. Em Mombasa ela ficava sozinha à mesa. Prosper tomava apenas uma xícara de café preto, desaparecendo logo nos seus navios. Ele não tinha o menor interesse pelas comodidades da vida.

Victor olhou para seu relógio e levantou-se. Tinha de ir ao escritório. Infelizmente...

Encheu a mão de bolo e de migalhas de pão, jogando-os no tanque dos peixes; deu alguns conselhos a Susane sobre como ela e Anette poderiam passar o dia, saindo a seguir.

— À noite podemos ir ao clube! exclamou ainda do hall de entrada.

— Clube? Susane tinha na cabeça outro programa para Anette...

Os dias que se seguiram passaram para Anette como que voando. Visitou Rada e Sita, percorrendo com elas durante horas seguidas o extenso bazar. Anette comprou na seção de joalheria um valioso broche com pérolas e ametista para Amrita e um xale indiano para tia Susane. Várias garrafas do mais fino licor para Tobias e para Victor. Ela própria recebeu de Rada e Sita dois saris. Um era azul-claro, tendo as bordas prateadas. Outro era de um tecido fino e precioso, de cor branca com enfeites dourados.

Charles, o filho de uma meia-irmã de Visram, cortejou ardorosamente Anette. Ao saber que estava divorciada de Jean, queria logo desposá-la... Convidou-a para passeios de automóvel, os quais cautelosamente ela não aceitou. Victor alegrou-se por ela não entrar em contato mais íntimo com o jovem. Segundo sua opinião, Charles era demasiadamente materialista. E caso Anette quisesse passear de automóvel, ele mesmo a levaria de muito bom grado... Em relação aos clubes não dava certo mesmo. Anette detestava-os. Podiam ter os nomes que quisessem. Ficavam, assim, a maioria das noites em casa, fazendo planos de viagem.

— Kivu é bonita! Porém eu gostaria de conhecer mais o ex-Congo Belga! disse Susane disposta.

— Querias ir a Elville, tia?

— Elisabethville é uma cidade. E as cidades são em toda a parte iguais. Para ver massas humanas e aspirar cheiros desagradáveis estou velha demais. Pensei na reserva florestal onde Victor esteve anos atrás.

— Não sejas absurda! interrompeu Victor a irmã. Há cinco anos tal excursão ainda teria sido possível. Mas hoje?...

— Kivu é bonita. Ali tem montanhas e lagos! disse Anette, entrando na conversa.

— Sem dúvida é bonita. Mas Victor tornou-se quase poeta quando, anos atrás, me descreveu essa região selvagemente romântica que ele percorrera. Vulcões, plantas raras e gigantescas montanhas fendidas...

— Por que não vais escalar logo o Ruwenzori? perguntou Victor ironicamente. Não apenas achava a irmã absurda, como também cabeçuda.

Mesmo na mais negra África, nós, brancos, não somos mais deuses intangíveis! disse ele irritado.

Susane possuía o duvidoso talento de considerar todo o desagradável como inexistente.

— Podes viajar para teu Adônis português. Transmitirei vossa chegada lá pelo rádio.

Susane calou. No fundo de seu coração estava contente por Victor deixá-la viajar. Também Anette estava contente. Uma vez em Kivu, tudo o mais se resolveria. Talvez até visse Visram um dia... A esperança de um reencontro iluminava seu mundo de pensamentos como um róseo vislumbre de luz. Jean estava esquecido. Os cinco anos que estivera casada com ele trouxeram-lhe o nítido reconhecimento de que seus espíritos haviam permanecido estranhos um ao outro... e o resto decerto não bastava. No entanto...

não se dizia que os matrimônios são contraídos no céu? Como se devia entender isso? Confusa, ela afastou tais pensamentos. Sobre isso, um dia, teria de falar com Visram...

— Já que o vosso programa de viagem está pronto, irei até o clube! disse Victor, tomando mais um copo de vinho.

— Não compreendo por que chamas de "clube" a tua dançarina de ventre! disse Susane censurando, quando Victor com um cômico levantar de olhos, deixou o salão rapidamente. Anette acenou divertida. Por que ele não poderia ter uma dançarina de ventre, se isto o divertia?...

— Caso o "clube" não te sobrecarregar demais, gostaria que desses ainda hoje a notícia a Tobias. Victor voltara mais uma vez, dizendo para Anette que não tomasse demasiadamente ao pé da letra as palavras de sua irmã.

— Ela sempre exagera!

— Não é a dançarina que me preocupa! disse Susane, quando ele já havia saído. Aliás, ela sai bastante caro para ele... Não... não é isso... É a família de dez membros com seu vasto parentesco que ele tem de alimentar. Além disso, ocorrem nessa família constantemente casos de doenças e de morte. Não sei quantas despesas de hospital e enterros meu irmão já pagou. De acordo com o dinheiro gasto, cada membro dessa família já deveria ter morrido três vezes...

— Realmente, isto é demais. Mas o que o tio deve fazer? Decerto gosta da moça! observou Anette. Susane não respondeu. Colocou o dedo sobre a boca advertindo, e a seguir inclinou-se para a frente, escutando.

— Não estás ouvindo? De novo está espionando! cochichou ela.

Anette levantou-se, indo até o salão de entrada. Não se via ninguém. Depois viu uma bandeja com xícaras e doces numa mesa. Tia Susane, portanto, tinha razão.

— Também não é por causa da numerosa família que estou preocupada. Victor é bastante rico para fazer tudo isso! declarou Susane calmamente. Vi a moça conversando com Biruti! Foi numa exposição de flores há algumas semanas. Fizeram como se estivessem olhando folhagens ornamentais. Eu, porém, os observei muito bem.

Anette olhou surpresa para Susane.

— Como é que conheces a dançarina? E por que ela não deveria falar com Biruti?

— A moça vinha muitas vezes aqui. Veio tanto, até que um dia suas visitas se tornaram demais para mim. Ela dança numa boate. Na Orelha de Ouro ou algo parecido... Não guardo os nomes de tais espeluncas. Chama-se Zulmira. Susane calou-se, continuando a falar depois em tom baixo.

— Não confio nela... tampouco confio no cozinheiro. Sou da opinião que ele é um espião dos homens Mau-Mau.

Anette recuou apavorada, olhando incrédula para Susane.

— Isto não é possível. Ele já está aqui há tanto tempo! Por que tio Victor não o despede, se tens tal suspeita?

— Biruti cuida bem dele... e além disso, há ainda Jean. Biruti com seu coração preto parece gostar muito de Jean!... Não precisas ter medo. O cozinheiro, terminantemente, não visa Victor! disse Susane cochichando.

Anette estava sentada como que atordoada. Como é que se podia conservar em casa uma pessoa tão sinistra?...

— Não mostres a Biruti que suspeitamos dele! advertiu Susane. Eu já falei a Victor que seu cozinheiro está fazendo da nossa casa um centro de espionagem... Ele pôs de lado minhas advertências, como sendo utopias. Desde que meu irmão julga ser adepto do Profeta, já várias vezes deu-me a entender, com ares de um monge tibetano, que ninguém pode escapar de seu destino...

Susane colocou o dedo nos lábios e levantou-se.

— Estou cansada e vou me deitar! disse ela depois bem alto. Anette acenou com a cabeça para ela, compreendendo. Certamente calaria. Além disso, não estava acreditando que Biruti fizesse algo contra a família Balmain. E Zulmira?... Bem, a moça interessar-se-ia somente por um Victor vivo. E ainda por cima sendo tão mão-aberta. Onde encontraria um segundo Victor?...

Anette sabia ou sentia que Susane tinha razão de suspeitar... Pois também para ela o cozinheiro tinha algo de sinistro. Contudo, havia suprimido a sua aversão. Dessa vez estava firmemente decidida a não mais considerar os nativos como inimigos. Eram seres humanos como ela mesma, embora de outra espécie. Tinham de ser avaliados com medidas africanas...

Anette foi até o salão de música. Pegou alguns cadernos de músicas e os folheou. As músicas, contudo, não combinavam com a sua disposição de ânimo. Recolocou os cadernos no lugar e tocou alguns acordes no piano. Recordou-se, então, de uma melodia que combinava com a sociedade terrorista. A "Dança Macabra" de Saint-Saens. Tocou a melodia de cor, esquecendo o tempo, como sempre, quando sentada ao piano. Depois de Saint-Saens passou para Chopin e Beethoven. Quando finalmente terminou já havia passado da meia-noite.

Anette deixou o salão de música, olhando amedrontada ao redor. Chamou a si mesma de pueril e covarde. Mesmo que Biruti fosse um homem Mau-Mau... Qual seria o seu interesse nela? Não possuía terras nem tinha a intenção de ficar no Quênia... Contudo, os fantasmas do medo, que investiam contra ela, eram mais fortes do que todos os argumentos da razão. Como que açulada, correu para seu dormitório, trancando com mãos trêmulas a porta... Depois ficou deitada sem dormir, escutando os muitos ruídos da noite. Será que tinha sido certo da parte dela voltar à África?...

Por causa de Biruti, Anette poderia ter dormido sossegadamente. Junto com muitos outros, ele esteve sentado até a madrugada num barracão semicaído situado no bairro swahili, confabulando com um homem chamado general Cairo. Por volta das cinco horas da manhã voltou para a casa do seu patrão, carregando uma cesta com verduras. Susane, que abria nesse momento a porta do seu terraço, a fim de tirar proveito do sol matutino, ainda o viu desaparecendo atrás das garagens.

— Realmente me interessaria saber por onde ele perambulou durante a noite toda! murmurou para si, acomodando-se numa cadeira preguiçosa.

Anette acordou pelas seis horas de um sono inquieto. Sonhara que alguém chamara seu nome. Diversas vezes, bem alto e insistentemente. Havia seguido tal chamado, encontrando-se de repente diante de Abu Ahmed, o velho berbere, tão venerado por Jean e seus amigos. Ele usava um manto preto, mas seu turbante e sua roupa eram de um branco ofuscante. Sorria amavelmente para ela, levantando a mão, como que para uma saudação; depois se retirou, e ela acordara com o ruído de um avião que passava nesse momento baixinho por cima da casa.

Enquanto Anette se vestia, refletia sobre esse sonho. Conhecia o velho sábio apenas superficialmente, não obstante esse sonho a assustara, comovendo-a ao mesmo tempo profundamente. Talvez tenha magoado esse homem sábio também... disse para si arrependida, ao refletir sobre esse vulto. Abu Ahmed, talvez, viesse a Nairóbi, trazendo notícias de Jean!

No café da manhã, Anette contou esse impressionante sonho.

— Abu Ahmed! exclamou Victor. Talvez ele se encontre a caminho para cá. Tem muitos amigos no Quênia. Também Yu-Wei era amigo dele. O pai Ahmed, decerto, é o único ser humano vivo que conhece todas as formas de religiões atuais e, parcialmente, também as do passado. Sim, de cada uma delas ele tirou o melhor para si. É estranho. De acordo com os meus conhecimentos, esse homem idoso estudou direito em Londres no século passado. Também exerceu tal profissão durante alguns anos. E por volta de 1900 viajou com uma expedição inglesa para Lhasa, no Tibete. Ali permaneceu alguns anos. Segundo o que Visram me disse, foi lá que estudou a fundo o lamaísmo e todas as crônicas dos templos. Também esteve em Medina durante vários anos como juiz. De certo modo era pessoa de confiança dos sunitas. Durante seus últimos anos de vida, sempre atuou de modo neutralizador entre brancos e gente de cor. Muitos assassinatos deixaram de ser praticados. Os senhores das colônias muito devem a ele.

— Sonhei hoje mui nitidamente com Jean! interrompeu Susane seu irmão. O sábio pouco a interessava. Era uma espécie de judeu errante. Mas Jean...

Victor levantou-se. Não tinha tempo para se ocupar com sonhos. Aconteciam coisas muito mais importantes no mundo. À noite ainda estivera na redação, lendo os relatos sobre a Argélia. A questão da Argélia ainda acabaria de modo pouco glorioso para a França, se o chefe do governo não mudasse de tática. O sistema do colonialismo estava, pois, no fim. Quando Victor se dirigiu ao seu automóvel, Biruti esperava-o ao lado da porta.

— Abu Ahmed deixou a Terra, tendo voltado para os espíritos bons! disse ele com expressão indiferente no rosto.

Victor olhou-o fixamente durante um momento.

— O que estás dizendo, Biruti? Entendi direito? O cozinheiro acenou com a cabeça, confirmando.

— Ele foi o pai de nós todos! disse baixinho, seguindo cabisbaixo pelo caminho do terraço. Victor ficou parado, seguindo Biruti com os olhos. Abu Ahmed tinha sido uma espécie de santo ou feiticeiro também para os nativos do Quênia. Mas de onde o cozinheiro sabia do falecimento do velho? Podia ser que o sábio estivesse no Quênia e que Biruti fosse informado pelo usual sistema de informações. De qualquer forma era necessário aguardar para ver se tal notícia era certa... Logo a seguir, Victor lembrou-se de que até agora todas as informações de seu cozinheiro tinham sido corretas. Também o assassinato da mulher de Macbeth foi comprovado... Abriu a porta do automóvel, e ficou parado ao lado, hesitando. Deveria comunicar a morte de Abu Ahmed a sua irmã e a Anette? Seria melhor não fazê-lo. Susane perguntaria logo de onde Biruti tinha recebido tal notícia...

Quando Victor saiu, Susane e Anette, acompanhadas por Titin, fizeram um passeio matutino. Passeavam pelo jardim. O jardineiro e seus ajudantes haviam trabalhado bem. Quase não se via mais nada das devastações do vendaval. Todas as plantas brilhavam com frescor à luz do sol da manhã. Susane submeteu suas queridas plantas de folhas ornamentais a um exame especial. Depois seguiu Anette que já saíra e ficara esperando na rua. Susane, absorta em pensamentos, vinha descendo a rua, mas Anette com exclamações de admiração parou diante de vários jardins. A sinfonia de cores dos arbustos floridos e das flores entusiasmava sua alma de artista, e ela, como já tantas vezes acontecera, pensava que as obras de arte da natureza eram inimitáveis.

Susane estava preocupada com seu sobrinho Jean. Era-lhe incompreensível que Anette não quisesse mais nenhuma união com ele. Jean, decerto, estava sofrendo com tal separação... e seria fácil, nesse estado, cair nas mãos de qualquer dançarina vulgar. Por outro lado, a franqueza e seriedade de Anette haviam conquistado seu coração. Isto é, a jovem mulher havia apelado ao seu senso de justiça... Susane observava furtivamente Anette. Estava mais bonita do que nunca. E o vestido azul-claro ficava especialmente bem para ela.

— Tia Susane, vê como é bonito este galho! Eu o pintarei à moda chinesa! Anette estava parada diante do portão de uma casa vizinha com um galho de mirto na mão. Uma jovem inglesa cortava mais alguns galhos, entregando-os sorridente a ela. Reconhecera Anette, convidando-a para uma visita. Susane, nesse ínterim, caminhara um pouco mais além e ainda tão absorta em pensamentos, que nem notara o osso malcheiroso que Titin carregava ao seu lado.

Numa travessa Susane parou. Viu as inúmeras crianças com suas pagens morenas e pretas, os vendedores de frutas e de refrescos. Anette olhou interessada para os vendedores que ofereciam suas mercadorias com vozes agudas e chocalhos. Era quase como num bairro residencial elegante de Elville...

— Chega de passear! disse Susane abanando-se com seu leque. Não continuas sentindo o cheiro de poeira no ar?

Anette confirmou algo distraída. Sem dúvida estava ficando quente, e o ar continuava cheio de pó.

Susane sentou-se, respirando fundo no terraço sul, tirando da cabeça seu chapéu de palha. Anette dirigiu-se ao seu quarto a fim de escrever cartas, e Titin deitara-se com o osso podre no gramado, começando a roer prazerosamente. Os ossos de Biruti não cheiravam tão bem como o seu próprio achado...

Maud, uma das meninas somalis, chegou ao terraço trazendo para Susane uma xícara de chá frio de ervas. Esse chá tinha sido composto ainda por Yu-Wei. Era um pouco amargo, mas Susane tinha uma preferência especial por essa "bebida amarga", conforme Victor, brincando, a chamava.

— Miss Marga foi declarada a moça mais bela de Nairóbi por ocasião do último baile do clube! contou Maud, enquanto aguardava que Susane tomasse sua xícara de chá.

— Bela, porém estúpida! foi a sentença de Susane. Essa miss Marga visitara-a diariamente quando soube que Anette tinha voltado para a Europa. De acordo com o gosto de Susane, miss Marga demonstrara muito abertamente que de bom grado estaria disposta a consolar Jean.

— E turistas têm sido atacados por leões! continuou Maud a falar. Susane meneou a cabeça, um pouco incrédula. Pela primeira vez tomava conhecimento de ter acontecido algo assim com turistas.

— Sim, por leões, e mister Owen acha que os animais ficaram irritados.

— No parque Serengeti sempre todos os turistas estiveram seguros... enfim não se pode desaprovar os leões, se estão fartos dos perturbadores humanos! observou Susane sarcasticamente.

— E mister Zeno despediu seu segundo boy da lavanderia, por se dar ares de importância! continuou Maud, colocando a xícara vazia na bandeja. Susane não perguntou por que ele se dava ares de importância. Provavelmente o boy dera a entender que em breve não mais lavaria a roupa suja dos brancos. "África para os africanos!..."

Susane inclinou-se para trás, fechando os olhos. Estava esperando que Maud agora saísse. A moça, contudo, ainda não terminara com as novidades.

— Desapareceu outra vez uma moça branca! disse ela misteriosamente.

— Os pais, pois, deveriam ter cuidado melhor da moça, então, com certeza, ela não teria desaparecido! disse Susane irritada. Maud a contragosto virou-se para sair. Gostaria de continuar a relatar, mas a ama estava visivelmente cansada e sonolenta. Virou-se, entrando silenciosamente na casa.

CAPÍTULO XII

Susane adormeceu logo. Isto lhe acontecia agora freqüentemente. Pois com seus setenta anos o corpo tornava-se mais preguiçoso. Contudo, já depois de poucos minutos acordou de novo. Sonhara com um animal morto, cheirando horrivelmente. Estranhando, aspirou o ar. O sonho acabara, mas o mau cheiro parecia ter permanecido. Levantou-se enojada, quase tropeçando sobre o osso podre de Titin. Agora estava a par do caso. Logo depois passou um boy do jardim, rindo, com a cachorrinha de olhar repreensivo nos braços, dirigindo-se à parte posterior do jardim. Muita água e sabão deixariam Titin novamente em condições de entrar num salão.

Susane e Anette, um pouco mais tarde, comeram frutas e galinha fria. Victor, como sempre, almoçava na cidade. Depois do almoço Susane logo foi para o seu quarto. Ainda se sentia muito fraca. Anette sentou-se com seu bloco de desenhos na arcada, começando a desenhar o galho de mirto. A vontade de desenhar não era muito grande, pois sentia-se irrequieta e como se estivesse com febre. Depois de algum tempo levantou-se, contemplando o desenho. Não gostou. Deixou o lápis, caminhando pelo jardim interno. De vez em quando olhava para a entrada, como se esperasse algo; o que, no entanto, aguardava, não sabia.

De repente, Visram se encontrava na porta que conduzia ao jardim interno. Ele a olhou, e o tempo parecia ter parado. Finalmente se adiantou com passos rápidos, estendendo-lhe a mão.

— Anette, estás aqui? perguntou ele com voz baixa. Sentira-se como que atingido por um choque elétrico, ao vê-la tão inesperadamente diante de si. Anette deu-lhe a mão, contudo não conseguia pronunciar nenhuma palavra. Como que atordoada pela felicidade, estava diante dele, olhando-o. Parecia-lhe mais alto e mais magro do que o tinha na memória. Segurando a mão dela, ele olhou para baixo semi-atordoado e perscrutando. "Anette aqui?... O que significava isto?..."

Enfim Anette se controlara a ponto de recobrar a voz. Retirou a sua mão da mão dele, oferecendo-lhe uma cadeira. Visram seguiu-a lentamente até as cadeiras do jardim, sentando-se. Estava confuso e perplexo devido à alegria desenfreada que sentira ao revê-la repentinamente. O que acontecera com ela?... Parecia-lhe diferente, porém muito mais atraente que antes. Depois certificou-se das perguntas dela, respondendo um tanto distraído.

— Sim, chegamos há pouco de Kivu. Jean, Justin, Fátima e a pequena Mumalee. Fátima teve um esgotamento nervoso, eis por que Jean e Justin logo a levaram para os parentes dela no bairro dos somalis. Jean em breve estará aqui. Eu apenas passei para avisar tia Susane. Ela poderia ter um enfarte, vendo seu querido tão inesperadamente à sua frente.

A expressão no rosto de Anette anuviou-se. Pois Jean já se achava a caminho. Deveria dirigir-se a Susane, a fim de lhe transmitir a novidade. Anette levantou seu olhar. Visram estava sentado cabisbaixo diante dela, olhando de modo tão esquisito, quase que resignado, para a frente. Percebeu que a camisa cáqui dele estava amarrotada e cheia de manchas de óleo, e os cabelos castanho-escuros estavam cobertos de pó. Ela juntou as mãos como que numa súplica muda. Por que estava ele sentado diante dela, tão rígido e inexpressivo. Poucos minutos antes havia brilhado a alegria em seus olhos ao revê-la... e agora parecia tê-la esquecido?...

A segurança de Visram sofrera um pesado golpe. Sempre se sentira livre, independente em relação as mulheres. Nunca elas tiveram um significado especial ou mais profundo em sua vida. Ele era indiano. Mulheres européias ou americanas sempre lhe causavam repulsa por causa de sua persistência e falta de sentimento... Quando porém, hoje, reviu Anette, constatou assustado que estava enganado. A herança de sua mãe, o sangue dela, era mais forte do que a de seu pai. A alegria sobrepujante que tomou conta dele nesse momento ao rever Anette... Nunca havia sentido algo assim. Viajando com ela, há meses, de avião para Nairóbi, o medo e o desamparo dela haviam-no atingido profundamente.

Isso, contudo, apenas despertara seu interesse de médico, pois medo e fraquezas humanas eram, para ele, apenas sintomas, nada mais. Mas hoje?... "Hoje chegou o momento em que pude sentir as ligações de amor que me unem a Anette. Ligações de uma vida terrena passada!" disse Visram para si mesmo. Tudo na vida tem o seu tempo e sua hora... Visram ergueu a cabeça, levantando-se. Anette também levantou-se, olhando-o surpresa.

— Voltarei à noite! disse ele brevemente, deixando logo a seguir o jardim interno e dirigindo-se ao táxi que o esperava.

Anette sentara-se de novo e seus brilhantes olhos azuis encheram-se de lágrimas. Não entendia por que Visram se modificara tanto de um minuto para o outro. E agora saía sem olhar para ela. Será que nunca poderia entender um indiano?... Será que o amor poderia transpor diferenças raciais?... Ela o amava. Isto havia reconhecido como que num relâmpago, quando se encontrava diante dele. E o que importava, se ele não correspondia a seus sentimentos?... Pelo menos vivia no mesmo mundo que ela... Enxugou as lágrimas, dirigindo-se a Susane.

— Estás te aborrecendo certamente? perguntou a velha senhora, quando Anette sentou-se a seu lado no divã.

— Pelo contrário! Tenho o pressentimento de que hoje receberemos visitas! disse Anette cautelosamente. É que talvez venha Jean!

— Jean? Susane levantou o olhar com alegria esperançosa. É possível, pois sonhei nitidamente com ele. Toca a campainha, minha filha, eu preciso do meu chá calmante. Meu coração não quer mais trabalhar direito ultimamente. Pensei que fosses mais inteligente do que eu, não acreditando em pressentimentos.

— Mais inteligente? Não sei, tia; toda a minha inteligência pouco me adiantou até agora. Pelo menos ela não me tornou feliz! disse Anette melancolicamente. Susane pôs-se a escutar. Não lhe escapou o tom de resignação na voz de Anette.

— Não te sentes bem, filha? De repente tens um ar de sofrimento! Anette fez um gesto negativo, levantando-se. O boy trouxe o chá. Susane pegou a xícara e ao beber observou criticamente a jovem mulher. Será que ela lamentava, apesar de tudo, ter se separado de Jean?...

Uma vez que Susane acreditava firmemente em sonhos, havia colocado um vestido de seda cinzenta em lugar de sua costumeira roupa caseira. Aliás, duvidava que Jean aparecesse tão rapidamente sem nenhum aviso prévio, não obstante seria melhor estar preparada. "Estou ficando pueril, provavelmente!" pensara ela com leve auto-ironia. Tomou o resto do chá, pegou a seguir Anette pelo braço e saiu com ela para fora.

No terraço sul estava fresco e agradável. Susane sentou-se num banco, respirando fundo, enquanto Anette ficou em pé ao lado dela, sorrindo. Um boy estava regando o grande gramado em frente da casa, e o jardineiro podava algumas folhagens ornamentais que cresciam ao lado dos degraus do terraço.

— A gente torna-se tão supersticiosa como os nativos, quando passa a vida toda entre eles! observou Susane. Mas por que olhas tão sem esperanças à tua frente, Anette? Estás com saudades da Bélgica? Ou é outra coisa?

— Não é nada, tia Susane! disse Anette. Pensei agora em Abu Ahmed. Susane não perguntou mais nada. Pediu os jornais, e Anette leu para ela as últimas notícias.

— Também um velho idiota! resmungou Susane ao ouvir o nome de um estadista europeu. As notícias de Katanga não me interessam. Leia outra coisa! Anette abriu um outro jornal, procurando as notícias da sociedade.

— Katanga é apenas o bezerro de ouro da época atual! declarou Susane em seguida. Eu queria que a terra engolisse todas as minas de urânio.

Anette acabava de ler uma notícia sobre o Clube Safári, quando um táxi parou na rua em frente à entrada. E dele desceu Jean. Susane ficou tão surpresa, que a princípio pensou numa alucinação. Somente quando Jean correu para ela, abraçando-a carinhosamente, soube que era realmente ele. Chorou um pouco, contemplando-o de alto a baixo. Estava bem e com saúde. Portanto, nada lhe havia faltado. Susane virou-se, mas Anette desaparecera. Como ele suportaria a presença dela? Carinhosamente passou a mão sobre a cabeça dele, pensando: pobre Jean...

— Tia Susane, onde está nossa hóspede? perguntou Jean baixinho, olhando sobre a cabeça dela para o hall de entrada.

— Sabes que ela está aqui?
— Através de Visram. Ele falou hoje com Anette.
— Visram? perguntou Susane perplexa. Refletiu profundamente. Visram? Jean tomara Titin no braço e acariciou-a. O animalzinho estava fora de si de alegria.
— Estamos todos aqui, tia. Justin, Michel, Gregory, Fátima e a filha da grande Mumalee. Visram tinha receio de teu coração, eis por que avisou antes que eu chegaria. Pois alegria também pode matar.

Susane, um tanto trêmula, acomodou-se novamente na cadeira. Estava mais fraca do que pensara e seu coração batia desenfreadamente.

— Vou rapidamente cumprimentar meus amigos na cozinha... Biruti, Kufi e todos os demais,

Susane acenou com a cabeça, concordando, e acompanhou-o com o olhar quando passou pelo terraço.

— Obrigada, Senhor, Deus no céu, obrigada, por tê-lo conduzido de volta! murmurou ela com voz fraca e mãos postas.

Jean, nesse ínterim, cumprimentava alegremente na cozinha Biruti e as duas moças auxiliares bem como os boys.

— Mister Jean! exclamou Biruti com alegria, contemplando o moço alto, quase com o mesmo carinho que Susane. Mister Jean! Ele tinha um coração para as pessoas de cor, compreendendo-as como nenhum outro.

— Aqui um presente para ti! Biruti olhou tão fixamente para o anel de ouro com a pedra vermelha, como se quisesse hipnotizá-la. Toma, é teu. Jean ficou quase sem jeito ao ver o olhar agradecido de Biruti. O anel tinha o tamanho certo.

— Nunca esquecerei o dia de hoje, mister Jean! disse o cozinheiro em voz baixa. O anel sempre me fará lembrar que nem todos os brancos são iguais.

Jean virou-se para as duas moças, dizendo que elas poderiam escolher alguma coisa bonita no bazar.

— Não encontrei nenhum presente adequado para vocês. As moças deram risadinhas, olhando agradecidas para ele. Um homem tão bonito!... Para ambas era incompreensível que Anette o tivesse deixado.

Kufi aproveitou a alegria geral e beliscou Titin, com força, no rabo. A seguir voou para a mesa, gritando: "Jean, mister Jean", enquanto levantava e abaixava a cabeça agitadamente. Quando Jean se sentou ao lado dele, começou a cantar e a latir, pulando e dançando em volta.

— Kufi, tu és mesmo um sujeito formidável! És um pequeno milagre em matéria de papagaio! disse Jean, pousando Kufi em seu ombro. Biruti olhou para os dois, nunca estivera tão orgulhoso do seu querido.

Titin, de raiva e ciúmes, puxava as calças de Jean, e Maud logo a levou para fora.

De repente, Victor estava na cozinha, abraçando alegremente o sobrinho. O rapaz, pois, voltara são e salvo e com seus membros intatos. Agora Susane podia dormir sossegadamente. Atrás de Victor entrou Visram. Ele também foi cumprimentado por Biruti com toda a alegria. Visram também tinha um presente para o cozinheiro. Aliás, um pequeno talismã.

— Pendura-o em teu pescoço, meu amigo! disse Visram. Essa preciosidade vem das mãos do nosso pai Ahmed.

Biruti segurou o amuleto nas mãos. Sabia que Abu Ahmed não mais estava vivo. Depois olhou cheio de veneração para Visram. Certamente mister Visram havia agora assimilado também a sabedoria de Abu Ahmed, assim como fizera com a de Yu-Wei...

Mister Visram já há muito sabia curar doenças que os curandeiros, brancos e de cor, nem mesmo conheciam... Até espíritos maus, quando pendurados no fígado da gente, ele podia expulsar...

Jean andava na cozinha de um lado para o outro, parou depois diante do cozinheiro, dizendo que tinha uma fome colossal.

— Eu poderia comer uma gazela inteira!

— Brillat decerto cuidará para que não passes mal! Victor pegou Jean pelo braço, puxando-o consigo para fora. Visram seguiu-os lentamente. Ele já estivera em casa, tendo tomado banho, vestido um terno de linho branco e havia falado com seu genro e suas filhas...

Jean e Victor tomaram no bar um gole de boas-vindas, uma mistura especial que Victor preparava em todas as oportunidades possíveis. Visram brincava com Susane, medindo ao mesmo tempo a pulsação dela. Nesse ínterim chegou também Justin, cumprimentando todos com sorrisos.

— Sim, Fátima está passando mais ou menos bem. Dormia quando eu a deixei.

— Traze a moça para cá. A filha de Tobias sempre será bem-vinda aqui. Nós trataremos dela até ficar boa! Victor acenou concordando. As palavras de Susane pareciam ter vindo do coração dele.

— Estou surpreso que não a trouxestes para cá!

— Ela quis ir primeiramente à casa do tio. Além disso, tem uma amiga consigo. Amanhã estará em condições de fazer-vos uma visita. Ela tem sofrido muito! disse Jean explicando, enquanto olhava atentamente para a porta de grade que conduzia para o jardim de inverno. Lá estava Anette, olhando com seus maravilhosos olhos azuis-acinzentados para os presentes, algo amedrontada. Usava um vestido amarelo-pálido de linho e sapatos que combinavam com a roupa. Seus cabelos loiros brilhavam como seda.

Ela agora tinha a pele bronzeada e estava mais bela ainda do que antes. Ao mesmo tempo, Jean sentiu uma pontada dolorosa ao constatar com amargura que ela ainda não lhe era indiferente. Embora não mais sentisse aquele profundo desespero que o dominara durante meses; isto ele agradecia à Fátima...

— Encantadora, simplesmente encantadora! murmurou Victor, indo ao encontro de Anette. Também Justin a olhara como a uma aparição, quando durante segundos ela parou na porta artisticamente trabalhada. E quase reteve a respiração quando Anette, amavelmente, dirigiu-se a ele, estendendo a mão.

— Desculpe-me, senhor Justin. Também em relação ao senhor fui arrogante e áspera.

Justin ficou tão surpreso, que quase esqueceu de responder. Mas logo a cumprimentou amavelmente, dando-lhe as boas-vindas à África. Anette estendeu a mão a Jean também. Mais tarde falaria com ele a respeito do divórcio. Susane enterrou definitivamente sua esperança, ao ver com que indiferença Anette havia cumprimentado Jean. Também Victor registrou o cumprimento frio. Lembrou-se então do título de um romance: "Fogo Apagado..."

Anette levantou a cabeça, olhando para os três rostos escuros. Quase que Jean não era mais claro do que Visram e Justin. Por fim deu a mão a Visram também. Foi difícil para ela pronunciar algumas palavras. Tremia ao pensar que novamente ele se desviaria dela, assim como fizera poucas horas antes...

Visram segurou a mão dela, sentindo novamente uma felicidade que poderia ter sua origem somente fora do espaço e do tempo e proveniente do passado. Reencontrou seu equilíbrio. Anette era a mulher que almejava... De repente, recordou-se de pai Ahmed. O velho sábio sempre tinha sido contra uma mistura de raças, de modo inexorável... Contudo, sempre houvera também exceções. Provavelmente ele e Anette constituíam uma exceção...

Com um olhar surpreso, Jean observava os dois. Não lhe escapara o olhar de amor de Visram. E Anette? Até um cego poderia ver que ela estava amando esse homem. Colocou o copo vazio na mesa ao lado, cerrando os punhos. Apenas com o maior esforço conseguia esconder sua decepção. A suposição de que Visram lhe roubara Anette, portanto, tinha sido certa... Depois chamou a si mesmo de idiota em virtude de estar chorando por uma mulher que o deixara...

Nesse ínterim Anette havia se acomodado, com os joelhos trêmulos e o coração batendo, ao lado de Susane, que nada havia percebido, pois queria saber por intermédio de Justin tudo sobre Kivu. Victor, porém, vira o embaraço de Anette e o olhar amoroso de Visram. Seu primeiro pensamento foi para Jean.

Como é que o moço receberia essa nova? Embora Visram e Jean fossem amigos... contudo, com uma mulher em jogo ninguém poderia saber o que aconteceria. De qualquer forma deveria esperar complicações.

— Eu não compreendo por que vossa sociedade tem de ser mantida tão sigilosamente! disse Susane irritada para Justin. Victor suspirou, sentando-se numa poltrona ao lado de Visram. A pergunta de Susane era mais do que justificada. Também ele gostaria de saber mais a respeito dessa sociedade secreta...

— Isto é fácil de explicar! respondeu Visram em lugar de Justin. A finalidade principal de nossa agremiação é a colaboração pacífica de todas as raças, portanto também entre brancos e pretos.

Lumumba, porém, nada queria saber disso. Seu ódio contra os brancos superava qualquer entendimento. Pois bem, certamente tinha seus motivos para tal. Não se podia censurá-lo por isso... Contudo, analisando mais profundamente, o ódio é sempre algo que recalca e confunde. Ao saber da sociedade fundada por nós, mandou dizer-nos que algo assim não teria lugar no Congo por ele governado. Qualquer membro dessa união teria de ser considerado um inimigo do Estado e tratado correspondentemente...

— Lumumba! Lumumba! Esse há tempo já foi comido pelas formigas! intercalou Susane com desdém. Por que ainda essa mistificação?

— Em nosso Congo, no momento, ninguém sabe quem, realmente, governa! disse Justin cautelosamente. Por esse motivo podemos confiar apenas em nossa própria sombra.

— No início pensávamos que fosse apenas uma das muitas frases de Lumumba, quando se referiu a nós, denominando-nos inimigos do Estado. Portanto, uma frase sem nenhum significado. Infelizmente, reconhecemos nosso erro somente quando alguns dos membros foram assassinados. Só aí tornou-se-nos claro que teríamos de proceder com a máxima cautela, prudência e diplomacia, se quiséssemos chegar ao alvo.

— E qual é o vosso alvo? perguntou Susane de modo pouco amável. Não estou gostando dessa liga. A qualquer momento podereis ser decapitados e mumificados, a fim de que vossos crânios ornamentem as cabanas de feiticeiros.

— Tão perigoso assim também não é! disse Visram acalmando. Queremos instalar no Congo do urânio, com isso quero dizer o antigo Congo Belga, hospitais, escolas de enfermagem e, além disso, escolas de arte e mais outras instituições de ensino. Os nativos então poderão escolher o que quererão aprender de acordo com suas aptidões. Para alcançar isso, necessitamos da ajuda de outras nações, ou seja, de brancos compreensivos e bem-intencionados. Precisaremos desses estrangeiros até que certo número de nativos estejam preparados de tal forma, que possam eles mesmos atuar ensinando e conduzindo.

— Muito nobre! elogiou Susane com ironia mordaz. Vosso plano não poderia ser melhor. Sou velha e não tenho uma disposição tão humanitária, nem sou tão inteligente como vós. Mas uma coisa, já hoje, posso afirmar: com o desclassificado material humano, seja branco ou de cor, que habita agora a Terra, não podereis realizar vossos grandiosos planos!

Victor olhou, irritado, para sua irmã. Sempre tinha de jogar água fria sobre o mais belo fogo: era, de fato, bem difícil lidar com ela.

— Tão sem esperanças não são nossos planos, apesar do desclassificado material humano com que temos de contar! disse Justin pausadamente. Sou de opinião que será perfeitamente possível transformar uma parte das riquezas minerais em hospitais e escolas. Desse modo reverteriam em benefícios para o povo. Até agora somente os brancos têm tirado proveito dessas imensas riquezas. Mas a gente de cor nada tem recebido.

— Por mim, se quiserdes tornar-vos mártires!... resmungou Susane.

— Nós não temos nenhuma inclinação para mártires! observou Jean algo absorto. Somente Visram sabia que Susane não estava tão errada assim. Ela, pois, era uma mulher extraordinária e de visão clara. Victor havia se levantado, tomando um duplo anisete no bar. Tinha de engolir seu aborrecimento garganta abaixo. Nada minava tanto a saúde como aborrecimentos em demasia. Voltando para o salão, perguntou aos visitantes se queriam ficar para o jantar.

— Não, eu lamento. Visram foi o primeiro a levantar-se. Tenho de dedicar a noite de hoje à minha família. Mas amanhã poderíamos comer juntos.

— Sim, venham todos. Vamos festejar vosso regresso! exclamou Victor alegremente. Justin despediu-se também, perguntando se poderia trazer consigo seu amigo Kalondji. Estamos à espera dele amanhã.

— Certo, certo, tragam todos os vossos amigos! disse Susane, observando Jean um tanto medrosamente. Tu ficas aqui, não?

— Naturalmente, fico. Estou com uma fome de leão! Saturar-vos-eis ainda alguns meses com a minha presença. Jean colocou o braço no ombro de Susane, acompanhando os visitantes para fora.

Visram despediu-se de Susane, dizendo alguns gracejos, tocou despreocupadamente e alegre no ombro de Jean e seguiu Justin.

Anette havia deixado o salão durante a discussão sobre política, dirigindo-se ao jardim interno. Visram era para ela um enigma... Sua natureza instável confundia-a e assustava-a. "Devo controlar-me melhor!" disse para si mesma. "Pois não me diz respeito se ele é instável ou não..."

— Voltaste, pois, por causa de Visram! disse Jean ironicamente, caminhando vagarosamente em direção a ela, com as mãos nos bolsos. Anette virou-se assustada, olhando-o atentamente. Viu que ele estava decepcionado e raivoso, e de repente teve pena dele. Contudo, o que adiantava pena, se o amor estava morto? Deveria deixar ressurgir um débil fantasma?...

Jean sentou-se num banco de jardim, observando-a de esguelha. Não se conformava que ela o houvesse deixado assim facilmente e que agora, com o rosto o mais inocente do mundo, reaparecesse ali com a papelada do divórcio nas mãos.

— Não, eu não voltei por causa de Visram! disse Anette com firmeza.

— Não? perguntou Jean surpreso. A seguir deu uma risada sem alegria. Se não foi por causa de Visram, então quero ser amaldiçoado se compreender por que voltaste para o país odioso e para os pretos mais odiosos ainda! Pois também em Nairóbi não poderás evitar a visão dos nativos... ou será que talvez outro de meus amigos esteja em jogo? perguntou ele com sarcasmo ferino.

— Tornamo-nos estranhos! respondeu Anette em voz baixa. Hoje eu sei que minha arrogância era ridícula e pretensiosa. Deus criou os brancos bem como os pretos. Anette reprimiu com dificuldade as lágrimas. Quando Jean se tornava sarcástico, não era possível argumentar com ele. Além disso, havia-lhe mandado uma carta para Kivu, explicando tudo...

Jean riu desdenhosamente.

— Deus, então, criou os pretos também! Compreendo, teus padrecos endireitaram tua cabeça. Bem, por isso, podes ser grata a eles.

— Não foram os sacerdotes que me abriram os olhos. Visram esclareceu-me sobre isso.

— Sempre admirei teu amor à verdade... pois foi ele mesmo quem me roubou teu amor!

— Visram não é um homem que roube algo de um amigo! disse Anette indignada. Além disso, nada poderia ter roubado, pois quando te abandonei nada mais existia. Não mais te amava.

Jean encostou-se cansado, fechando os olhos. Sua raiva, de repente, evaporara-se. Anette tinha razão. Visram nada tirava de um amigo. Ela, pois, nunca o amara. Finalmente teve de se conformar com esse fato.

— Preciso tomar algo. Jean levantou-se, dirigindo-se ao bar. Anette seguiu-o com os olhos, que se encheram de lágrimas. O primeiro encontro passara-se. Encontro que ela tanto temera.

— Anette, por que estás chorando? perguntou Victor surpreso. Não queres também beber algo? Hoje minha vesícula, infelizmente, está em greve, mas também pode ser o baço, do contrário eu igualmente tomaria mais um "abridor de apetite"! observou Victor lamentando-se e olhando furtivamente Anette, que sorriu algo melancolicamente.

— É por causa de Jean. Ele imagina que ainda me ama.

— Crianças, crianças, é deplorável quando duas pessoas se separam; porém é melhor uma separação do que um estado de guerra que consome os nervos... contudo, quem é que poderia descobrir a natureza do amor...

— O que estás fantasiando sobre o amor, Victor! Vem comer. Jean está com muita fome! exclamou Susane, enquanto colocava um ramo de orquídeas recém-abertas num recipiente, em honra de seu sobrinho predileto. Jean participava de sua predileção por orquídeas. Uma prova a mais de que era uma pessoa formidável em qualquer sentido.

Rapidamente Jean bebera alguns Manhattans, um atrás do outro, levantando-se levemente cambaleante, quando Tofiki com as mãos juntas se inclinou diante dele, avisando que o jantar estava na mesa.

— Como Biruti preparou teu prato predileto em tão curto tempo, é para mim um enigma! disse Susane quando Jean se sentou à mesa. Victor deu uma risada algo maliciosa, pois já sabia do que se tratava. Esse enigma era fácil de se decifrar. Brillat soube, pois, da vinda de Jean horas antes, tendo providenciado tudo de acordo. Jerry e Tofiki começaram a servir. Pato assado com molho cremoso para as senhoras e cordeiro assado com arroz e compota de figos verdes para Victor e Jean.

— Biruti é um feiticeiro! observou Jean, ao mandar servir o cordeiro assado pela segunda vez. Em parte alguma se come tão bem como em tua casa, tio!

— Eu sei, Brillat é insuperável! confirmou Victor. Infelizmente ele cozinha bem demais para mim, isto é, para o meu fígado.

Biruti estava fora, ao lado da porta, escutando com satisfação o elogio lisonjeiro dirigido a ele. Aliás, não fizera nenhum milagre. O motorista do vizinho havia-lhe contado que o Dakota com o jovem bwana chegara... além disso havia visto Visram... portanto, teve bastante tempo para preparar o banquete.

Susane estava feliz ao ver como Jean comia com gosto. Sua frustração de amor, caso ainda sofresse disso, de qualquer maneira não lhe tinha estragado o apetite.

— Não comas tanto, Victor, já és bastante gordo! exortou Susane ao perceber que ele pegava mais um pedaço do assado. Ainda há torta gelada de abacaxi, feita especialmente para Jean!

"Terei de preparar um chá digestivo!" pensou Biruti ao ver o quanto seu amo estava comendo. Biruti também constatara, contente, que Jean comia bem. Isto era um bom sinal... tomara que o jovem bwana tenha esquecido agora a tola cara de farinha...

A tola cara de farinha, como o cozinheiro denominava em pensamentos Anette, quase não comera nada. Pensava em Visram. Suas duas filhas aproveitarão cada momento que possam estar junto dele. Pois está em casa tão raramente... Mas onde era o seu lar? Na Índia? No Congo? Em Nairóbi ou na Áustria?... Estava por toda a parte e em parte nenhuma... um "globe-trotter" sem lugar fixo...

Susane observara furtivamente Jean e Anette. Talvez ainda houvesse uma possibilidade de reconciliação entre esses dois... Contudo, logo teve de reconhecer que podia enterrar tal esperança definitivamente. A jovem mulher não olhou Jean nenhuma vez. Susane reprimiu o rancor que surgia nela e suspirou fundo. Quem podia, pois, entender o que se passava num coração humano?...

— Agora, realmente, poderias contar-nos algo! disse Susane, quando após o jantar estavam sentados juntos no pequeno salão. Jean acenou com a cabeça. Estava cansado e sonolento e teria preferido deitar-se. Mas aí cobrou ânimo, começando a falar dos últimos acontecimentos em Leo e Elville.

— A confusão e a insegurança política ali reinantes nem podem ser descritas. Podeis imaginar como as coisas são num país recém-liberto. Advém ainda que nenhum dos nativos foi preparado politicamente. Por toda a parte defronta-se com o ódio, difícil de verificar se justificado ou não... e os tantos militares estrangeiros apenas despertam novo ódio... Dizem que em Leo teriam surgido violentas epidemias depois da retirada dos belgas, se não tivesse sido enviada ajuda do departamento de saúde em Genebra. Em Katanga as coisas são melhores. Tschombé teve mais sorte ou talvez também mais cabeça. Ele não odeia os brancos. Na realidade ele é o agente executivo dos concessionários das minas de urânio. São eles ingleses, belgas, americanos e talvez outros ainda... De qualquer forma é muito bem aconselhado... e protegido...

— O que querem os soldados estrangeiros lá? Aliás, qual a finalidade dessa ONU com seu papel de protetora? perguntou Susane quando Jean calou, procurando concentrar-se no passado.

— Mas essa é uma pergunta muito pueril! observou Victor. Um país que possui urânio, cobalto e cobre, sem falar de todas as outras riquezas, um país assim não pode ser entregue a si mesmo!

Jean sorriu. A situação era muito mais complicada. Não seria possível explicá-la a uma pessoa alheia a tudo isso.

— Eu não entendo mais nada. Então também os belgas poderiam ter ficado com todo seu contingente militar.

— Talvez tenhas razão, tia! disse Jean. Vivemos num mundo confuso.

— E como fica a tua situação em relação a tua estada aqui? quis Victor saber.

— Eu fico aqui. Pelo menos seis meses. Este foi o conselho de Abu Ahmed... Infelizmente, ele também foi embora... Foi sepultado na fazenda de Tobias...

— Muito sensato por parte daquele homem! Intercalou Susane. É apenas lamentável que pessoas compreensivas e boas morram tão rapidamente, enquanto malfeitores nunca acabem!

— Tão rapidamente também não morreu! considerou Jean. Pai Ahmed tinha cem anos de idade.

— Cem anos?! falou Anette. Ninguém lhe daria essa idade!

Também Susane e Victor estavam surpresos. Queriam ouvir agora mais a respeito do velho sábio. Jean, contudo, não tinha vontade de falar sobre isso. Hesitante, começou a falar sobre Cláudio e seu trágico fim. Por fim mencionou também Fátima e a sentença de morte imposta a ela. Anette ficou indignada ao ouvir isso, recusando incrédula tal história. Victor e Susane tinham opiniões diferentes. Ambos já se encontravam havia muito tempo na África, portanto sabiam que nisso existia algo de verdade. Não obstante, Susane estava indignadíssima.

— Qual a culpa de Fátima, se seu marido é um impostor e criminoso?

— Não te exaltes tanto, Susane. Os nativos, pois, transferiram o ódio que tinham contra Cláudio para a sua mulher... a justiça africana é, pois, diferente da dos brancos! disse Victor para sua irmã, acalmando. Do mesmo modo a nossa justiça permanecerá eternamente um livro com sete selos para os nativos! Sabes bem que nenhum nativo pode compreender por que um criminoso é alimentado por nós anos a fio... pois bem, Fátima de qualquer forma faria bem se ficasse afastada por enquanto do Congo.

— Acho horrível que a vida de Fátima esteja agora ameaçada constantemente. Ela é a filha predileta de Tobias. Aqui conosco estaria segura. Essa moça é um pouco cabeçuda, aventureira e cheia de vida, porém tem um coração bom... Victor concordou com a irmã. Fátima estivera durante alguns meses em Nairóbi; ele e Susane gostaram muito dela.

— Qual é a tua opinião, Jean? perguntou Anette. Ela conhecia Fátima apenas superficialmente. Haviam se visitado algumas vezes, mas depois também essas visitas cessaram. Fátima, para o gosto de Anette, usava sempre jóias em excesso, principalmente diamantes. E Cláudio fora, segundo sua opinião, apenas um homem medíocre, que queria ser grande. Mas agora Fátima estava em apuros e tinha de ser ajudada...

— O que eu penso? Faria tudo para protegê-la e afastá-la de sofrimentos! disse Jean pensativamente. Ela é uma criatura extraordinária! acrescentou ainda.

— Naturalmente cada um de nós faria isso de bom grado! confirmou Victor, ajudando Susane a se levantar.

— Vou para a minha Bíblia, para me refazer das alegrias do dia! disse ela.

— Eu também vou me deitar. Durante as últimas noites não fechei os olhos. Jean abraçou e beijou a tia, colocando seu braço no ombro de Victor.

— Como é bom estar novamente em casa... até amanhã, Anette...

— Alegra-me que continues a considerar esta casa como o teu lar! disse Victor comovido. Gostaria que te fixasses aqui em Nairóbi.

CAPÍTULO XIII

Justin e Visram estiveram à tarde no depósito do comitê assistencial indiano, inspecionando as mercadorias ali armazenadas. O comitê já levara um grande carregamento de farinha de uma espécie de mandioca em caminhões pesados até a fronteira, contudo havia ainda uma quantidade de sacos aguardando transporte. Visram inspecionou as mercadorias, passando por todas as seções. Rada, Sita e suas amigas trabalharam bem. Deviam ter recolhido dinheiro e mercadorias na colônia inteira...

— Com o que está aqui, poderemos saciar a fome de apenas uma parte dos refugiados! disse depois a Justin.

— Mas não somos os únicos que mandamos víveres para o acampamento dos balubas! ponderou Justin. Se os três aviões americanos da Cruz Vermelha chegarem hoje, o mais tardar depois de amanhã, poderemos iniciar o transporte. Devia-se mandar junto também sementes para o plantio...

— Não há dúvida, mas primeiramente terá de ser saciada a fome, senão a epidemia alastrar-se-á mais ainda. Espero que os americanos tragam grandes quantidades de vacinas... Michel também terá de fazer uma viagem extra. Aqui se encontra leite em pó armazenado às toneladas, que ele poderá levar de avião! disse Visram caminhando lentamente para um edifício lateral.

Justin seguiu-o, parando na entrada. Cereais, quantidades enormes de cereais estavam armazenados ali. Um gigantesco swahili lidava com os sacos pesados, como se tivesse bolas de penas nas mãos. Justin virou-se, cumprimentando cortesmente dois indianos que discutiam alto em urdu; depois olhou indeciso para Visram. O amigo estava na outra ponta do armazém falando com algumas mulheres e crianças. "Provavelmente estavam pedindo medicamentos!" pensou Justin. "Pois Visram era conhecido por toda a parte em Nairóbi..."

Justin voltou. Depois de poucos passos, parou escutando. Parecia-lhe que Fátima tivesse chamado por ele. Ou tinha sido apenas o eco de seu próprio coração?... "Tomara que o estado dela não tenha piorado!" pensou preocupado, entrando de novo no depósito. Quando saiu para a rua, o sol já estava baixo no horizonte, envolvendo as casas brancas dos somalis numa luz vermelho-alaranjada. Essa iluminação lembrou-o da pirâmide e da esfinge. No dia em que, pela primeira vez, tinha visto esses monumentos do passado, um igual reflexo vermelho-alaranjado do sol repousava sobre as velhas paredes... Isto, contudo, era coisa do passado... Um vento fresco veio das montanhas. Justin começou a andar mais depressa. Sentia frio com sua camisa esporte e calça branca... Fátima também fazia parte do passado... Quando estivera diante das pirâmides... Passaram-se anos desde então... ela estivera como uma sombra ao seu lado e ali também tivera a impressão de ouvir a voz dela... exatamente como hoje...

Ali estava o bazar de Bilea. Quase passou por ele. Justin ficou parado durante alguns segundos. O brilho do céu, nesse ínterim, havia desaparecido, e o ambiente tornara-se cinzento e lúgubre. O interior do pequeno bazar estava bem iluminado e Bilea examinava nesse momento um gobelino no qual fora entretecido um desenho raro de flores. Gobelinos de todas as espécies constituíam o negócio principal de Bilea. Pelo menos vinte mulheres somalis trabalhavam constantemente para ele, e teria trabalho para mais outro tanto. Seus tapetes de parede tinham valor artístico no estrangeiro. Justin bateu no pequeno gongo pendurado ao lado da porta aberta da loja e, quando Bilea levantou o olhar, entrou.

— Fátima está melhor! Levantou-se um pouco e comeu! disse Bilea logo depois dos cumprimentos. Só que a jovem mulher chora continuamente... ela falou comigo... e não estou gostando do que ouvi.

— Ela teve uma grave crise nervosa. Um pouco de sossego e de cuidados e, acima de tudo, nada de agitações; ela tem sofrido muito! Justin, um tanto desconexo, explicou o estado de Fátima.

Bilea meneou algumas vezes a cabeça, e a seguir fez um gesto convidativo com a mão, conduzindo Justin a um comprido quarto lateral.

— Aqui eu recebo fregueses importantes e aqui guardo também tecidos preciosos. Bilea bateu num gongo de cobre e logo depois apareceu uma mulher preta e gorda.

— Mister Justin está aqui. Avisa a jovem senhora. A criada acenou com a cabeça, mas antes de sair olhou examinadoramente para Justin, dizendo a seguir, algo hesitante, que Fátima chorara constantemente.

— Eu acho que um mau espírito está roendo o fígado dela e isto é ruim.

— Está bem, Margaret, vai agora! disse Bilea impaciente. Lamentavelmente preciso ir a uma reunião... Gostaria de ouvir sobre os últimos acontecimentos no Congo. Talvez ainda encontre o senhor quando voltar.

Depois dessas palavras, Bilea se despediu, e Justin seguiu a criada, que logo voltara, até o prédio anexo. Numa espécie de corredor que ligava as duas casas, ela parou e perguntou se ele queria um certo pó de incenso...

— Tem cheiro forte e todos sabem que os maus não gostam desse cheiro. Justin também parara.

— Não, não são espíritos maus! disse ele com seu sorriso cativante. Fátima tem sofrido muito e por esse motivo ficou fraca. Além do mais tem aborrecimentos, por isso chora tanto... Poderiam, naturalmente, ter sido também espíritos! acrescentou Justin logo, ao ver a expressão de dúvida no rosto da criada.

— Agora tudo está bem! suspirou Margaret como que aliviada. Certos estrangeiros dão muito pouca atenção aos espíritos maus, eis por que todos são levemente malucos. Depois dessas palavras, ela empurrou energicamente seu turbante vermelho um pouco para fora da testa, rindo para Justin com todos os dentes brancos à mostra, animadoramente, e conduzindo-o a um quarto semi-escuro. Diante de uma pesada cortina, ficou parada escutando. A seguir puxou o pesado tecido para o lado, deixando-o entrar.

Fátima estava deitada num amontoado de almofadas douradas e iluminada por um pequeno candelabro de parede. Vestia um quimono rosa-opaco, e seus viçosos cabelos pretos estavam arrumados em duas tranças. Justin ficou parado ao lado da cortina, olhando-a quase sem respiração. Viu sombras escuras sob seus olhos fechados bem como o pequeno e amargurado rosto. Ela sofria e estava só. Será que Jean poderia ajudá-la?... Justin também estava sofrendo. A dor surda no seu próprio peito, que sentia quase constantemente na presença dela, tornava-se quase insuportável. Tremiam-lhe as mãos. Queria pegá-la, abraçar e consolá-la, envolvendo-a com seu amor... Mas era um tolo, um tolo incorrigível...

— Justin! Finalmente estás aqui! Não te ouvi! Deves ter entrado aqui sem ruído, como uma aparição celeste! Logo depois desapareceu a alegria de Fátima. Por que ele não dizia nada? Por que a dor calada nos seus olhos? O que acontecera? Medo tomou conta de seu coração e ela ergueu-se.

Justin controlou-se de novo. A expressão de dor no rosto dele desapareceu e até conseguiu um sorriso tranqüilizador.

— Às vezes tenho dor no coração, mas sempre passa rapidamente! disse ele com indiferença, sentando-se numa banqueta ao lado da cama alta. Não estás mais com febre, constatou contente, quando ela lhe deu a mão.

— Justin, estive tão desesperada e tive tanta saudade de ti!
— De mim ou de Jean? perguntou divertido.
— De ti, somente de ti! Sempre e eternamente. Mesmo se eu morrer, não te abandonarei. Esperarei por ti, até chegares!
— Poesia, a mais pura poesia, muito bonita, mas imprestável para esse mundo de hoje. Os olhos de Fátima encheram-se de lágrimas e ela procurou por um lenço. A frieza e ironia de Justin machucavam-na... Será que ele tinha superado o amor por ela?... Será que realmente pensava que ela estava interessada em Jean?...

— Tia Susane e Victor darão um banquete amanhã, e tu não podes faltar de modo algum! disse Justin, levantando-se e olhando com interesse ao redor desse belo recinto.

"Um banquete!" pensou Fátima amargurada. As festas tinham acabado definitivamente. Isto ela sentia nitidamente. Além disso, tinha outros planos... Justin caminhava em volta, contemplando as pequenas obras de arte expostas por toda a parte. Uma luminária de bronze parecia ser especialmente do seu gosto. Tinha a forma de flor de lótus, sendo um trabalho destacadamente fino. Fátima seguiu-o saudosamente com o olhar. O ar despreocupado desaparecera do rosto dela; não obstante, nunca estivera tão bela como nesse dia. Sabia, ou pelo menos pressentia, que o amor de Justin por ela não estava morto. Mas ele desconfiava dela... por isso a sua indiferença... Bem, ela recuperaria a confiança dele a qualquer preço, pois isso era mais importante do que tudo o mais.

— Senta-te, Justin, quero falar contigo. Não nessa banqueta. Puxa a cadeira para mais perto da cama. É um presente de Yu-Wei. Bilea adora essa preciosidade como uma lembrança... para sentar é alta demais e muito incômoda.

Justin colocou a cadeira de encosto alto, toda entalhada em madeira pesada, ao lado da cama, acomodando-se nela. Fátima aprumou-se um pouco, pegando a mão dele.

— Justin! Ele levantou o olhar, contudo logo voltou a baixar a cabeça. O olhar dos verdes olhos enigmáticos com que ela o fitava, atingiu-o como uma flecha.

"Eu não deveria ter vindo até aqui, pelo menos não sozinho!" pensou ele resignado... "Somente mais uma semana e talvez nunca mais a visse novamente..."

— Por que não dizes nada, querido? murmurou ela. Ou será que me odeias?... Justin deu de ombros.

— O que queres ouvir?... Poderia ter dito que seu coração ainda pertencia a ela, mas de forma alguma faria isso...

— Eu voltarei contigo! disse Fátima decididamente. Não posso passar minha vida toda em fuga. O que terá de acontecer a mim, acontecerá aqui ou acolá. Soltou a mão dele, deitando-se novamente nas almofadas. Justin olhou incrédulo e assustado, mas ficou calado. Conhecia a teimosia dela, sabendo, portanto, que ninguém a demoveria de sua decisão.

— Eu te torturei muitas vezes, Justin, perdoa-me finalmente... Quero passar o tempo que me restar contigo... posso trabalhar... posso cuidar de crianças doentes.

— Trabalhar podes aqui também. E em Nairóbi momentaneamente estás mais segura do que em qualquer outra parte. Podes mudar para a casa de tia Susane...

— Segurança! O que me importa a segurança. Se me é destinado morrer jovem, então prefiro morrer próximo de minha pátria. Justin recostou-se na cadeira, olhando-a penetrantemente. Seu belo rosto moreno dava a impressão de uma pedra. Fátima começou a chorar baixinho. Tendo perdido também o amor de Justin então, de fato, não importava se estivesse viva ou morta...

No quarto ao lado ressoou um gongo, e logo a seguir entrou Margaret, a preta gorducha, com uma mesinha carregadíssima. Reprovadoramente olhou para Fátima e depois para Justin. Por que a jovem mulher estava chorando? Por que não se divertia com o belo jovem?... Lágrimas, só lágrimas...

— Lágrimas em demasia salgam excessivamente a comida! murmurou ela para si mesma, enquanto enchia as xícaras de chá e distribuía os doces. Fátima pegou a xícara — igualmente um presente de Yu-Wei — e começou a tomar vagarosamente o chá aromático. Os somalis pareciam só beber chá... Justin também tomou um pouco de chá, recolocando a seguir a xícara.

Margaret havia se retirado novamente, com um olhar de incompreensão para ambos. Mal a cortina fechara-se atrás dela, e Justin levantou-se, começando a caminhar de um lado para o outro no quarto. Havia tomado uma decisão.

— Se é teu desejo voltar, estou de acordo! disse ele depois de algum tempo. Dentro de cinco ou seis dias estaremos prontos com as nossas compras, e as nossas conferências com os dois sudaneses também estarão concluídas. Visram e eu, no fundo, somente viemos a Nairóbi por causa desse encontro... Pensa bem... ainda tens tempo...

— Não preciso pensar mais nada! intercalou Fátima rapidamente. Tenho apenas o único desejo de viver contigo...

— Pode ser que realmente desejes isto. Contudo, somente amanhã à noite, em casa de Victor, poderemos tomar uma decisão definitiva... não digas nada em contrário, pois é essa a minha condição...

Uma sombra deitou-se sobre o rosto bonito de Fátima. Havia conquistado apenas meia vitória.

— Por hoje falamos tudo! disse Justin sorrindo para ela um pouco incerto. Ele disse para si mesmo que não faria mal a ela se percebesse que seu amor redespertado não encontrava logo um eco nele... Ela não precisava saber através de que abismos de desespero e ciúmes ele andara a esmo... além disso, havia ainda Jean... por que, afinal de contas, ela havia despertado nele tantas esperanças?...

Justin pegou a mão de Fátima, despedindo-se rapidamente.

— Infelizmente não posso esperar por Bilea. Tenho de fazer ainda muitíssimas coisas hoje à noite. Fátima acenou com a cabeça e bateu num pequeno gongo. A criada veio, conduzindo Justin para fora. Margaret estava surpresa por ele já sair e não lhe ocultou a sua opinião. Fátima havia, de modo visível, esperado todo o tempo por ele saudosamente...

— Aqui, Margaret! Com isso ele passou uma nota de dinheiro para a mão dela, saindo com uma bênção. A criada, perplexa, acompanhou-o com o olhar. Era raro que se enganasse. Em verdade nunca se enganava. Mas nesse caso... Mister Justin, pois, não era o homem a quem a jovem mulher de Kivu amava. Ela, decerto, somente o chamara por ser ele seu médico... Voltou para Fátima. O bule de chá estava vazio, e Fátima, com os olhos fechados, estava deitada nas almofadas. Margaret ficou parada durante alguns segundos, indecisa; depois levantou a mesinha, afastando-se com ela. Era melhor que a jovem ama dormisse. O constante choro atraía também, além de todos os outros males possíveis, espíritos importunos, difíceis de serem novamente afastados...

Justin saíra sorrindo. Mas era um sorriso algo amargurado. Sua incurável credulidade, não era mesmo de se curar. Amanhã Fátima flertaria com Jean, e ele então ficaria de lado feito tolo. "Ela é uma pequena diaba!" pensou. Os olhos verdes dela e seus olhares desejosos tinham de enfeitiçar qualquer mortal...

As ruas do bairro dos somalis estavam, como sempre nessa hora, muito movimentadas. Parecia a Justin como se todos os habitantes do bairro se encontrassem nas ruas. Passou pela multidão da melhor forma que pôde, parando numa praça aberta. Aí, decerto, passaria um carro de aluguel que poderia levá-lo até o palacete de Visram. Enquanto esperava, um cansaço insuperável abateu-se sobre ele. Teria de adiar suas conferências para amanhã. Algumas horas de sono... é o que precisava urgentemente. Talvez bastassem essas horas para libertá-lo de esperanças enganadoras e destruir suas ilusões...

Justin olhou com impaciência para um veículo. Passaram vários automóveis particulares e motocicletas, bem como carroças puxadas por jumentos e carrinhos de mão puxados por homens. Também um agrupamento de soldados atravessou a praça, marchando com música. Era o batalhão de núbios do governador. "Soldados... por toda a parte da Terra soldados estão marchando!" pensou Justin aborrecido. Depois também atravessou a praça, e finalmente um velhíssimo automóvel de aluguel dobrou a esquina. Ele fez sinal para parar; depois, aos solavancos e com barulhos, viajou até o elegante palacete de Visram.

O portão do jardim estava aberto. Um sinal de que o amigo ainda não chegara. Seguindo o caminho que conduzia até os terraços, ouviu, de repente, música. Música de templo do sul da Índia. Portanto, Visram já estava em casa. Ele gostava dessas antiqüíssimas e algo místicas melodias... Justin ficou parado escutando. Sabia que tal espécie de música desencadeava um tipo de sentimento sublime nas almas indianas. Esqueciam então, temporariamente e de modo total, a miséria terrena e o medo. Ele próprio numa ocasião vivenciara um incompreensível êxtase coletivo. A festa do templo, que ele vira em Benares durante a sua viagem à Índia, fora inesquecível... naquele tempo esse tipo de música nada lhe dizia. Mas hoje... hoje sentia algo totalmente diferente... Sentou-se numa cadeira do terraço, fechando os olhos. Parecia-lhe como se essas melodias desfizessem seu cansaço anímico e sua depressão. Pouco a pouco acalmou-se completamente. Depois abriu os olhos e viu diante de si — Moslem — o criado de Visram.

— Mister Kalondji está aqui. Está esperando por mister Visram.

— Kalondji? perguntou Justin um pouco surpreso, ao se levantar, entrando. Estranho. Kalondji e música indiana de templo?... O criado conduziu Justin a um salão atapetado e ricamente decorado. A seguir desapareceu silenciosamente. Poucos minutos mais tarde apareceu Kalondji, relatando por que chegara um dia antes.

— Cheguei de avião, junto com o homem da máscara. Ele havia me convidado. Surpreendentemente também esteve em Costa. Justin olhou algo alarmado para o amigo. O homem da máscara era uma influente personalidade ocidental, contudo ninguém sabia como era seu verdadeiro rosto e sua verdadeira opinião.

— Não temos nada a temer. Pelo contrário. Creia-me, Justin!

O criado entrou, perguntando se poderia mostrar-lhes os quartos de hóspedes, ou se queriam esperar.

— Quando mister Visram se encontra junto de sua família, às vezes não volta! acrescentou explicando.

— Eu vou dormir! disse Justin logo.

— Algumas horas de sono a mim também não prejudicarão.

Com essas palavras Kalondji seguiu Justin e o criado. A casa de Visram também possuía um jardim interno circundado por uma arcada. O criado seguiu pelo caminho e, enveredando depois à direita, abriu duas portas de finas grades.

— Os quartos estão prontos. Vou buscar ainda sucos e frutas.

Kalondji e Justin lançaram um breve olhar para os quartos, saindo a seguir para o jardim. O jardim estava fresco e bonito, perpassado por uma fragrância quase narcotizante. Kalondji dirigiu-se a um pequeno chafariz, deixando a água correr sobre as mãos. Perguntou então a si mesmo, em silêncio, por que Visram havia deixado seu maravilhoso lar para trabalhar no Congo. Ninguém melhor do que ele sabia como era ingrata a missão e o trabalho deles... Não obstante, Kalondji não os teria trocado por outra coisa; provavelmente se passava o mesmo com Visram.

Justin admirava as grandes flores vermelhas de perfume tão forte. Eram de trepadeiras que subiam em duas colunas até o telhado e lá o jardineiro as havia arranjado de tal forma, que as ramas floridas pendiam entre algumas colunas. As mulheres somalis chamavam essas flores de corações em chamas, uma vez que apenas à noite floriam e exalavam perfume. Justin pegou uma flor, inalou o aroma e seguiu depois Kalondji até uma gruta onde se encontrava um Buddha dourado. O pai de Visram, pouco antes de sua morte, presenteara Visram com essa estátua. O Buddha estava sentado calmamente numa grande flor de lótus, sorrindo tão calmo e pacífico como se não existissem na Terra guerras, nem armas atômicas, nem ódio e nem fome. Justin admirava a estátua e gostaria de saber por que as figuras de Buddha sempre estavam sorridentes. O velho Krishna, decerto, havia freqüentemente procurado forças e esperanças junto dessa figura. Visram venerava a estátua como um legado do pai, admirando também o trabalho artístico da mesma. Além disso, a imagem de Buddha nada significava para ele. "Buddha, em sua época, foi certamente um grande portador da verdade, tendo ajudado a muitos. Mas hoje..."

— Hoje, com certeza, ele não estaria sentado assim sorrindo pacificamente! disse Kalondji, apagando, a bem dizer com um gesto de mão, Buddha e tudo o que se relacionasse com ele. Era um fiel adepto do Profeta. Estátuas de qualquer espécie pouco lhe diziam, não o interessavam.

— Bem, deixemos Buddha continuar a meditar pacificamente. Urge que nos deitemos.

Nesse ínterim, o criado colocara em cada quarto uma bandeja com frutas, doces e suco de frutas, afastando-se depois silenciosamente. Kalondji logo tirou a roupa, comeu e bebeu ainda um pouco e deitou-se a seguir. Justin, porém, estava tão cansado, que apenas tirou os sapatos e, assim vestido como estava, deitou-se na alta cama indiana. Antes de adormecer, viu ao lado do leito seu velho amigo Kialo. Bem, Justin sabia que a alma de Kialo peregrinaria por caminhos distantes, se assim desejasse. Olhou com alegria para o amigo e preceptor de infância, e sua alma também se ergueu, enquanto o cansado corpo terreno mergulhava num sono profundo.

Visram voltou para casa pelas duas horas da madrugada. Mandou o criado dormir e foi para seu gabinete de trabalho. Também nesse escritório estavam estendidos tapetes grossos, e gobelinos ricamente bordados com fios de ouro pendiam na parede atrás do comprido divã, ocupando todo um lado do recinto. Visram abriu as duas largas portas de vidro que davam para o jardim interno. Ficou parado alguns instantes, aspirando fundo o perfume dos corações em chamas. Eram flores maravilhosas que o lembravam de Anette. Virou-se e olhou em redor do jardim. Talvez a figura dela em sonho se encontrasse em suas proximidades... Amanhã a visitaria...

Visram apertou as mãos contra as têmporas. A pressão que sentira na cabeça o tempo todo, durante o anoitecer, tornara-se tão dolorida, que interrompia a sua capacidade de pensar. Quase que automaticamente voltara para a casa. Atravessou seu gabinete de trabalho e, na biblioteca, colocou um disco na vitrola. Logo depois ressoavam os sons da música litúrgica de templo pelo recinto, acentuando o silêncio da noite. A tensão que oprimia seu corpo, igual a uma insuportável dissonância, desfez-se.

Visram, num estado de leveza interior, voltou para o gabinete de trabalho, sentando-se à sua escrivaninha. Diante dele estava o pacotinho que Saleh lhe havia entregado. Continha o legado de Abu Ahmed. O amuleto dele. Com mãos trêmulas abriu o cordão vermelho. Em suas mãos estava a placa redonda de platina. Visram tinha o olhar fixo na cruz que dividia o amuleto em quatro setores. A seguir esfregou o dedo sobre a grande safira oval, tentando decifrar os caracteres de escrita... Ren... Sekhem... Khaibit... de repente turvou-se seu olhar... E em seus ouvidos começou um bramir, como se ele se encontrasse em meio de um colossal estrondear de mar. A seguir sentiu a brasa de um fogo... a brasa quente e gelada de uma correnteza de luz que não provinha desta Terra... O fogo espiritual que unia os escolhidos com as nascentes inesgotáveis da vida... "O fogo espiritual?" Visram pôs-se a escutar. Através do zunir e do bramir essas palavras haviam penetrado até sua consciência terrena... Agora também podia novamente se mexer... Mas o bramir continuava ainda... Não soava a voz de Abu Ahmed?... não... a voz parecia vir de seu próprio íntimo...

Visram abriu os olhos. Seu olhar caiu no amuleto. A misteriosa jóia agora pertencia a ele. A placa era de platina, foi o que soube através do próprio sábio. Mas a cruz sobreposta era de ouro... Pendurou o amuleto no pescoço e levantou-se. Com os joelhos trêmulos e ainda semi-atordoado dirigiu-se ao divã, acomodando-se nele... "O que realmente aconteceu comigo?" perguntou Visram a si mesmo... "Mais tarde, o que vivenciei hoje, se tornará consciente para mim... contudo eu pressinto que o véu que me separava da verdade tornou-se mais transparente..." Ao pensar assim, Visram ouviu novo bramir em seus ouvidos e sentiu uma bem-aventurança e uma espécie de êxtase espiritual que o fez estremecer.

"A Ti pertenço, Todo-Poderoso!" orou ele sem pronunciar palavras... "Presenteaste-me com a vida, Misericordioso... Deixa-me servir-Te... agora na Terra e mais tarde no mundo dos espíritos!..."

Visram caiu em sonolência. Parecia-lhe que Abu Ahmed e também Yu-Wei estavam ao lado do seu leito.

"É-nos permitido guiar-te uma parte do caminho!" disse alguém ao lado dele. "Não estás sozinho..."

Visram deitou-se mais comodamente...

"Fui ligado ao mundo da luz... Nunca mais estarei sozinho..."

CAPÍTULO XIV

Ao anoitecer Victor e Susane receberam seus visitantes. A casa toda estava festivamente enfeitada. Em cada dependência havia orquídeas. Os ramos de orquídeas encontravam-se em pequenas cestas de bambu trançado, colocadas sobre estantes especialmente feitas para isso. Susane e Anette mandaram colocar as flores nos locais onde mais sobressaíam. Victor, todo nervoso, já uma hora antes da chegada dos visitantes caminhava de um lado para o outro.

O banquete preparado por Biruti colocou-o numa disposição de ânimo quase lírica. Mesmo Titin parecia estar nervosa. Corria de tal modo entre os pés de um dos boys, que este quase caiu juntamente com uma pilha de pratos. Victor respirou aliviado quando chegou o primeiro visitante. Era o padre Laennel, um velho amigo da casa já havia muitos anos. Depois dos cumprimentos, Victor logo desapareceu com o padre no bar.

— Eu, aliás, gosto de padres católicos, pois eles não desprezam as boas coisas da vida! disse Victor, oferecendo um licor beneditino ao seu visitante. Padre Laennel tomou o licor, observando que comer bem e beber não constituíam nenhum pecado contra a sagrada escritura.

— Além disso, acrescentou humoristicamente, o licor beneditino, como se sabe, é uma invenção eclesiástica.

— O senhor está perdendo seu tempo nessa organização clerical fora de moda, meu amigo! exclamou Victor já levemente tocado pelas bebidas. O padre sorriu imperceptivelmente, deixando encher um segundo copo ainda.

Os próximos visitantes que chegaram foram Bilea e Mumalee. A moça atravessou graciosamente o salão, cumprimentando Susane e Anette. Quando Bilea se virou e viu o padre católico, sorriu tão calmamente como um lama tibetano. Não gostava dos homens da Igreja, como costumava se expressar. Uma vez, porém, que era cortês, sempre escondia seu desagrado atrás de um sorriso inescrutável.

Victor examinava, entusiasmado, a pequena Mumalee. Ela lembrou-o da banida estátua preta. Aliás, sua beldade preta de ébano não vestia uma roupa vermelha e apertada... Susane olhou um pouco insegura para a moça. Seria também ela uma filha de Tobias?... Victor conduziu Mumalee até uma cadeira, sentando-se ao seu lado. A moça interessava-o. Lamentavelmente veio também Bilea, envolvendo Victor numa conversa política. Ele, naturalmente, não podia adivinhar que seu anfitrião nada mais odiava do que conversas políticas antes da refeição. Bilea, aliás, não estava tão concentrado no assunto como em geral acontecia. Sempre voltava a olhar furtivamente para Anette. Uma loira beldade nórdica num sari branco-dourado? A mulher de Jean. Sabia que novamente ela se encontrava aqui. Mas... por que usava um sari?...

Anette sabia que se apresentando assim teria de provocar uma impressão extraordinária. Por isso pedira antes a opinião de Susane.

— Será que não tenho um aspecto demasiadamente teatral? perguntara, quando havia acabado de vestir-se.

— Absolutamente não, minha filha. Essa tua vestimenta combina com a noite de hoje!... dissera Susane, examinando Anette criteriosamente. E o sari fica muito bem para ti, apesar de teus cabelos loiros.

Tal resposta da velha dama até tornara Anette feliz. Em seguida dirigiu-se ao salão, numa esperançosa disposição de ânimo, a fim de esperar os visitantes...

Pouco depois chegou Visram. Anette sentiu parar seu coração ao vê-lo. Ele vestia um "smoking" branco e usava um turbante vermelho com uma grande pérola escura. Seu aspecto era belo, mas de algum modo inatingível, quando parou na entrada e se inclinou sorridente. A seguir tocou a testa e o peito com a mão, cumprimentando especialmente Susane que, contente, foi ao seu encontro.

— Visram, onde está Jean? Desapareceu durante toda a tarde sem deixar vestígios.

— Jean não é mais nenhum menino que necessite constantemente de guarda! exclamou Victor impaciente.

— Ele logo virá! acalmou Visram a velha dama.

Anette, sem fôlego, estava encostada no grande aparelho de música. Será que Visram a cumprimentaria também? Logo depois abaixou decepcionada o olhar. Os olhos azuis-acinzentados dele passaram apenas fugazmente por ela, antes de cumprimentar Victor e o padre Laennel. De repente, porém, estava diante dela, dizendo baixinho:

— O turbante é a confissão da minha origem indiana. Talvez uma proteção também para que eu não seja vencido totalmente por um feitiço europeu... aliás, o sari é mesmo a mais bela vestimenta existente para uma mulher. Antes que Anette se refizesse da surpresa, Visram afastou-se. Ela sentou-se feliz, mas confusa, numa cadeira.

Visram explicou a Susane por que Mumalee estava presente.

— Certamente cuidaremos dela. Victor encontrará uma solução! disse a velha senhora prestimosamente. Era natural que ajudasse todo aquele que viesse da fazenda de Tobias.

Pouco depois de Visram, apareceu Kalondji, cumprimentando os presentes com sua voz estrondosa. A seguir, radiante de alegria, apertou a mão de Victor, agradecendo-lhe pelo convite. Viu, então, Anette. A alegria desapareceu de seu rosto ao olhá-la fixa e inexpressivamente durante segundos. Anette havia se levantado, indo ao encontro dele e oferecendo-lhe a mão. Ficou muito assustada ao vê-lo. Kalondji conhecia a aversão de Anette por tudo que era de cor. Ele hesitou antes de pegar a mão. Olhou para suas grandes mãos, esfregando um pouco os dedos uns contra os outros.

— Não soltam a cor! disse ele com um sorriso imperscrutável, apertando-lhe a mão a seguir. Depois desse cumprimento esquisito, Anette sentou-se no divã ao lado de Susane. Estava profundamente envergonhada, não ousando olhar para Visram. Certamente, havia visto tudo.

Victor caminhava em redor no salão, observando seus visitantes. Era como uma peça de teatro onde ainda estavam faltando os atores principais. Susane tornava-se cada vez mais impaciente, pois nem Jean nem Justin tinham se apresentado. E Fátima? Viria? Bilea acenou afirmativamente ao ser perguntado a tal respeito. Não sabia explicar por que ainda não estavam presentes.

Então, de repente, chegou Jean. Cumprimentou todos amavelmente, contudo Susane bem como Victor notaram que ele estava deprimido e de algum modo decepcionado.

"Pode ser também que esteja com raiva ou aborrecido!" disse Victor para si mesmo. Pois bem, Jean sempre fora um pouco descontrolado. Victor olhou perscrutadoramente para o sobrinho, quando o mesmo desaparecia no bar. Depois se virou, suspirando. Quem é que poderia perscrutar as manifestações de outra pessoa! Recordou-se de algumas doutrinas budistas que enalteciam a paciência como sendo uma virtude...

Visram levantara intrigado o olhar, quando Jean atravessou o salão... Bilea contemplava interessado o desenho tecido à mão no tapete, sobre o qual estavam seus pés... Kalondji lançava constantemente um olhar furtivo para Anette. Sua presença na África constituía um enigma para ele... Também Mumalee fitava de vez em quando Anette, incrivelmente surpresa. Contudo, seus pensamentos sempre de novo se desviavam. No dia anterior, ao anoitecer, conhecera um interessante homem branco. Era fotógrafo e repórter, e muito falara sobre Katanga e Moïse Tschombé. E não havia outra pessoa que tanto a interessava como esse homem...

Surgira uma pausa nas conversações, na qual cada um seguia seus próprios pensamentos. Kalondji interrompeu o silêncio repentino, emitindo um som indeterminável e respirando como que aliviado. Havia solucionado o enigma Anette. Pensava na descrição algo confusa de milagres cristãos. Um missionário pregador falara uma vez na aldeia dele sobre os milagres desse lastimável Jesus. Provavelmente havia mesmo algo verídico nisso. O comportamento de Anette novamente lhe dera a esperança de que as diversas raças talvez ainda pudessem trabalhar e viver em paz... sem ódio ou presunção racial... Kufi, então, deu um grito pavoroso. Foi tão horrendo, que Anette se sobressaltou apavorada... "Mamavee... Mamavee..." crocitava e gritava o mais agudo que lhe era possível...

Victor levantou-se. Hoje Biruti tinha de expulsar seu queridinho para a casa dos criados... Kufi parecia mal-humorado... Também Susane se levantou. Hoje não teria nenhuma indulgência com esse bicho impertinente... Victor segurou-a.

— Isto eu resolverei. Recebe nossos hóspedes. Susane olhou aborrecida para o irmão. Naturalmente! O cozinheiro outra vez seria tratado com luvas de seda... "Mamavee..." ecoava novamente do jardim de inverno... Susane virou-se, ouvindo então uma voz risonha, Fátima. Sim, era Fátima entrando com Justin no hall.

— Atrasamo-nos, tia Susane? perguntou Fátima, que cintilava com seus brilhantes, indo ao encontro da velha dama, cumprimentando-a carinhosamente. Susane olhou boquiaberta para Fátima, sem nada falar.

— Tia Susane, estou tão feliz por vê-los! O pai manda cordiais lembranças, pedindo urgentemente vossa visita!... Mas onde está tio Victor? Susane havia se refeito da surpresa, dizendo algo mordaz:

— Cláudio deve ter feito ótimos negócios à custa dos pobres e famintos selvagens...

— Não te aborreças, querida tia. Ele está morto. Depois dessas palavras, Fátima abraçou tempestuosamente a velha senhora, virando-se a seguir e cumprimentando todos.

— Anette, está de volta! Agora Jean pode enxugar as lágrimas e passar seus suspiros aos entes do vento!... Fátima cumprimentou Anette com visível alegria. Agora Jean a perdoaria, por ter lhe causado sofrimento. Anette, com admiração, seguiu Fátima com os olhos. "Ela tem uma aparência irreal até... como uma rainha de contos de fadas..."

Fátima, de fato, tinha um aspecto irreal. Usava um vestido apertado de seda cor-de-rosa e sapatos da mesma cor. Seus cabelos pretos estavam penteados para cima e presos por um aro largo de diamantes. Seus braços estavam cobertos de braceletes de diamantes até os cotovelos e no seu peito cintilava a grande pedra do infortúnio.

— Fátima! Victor correu para ela. Pareces vir diretamente das "Mil e Uma Noites"! Incrível! Sim, é incrível, tomando-se em consideração que o teu pai é apenas um pequeno fabricante português de marmeladas e o avô era um simples farmacêutico! Todos riram com a observação chistosa de Victor. Fátima dirigiu-se ao padre Laennel, cumprimentando-o cortesmente. O sacerdote ficara sentado perplexo, quando Fátima surgiu. Nunca em sua vida havia visto, fora de uma joalheria, tantos diamantes. "Igual a uma 'prima-dona' aparecendo no palco", pensou ele algo confuso, seguindo-a com os olhos.

Kalondji parecia até assustado quando ela chegou em companhia de Justin. O aparato dessa mulher não o surpreendeu. Já a vira assim em Leo... Mas Justin?... Onde arranjara o smoking branco? E por que pareceria um príncipe de fadas indiano à paisana? Por que os seus olhos estavam brilhantes e tão felizes?... Justin, o simples e modesto Justin!... Hoje ele se parece exatamente com um desses funcionários do governo... Kalondji lembrou-se enojado de uma festa em Leo. Os altos funcionários brancos da administração, apesar de sua límpida e elegante apresentação, haviam se embriagado até ficarem inconscientes. Provavelmente por mero tédio...

Nesse momento Fátima cumprimentou Visram.

— Sim, o smoking de Charles fica muito bem em Justin! disse ela alegremente, avançando mais alguns passos. Depois, deu a mão a Kalondji, olhando-o durante alguns segundos de modo sério e perscrutador. Ele respondeu ao olhar dela de maneira inexpressiva e indiferente, pronunciando algumas palavras de cortesia.

Fátima ficou profundamente assustada ao ver o olhar de Kalondji. Sim, ela nascera e se criara na África. Olhares inexpressivos não podiam iludi-la. Sentia que Kalondji desejava sua morte para breve... ainda... nada mudara... ela, porém, se encontrava em fuga... Justin chegou, tomando sua mão. Agradecida, levantou o olhar. Junto dele havia paz e confiança...

— Onde está Jean? perguntou Susane nesse momento. O jantar já está sendo servido.

— Jean? Sim, onde ele está? Visram foi com Victor até o bar. Jean, cismadoramente, estava sentado numa banqueta. Fátima também o fizera de bobo... Ficaria com ele em Nairóbi... dissera... ele, pois, era um idiota perfeito... voltarei... amo somente Justin... sempre e eternamente... Jean deu uma risada amargurada, ao pensar no "sempre e eternamente", enchendo outro copo. A garrafa de conhaque estava agora vazia. Victor parou na porta. Justamente hoje o rapaz tinha de se embriagar... era realmente desagradável. Visram colocou a mão no ombro de Jean. Podia imaginar mais ou menos por que o amigo estava sentado ali, bebendo. Jean sempre tivera o costume de afogar desgostos e aborrecimentos no álcool...

— Realmente, Jean, isto eu não esperava de ti. Pelo menos hoje! disse Victor repreensivamente. Alegramo-nos tanto com a tua companhia. Susane quase se desfez em lágrimas, enquanto não chegavas... teus visitantes esperam tua presença... em vez disso, estás sentado aqui e...

Jean fez um gesto desdenhoso e levantou-se pesadamente.

— Se achas que eu estou incomodando aqui, então irei para outro lugar. Locais, pois, existem de sobra nessa fina colônia... Victor encheu para si um copo de anisete, olhando aborrecido e preocupado para o sobrinho. Talvez fosse melhor que Jean saísse. Nas condições em que agora se encontrava, gostava de fazer escândalos... Jean recusou decididamente a ajuda de Visram. Ainda podia caminhar sozinho... Não precisava de hipócritas... Enquanto Jean saía pela porta traseira do bar, Victor acalmava a irmã.

— Jean bebeu um pouco demais. A presença de Anette, realmente, deixou-o muito nervoso. Temos de nos dedicar agora às visitas. Biruti cuidará do rapaz. Susane murmurou para si mesma algo incompreensível, olhando Anette. Por que a jovem não ficava aqui e voltava para Jean? As pessoas modernas tornavam-se cada vez mais incompreensíveis. Como era possível que Anette ficasse sentada assim insensível? Devia ter notado que Jean era infeliz...

Visram saiu, explicando a situação a Kalondji.

— Que pena, Jean amar tanto essa pálida mulher... bem... queira Alá... o Onipotente... presenteá-lo com uma outra... mais pacífica mulher... Kalondji fez ainda um gesto de lástima com a mão, observando que o matrimônio com uma única mulher só apresentava desvantagens...

— Sabe o céu, por que ele, justamente hoje, se comportou assim! disse Victor para Bilea no momento em que Justin procurava o amigo.

— Ele saiu, mas agora finalmente vamos comer. Justin acenou com a cabeça; antes, contudo, ainda queria procurar Jean. Biruti riu quando Justin entrou na cozinha. Depois fez um sinal com a mão, conduzindo-o para o antigo quarto de estudos. Ali Jean, quando pequeno, e temporariamente ele próprio também, haviam feito suas lições escolares. Agora o grande Jean estava deitado numa cama dura e alta, dormindo. Pelo menos parecia dormir. Biruti pegou uma caneca da mesa, afastando-se.

— O jovem bwana terá hoje à noite sonhos alegres, amanhã um pouco de dor de cabeça e depois de amanhã uma nova mulher... Justin contemplou o amigo durante alguns minutos, seguindo depois o cozinheiro.

— Eu não queria que mister Jean saísse esta noite! explicou Biruti, um pouco hesitante. Hoje à noite será perigoso para homens brancos! acrescentou ainda baixinho.

— Compreendo. És um bom amigo, Biruti. Justin colocou por um momento a mão no ombro de Biruti, saindo a seguir rapidamente.

— Venham comer. Victor, decerto, já está rondando a mesa e provando os pratos! disse Susane, conduzindo seus visitantes à sala de jantar. Victor, de fato, estava ao lado do aparador, comendo um grande camarão que previdentemente mergulhara em maionese.

— Minha bile e meu fígado estarão amanhã em greve! exclamou alegremente para os visitantes que estavam entrando na sala. Contudo, quem poderia resistir à arte culinária de um segundo Brillat Savarin?

Três criados serviam saladas, frutas, pãezinhos quentes e toda a sorte de lautas entradas, enquanto Victor servia um leve vinho branco ao padre Laennel e a si próprio. Para os demais havia água mineral, sucos de frutas e chá frio à disposição. Todos estavam com fome, e as obras de arte culinária de Biruti foram muito elogiadas. Quando os criados trocavam os pratos, o sacerdote fez a observação de que só as entradas já bastariam, e muito, para saciar a fome de qualquer um. Bilea deu-lhe razão e, dirigindo-se depois a Visram, perguntou o que se pensava no Congo a respeito de Jomo.

— Tive pouco tempo e também poucas oportunidades para falar sobre isso com alguém! respondeu Visram pensativamente. Temos de solucionar tantos problemas... Visram fez um gesto com a mão, voltando-se de novo para a comida. Victor olhou repreensivamente para Bilea. Esse somali era incorrigível. Algum dia ele ainda teria úlceras no estômago... todo mundo sabia que conversas políticas nas refeições constituíam um veneno para a digestão...

— Seria mais inteligente se esse velho barba de bode continuasse na cadeia. Ali, pelo menos, estaria só consigo mesmo! disse Susane peremptoriamente. Victor depositou com barulho o garfo, olhando resignado para a irmã. Como é que se podia temperar o banquete de Biruti com política? Kalondji acenou com agrado para Susane. Gostava da velha dama. Chamar Jomo Kenyatta de velho barba de bode...

— Certamente se tornará presidente, quando livre! exclamou Bilea.

— O chefe terrorista como presidente? perguntou padre Laennel, horrorizado.

— Eu não estou tão seguro de ele sozinho ter sido o chefe dos rebeldes naquela ocasião. Ainda há muitos outros em liberdade e bem mais perigosos para todos os brancos. Jomo é, de certa maneira, amigo dos ingleses.

— Visram tem razão, razão mesmo! exclamou Bilea entusiasmado. Jomo tem sua cama em ambos os lados! Todos riram do somali. Somente os criados serviam com rostos imóveis um pastelão de galinha especialmente delicado. Jomo era herói deles. Quem o ridicularizava, assinava sua própria sentença de morte... Victor repetiu duas vezes. O pastelão estava excelente, como tudo o que seu cozinheiro trazia à mesa. Junto bebia o extraordinário Anjou, de importação própria. Também o padre soube dar valor a esse vinho. Até Fátima e Anette bebiam à saúde de todos um pouco do vinho.

O aborrecimento de Victor desapareceu, ao ver como os visitantes estavam gostando da comida. A seqüência dos pratos, aliás, não era sempre assim como se esperava. Nisso Biruti era individualista. Servia suas invenções culinárias como achava certo. Recentemente mandara servir a sopa no final. Victor sorriu ao lembrar-se dessa sopa final. Os visitantes europeus haviam fixado os olhos na sopa de maneira mais do que cômica...

Susane comera calada. Pensava em Jean e na moça que queria descobrir para ele... primeiramente, aliás, vinha Kivu... a presença de Fátima despertara nela, de modo redobrado, a vontade de visitar Tobias e os seus... A moça, realmente, era muito bonita, contudo um pouco abarrotada demais... tinha essa Mumalee... criatura esquisita... Susane levantou a cabeça, contemplando os visitantes. Victor, naturalmente, estava bebendo demais. Também o padre parecia gostar do vinho.

Justin estava sentado, como que em transe. Mal falara duas palavras até o momento. Susane observou-o examinadoramente, olhando a seguir para o bondoso rosto preto de Kalondji. Gostava desse africano congolês. Era saudável e robusto, e não parecia sofrer, nem o mínimo sequer, de complexo de inferioridade. Era exatamente a pessoa apropriada para responder-lhe algumas perguntas. Esperou uma pausa nas conversas e perguntou-lhe com interesse, se na pátria dele ainda existiam canibais... E se era correta a afirmação de um missionário de que atualmente, de novo, se comia mais carne humana. E, também, se a maioria dos missionários, que ainda não tinham fugido, temiam por suas vidas...

Kalondji colocou a colher sobre a mesa, pois havia acabado de comer um excelente pudim, olhou a seguir estupefato para Susane e baixou os olhos sorridentemente. A velha dama havia lhe dirigido uma pergunta fora do comum durante essa fina refeição. O padre engasgou-se com o bom vinho, ao ouvir as perguntas indiscretas de Susane. E isto era uma pena. Pois uma bebida tão rara deveria ser tomada até o fim com calma e contemplação. Mumalee começou a dar risadinhas, deixando cair a colher... Canibais... que engraçado!... O terceiro boy de serviço, um kikuyu, emitiu um som gutural, de modo que Jerri lhe deu um forte pontapé na canela. Visram, Justin e Fátima sorriam divertidos. Gostavam de tia Susane e de suas perguntas indiscretas... Bilea fez como se nada tivesse ouvido. Victor tinha o olhar fixo numa orquídea. E parecia mesmo como se procurasse na flor uma explicação para o fato de sua tão bondosa irmã sempre apresentar perguntas muito estúpidas e ofensivas. Estava tão nervoso, que até enxugou com o guardanapo o suor da testa. Era isso uma grave falha, mas Susane era realmente uma praga com sua curiosidade doentia. Anette observara furtivamente e algo amedrontada Kalondji. Como é que receberia tal pergunta ofensiva?...

Quando a pausa começou a se tornar desagradável, Kalondji levantou a cabeça sorrindo pacificamente e um tanto ardiloso.

— Segundo o que ouvi falar, os nossos canibais não mais cobiçam tanto a carne humana! observou ele com um tom de lamento. Parece que tal carne se torna cada vez mais dura e indigesta... no entanto... eu tive certa ocasião um amigo que comia dobradinha, levemente cozida, enquanto estudava o filósofo grego Platão! acrescentou com um olhar de soslaio para Biruti.

Susane sorria. Ela tinha senso de humor. Além disso ele havia confessado que ainda existiam canibais.

— Faz pouco tempo, aliás, ouvi dizer que os selvagens queriam modernizar-se! disse Kalondji olhando em redor, exigindo admiração. Para meus irmãos o dardo se tornou demasiadamente antiquado. Estão pensando seriamente em encomendar armas atômicas aos grandes irmãos brancos. Naturalmente, apenas pequenas; seria um progresso, além disso a aldeia inteira sempre estaria com a fome saciada... Kalondji olhou para todos depois dessas palavras, constatando divertido as reações de cada um. Aqueles que mais o divertiram, foram os boys de serviço. Encontravam-se junto com Biruti ao lado do aparador, escutando com as bocas abertas, como que hipnotizados.

— Eu não sei se isto está certo! observou Susane. Melhor seria que ficassem com seus dardos. Essas novas bombas matam também todos os animais selvagens e isto, realmente, seria uma pena.

Kalondji achou que madame Susane não estava tão errada. Pois tinha a mesma opinião.

— Por outro lado não se pode levar a mal os pobres selvagens que querem acompanhar o tempo... embora me seja incompreensível que quisessem liquidar seus irmãos logo em grande quantidade... Refiro-me aí à dureza e indigestibilidade dos mesmos... Kalondji levantou significativamente os braços, enquanto estrondosos risos dissolveram a tensão. Victor riu um tanto forçadamente. Tinha o sentimento desagradável de que Kalondji não achara nada de divertido nas perguntas de Susane. E ainda mais que existiam, de fato, provas de que ainda se comiam seres humanos. Pouco, mas... Sua irmã era às vezes insensível como um crocodilo.

— O senhor ainda não respondeu a minha outra pergunta! exclamou Susane, enquanto olhava de soslaio para o padre Laennel.

— A madame refere-se à questão dos missionários? perguntou Kalondji hesitantemente. A situação desses senhores é algo delicada... fazemos o que está ao nosso alcance para que essas bem-intencionadas pessoas possam voltar incólumes para os seus países de origem... é justamente o tempo certo, pois os missionários poderão logo continuar com sua obra beata de conversão lá nos seus próprios países... A atividade deles, portanto, não sofrerá nenhuma interrupção...

— Obra de conversão? perguntou o padre Laennel algo precipitado.

— O senhor ouviu direito, reverendo! disse Kalondji com firmeza. Existem lá tantos selvagens nus... desculpe, eu naturalmente queria dizer brancos nus... os pequenos trapinhos, chamados "biquínis", tornaram-se agora grande moda na minha aldeia... além disso nesses países estão os senhores da guerra com suas maravilhosas armas... os modernos canibais por assim dizer... Como está vendo, reverendo, o campo de atividade lá é muito grande. Portanto, estamos apenas fazendo um favor aos nossos grandes irmãos brancos, mandando-lhes de volta seus eficientes missionários!...

O padre Laennel olhou sem jeito para o chão, enquanto Kalondji se levantou, inclinando-se diante de Susane.

— Perdoe-me, madame, se entrei demasiadamente em detalhes! disse algo desalentado. Pois gosto de me ouvir falando... Um novo acesso de risos fez Kalondji calar. Até Victor deu uma risada de alívio, enchendo mais uma vez o copo do padre e o seu também. Um copo de vinho a mais ou a menos hoje não faria mal...

Biruti pessoalmente serviu a grande torta. Colocou logo três pedaços no prato de Kalondji. O homem do Congo falara-lhe diretamente ao coração. Pelo menos com referência aos missionários. A seguir Visram elogiou a arte culinária de Biruti, agradecendo aos anfitriões pelo banquete. Susane levantou-se. Bilea despediu-se logo depois. Não participara da conversa na mesa. Ocupava-o demasiadamente a próxima liberdade de Kenyatta. Além disso, tinha ainda um compromisso no Hotel Stanley... Mumalee agradeceu, despedindo-se também. Iria junto com monsieur para o bairro somali. Não falou que lá um jovem fotógrafo esperava por ela. Visram puxou a menina para o lado, convidando-a a permanecer. Enquanto se encontrasse em Nairóbi, tinha de cuidar dela. Mumalee contou com franqueza do fotógrafo.

— Ele está tão entusiasmado com minha beleza bizarra, sim, foi assim que falou. Está querendo me fotografar e mandar os retratos para uma revista inglesa. E ainda nem me viu dançar! acrescentou ela com orgulho. Amanhã quer ir comigo ao "Mount Kenia Club". Talvez eu dance lá.

Visram olhou-a perscrutadoramente. Não gostou desse branco. E muito menos teria gostado dele se soubesse que levaria Mumalee consigo para Katanga...

— Se tens um compromisso, precisas ir. Mal Visram falara isso, e ela já se virava para sair.

— Ele se chama Winston! disse quase triunfantemente. Visram, sorrindo, acompanhou-a com o olhar. Ainda era uma criança grande. Um somali não seria o pior para a moça. Até a grande Mumalee não faria nenhuma objeção a um somali, ainda mais tendo o nome Winston. Mas será que esse homem era de fato um somali? Mumalee havia esquecido de mencionar a nacionalidade de seu admirador...

Visram andou vagarosamente pelo salão de entrada revestido de mármore, saindo a seguir, através do salão pequeno, para o jardim interno.

— Eu gostaria de perguntar ao senhor a respeito de uma coisa! disse o padre Laennel, quando Visram entrou pela porta. Naturalmente não precisa dar-me uma resposta.

— À vontade. Aliás não posso dar nenhuma informação sobre canibais! observou Visram cautelosamente. Além disso são eles apenas míseros ignorantes...

— Canibais? Não, esses não me interessam no momento. O padre olhou em volta. Kalondji estava sentado na outra extremidade da arcada. E a julgar por suas risadas estrondosas, parecia entreter-se maravilhosamente.

— Gostaria de saber quem matou Lumumba?! perguntou baixinho o padre. Visram olhou pensativamente para o chão. Achou muito estranho o interesse que se demonstrava por Lumumba. Esse homem se destacou, em verdade, apenas por seu ódio... Fleming, o inventor da penicilina, não teria despertado nem a metade do interesse, se tivesse sido assassinado... Visram levantou a cabeça. O padre Laennel olhou para ele em expectativa.

— Lumumba tornou-se vítima de seu próprio ódio. Mais, não posso dizer sobre isso. O sacerdote acenou com a cabeça, compreendendo.

— Sim, mais ou menos eu imaginei isso. Embora sempre fosse um enigma para mim, por que os seres humanos aclamam de preferência criaturas de pouco valor, aplaudindo-as...

— Esse enigma seria fácil de decifrar. O senhor, como sacerdote católico, aliás, deveria sabê-lo.

— O que ele deveria saber? perguntou Victor, com os olhos cintilantes de curiosidade.

— Trata-se de um tema filosófico! disse padre Laennel algo embaraçado.

— Bem, mas sentai-vos junto de nós. Kalondji é insuperável com suas histórias. Pelo que tudo indica, ele conquistou o coração de minha irmã.

Visram acomodou-se ao lado de Justin.

— Tio Victor, senta-te aqui! exclamou Fátima alegremente. E o reverendo poderá sentar-se ao lado de tia Susane e monsieur Kalondji.

— Antes de nos sentar eu gostaria de conversar com o senhor Kalondji a sós! disse Susane rapidamente, acenando para que o gigante preto a seguisse. Victor, curioso, seguiu a irmã com os olhos. A curiosidade dela era doentia até. Certamente tinha mais perguntas.

Susane ficou parada ao lado da mesinha onde sempre lia a Bíblia. Ao mesmo tempo olhou para todos os lados. Kalondji também fez o mesmo.

— Ninguém está presente. Talvez espíritos! disse ele com um sorriso irônico, contemplando a velha senhora.

— Espíritos! Esses não me interessam! disse Susane algo ausente. Quero saber quem matou Lumumba. Tanto se fala sobre isso... e também quero saber o porquê de seu ódio, doentio até, contra os brancos.

Kalondji tossiu um pouco a fim de ganhar tempo.

— Não procure uma escusa! Também meias-verdades não me servem! Susane sentou-se, indicando para a outra cadeira.

— Sente-se, senão meu pescoço ainda ficará duro!

Agora Kalondji estava sentado, olhando sério para a velha dama. Depois de algum tempo ele começou um pouco hesitante:

— Lumumba tinha recordações... sonhos... até seu décimo terceiro ano de vida... e assim tinha, inicialmente, medo; um medo tão violento, como somente nós, os pretos, podemos sentir. Depois matou o medo, sentindo apenas ódio e desejo de vingança.

— Senhor Kalondji! O que está me contando aí? Recordações, sonhos! Nós todos temos recordações e sonhos. E medo? Pelo que sei, a família branca com a qual ele vivia tratou-o muito bem.

— Muito bem! concordou Kalondji rapidamente.

— O senhor pode confiar em mim! disse Susane impacientemente ao ver a hesitação dele. Eu desejo muito entender melhor os pretos. Quero dizer, entender com o coração. Com o coração! A velha dama parecia ter encontrado as palavras certas, e Kalondji começou a explicar o caráter de Lumumba.

— Sim, o pequeno Lumumba tinha recordações! Ele vivia uma vida de dia, e de noite, ao dormir, vivia uma segunda vida. Seu espírito, por ninguém observado, perambulava. É como nos rios da Terra. Correm em seus cursos na superfície, sendo visíveis suas águas a qualquer um. Existem, porém, também rios subterrâneos. Ninguém os conhece, mas também existem. A vida do pequeno Lumumba corria igual a um rio visível e um outro invisível. A vida invisível que levava, despercebida por todos, educava e formava seu caráter. E essa vida invisível consistia em medo, ódio e sentimentos de vingança. À noite, quando as pessoas brancas têm sonhos bonitos, acontecia que o menino negro era arremessado de volta a uma existência horrível, uma existência que ele havia vivido outrora. Era sempre o mesmo. Via-se como moço forte, tendo pouco antes passado pelos rituais de virilidade e estava orgulhoso agora de sua nova dignidade. Teso e com uma pose intangível caminhava pela aldeia, deixando atrás de si muitos olhares e exclamações de admiração.

Quando chegou a esse ponto da narração, Kalondji silenciou, olhando saudosamente à sua frente. Susane pressentiu que se lembrava de sua aldeia. Fez um movimento, puxando um pouco a Bíblia. Kalondji devia perceber que ela ainda se encontrava ali, esperando que continuasse.

— Quando então aconteceu a desgraça, retomou Kalondji a narração, o jovem Lumumba estava acocorado no chão, absorto em pensamentos, afiando as pontas de suas lanças. Foi então que alguém, vindo de trás, lhe deu terríveis golpes. Logo depois o chão

cedeu abaixo dele, rolando, e sangue gotejava sobre as suas mãos...
O que depois lhe aconteceu, não sabia. Certo dia tornou-se ciente de que ainda vivia. Mas com a conscientização, um tormento pior ainda tomou conta dele. Chegara de maneira inexplicável ao reino dos demônios de pele vermelha, cabeludos e com olhos de peixe. Nem os olhos ele podia fechar, senão batiam nele com tiras de couro, quando queria esconder-se das horrendas figuras. Depois, passado algum tempo, que não sabia se era curto ou longo, ele compreendera. Não caíra no reino dos demônios, mas no cativeiro de seres humanos de pele branca. E sua vida consistia exclusivamente em trabalho e em castigos... trabalho e castigos...

Kalondji levantou a cabeça, olhando para Susane. A velha senhora continuava sentada, pálida, e tristeza sombreou seus olhos. Kalondji enxugou a testa, passando o lenço pelo rosto todo também. A história o abalara.

— Quando o pequeno Lumumba, continuou Kalondji, podia fugir desse terrível passado — e isto sempre acontecia ao acordar com a luz do dia — ouvia, então, palavras. Palavras nítidas que alguém pronunciava em seu ouvido. Kalondji fez nova pausa. Queria retransmitir exatamente as palavras para que a velha dama de pele branca pudesse entender. Entender com o coração.

Susane inclinou-se para a frente, em sua cadeira, perguntando baixinho, que palavras, pois, tinham sido.

— Palavras más! disse Kalondji. Pois acendiam o fogo do ódio, de modo que o coração dele se tornava amarelo com isso: "Pauladas, feridas, trabalho. És um demônio para teus inimigos de pele branca!... És um sapo debaixo dos pés deles! Odeia-os e mata! Vinga os irmãos de tua tribo! Eles gritam por morte e vingança..."

Assim a voz falara muitas e muitas vezes no ouvido do pequeno Lumumba. Nunca pudera ver o rosto a quem pertencia tal voz...

Lumumba tinha treze anos quando cessaram as caminhadas tormentosas para o passado, não mais se aproximou nenhuma voz ao seu ouvido. A obra estava concluída. Lumumba odiava e temia os brancos dali em diante. Queria, então, após ter chegado ao poder, livrar a si e ao país da presença deles...

Kalondji calou.

— De onde o senhor sabe tudo isso? Nunca soubemos dos horrendos sonhos desse homem!

— Não, a senhora nunca ouviu. É igual aos rios subterrâneos. Na superfície nada se percebe deles, não obstante existem. Eu mesmo soube disso somente depois da morte dele. Um conhecido curandeiro, amigo de Lumumba, contou isto a Justin. A senhora sabe que Justin goza da confiança de todos os feiticeiros do Congo! disse Kalondji sorrindo e levantando-se a seguir.

— Mas quem o matou?

— Madame Susane, ninguém quererá responder tal pergunta, e eu também não posso fazê-lo. Já bastam as complicações internacionais que temos.

— Mas a reunião demorou muito! disse Victor repreensivo, quando Susane e Kalondji voltavam do salão pequeno.

— Agora estamos todos reunidos, e eu tenho algo a vos comunicar... Fátima queria começar a falar, mas os criados vieram para servir chá e café em xícaras de porcelana finíssima. Biruti trouxe uma bonita salva de prata com gulodices indianas, colocando-a na mesa. As gulodices e a salva de prata eram um presente de Sita. Ela sabia que Susane e Anette também apreciavam especialmente essas gulodices aromatizadas.

— Agora, minha filha, o que queres nos comunicar? perguntou Susane, colocando um pouco dos doces em seu pequeno prato.

— Voltarei com Justin para o Congo e cuidarei das crianças no seu hospital! disse Fátima decididamente. Iremos a Stanleyville.

— Stanleyville? perguntou Victor surpreso. Pensei que conforme o desejo de teu pai, ficarias aqui!

— E por que queres ir justamente para essa cidade quente? disse Susane desaprovando. Não tiveste nem tempo para pensar sobre esse plano! O que dizes disso, Visram? E a sua opinião, senhor Kalondji?

— Eu? perguntou Kalondji, aprumando-se um pouco na cadeira. O que ele diria à velha dama? Justin e Fátima juntos no Congo?... Será que Justin tinha perdido de repente o juízo?...

— Justin, de qualquer forma, queria ir a Stanleyville... para madame Fátima, contudo, lá será demasiadamente quente! respondeu Kalondji algo dubiamente. Além disso, essa cidade tornou-se um centro de agitadores... pregam igualdade, instigam as tribos umas contra as outras. E mais, ali perambulam toda a sorte de alunos missionários, fazendo com que o povo se torne mais confuso ainda do que já é... mas o que estou falando... sabemos, sim, que tudo se realiza de acordo com a decisão sábia de Alá... Kalondji calou, olhando para Visram quase que implorando. Junto com Fátima, Justin estaria em perigo. E nada deveria acontecer a ele...

Visram tinha interpretado corretamente o olhar de Kalondji. Por isso disse, acalmando, que Fátima nem era conhecida em Stanley. Nesse ínterim, Fátima saíra, voltando com uma pequena cestinha como a que Susane usava para suas orquídeas. O padre pigarreou, querendo dizer algo nesse momento. Fátima, porém, afastou com um gesto de mão todas as objeções. Sua decisão seria inamovível. Mesmo que Justin não a quisesse, ela voltaria.

— Monsieur Kalondji tem razão. O que terá de nos acontecer, acontecerá. Não importa onde nos encontremos. Logo depois, Fátima começou a tirar seus braceletes. Ergueu cada bracelete, colocando-o a seguir na pequena cesta. Depois seguiram-se os anéis, o diadema e o grande diamante pendurado no peito.

— Bem, aqui está uma grande parte das minhas jóias. Tudo o mais está guardado por meu pai. Todos os diamantes que estais vendo aqui são sem defeitos e da maior limpidez... com exceção do diamante grande.

— O que significa tudo isso? perguntou Susane severamente. Gestos teatrais eram-lhe antipáticos.

— Não fiques zangada, tia Susane... apenas quero que tio Victor venda as pedras... ou melhor dito, todas as jóias, assim como estão.

Victor olhou um tanto perplexo para o monte cintilante de diamantes, depois enxugou algumas inexistentes gotas de suor da testa, dizendo finalmente que em venda nem se poderia cogitar.

— Não me compreendeste, tio Victor. Quero vender as jóias de qualquer maneira. Com o produto devem ser comprados medicamentos, víveres, maquinário ou qualquer outra coisa. Esse tesouro deverá voltar transformado para o país de onde veio!

Fátima estremeceu, sentindo frio, e lágrimas brotaram-lhe nos olhos.

— Compreendo o que madame Fátima quer dizer! exclamou o padre Laennel. As pedras devem transformar-se em pão!
— É exatamente isso! O senhor entendeu, reverendo... eu lhe agradeço de todo o coração.
— Por que vender as jóias? Penso que tendes o bastante para vossos planos!
— Sem dúvida, não nos falta dinheiro. Mas nesse caso trata-se de algo diferente! disse Visram com firmeza.
— Pois bem, se pensais!... Victor não estava convicto da necessidade da venda. Que pensas a tal respeito, Justin?
— Fátima deve fazer o que achar certo! respondeu Justin apático e sem interesse. Justin, na realidade, estava desesperado. Desesperadíssimo. Que ela se desfizesse dos diamantes, concordava plenamente. Mas o gesto dela tinha em si algo de trágico. Pelo menos sentiu assim. "Ela sabe que morrerá jovem!" pensou resignado. "Só por isso é que me acompanha. Sobre o nosso amor, desde o início, pairava uma sombra. Também agora a felicidade seria apenas de curta duração... O verdadeiro milagre do amor poderia existir na Terra somente de modo muito limitado... Mas não quero ser ingrato." Justin olhou para Fátima, colocando-lhe nos ombros a capa de seda. Ela ainda sentia frio e tremia como que em febre. Susane contemplou os dois, perguntando depois de modo realista, se eles não queriam casar-se.
— Nós prepararemos aqui para vós um belo casamento. Padre Laennel poderá dar-vos a bênção de núpcias. Por que quereis esperar até estar em Kivu?
— Naturalmente, celebrarão o casamento aqui! exclamou Victor aliviado. Tobias alegrar-se-á com isso.
— Talvez casemos mais tarde, querida tia Susane.
— Mais tarde? Isto vos dificultará a vida! ponderou Susane.
— Justin e eu viveremos, por enquanto, sem a bênção clerical. Além disso, ele é maometano. Portanto, um casamento cristão não entraria em cogitação.
— Viver juntos assim! irritou-se Susane. Ouviu, Victor?
— Certamente ouvi. Victor olhou para Visram e Justin, solicitando ajuda e ao mesmo tempo perguntando. Mas os dois

homens sorriam imperceptivelmente, parecendo não levar a sério esse assunto.

— Pelo que sei, até maometanos casam condignamente. Mas por que não quereis casar? Não podeis esconder que estais vos amando.

Inesperadamente, Kalondji veio em auxílio de Fátima. Ele fez Susane pensar que seu amigo Justin e Fátima por muito tempo viveriam entre pobres e doentes selvagens.

— Talvez mesmo entre atrasados canibais! acrescentou ele piscando os olhos. Um papel de casamento, quer cristão, quer maometano, seria totalmente sem importância nessas circunstâncias.

— Se vós achais!... Susane deu-se por vencida. Levantou-se, pois também sentia frio, apesar da capa. Terminara a reunião festiva. Fátima e Justin despediram-se primeiro.

— Eu te agradeço, tia Susane, e perdoa-me.

— Sede felizes! Susane abraçou os dois, enxugando as lágrimas que, sem querer, gotejavam de seus olhos.

— Madame, posso despedir-me e agradecer-lhe? disse Kalondji, inclinando-se profundamente. A senhora é a primeira dama branca que falou comigo sem hipocrisia sobre os problemas da minha raça. Nunca esquecerei esta noite... Monsieur, pode-se ter inveja do senhor. Uma irmã assim não se pode pesar nem com diamantes! disse Kalondji estrondosamente para Victor, ao apertar-lhe a mão, sacudindo-a a ponto de quase destroncá-la. Susane olhou quase carinhosamente, sim, de certo modo orgulhosa, para esse bonito exemplar preto. Para ela pouco importava qual a cor de pele de um ser humano. Todas as criaturas humanas tinham sido criadas por Deus. E os negros, pois, eram Seus filhos mais pretos... além disso, não havia nenhuma raça livre de pecados.

Visram estava de pé diante de Anette, olhando-a seriamente.

— Amanhã cedo virei para falar sobre nossa vida em comum. Você me ouvirá? Anette acenou afirmativamente com a cabeça, seguindo com os olhos, confusa, a figura que se afastava.

— Anette, viste um espírito? Tens o olhar fixo à tua frente, como que em êxtase! Anette estreitou seu sari em volta de si, virando-se devagar.

— Espírito? Não. Acreditas em espíritos bondosos, tia Susane?
— Por que não?
— Quero dizer espíritos que conduzem nossos destinos para o rumo certo. E... talvez esteja certo mesmo que nós, seres humanos, voltemos mais de uma vez à Terra e nos encontremos novamente...

Susane deu de ombros.

— Às vezes quero acreditar nisso. Isto é, na reencarnação, tudo então teria uma lógica...

Padre Laennel, assustado, escutara as palavras de Susane. Nunca atribuiria a ela idéias tão revolucionárias. Para onde iriam as coisas, se uma cristã tão boa como a velha dama pensasse desse modo... E Anette... Casualmente ele tinha visto quando Visram se despediu dela. O olhar do indiano tinha sido, a bem dizer, de posse... e isto madame Anette também deveria ter sentido. No mesmo momento o padre lembrou-se de que Visram tinha a fama de ser hipnotizador.

— Não, isto é um disparate. Visram não precisaria de meios artificiais para conquistar uma mulher!

— Nisso o senhor tem razão! Visram não necessita disso! O padre virou-se assustado. Nem se tornara consciente de ter pensado alto... Um gole para a noite não nos poderá fazer mal. Victor pegou o padre pelo braço, desaparecendo com ele no bar. Susane sentou-se pensativamente diante de sua Bíblia, e Anette foi para seu quarto como que extasiada.

CAPÍTULO XV

Visram dirigiu o automóvel pelo tráfego intenso. Deixou Fátima e Justin diante da mesquita no bairro somali, depois levou Kalondji para o depósito de mercadorias. Ele próprio seguiu para o palácio do governo. Ali se realizava uma festa e sua família fora convidada. Dessa maneira, poderia cumprimentar o governador inglês e também conversar com alguns funcionários da administração, os quais teriam que ajudá-lo em algumas transações. Além disso, encontraria lá seu amigo sudanês. Esse amigo exercia uma grande influência sobre vários políticos do Congo. E Visram refletia, admirado, com que habilidade esse amigo manobrava atrás dos bastidores. Duas horas no palácio do governo deveriam bastar. Depois ainda teria tempo para encontrar Kalondji no aeroporto, fiscalizando junto com ele o embarque da carga. Os americanos já estavam lá. Seria bem possível que levantassem vôo de madrugada e entregassem a carga no acampamento de fugitivos balubas.

Exatamente duas horas mais tarde, Visram estava no aeroporto, onde a entrega da carga já estava em plena execução. Às cinco horas da manhã chegaram dois médicos indianos e vários enfermeiros. Um dos médicos era Said, genro de Visram. Havia medicamentos e vacinas em quantidade suficiente a bordo. Poder-se-ia sustar a epidemia.

— Será que todos os nativos se deixarão vacinar? perguntou interessado um dos enfermeiros.

— Não de imediato. Mas Kalondji lhes explicará que apenas uma certa picada de agulha tem uma magia capaz de expulsar os diabos maus de seus corpos atormentados.

Visram procurou Kalondji a fim de dar-lhe ainda algumas instruções.

— O senhor poderá declarar também aos seus pacientes que uma picada de agulha lhes proporcionaria poder sobre seus inimigos, os lulubas! acrescentou Visram ainda.

Kalondji estava no meio de uma pequena aglomeração humana, contando-lhes com muitas parábolas, da fuga dos belgas do Congo, da morte de Lumumba e da epidemia de varíola no baixo Kasai.

— Duzentos mil balubas estão aglomerados lá! disse Kalondji nesse momento, com muita ênfase. De repente, ele estava rodeado de repórteres e fotógrafos. Foi fotografado, e os repórteres dirigiam-lhe uma porção de perguntas, as quais ele respondia de acordo com a verdade. Por fim veio ainda um correspondente italiano, querendo saber se os balubas ainda viviam nus ou se, de alguma forma, já estavam civilizados... Kalondji olhou para o interrogador durante algum tempo com os olhos semicerrados, sorrindo a seguir de maneira um tanto imperscrutável.

— Os balubas até vestem modelos de Dior; naturalmente de acordo com a temperatura. De nudez nem se fala mais. Segundo o que ouvi, há um movimento entre os balubas. Querem enviar missionários pretos para a Europa. De certo modo como retribuição por tudo que os missionários brancos fizeram no Congo. Também os pretos possuem corações prestativos! explicou Kalondji ao estupefato italiano. Desde que os balubas souberam da existência de tantos brancos nus, aglomerando-se em manadas nas praias da Europa e da América, eles não mais sossegam...

Uma estrondosa risada e gritaria interrompeu o discurso seriamente proferido por Kalondji.

— África para os africanos! ecoou ameaçadoramente da multidão. Fora com os ladrões brancos! Uhuru na Kenyatta!

Kalondji olhou estupefato em volta. De onde veio de repente a massa humana gritando? Não havia desejado uma agitação... apenas queria se divertir com o repórter. Suas perguntas tolas haviam-no divertido bastante. Nada mais. De repente apareceu Visram como um anjo salvador. Atrás dele veio a tripulação dos três aviões. A multidão dispersou-se, e Visram apresentou Kalondji aos pilotos americanos.

— Este é o melhor acompanhante que podemos lhes dar. Ele os orientará em tudo.

Poucos minutos depois as portas se fecharam. Os aviões estavam prontos para a partida. Kalondji ainda acenou de uma das janelas. Também Said apareceu mais uma vez; a seguir as hélices começaram seu zumbido, e Visram despediu-se de alguns conhecidos. Tinha de ir ainda até Michel, cujo aparelho também logo estaria pronto para levantar vôo.

— Povo prestimoso, esses americanos! disse Michel, no momento em que Visram chegou; depois olhou para o céu, cheirando o ar. Esperamos que os espíritos lá em cima também sejam benevolentes conosco...

— A carga ficará no galpão de Kamante. E aqui tem uma carta para ele.

— Terei de fazer vôos extras, talvez quatro até! observou Michel. Somente os pedidos de Kongolo...

— Depois poderás tirar férias, se tiveres vontade! consolou Visram o amigo. Poderás fazer também uma viagem de recreio até a Riviera e estudar o comportamento dos selvagens brancos.

Michel riu um tanto sarcasticamente, depois caminhou mancando até o seu aparelho. Quando a porta se fechou, Visram deixou o aeroporto.

Na hora do almoço do mesmo dia, Susane e Anette estavam sentadas no salão pequeno, fazendo listas de compras. Susane estava firmemente decidida a viajar para Kivu. Além disso, não era costume dela adiar uma viagem que pretendesse fazer. Anette somente em parte estava concentrada nesse trabalho. Esperara por Visram durante toda a parte da manhã, e ele não havia aparecido. Provavelmente tinha entendido de forma errada... Susane acabara de descrever de modo muito marcante a vida na fazenda de Tobias. Ainda se lembrava de cada detalhe, embora já houvessem passado anos desde então. Contudo, as palavras passaram pelos ouvidos de Anette, sem que se tornasse consciente do sentido. Kivu? Sim, naturalmente... Não deveria turvar a alegria de Susane. Anette passou a mão sobre a testa. Agora não podia pensar em Visram. Ele, pois, viria, quando pudesse.

— Em breve, tu mesma, minha filha, verás tudo! disse Susane nesse momento. Martin era uma pessoa formidável. Com exceção do barulho de sua corneta. Isto podia perturbar os nervos da gente.

— Barulho de corneta? Que queres dizer com isso? perguntou Anette com novo interesse.

— O irmão de Tobias gostava de tocar suas cornetas de pastor. Possuía uma coleção inteira dessas coisas. Em noites de lua cheia costumava sentar-se no topo de certa colina ao lado do lago, tocando melodias que provocavam arrepios na gente. Uma conhecida minha, que morava na beira oposta do lago, achava que a música de Martin, ao luar, dava a impressão de um sinistro lamento de mortos. Sua criada watusi sofreu um ataque, virando os olhos, ao ouvir pela primeira vez os impressionantes sons. Na manhã seguinte havia desaparecido... E o lago Kivu! É tão maravilhoso! Gostarás dessa região, Anette. Qualquer europeu gosta de lá. Os inúmeros pássaros nas ilhas e baías... Uma vez tive um sentimento estranho, quando me encontrava à sua margem, observando as ondas. Susane calou de repente, olhando intrigada em volta.

Jean estava encostado na entrada da porta, rindo divertido.

— Tia Susane, qualquer poeta poderia aprender contigo... quase ouvi o barulho das ondas, encrespando-se na luz do luar...

— Tu és incorrigível! resmungou Susane, quando Jean se sentou à mesa. Deixaste, decerto, teu excesso de álcool no sono!

— Desculpe, tia Susane, não sabes como estou bravo comigo mesmo. Tive desgostos. Sim, eu sei que apenas fracalhões se embriagam... Mas eu, aparentemente, tenho um defeito moral em algum lugar...

Susane deu-se ares de ofendida. Mas alegrava-se de todo o coração que seu querido, de novo, estivesse disposto a brincadeiras. Também Anette respirou aliviada. Jean parecia ter se conformado com a separação definitiva.

— Podes acompanhar-nos. Temos de fazer compras para Kivu! disse Susane levantando-se.

Jean meneou a cabeça reprovando.

— Queres viajar justamente agora que fiquei tão alegre com a tua companhia e tuas sentenças tão acertadas. Não compreendo o

tio Victor. Teu espírito aventureiro, no momento, é totalmente impróprio. Como é que ele vos deixa viajar para o Congo Belga?
— Não me demorarei. E logo que voltar procurarei uma moça adequada para ti.
— Não, tia Susane, não, nesse caso seria melhor ficares em Kivu. Moças que combinam comigo aparentemente não querem saber de mim. Provavelmente estou em pé de guerra com Vênus. Aqui, Anette, sem dúvida, teria sido apropriada... portanto, não te esforces, cara tia.
— Veremos, sim. O que necessitas é de uma moça sadia, simples e bonita...
— Não deveria ser também beata, dedicando-se a obras beneficentes? interrompeu Jean com ar fingido.
— Por que não? Legítima devoção está ficando cada vez mais rara! respondeu ela.
Titin entrou latindo no salão e pulou alegremente em Jean. Logo depois veio Biruti.
— Chá, mister Jean! Bom chá de muitas ervas. Ele expulsará os sonhos restantes. Susane olhou desconfiada para a caneca.
— Nada de preocupações, tia. Biruti fez uma bebida amarga como bile para expelir o álcool do meu sangue.
Susane não deu nenhuma resposta. Teria de apressar-se, se quisessem arranjar tudo.
— Vem, Anette, trocarei rapidamente de roupa.
Quando as duas mulheres estavam fora do alcance de seus ouvidos, Biruti tirou um papelzinho do bolso, dando-o a Jean.
— É um novo bar com música. Com muita dança e moças lisas e redondas. Jean leu o endereço, guardando o papelzinho. Por que não?... Moças redondas e lisas, seguramente, era algo muito mais salutar do que tanto álcool. Além disso, esqueceria então, com certeza, as palavras de Fátima: Perdoa-me, Jean, sempre amei Justin. Ficarei com ele, enquanto puder... continua amigo dele! Jean deu uma risada, sem alegria... Eu amo Justin, havia-lhe dito Fátima!... E Anette? O que ela diria ou faria? Sem um motivo ela não tinha voltado à África...
— És um bom sujeito, Biruti! disse Jean. E eu sou e continuarei sendo, decerto, sempre um idiota.

Biruti pegou a caneca vazia, afastando-se devagar. Entendia mister Jean bem demais. O que ele precisava era distração...

Jean sentara-se no hall, folheando um jornal. Teria preferido ir novamente para o bar. Depois de algum tempo, veio Anette. Estava pronta para sair e esperava tia Susane.

— Pareces uma viúva alegre! disse Jean, examinando friamente o vestido colorido que ela usava.

— Tu ainda não morreste! respondeu Anette, um tanto impensadamente.

— É, infelizmente! Jean observava-a agora divertido. Não poderás demover tia Susane de fazer essa viagem? Kivu também não está imune a fanáticos!

— Será que lá também há perigo? perguntou Anette um pouco alarmada.

— Perigos existem hoje por toda a parte onde brancos e pretos se enfrentam na África! disse Jean sério e pensativo.

— O que estais falando sobre perigo? Tia Susane chegou seguida de uma das moças somalis, pedindo a Anette e Jean que se apressassem.

— Por que Fátima não veio? Pelo que sei, Justin tem aqui diversas conferências e há muita coisa para ser providenciada. Portanto, não poderá estar junto dela o dia todo.

— Isto a gente não pode saber, tia! observou Jean maliciosamente. Fátima é uma mulher charmosa e muito bonita...

Visram não deu sinal de vida durante dois dias. Pouco depois da saída das duas senhoras e Jean, chegou um magro singalês trazendo a notícia que mister Visram fora chamado de madrugada por um amigo que sofrera um acidente de automóvel. Nada mais tinha a relatar. Mais tarde Rada telefonou para Victor no escritório, contando que devia se tratar de um certo comissário distrital.

— Ele veio do sul e estava a caminho de Nairóbi. Acho que se trata de um atentado. Victor agradeceu pela comunicação, acalmando Rada.

— Enfim, poderia não ser mesmo um atentado. Acidentes de automóvel acontecem, pois, diariamente. Colocou o fone no gancho, sentando-se um pouco perturbado. Naturalmente foi um atentado. Esperava que Visram não fosse envolvido nisso.

Dois dias depois, cerca de três horas da tarde, Michel chegou na casa de Victor e entregou, com um sorriso ladino, Zuhra e Arabella. Após breve esclarecimento saiu, pois na manhã seguinte precisaria fazer um vôo extra e queria dormir um pouco nesse ínterim. Susane, Victor e Anette olhavam estupefatos para a velha ressecada Zuhra e para a mal-humorada mocinha. Zuhra perguntou logo por Fátima. Teria de ir imediatamente a ela, pois tinha notícias importantes. Arabella poderia seguir mais tarde, se quisesse. Victor logo mandou avisar o motorista e poucos minutos depois, Zuhra já estava a caminho do bairro somali. Susane olhou para a carta em suas mãos, que a velha lhe entregara; observou depois a desleixada, mas extraordinariamente bela moça. Arabella era uma criança quando estivera a última vez em Kivu. Mas por que olhava tão mal-humorada à sua frente?

— Tiveste, decerto, saudades de tua irmã? perguntou Susane, dando a carta para Victor ler. Arabella deu de ombros, continuando calada. Por que teria de dar explicações e respostas? O que tinha a ver com gente estranha?...

Victor olhou para a mocinha durante alguns segundos. Não entendia como Tobias e Amrita podiam deixá-la viajar nesse estado. Ainda por cima junto com uma múmia ambulante. Leu a carta, dando-a a Susane. A notícia nela contida foi demais para seu coração fraco. Levantou-se, caminhando até o bar. Ao encher seu segundo copo de anisete, ouviu a exclamação de surpresa de Jean.

— Arabella! Tu aqui? Aposto que escapuliste! Victor voltou curioso para o grande hall. Mas a moça continuava sentada, olhando Jean com teimosia e também com sarcasmo.

— Que é isto? Será que algum espírito te roubou a voz? Jean contemplou intrigado a mocinha. Conhecia-a exclusivamente cantando, rindo e brincando. Anette tentou acariciar a mão de Arabella, mas foi decididamente repelida. Victor ofereceu-lhe um copo com suco de frutas, acomodando-se no divã ao lado dela. Calada e de modo rechaçante ela ficou sentada, com o olhar fixo à sua frente. Jean, então, teve uma idéia. Desapareceu, voltando pouco depois com um sansa. Após os primeiros acordes, convidou Arabella:

— Canta, menina! Canta "Parlez-moi d'amour". Com essa canção conquistaste até o coração de um guerreiro selvagem! Em lugar de qualquer resposta, ela começou a chorar, olhando depois para Jean inconsolavelmente.

Nesse ínterim Susane abriu a carta, começando a ler em voz alta.

— Ah! Está dirigida a ti, meu rapaz; toma e lê para nós.

"Saudações e que Alá, o Bondoso e Misericordioso, te ilumine!" começou Jean a ler. *"Tristeza entrou em nossa casa. Kamante trouxe Tobias inconsciente de volta, no dia de vossa partida. Pensei que se tratasse de um acesso de malária, mas não estou tão segura assim. Tobias, meu senhor, esteve deitado inconsciente durante catorze horas. Mas a grande Mumalee conseguiu chamar de volta o espírito dele. Sim, meu amigo, quando Mumalee chegou, o espírito de Tobias estava prestes a esgueirar-se às escondidas. Quando então redespertou para a consciência no corpo carnal, Tombolo introduziu-lhe gota a gota o chá que Justin havia trazido de seu preceptor Kialo. Meu amo Tobias está, pois, novamente vivo. Alá seja louvado por isso, por toda a eternidade! Contudo, está tão fraco, que nem pode sentar. Mandei uma carta também a Visram. Ele já tratou de Tobias uma vez, quando teve febre maligna. Talvez seja tão bondoso e mande algum medicamento através de Michel.*

Nosso infortúnio é duplo. Minha filha rebelde, Arabella, seguiu no mesmo dia num jipe para Costa, a fim de tomar ali um avião para Elville. Foi pouco antes de seu pai ficar gravemente enfermo. Tinha a intenção de procurar Renée, sem o nosso conhecimento. É uma criança má que corre atrás de um homem casado e com filhos pequenos. Agora eu te peço, amigo e irmão de meu amo Tobias, arranja uma governanta para ela. Talvez uma inglesa que não a deixe fora da vista um momento sequer. Ela poderia, nesse ínterim, tomar lições de canto. Logo que o pai dela estiver restabelecido, resolverá tudo o mais.

A tristeza de Zuhra apertou-me o coração. Ela queria ir até Fátima. Por isso a deixei voar junto. Apenas espero que Fátima não a abandone. Dirijo-me a ti por causa de nossa filha Arabella, uma vez que meu pai tem pouco tempo e compreensão para tais coisas. E minha mãe, sim, não está mais sobre a Terra. Peço-te que não a deixes fugir!

Alegro-me tanto de poder ver tia Susane. Ela muito contribuirá para o restabelecimento de meu amo. Também madame Anette será bem-vinda. Arabella poderá morar com Fátima, assim não ficará solta. Peço-vos vossa complacência. Complacência para comigo, naturalmente. Pois é pretensioso que eu vos moleste com minha teimosa e tola filha. Aqui termino, entregando a carta a Michel.

Tua serva Amrita."

— Tobias doente! Susane enxugou as lágrimas, erguendo-se resolutamente. "Em breve verei o que está se passando!" pensou ela com satisfação, examinando Arabella mais minuciosamente.

— Se eu pudesse ajudar Tobias, voltaria imediatamente, apesar de tudo! disse Jean algo preocupado.

— Impossível. Ficarás aqui. Anette e eu viajaremos no fim da semana.

— Querida tia Susane, não queres adiar a tua viagem em face das circunstâncias alteradas? perguntou Jean indicando para Arabella em prantos.

— Justamente agora posso ajudar o nosso amigo, ao qual tu também deves tanto. A voz de Susane soou indignada. O que esse rapaz tolo estava pensando? Por causa de uma menina apaixonada, deveria ela adiar a sua viagem? Que pretensão absurda!

A expressão no rosto de Susane abrandou-se, ao contemplar mais minuciosamente a menina que chorava desesperadamente. O aspecto dela era, realmente, muito desleixado. Os longos cabelos despenteados, a blusa amarrotada e essa saia apertada!... As sandálias que tinha nos pés também não pareciam ser do mesmo par. Os dedos de um pé estavam pintados com esmalte vermelho, ao passo que os outros estavam sem nada... Susane meneou a cabeça, admirando-se. Jean, pelo menos, teria uma ocupação até que ela voltasse. De qualquer forma não se devia deixá-la correr atrás desse Renée...

Arabella tirou um lenço da bolsa e, após enxugar as lágrimas, olhou para todos com seus grandes olhos castanho-claros.

— Quero ir até meu pai. Não sabia que ele estava tão doente.

— Poderás ajudar mais teu pai ficando aqui. Além disso, tua mãe necessita de sossego urgentemente. Os cuidados com teu pai ocupá-la-ão integralmente. Arabella começou de novo a chorar baixinho, depois tirou do bolso da saia um aro de ouro, prendendo com ele os cabelos.

— Tia Susane tem razão! disse Victor acalmando. Tua mãe ficaria constantemente com medo de que novamente fosses procurar esse Renée. Faremos bonitas excursões contigo, e Jean poderá levar-te para dançar no clube.

Jean olhou repreensivo e um tanto desnorteado para seu tio. O que faria com essa menina apaixonada? Com Fátima, provavelmente, não se poderia contar! E Anette viajaria com Susane... Uma governanta! Amrita deveria estar profundamente abalada, senão teria encontrado uma outra saída.

— Foste como um membro da família quando junto de Tobias! disse Victor com especial acentuação. Ele sentiu que Jean estava confuso e irritado. Enfim, não era nenhum sacrifício acompanhar uma moça tão encantadora... E quanto ao caso de ela estar apaixonada...

— Vem, Arabella, eu te levo a teu quarto. Michel, certamente, trará tuas coisas somente dentro de alguns dias. Anette, nesse ínterim, emprestar-te-á tudo que precisares. Quando Susane e Anette saíram com a moça, Victor riu divertido.

— Tua cara aborrecida é muito expressiva, meu caro sobrinho! Mas eu não sei por que te abalas tanto! Essa pequena selvagem é extraordinariamente atraente... Pena que eu esteja tão velho.

— Bem, caro tio, o que farias se não fosses tão velho?

— Casaria com ela! disse Victor simplesmente, desaparecendo com um sorriso irônico no bar. Jean acompanhou-o com o olhar, estupefato. Será que tio Victor já estava ficando senil?...

Na manhã do dia seguinte chegou Visram. Anette viu-o da janela de seu quarto, atravessando o jardim. Estava sem turbante e vestia um terno claro. Ouviu-o conversando com o jardineiro e cumprimentando depois Titin... Ele chegara... Anette alisou o vestido branco de linho, respirando, a seguir, fundo algumas vezes. Visram não deveria perceber o quanto esperara por ele. Poucos minutos mais tarde a criada avisou que mister Visram desejava falar com ela.

— Está ao lado do tanque dos peixes! acrescentou com um olhar curioso. Anette confirmou com a cabeça, saindo um pouco mais tarde do quarto, com o coração trêmulo. No hall olhou ao redor. Victor e Jean, decerto, já haviam saído. E tia Susane? Com certeza estava no jardim com o jardineiro. Que bom, ninguém estava presente. Anette ficou parada alguns instantes ainda. Quando o bater de seu coração se acalmou um pouco, foi para o jardim interno, atravessando o salão de música.

Chegando ao jardim, viu Visram. Estava junto de um arbusto de mirto e olhava pensativamente as brancas frutinhas. O arbusto com as frutinhas fez com que se lembrasse de Lakschmi. Ela também estivera um dia diante de um arbusto semelhante, esperando pelo homem que deveria ver pela primeira vez. Como uma criança assustada, com os olhos muito grandes ela o fitara. Visram suspirou fundo. Lakschmi nunca perdera a timidez medrosa diante dele. Apesar de um matrimônio de muitos anos, seus espíritos ficaram estranhos um para o outro. Isto seria diferente com Anette. Desde o primeiro momento havia entre eles confiança e perfeita harmonia... Anette viera como uma dádiva das mãos de Deus... mas... talvez estivesse errado... ainda não sabia como é que ela pensava!?...

Uma nuvem de fragrância veio ao seu encontro e ele virou-se.

— Anette! Com alguns passos estava junto dela, inclinando-se com as mãos juntas. Anette, parece-me que esperei eternidades por esse momento. Eu... eu não procurei mais amor humano... Visram calou-se, olhando carinhosamente para ela, com os seus olhos sérios, azuis-acinzentados. Anette estava com a cabeça abaixada diante dele, lutando desesperadamente por autodomínio. Existia na Terra um sentimento de felicidade tão dominante como agora sentia?... O que mais teria gostado, seria atirar-se nos braços dele e chorar bem-aventuradamente. Mas isto não podia fazer. Quase que assustada, recuou um passo. Sabia que Visram detestava qualquer intercâmbio amoroso em público. E os boys estavam em casa por toda a parte. A qualquer momento alguém poderia vir...

— Anette, queres tornar-te minha mulher? perguntou Visram, e foi como se sua voz viesse de distâncias longínquas. Anette finalmente se recuperara. Pelo menos o suficiente para poder olhá-lo.

— Nada desejo mais do que isso! disse a seguir baixinho. De repente, desapareceram sua insegurança e seu medo da vida. Visram, com sua superioridade e força, sempre ficaria junto dela. Em tempos bons e ruins.

— Nosso amor, decerto, começou naquela viagem de avião. Durante esse vôo, pela primeira vez, me senti protegida na África.

— Nosso amor já existia, Anette. O germe para isso, com toda a certeza, foi colocado em alguma vida terrena anterior... E agora... Alá, o Bondoso, seja louvado eternamente... agora, foi-nos permitido reencontrar-nos e vivenciar a floração do germe de outrora.

— Como te expressas tão bem... Estás convicto de que é assim? perguntou Anette, quase amedrontada.

— Já nasci com tal convicção! respondeu Visram sorrindo e tirando do bolso um bracelete enfeitado com pedras preciosas. Este, Anette, é o bracelete de casamento de minha avó. Ela era do Nepal. Visram fechou o bracelete no braço de Anette. Servia-lhe bem. Eu apenas conheço um quadro dessa avó. Dizem que era muito pequena e muito delicada. Assim como tu, querida.

— Flores de pedras preciosas! disse Anette, admirando. Nunca vi um bracelete tão bonito! Este bracelete é o sinal de nossa união, ou de nosso noivado. Quando virás para junto de mim?

— O que eu mais gostaria era levar-te logo comigo, minha amada!

— Logo? Não, isto não é possível, pois irei na semana que vem com tia Susane a Kivu. Anette começou a caminhar de um lado para o outro no jardim. Um criado colocara uma bandeja com refrescos na mesa, observando curioso os dois. Visram permaneceu ao lado do tanque. Acabara-se a solidão. Quando o criado se afastou, Visram disse que Kivu seria exatamente o lugar certo.

— Nunca teria pensado que Susane conduziria minha noiva para mim. Pois eu também viajarei para Kivu. Anette olhou-o alegremente. A separação, portanto, seria de curta duração.

— Amrita mandou-me notícias. Tobias está gravemente enfermo. Tenho de ir até ele. Provavelmente permanecerei lá alguns meses, a fim de elaborar com calma todos os meus planos. Isto é, nós permaneceremos lá. Tu e eu... Visram pegou a mão de Anette para a despedida, envolvendo-a com um olhar de amor que a deixou estremecer; a seguir virou-se para sair.

Nesse momento chegou Susane, sorrindo de modo ladino, no pequeno salão.

— Essa foi a mais bela e extraordinária declaração de amor que jamais ouvi na minha vida! E não me envergonho absolutamente de ter escutado.

— Tia Susane, não estás zangada? perguntou Anette com um riso de alívio.

— Zangada, não. No máximo eu poderia estar surpresa. Mas para tanto sou velha demais. Aliás, jamais teria tido a idéia de que poderias deixar Jean por causa de Visram...

— Isto não está certo, tia Susane! interrompeu Visram a velha dama. No Congo eu não existia para Anette!

— O pobre Jean. Como é que receberá tal novidade?

Anette olhou com a consciência pesada à sua frente.

— Mesmo que Visram não tivesse chegado... eu não mais teria voltado para Jean. Querida tia Susane, esquece que eu já fui a mulher dele. Logo ele encontrará outra moça, é o que sinto nitidamente...

— Que tenhas razão, filha. Susane olhou Visram perscrutadoramente. Tens sorte, Anette... apesar de tudo... As palavras dela soaram tão melancólicas, que Visram, rindo, colocou o braço no ombro dela, dizendo consoladoramente que no reino dos espíritos certamente um sujeito formidável já estaria esperando por ela.

— Com certeza já está esperando ansiosamente por ti, tia Susane!

— Reino dos espíritos! Susane fez um gesto com certo desprezo, perguntando a seguir, curiosa, qual a opinião de Anette a respeito da teoria de Visram sobre a migração das almas. Aquilo sobre o germe do amor, aliás, gostei muito!...

— Eu? Anette, insegura, olhou para Visram. Eu sinto que há nisso algo de verdadeiro... somente tenho medo de pecar, se desisto imediatamente da minha crença de agora...

— Pecar? exclamou Visram. E seus olhos tornaram-se momentaneamente escuros de ira. A expressão aflita de Anette doía-lhe profundamente. Tomara que pudesse destruir as seitas e os dogmas rígidos. Quanto sofrimento essas mesquinhas formas de religião já não tinham desencadeado!

Jamais poderás pecar quando pensares acima do dogma de tua igreja! Jesus não criou nenhum dogma. Isto é obra humana! Nossa felicidade não deverá destroçar-se em formas rígidas... Pensa nisso, Anette. Visram falara oprimido e insistentemente. Nada na vida era tão importante como a liberdade espiritual!...

— Podes confiar em mim! murmurou Anette, acompanhando-o até a porta. Com os olhos banhados de lágrimas, ela ficou no jardim, acompanhando o automóvel que se afastava. Numa semana vê-lo-ia de novo... e ouviria a sua voz... e seus olhos a contemplariam com amor...

— Anette, terás ainda uma insolação, se continuares parada aí com o olhar fixo no automóvel que desapareceu! Susane estava irritada, pois não lhe escapara que o jardineiro havia observado Anette, espreitando-a. A jovem tinha de aprender muito ainda, se quisesse viver em paz no meio dos nativos...

— Estás mostrando muito abertamente os teus sentimentos. Isto podes fazer, sim, na Europa e na América, mas nunca aqui... Mostrar abertamente o que sentes, quer dizer deixar escapar o poder de tua mão!

— Tens razão, tia Susane. Tem paciência comigo. Existe tanta coisa que eu não sei.

Susane acomodou-se no hall. Recomeçou a ventar e ela estava com dor nas costas e na cabeça. Anette sentou-se um tanto oprimida ao lado da velha senhora. De repente sentiu medo de tanta felicidade. Onde na Terra havia um homem assim como Visram?...

— Estou com medo, tia Susane... medo de tanta felicidade... Se tivéssemos de pagar toda a felicidade...

— Medo é inconveniente! observou Susane, contemplando o bracelete. Visram tem uma arca cheia de jóias antigas. Elas provêm da Índia e do Nepal. Devolveu o bracelete a Anette e fechou os olhos.

Depois de alguns minutos ergueu-se, tomando um gole de chá que Anette havia trazido e disse que compreendia o temor de Anette.

— Alegro-me de que não suponhas que de agora em diante não haverá mais nenhum sofrimento e nenhuma tristeza para ti. Pois tu também terás de pagar pela tua felicidade. Não existe nada que seja de graça.

— Eu sei, tia Susane, que nada me será poupado. Mas meu maior medo é decepcionar Visram... ele sabe muito mais do que eu... mas eu o amo tanto...

— Afasta esses pensamentos! disse Susane. Se o amares realmente, então poderás poupá-lo e a ti mesma de muitos desgostos, tornando-te logo ciente de que ocuparás na vida dele, a bem dizer, o segundo lugar.

Anette olhou assustada para a velha dama.

— Por quê? Não compreendo bem...

— Por quê? Conheço Visram desde seu nascimento. Por isso também sei que a incumbência, ou melhor, a missão dele, pelo menos a que ele julga ter, preenche a maior parte de sua vida. Pode ser até que te esqueça temporariamente. Lembra-te sempre de que Visram não é um romântico europeu como Jean. Ele é realista e o sangue indiano é predominante... Conheci a mãe dele. Era uma mulher encantadora. Se tivesse vivido por mais tempo...

— Eu gosto de Visram como ele é, tia Susane! Mas estou contente por me teres dito tudo isso. Assim não me entregarei a ilusões.

Anette estava firmemente decidida a considerar a vida de modo mais realista. Na África uma outra concepção não era somente pueril, mas também perigosa. Mas... podia-se esquecer quando se amava?... Será que Visram podia esquecê-la?... A velha dama talvez tivesse se enganado...

CAPÍTULO XVI

Ao anoitecer do mesmo dia, Victor estava sentado junto a Susane no pequeno salão. Conversara longamente com Justin e por isso estava preocupado com Fátima.

— Será que acreditas mesmo nesse falatório tolo de morte prematura? perguntou Susane, olhando seu irmão de modo penetrante.

— Não, certamente não! assegurou ele rapidamente. No íntimo, contudo, acreditava nisso. Mas estava cansado e não tinha vontade de discutir. Os atentados inexplicáveis minavam sua saúde. O amigo de Visram estava morto. Teve um ferimento de lança no pescoço...

— O que pensas de Anette e Visram? perguntou Susane.

— Os dois serão felizes! observou Victor laconicamente. Matrimônios mistos, aliás, raras vezes dão certo, mas há também exceções. Victor lembrou-se também dos inúmeros matrimônios de pessoas de raças idênticas que vira desmoronar. Anette não terá uma vida fácil. Visram leva muito a sério o lado espiritual da vida... Anette é um diamante maravilhoso e tão dura como tal. Apesar de seu aspecto etéreo. Mas Fátima...

— O que há com ela? Decerto quer voltar agora para junto do pai doente.

Victor acenou com a cabeça.

— Sim, é o que ela quer. Mas Justin deseja aguardar uma comunicação de Visram.

— Onde os dois vão morar? Refiro-me a Justin e Fátima.

— Dentro de uma semana, ou talvez até antes, os dois viajarão para Stanleyville. Justin levará Fátima para o instituto do dr. Gamal. Dista vinte quilômetros de Stanley. É uma espécie de instituto de doenças tropicais. Ao que parece existem lá enfermidades e doenças febris de toda a espécie...

— Fátima terá de se acostumar com gente doente. Uma mulher de médico não pode ter exigências. Susane lembrou-se daquela "casa da febre" situada próxima de Stanley. Anos atrás os membros de uma grande expedição inglesa se curaram ali de malária e outras febres do brejo. Vieram de Tanganica ou dos pântanos ao norte da Rodésia...

— Arabella foi com Jean até o bairro dos somalis. A moça ainda ficará alguns dias com a irmã. Depois virá para nossa casa. Susane levantou-se, olhando preocupada para seu irmão. Ele estava sentado ali tão calado, sem ter bebido nada...

— Justin saberá proteger Fátima. Apenas não compreendo por que viverão juntos sem se casarem, como duas criaturas quaisquer.

— O que quer dizer "sem casar"? Um dia, decerto, casarão. Preocupo-me com Fátima. Ela é tão diferente de Anette. É temperamental, aventureira... tão vulnerável.

— Estás me surpreendendo, Victor. Onde fica tua fé no destino predeterminado? Tua ideologia budista ou maometana parece adiantar pouco em épocas de crises!...

— Minha preocupação com Fátima nada tem a ver com a minha ideologia... Justin, aliás, esteve ontem com seu amigo indiano em Kiambu. Lá encontrou Mumalee e seu galã. O homem parece ser inglês do norte da Rodésia. Ela conheceu-o na casa de Bilea.

— Ao que parece, aliás, a moça trava mui facilmente amizades com homens... E Bilea? Susane tinha certa aversão por esse somali. Bilea um dia ainda acabará na prisão, se não lhe cortarem antes o pescoço.

— Pode ser. Victor também não gostava muito desse homem. Simpatizava pouco com espiões. Não importando para quem espionassem. E Bilea parecia ser membro de alguma rede de espionagem. Algo de concreto não se sabia.

— Justin soube por intermédio de seu amigo que o namorado de Mumalee era um homem importante em Katanga. Dizem que faz parte do departamento de segurança de Tschombé...

— Departamento de segurança? Para mim tanto faz... Susane não se importava com a denominação do círculo de espionagem...

Tschombé parece ser mais bem protegido do que o Banco da Inglaterra.

— Suponho que a encantadora Mumalee irá junto com seu admirador para Katanga. Aliás, seria uma pena para ela.

Susane levantou-se penosamente, olhando aliviada para o irmão. Uma vez que ele se lembrava tão bem da pequena selvagem, nada lhe faltava, seguramente. Portanto, podia executar seus próprios planos despreocupadamente.

À mesma hora, Justin e Fátima estavam sentados num restaurante, falando de sua viagem que se aproximava e do "tio da febre" perto de Stanley.

— O dr. Gamal é chamado por toda a parte somente de tio da febre. Seus pequenos chalés para doentes encontram-se num grande parque. Sentir-te-ás feliz lá. Durante algum tempo ficarei naquele local.

— Querias, primeiramente, ir ao acampamento dos refugiados. Não quero ser estorvo algum! disse Fátima baixinho.

— Said substituir-me-á. Ele é extraordinariamente eficiente. E como eu poderia abandonar-te agora, depois de te haver encontrado?

Fátima levantou agradecida o olhar. Justin era tudo o que ela havia sonhado. Pegou o lenço, enxugando as lágrimas que já novamente enchiam seus olhos.

— Sou tão feliz... E não quero chorar... contudo, ao que parece, não tenho mais domínio sobre minhas emoções...

Justin suspirou imperceptivelmente. "As sombras que se encontram sobre o sol da nossa felicidade, não poderei afugentar!" pensou desesperado. "Algo horrível, desconhecido, nos torna indefesos e sem iniciativa... Talvez fosse melhor mesmo levar Fátima primeiramente a Kivu..."

Kivu não entrava em cogitação para Fátima. O pai dela, sim, estava lúcido, mas extremamente fraco. Passar-se-iam semanas até que ele se recuperasse um pouco. Assim dizia a comunicação transmitida por Visram pelo telefone dois dias depois. E a alegria de Tobias por saber que Fátima estava em segurança em Nairóbi era comovente até. Tobias ainda oscilava entre dois mundos. Qualquer descuido poderia cortar o tênue fio que ligava seu espírito à matéria. Por fim Visram ainda havia aconselhado que deixasse Fátima em todo o caso em Nairóbi. Justin deveria, de início, viajar sozinho até Stanley e falar com o dr. Gamal...

— Sabes que o grande "sanguessuga" tem boas idéias! acrescentara Visram ainda, antes de terminar a conversa.

Justin se comunicara do edifício da redação com Visram, em Kivu. Visram, naturalmente, tinha razão. Para Fátima seria melhor se ficasse em Nairóbi... Contudo, quem poderia dizer o que seria, de fato, o melhor para uma pessoa?...

Justin deixou pensativamente o edifício... O grande sanguessuga! Visram havia denominado assim o dr. Gamal, quando certo dia visitara seu sanatório.

"Teu amigo Gamal é uma mistura de Gandhi e Negus". Justin, sem querer, sorriu ao lembrar-se dessas palavras de Visram.

Dirigiu-se imediatamente ao bairro somali, contando a Fátima sobre a conversa com Visram. Fátima chorou lágrimas de alívio ao ouvir que o pai, seu querido pai, estava de novo consciente. E se Visram não achasse bom, ela naturalmente não iria a Kivu. Contudo, recusou decididamente o pedido de Justin para ficar ainda algum tempo no Quênia.

— Vou contigo e vou ficar junto de ti, até que uma força superior nos separe.

— Até que uma força superior nos separe! Justin repetiu essas palavras, olhando entristecido, com seus expressivos e belos olhos para Fátima.

— Alá, o Senhor dos Mundos, o Misericordioso, reina aqui como acolá. Nunca estaremos abandonados, enquanto procurarmos reconhecer a vontade Dele contida em tudo.

— Assim é! murmurou Fátima, virando o rosto. Ela mal podia suportar a dor surda contida nos olhos de Justin. "Ele não quer levar-me por temer um atentado contra mim... ao mesmo tempo tem receio de se separar de mim... E eu?... O que receio?" perguntou Fátima a si mesma. "Apenas a separação de Justin... nada mais. A morte não poderá separar-nos. Esperarei por ele..."

— Tenho de fazer ainda alguma coisa. Não falta muito. Depois poderemos solicitar a Michel que nos leve de avião a

Stanley. Com essas palavras Justin olhou Fátima perscrutadoramente e dirigiu-se a Zuhra:

— Voltaremos, Zuhra. Concordas?

— Aqui seria mais fácil para a criança. Mas também lá a mãe estará junto dela. As palavras de Zuhra soaram algo confusas. Mas Justin sabia que ela muitas vezes se expressava de modo esquisito.

Logo depois de Justin ter saído, entraram Arabella e Margaret no aposento. Arabella olhava um pouco mais animada para o mundo. Jean levara-a duas vezes para passear, tendo falado com ela sobre Renée e a família dele. Naturalmente seria algo impiedoso da parte dela separar as criancinhas do pai. Contudo... ela nunca imaginara Renée como um pai de família.

— Mumalee desapareceu! disse Margaret cochichando. Sumiu. Saiu com o ruivo. Fátima olhou primeiramente para a criada sem compreender. Depois entendeu.

— Então ela desapareceu com o misterioso admirador. A grande Mumalee é sábia, mas também não poderá preservar sua filha de seu destino...

Arabella achou interessante que Mumalee simplesmente tivesse desaparecido.

— Será que nunca mais a reveremos? Ninguém respondeu tal pergunta. Margaret ainda contou sobre os diversos encontros que Mumalee tivera com esse homem branco, postando-se a seguir à frente de Zuhra para que ela pudesse admirar seus novos brincos de ouro. Os brincos eram um presente de mister Justin. E Zuhra, com certeza, perceberia como eram valiosos. Zuhra também fez um agrado à criada, dizendo que raras vezes havia visto uma jóia de ouro tão bonita. Margaret saiu sobremaneira feliz. Logo voltaria com chá e doces. Zuhra anuiu com a cabeça, solicitando cacau para Fátima. Novamente estava junto de "sua criança", podendo cuidar dela. Desde que Fátima a recebera tão pacificamente, alegre até, Zuhra se encontrava num estado de ânimo de abnegada felicidade. O que aconteceria em seguida estava exclusivamente nas mãos de Alá. Com isso não precisava preocupar-se. E agora nunca mais deixaria Fátima. Portanto, poderia enfrentar sossegadamente Sumaika, quando chegasse a hora...

Poucos dias depois Justin, Fátima, Zuhra e um representante do departamento de saúde de Genebra voaram para Stanley. O Dakota, também dessa vez, estava bem carregado. Sua carga era constituída principalmente de instrumentos cirúrgicos, faroletes de mão, binóculos, foguetes luminosos e medicamentos. Justin estava sentado ao lado do homem de Genebra, informando sobre a situação política em Leo e Elville. Depois falou do dr. Gamal. O homem de Genebra já ouvira falar desse "médico milagreiro", como o chamava.

— De acordo com o que sei, ele descende de mãe alemã. Seu pai, dizem, foi um egípcio. E o instituto, ele o denomina de Charité Africana... pelo menos foi assim que me informaram...

— Está certo.

— Charité Africana? Estais falando do homem com os trajes de Gandhi? perguntou Michel, sentando-se ao lado de Justin. Dizem que é um homem fora do comum. Pode curar a pior malária com suas poções!

O homem de Genebra sorriu divertido, contando de um médico similar que conhecera na Costa do Ouro. Esse homem enterrava seus doentes no barro, ou os enrolava em folhas de bananeira. O método dele parecia ser eficiente. Os doentes, capazes ainda para tanto, realizavam marchas de semanas de duração para chegar até lá... A seguir, a conversa voltou para a política. O homem de Genebra perguntou a Justin se ele conhecia Robert Holden ou Simon Toco.

— Não, eu não conheço os denominados heróis da liberdade de Angola. Já temos o bastante a fazer com nossos próprios heróis libertadores. Michel riu ao ouvir a resposta de Justin. O homem de Genebra balançou a cabeça de um lado para o outro. Não se sabia se ele com isso queria expressar sua concordância ou sua reprovação... De repente Michel soltou uma praga em voz baixa, olhando pela janela com a testa franzida. O aparelho começou a balançar, baixou bruscamente, saltando depois para cima novamente...

— Parece-me que alguém está fazendo outra vez um maldito feitiço do ar! resmungou Michel para si mesmo, indo para a frente. Gostaria de ter praguejado alto e abundantemente, contudo os espíritos do ar tinham bons ouvidos... e pouca compreensão para brincadeiras... Gregory respirou aliviado, enxugando as gotas de suor da testa. Michel pegou a alavanca de comando, xingando-se secretamente de idiota supersticioso. "Feitiço do ar... espíritos... tudo apenas configurações de fantasia..." Enquanto pensava assim, o aparelho deu novo salto, afundando logo a seguir num vácuo profundo. Michel pediu desculpas aos espíritos do ar, por ter ousado duvidar de sua existência...

— A cavalgada pelas ondas de um cavalo-marinho enfurecido não é nada em comparação com os pulos atrevidos do nosso bravo Dakota. Gregory gritou essas palavras para Justin, dirigindo-se depois a Fátima e Zuhra, a fim de ver se as duas estavam bem amarradas. Justin, porém, já as amarrara. Nesse ínterim, gotas grossas batiam ruidosamente contra a máquina, e Michel se desviou para a esquerda, subindo o quanto podia. Logo depois, voando a toda velocidade através de um conglomerado de nuvens, voltou toda a sua atenção para o paredão de chuva. Após alguns minutos começou a rir com certa malícia. Dificuldades havia sempre por toda a parte... Apenas se deve vencê-las com astúcia... Estavam agora fora do caldo grosso, e o céu tornara-se outra vez azul e vivo.

— Dessa vez passamos raspando! observou Gregory quando Michel num grande semicírculo aterrissou num campo de pouso. Era um dos muitos e primitivos campos de pouso existentes por toda a parte na vasta região do Congo. O homem de Genebra desceu seguido de Justin, que antes olhara para Fátima e Zuhra. Zuhra aparentemente desmaiara durante o temporal. E Fátima dera um grito de pavor.

— Pensei que estivesse morta! lamentou-se Fátima. Justin trouxera uma caneca de café, fazendo a velha tomar aos poucos. A seguir a própria Zuhra acalmou a ama. Tinha sido apenas um leve acesso de tontura e nada mais...

Quando Justin saiu, Fátima trocou de roupa. Vestiu um sari de algodão estampado, trocando os sapatos de salto alto por sandálias. Depois enrolou os cabelos pretos num firme nó na nuca, alisando-os na frente com um pouco de brilhantina. Quando desceu do avião, Michel olhou-a meneando a cabeça.

— Pareces mais indiana, do que qualquer mulher indiana. Apenas os olhos não combinam muito bem...

Depois de pararem uma hora, a viagem prosseguiu. Zuhra estava novamente passando bem e tão firme nas pernas velhas, que preparou uma xícara de chá para Fátima, tirando também bolo de tâmaras de sua bolsa de viagem. Todos tomavam agora chá, comendo os saborosos e pequenos doces. Enquanto Fátima mastigava, tentou lembrar-se de Stanley. Estivera lá uma vez com Cláudio. E achara a cidade extraordinariamente limpa. Havia gostado das casas brancas dos europeus no meio de bonitos jardins. E ainda as ruas largas, as árvores com troncos da grossura de um barril, bem como as tantas delgadas e altas palmeiras de ampla folhagem.

— Lá havia um perfume tão bom! disse ela, recordando-se, a Justin.

— Desde então muito se modificou. E Stanley também se tornou uma cidade industrial. Antigamente os nativos, a partir de determinada hora da noite, não mais podiam deixar-se ver nos bairros residenciais dos europeus. Isto agora acabou.

Quanto mais se aproximavam de Stanley, tanto mais preocupado ficava Justin. A confusão política parecia ser ali pior ainda do que em outra parte...

— Sim, nossa cotação está baixando! disse Michel tomando seu chá. Até há pouco tempo éramos ainda uma espécie de deuses brancos... hoje somos párias em toda a África... Visto que ninguém respondeu, Michel disse que estava saturado de toda a civilização. Por ele, todos podiam ser párias.

— Um dia me envolverei numa tanga de Gandhi e, munido de uma rede e pó inseticida, mudarei para o mato. Michel estendeu sua caneca de chá a Zuhra, olhando surpreso para o jovem e silencioso somali parado diante dele, o qual rindo de modo divertido entregou-lhe um radiograma.

— É isso mesmo, meu amigo. E tu deverias chorar ao invés de rir! disse Michel com um tom meio rancoroso em sua voz.

O radiotelegrafista desapareceu sempre rindo. Mister Michel era mesmo o melhor homem branco que já conhecera, embora suas piadas às vezes fossem difíceis de entender...

A aterrissagem em Stanley efetuou-se normalmente. O Dakota chegou a estacionar entre um avião sueco e outro russo. E Gregory disse, elogiando, que Stanley estava se tornando uma metrópole.

— Sim, vendo-se tantos aviões prontos para decolar, pode-se acreditar nisso... O homem de Genebra despediu-se logo depois que chegaram. Queria aproveitar a oportunidade para cumprimentar um astro ascendente no céu político.

— Não, não é Mobutu, nem Gizenga. Esses são apenas cometas pequenos, que desaparecerão logo.

O último a descer do aparelho foi Michel.

— Movimento louco nesta cidadezinha provinciana! murmurou, olhando mais detalhadamente para o tráfego no aeroporto. Justin e Fátima despediram-se; antes, porém, Justin quis saber onde Michel pernoitaria.

— É o que ainda não sei! disse Michel, olhando para Gregory e piscando os olhos.

— Recebemos um endereço ainda em Nairóbi. Um chinês muito vivo em negócios, abriu aqui uma boate chamada "Deusa da Lua Preta e Branca"... Justin acenou com a mão, rindo.

— Esse nome é muito auspicioso, contudo sede cautelosos com as bebidas! Justin agora estava de fato um pouco preocupado. Sabia que se costumava vender entorpecentes em tais locais...

— Nós não saímos hoje das fraldas de mamãe! observou Michel, notando a preocupação de Justin.

— É um assunto absolutamente sério! disse Gregory com firmeza. Trata-se de um clube discreto, onde servas brancas e pretas da deusa da lua dançam... fica, pois, despreocupado!

— Nesse local sério pode-se também comprar e vender ouro, diamantes e muitas outras coisas. Michel ainda acenou de leve, desaparecendo a seguir nos escritórios do aeroporto.

Justin conduziu Fátima e Zuhra ao restaurante, seguindo depois junto com Gregory e alguns boys até a alfândega. Fátima tinha calafrios, apesar do calor reinante que fazia até vibrar o ar.

Ela puxou seu sari sobre a cabeça, olhando fixo à sua frente, esperando que trouxessem o suco gelado de abacaxi. O olhar de Zuhra, cheio de amor e ao mesmo tempo preocupado, pairava sobre sua jovem ama.

— Logo serás feliz, minha criança! murmurou a velha para si mesma.

— Feliz? Fátima suspirou fundo e seus olhos maravilhosos novamente se encheram de lágrimas. Agora eu poderia desfrutar de todas as bem-aventuranças da Terra, já que Justin se encontra ao meu lado... Contudo, tenho medo da vingança dos mortos... Terão inveja da minha felicidade.

As palavras de Fátima eram como um sopro, mas Zuhra as entendera. Levantou-se, enxugando o suor e as lágrimas do rosto de sua querida. Justin não deveria ver que Fátima tornara a chorar.

— Bebe, o suco é bom!

— As formalidades estão resolvidas. Podemos ir. Justin pagou, tomando também um copo de suco de abacaxi. Teria de voltar ainda uma vez por causa da alfândega, mas primeiramente queria abrigar Fátima em lugar seguro. Achei também um boy! acrescentou ele, quando estavam saindo. O boy estava rindo junto às malas, mostrando seus dentes apontados com lima. Era alto e forte, vestindo uma calça curta de cor cáqui. Justin explicou que Henri — era o nome do boy — ficaria morando junto com sua família no instituto do dr. Gamal. Henri trabalhava momentaneamente no aeroporto como carregador, porque precisava ganhar dinheiro, muito dinheiro.

— A noiva dele deseja um vestido. Aliás, um vestido como os usados pelas damas brancas que saem aos domingos para adorar seu Deus principal crucificado. Fátima sorriu.

— Damas brancas? Como ele se expressara de modo delicado... Ela poderia presentear a noiva dele com muitos vestidos. Gostara do boy.

Henri carregara, nesse ínterim, as malas para um táxi, discutindo já calorosamente com o motorista por causa do preço. Justin escutou por algum tempo, afastando a seguir o boy. O preço exigido não era elevado demais. O caminho até o instituto era longo. Rapidamente colocaram as malas dentro do carro. Justin ajudou

Fátima e Zuhra a entrar e subiu depois também. Henri, como novo criado de Justin, naturalmente seguiu junto.

As estradas, nas quais transitavam, davam uma impressão de desleixo em comparação com antigamente. Os jardins em frente das residências dos europeus estavam sem trato; em algumas casas faltavam as portas e as venezianas. Tudo indicava que os moradores, em fuga, haviam deixado os seus lares. O automóvel virou para o sul, passando por uma fileira de casas semi-acabadas e por depósitos de mercadorias. Um pouco mais afastado, viam-se enormes máquinas de construção de estradas, que num tempo não muito distante deviam ter sido novas. Agora, contudo, estavam paradas ali, sem uso, enferrujando lenta porém seguramente. Ao lado de um edifício grande, o carro foi detido por um bando de soldados. Henri riu, gritando-lhes algumas palavras incompreensíveis. Entre os soldados havia dois amigos dele. A interrupção foi curta. Visto que não se encontravam brancos no automóvel, puderam logo prosseguir viagem.

Quando mais tarde então viajavam ao longo do rio, Fátima sorriu para si absorta. Como a água brilhava tão estranhamente sob os reflexos do sol... Era o rio no qual dois pequenos moleques haviam descoberto o paraíso há longo tempo...

Ao deixar o caminho que beirava o rio, Henri apontou para uma placa corroída e enferrujada, indicadora de caminho: "Instituto de Pesquisas de Doenças Tropicais" estava escrito na placa.

— Daqui em diante tudo pertence ao instituto! disse o criado orgulhoso. Aqui existem muitos coqueiros. Pertencem todos aos doentes de febre. Água de coco é o grande remédio do "pai da fome". Justin sorriu imperceptivelmente para Fátima. Pai da fome era também um dos nomes que o dr. Gamal recebera de seus pacientes... Justin lembrou-se de algumas drásticas curas de fome aplicadas com sucesso há anos pelo dr. Gamal. Aliás, não era qualquer um que suportaria tais curas...

Agora o motorista também entrava na conversa. Contou que certa vez levara um senhor branco de Tanganica para o instituto.

— Esse senhor branco estava azulado de febre... Depois de alguns meses esse senhor saiu. Quase morto de fome, mas com saúde.

Após essas palavras, o motorista suspirou fundo, enxugando o suor do rosto.

— Muitos dizem que o doutor faz um feitiço com o leite, antes de dá-lo aos doentes... Eu precisaria desse feitiço, pois estou com malária. Freqüentemente não posso trabalhar... contudo minha família e eu temos medo do dr. Fome!...

— Medo? Henri deu-se ares de sabido, declarando por fim que o medo somente segurava os diabos da febre no corpo. Apenas coragem e fome podem afugentar esses comilões... assim é que diz o senhor da doença...

Henri virou-se, chamando a atenção de Justin para os campos cultivados que estavam atravessando.

— Plantaram sorgo, milho, mandioca e mais adiante abacaxi em quantidade... Suco de abacaxi expulsa os diabos da febre da barriga... O motorista fez um gesto de dúvida com a cabeça. Suco de abacaxi poderia expulsar a vida junto com a febre.

— Uma vez chegou um homem branco e gordo da terra de Urundi! começou Henri, com um olhar de desprezo para o motorista. Esse homem gordo estava com febre amarela de barriga. O pai Gamal expulsou os diabos da barriga com o suco de abacaxi e uma espécie de panqueca de sorgo... outra coisa o gordo não recebia, tendo ficado um magro! O motorista não respondeu. Estava de novo com dor de cabeça, pensando seriamente se deveria ou não procurar o médico da febre...

— O dr. Gamal aplica também remédios dos brancos. Esses remédios não consomem a carne dos ossos! observou o motorista, um mestiço, com voz firme. Lembrara-se de não ter nem tempo para uma cura de fome que durasse meses. Certamente receberia outros medicamentos do dr. Gamal... Henri ficou calado, ofendido. O que imaginava esse "condutor de gasolina"? Remédios dos brancos? Decerto está com um demônio na cabeça roendo-lhe os miolos...

O motorista deixava agora as plantações para trás, passando por uma ponte de madeira sobre um estreito curso de água. Encontravam-se numa floresta tropical, e aí aconteceu a desgraça.

Um bando de pretos esfarrapados surgiu da sombra das árvores, impedindo que o carro prosseguisse a viagem. Henri ficou estarrecido. O assassino! O assassino das duas desconhecidas bibis brancas!... Naquela ocasião ele também tinha um revólver... e também o boné azul de soldado era o mesmo.

Enquanto Henri permanecia sentado como que paralisado, formando em seu cérebro, algo nebulosamente, a imagem de duas pacientes brancas do instituto, Justin descera do jipe. Encostou-se no carro, contemplando com olhar calmo as duas dúzias de indivíduos que levantavam ameaçadoramente suas lanças de bambu. "Provavelmente vestem equipamento militar roubado!" pensou Justin, ao ver os calções e quepes azuis. O bando estava visivelmente decepcionado ao ver o homem moreno descer do automóvel. Disseram-lhes que viriam brancos, mulheres brancas, que queriam se esconder no instituto... E havia guerra entre branco e preto... Quem fosse mais forte, venceria... Justin disse algumas palavras no dialeto do rio, então, a maioria afastou-se, sem jeito, abrindo passagem.

De repente, ouviu-se um tiro. Justin estava prestes a entrar novamente no carro, quando quatro sujeitos com pistolas nas mãos saíram da floresta. Três deles tinham cabelos lisos, escuros e oleosos. E o quarto tinha uma cara vermelha e cabelos claros. "Chefes de quadrilhas!" pensou Justin, horrorizado... "Roubam e matam brancos... aparentemente só brancos..." Olhou em direção desses quatro, enquanto o motorista e Henri desciam.

— Temos ordens de examinar todos os veículos que se dirigem para o instituto... Ordem do governo! disse o ruivo, enquanto os outros três olhavam para dentro do automóvel. Zuhra inclinou-se para a frente, olhando fixamente, com seu rosto amarelo mumificado, pela janela. Um dos quatro soltou uma praga, afastando-se. Essa bruxa poderia envenenar com seu olhar o sangue da gente... Pegaram o carro errado...

Fátima estava sentada, trêmula, num canto do carro. Puxara o sari completamente sobre a cabeça, segurando o tecido com a mão, de tal modo, que o rosto não era visível.

Justin estava parado ao lado dela, junto à porta do carro, e começava a negociar com o ruivo.

— O preço... qual é o vosso preço?... Sou médico e tenho de ir até o instituto...

— Médico! zombou de repente um dos quatro em francês... Médico querendo esconder ali uma mulher branca...

O ruivo e os outros puseram-se a escutar. Um deles, segundos depois, encostou a pistola no peito de Justin, enquanto os outros puxavam Fátima, em prantos, e Zuhra, gritando e berrando estridentemente, para fora do carro. Justin, ao ouvir o choro de Fátima, levantou quase cego de ira o punho, e com a velocidade de um raio deu um soco. O homem soltou um grito de ódio e cambaleou.

O tumulto que se originou, foi interrompido pela buzina estridente de um jipe que se aproximava em velocidade desenfreada. Logo depois, ouviram-se alguns tiros em rápida seqüência, e um dos agressores gritou:

— O Moye, o Moye! A seguir fugiu, acompanhado pela horda toda em direção ao rio.

Justin, respirando pesadamente, enxugou o suor do rosto.

— Os comedores de carniça... Sentiu, então, uma dor cortante nas costas. Ainda por cima eles me feriram...

— Cheguei, certamente, na hora exata! gritou um homem baixo com calções brancos, enquanto saía do jipe.

Henri escondera-se durante a luta embaixo do carro. Agora se levantava, dizendo a Fátima que esse era o curandeiro do Congo, Moye. Justin, agradecido, colocou a mão no ombro do homem baixo, dirigindo-se depois a Fátima, que ainda estava encostada à porta do carro com uma expressão de pavor no rosto. O pequeno francês olhou para Zuhra que, trêmula, estava arrumando o turbante verde. Contudo, nada havia acontecido às mulheres, a não ser o susto.

— Segue rapidamente para o instituto! ordenou ele ao motorista, subindo com Justin no jipe.

O pequeno francês apresentou-se como dr. Maurice.

— Eu tinha um belo consultório no Boulevard Albert, em Leo... esmerado e lucrativo... mas ali as coisas se tornaram perigosas demais... Principalmente após a última manifestação realizada no estádio Baudoin. Justin entendeu. Maurice era um dos inúmeros brancos que agora não sabiam para onde ir. Médicos, porém, eram necessários por toda a parte.

— Eu ainda me saí bem! continuou Maurice falando. Um jovem que tinha um consultório miserável no bairro nativo comprou meu consultório. Um sujeito bom e honesto, considerando que mais cedo ou mais tarde poderia ter obtido tudo de graça... pois bem, foi até cômico, o moço pobre colocando tanto dinheiro na mesa...

Justin contou rapidamente algo de si mesmo, perguntando a seguir como esse bandido branco viera parar ali.

— O que esses "comedores de carniça" poderão encontrar aqui? Por que não continuam em Katanga? disse ele ainda trêmulo de ira...

— Por quê? Maurice fez um gesto vago com a mão. O ruivo, com certeza, é um criminoso procurado. Mas minha bala alcançou-o. Decididamente não irá longe... Ontem, não longe daqui, foram assassinadas duas mulheres brancas. Uma havia se curado de malária no instituto. Moravam em Stanley e voltaram mais uma vez, a fim de se despedirem... Justin cerrou os punhos. A inimizade entre os seres humanos estava adquirindo formas cada vez mais trágicas...

Maurice enveredou agora por um atalho, indicando para os inúmeros coqueiros carregados de frutos.

— Aqui está um dos grandes medicamentos do dr. Gamal! E ali as plantações de abacaxi. Também o suco deles é um grande remédio no instituto... Mas quando o demônio da febre está alojado na cabeça, o dr. Gamal pendura os doentes na água... Assim me explicou um dos enfermeiros.

Justin sorriu sem alegria para si mesmo.

— Bem, a natureza sempre nos tem dado tudo de que necessitamos.

— Aliás, eu soube que também no estômago de Tschombé os demônios da febre estão amolando! disse Maurice com interesse, como que perguntando.

— Febre? Acho que ficou com úlceras no estômago de tanta agitação; segundo o que sei, ele em breve desaparecerá do cenário, com ou sem doença. Atrás dos bastidores, já está esperando um novo ator...

Depois atravessaram o largo portão da área do instituto. O porteiro já os anunciara com um feroz rufar de tambor. E o primeiro carro já estava parado, circundado por uma porção de crianças maiores e menores, diante de uma edificação baixa e comprida.

Passados uns minutos, todos tinham deixado os carros. O motorista, que exigira seu dinheiro logo depois do assalto, saiu em disparada. A seguir um jovem nativo, rindo, pulou para dentro do jipe. Levaria o veículo para o galpão...

CAPÍTULO XVII

O dr. Gamal veio com os braços abertos, cumprimentando os visitantes. Estava muito magro e muito queimado pelo sol. Dava, de certa forma, a impressão de ressecado. Seus calções eram de uma brancura impecável, do mesmo modo o pano que tinha no ombro, bem como o gorro que cobria sua careca...

— Gandhi número dois! cochichou Maurice...

— Graças a Alá, o Onisciente, que te mandou! exclamou Gamal, colocando a mão sobre o ombro de Justin, saudando-o. És um irmão na aflição! Tenho de sair. Irrompeu uma epidemia de febre em Ponthierville... diariamente chegam mensageiros para buscar-me... Maurice não poderá ficar por mais tempo aqui... e há casos graves no instituto...

Justin acenou com a cabeça, confirmando. Nada lhe era mais agradável do que muito trabalho... de bom grado substituiria o dr. Gamal o tempo que fosse necessário...

Gamal virou-se a seguir, olhando com os olhos brilhantes para Fátima.

— Minha mulher! apresentou Justin. E essa é Zuhra, a sua mãe de criação...

Gamal tomou o rosto de Fátima nas mãos, olhando nos olhos dela que confiantemente o fitavam... Meneando a cabeça, ele soltou-a, dirigindo-se a Justin.

— Alá foi muito bondoso contigo. Nunca esqueças disso! Cumprimentou também Zuhra cordialmente, conduzindo a seguir os hóspedes, entre grossas árvores gigantescas, até uma outra construção baixa.

— Esse é um dos nossos pavilhões de hóspedes, destinado sempre a médicos. E como vês, Justin, somos ultramodernos. As paredes externas desse pavilhão são de um precioso trançado de náilon.

Justin caminhou durante algum tempo atrás de Gamal, quando, então, se encostou num pilar, enxugando o suor do rosto. Nesse momento uma mulher deu um grito estridente, indicando as costas de Justin. Dr. Gamal virou-se rapidamente, vendo a camisa encharcada de sangue. Gritou algumas instruções para as mulheres em volta e, com Justin, deixou o pavilhão.

Fátima e Zuhra logo foram rodeadas por um grupo de mulheres. Elas traziam cestas com frutas e grandes jarros com sucos de frutas, oferecendo-os, convidativamente, às duas mulheres. Fátima bebeu uma caneca de suco, deitando-se a seguir num divã. Estava com dores no peito e na cabeça e suas pernas tremiam... Zuhra, apesar do cansaço, começou a cuidar de Fátima. Tirou-lhe o sari que estava grudado no corpo, molhado de suor; duas mulheres jovens logo se acocoraram, tirando, com muita tagarelice, as sandálias de Fátima. Depois levaram a jovem senhora para o banheiro, despejando muita água fria nela. Por fim Zuhra vestiu-a com uma camisola. As nativas ficaram de pé em volta, admirando e respirando fundo. Apenas uma velha parecia não tomar conhecimento de Fátima. Estava acocorada na entrada do banheiro, balançando a parte superior de seu corpo de um lado para o outro. Ninguém parecia dar atenção a ela; somente Zuhra, desconfiada, olhou-a algumas vezes.

Quando Fátima estava pronta e prestes a sair, a velha de repente entoou uma canção rouca e monótona... Como que petrificadas, as nativas pararam. Toda a vivacidade delas desaparecera. Uma após outra acomodou-se, próximo da velha, olhando inexpressivamente à sua frente. Zuhra, trêmula de susto, empurrou a semidesfalecida Fátima, o mais rapidamente possível, para fora. Entendera a velha. A cantiga dela expressava que muitos espíritos já estavam esperando por Fátima...

Um violento trovão seguido por uma forte pancada de chuva sobrepujaram a comunicação cantante da velha. Fátima, respirando fundo, deitara-se num divã. Zuhra, com as mãos ainda trêmulas, arrumou as almofadas; voltando depois ao banheiro, mandou, com voz estridente, todas saírem. Pegou grosseiramente pelo braço a velha, a qual não sabia o que se passava, puxando-a para fora e largando-a somente nos degraus do terraço. Uma das jovens mulheres nativas voltou rapidamente, fechando em silêncio as paredes de náilon atrás de Zuhra, para em seguida sair sorrateiramente com um olhar amedrontado.

O dr. Gamal, nesse ínterim, limpara e tratara do grave ferimento nas costas de Justin. Depois lhe deu ainda uma injeção contra o tétano, dizendo que se tratava apenas de uma ferida na carne e que Justin estava sob a proteção especial de Alá, por não ter penetrado a faca alguns milímetros mais fundo.

— Maurice continuará a cuidar de ti. Precisarás de mais algumas outras injeções. Não podemos ter o luxo de estar doente... Viajarei hoje ainda. A epidemia tem de ser sustada, pois já sem ela temos o suficiente de preocupações...

— E Maurice? Para onde irá? perguntou Justin, quando se levantara, seguindo o dr. Gamal para o quarto ao lado.

— Maurice?... Ele recebeu uma proposta de um conhecido de Pointe-Noire, para ser médico de bordo... Lamento... Ele é eficiente e sem compromissos... aqui poderia fazer muita coisa...

Justin gostou da idéia de tornar-se médico de navio. Pelo menos por um curto tempo... O dr. Gamal levou Justin para uma espécie de laboratório, indicando algumas prateleiras.

— Ali tens as mais novas conquistas da ciência. Há medicamentos bons entre eles. Um amigo da América sempre me abastece com isso. E aqui é o consultório, também ultramoderno, mas infelizmente não tenho tempo de usá-lo! acrescentou sorrindo, ao ver o olhar surpreso de Justin. Depois Justin conheceu ainda os enfermeiros mais velhos que eram assistentes do dr. Gamal.

— Originam-se de diversas tribos, mas todos são fiéis e extraordinariamente predestinados a se tornarem médicos tão bons como eu. Talvez muito melhores até. Eu já sou muito velho...

O dr. Gamal ainda conduziu Justin a um aposento provido igualmente de paredes de um tecido caro de náilon.

— Aqui está uma rede para dormir. Dorme ou descansa hoje à noite nela. Nesta cama sentirás menos a tua ferida... E, Justin, dá a tua mulher um calmante. Ela precisa dormir.

Gamal ainda ficou parado, indeciso. A seguir saiu rapidamente, voltando com uma lista.

— Aqui estão as anotações sobre alguns pacientes, internados no pavilhão número quatro. Trata-se de seis brancos. Estiveram nos pântanos de Bangweolo, no norte da Rodésia. Uma fauna interessante existe lá. Um verdadeiro paraíso... Esses homens, porém, não entraram nesse paraíso sem serem castigados. Contraíram malária. Um tipo todo especial de malária... Verás.

Justin leu os nomes dos seis brancos, colocando depois a lista numa mesa. Trabalho não lhe faltaria. Tomara que o ferimento sarasse depressa.

— E agora vou indo. Gamal colocou ambas as mãos sobre os ombros de Justin. Talvez eu não volte mais. Sou velho e além disso um branco, embora seja tão moreno como tu... assume então integralmente o meu trabalho aqui... Já arranjei tudo nesse sentido...

Justin confirmou com a cabeça, deixando, junto com Gamal, o edifício. Naturalmente ele executaria tudo, porém desejava de todo o coração que o eficiente pequeno doutor retornasse.

Quando Justin entrou no pavilhão, já começava a escurecer. Zuhra acendeu nesse momento uma lamparina de óleo que Fátima sempre levava consigo, e dois criados aprontavam uma mesa na varanda. Justin olhou em redor, procurando. Zuhra acenou, mostrando-lhe o caminho para o dormitório de Fátima.

Justin sentou-se numa cadeira de esteiras ao lado da cama. Suavemente tomou a mão de Fátima, olhando depois preocupado para o rosto úmido dela. A pulsação era irregular e ela gemia várias vezes durante o sono. Quando acordasse, dar-lhe-ia o calmante que trouxera. Nesse ínterim, ele próprio beberia algo e a vigiaria. Zuhra entrou no quarto, colocando a lamparina numa prateleira, saindo a seguir murmurando. Depois trouxe uma caneca de suco de frutas para Justin. A mão dela tremia tanto, que derramou a metade. Justin levantou-se, pegou a caneca, conduzindo a seguir a velha para o quarto ao lado.

— Deita-te também, Zuhra. Vou trazer um bom sonífero para ti. Zuhra acenou concordando e olhou desconsolada para Justin. Fátima! Também aqui não encontraria sossego... Em Kivu seria melhor do que aqui...

Depois de ter dado um sonífero à velha, Justin acomodou-se de novo ao lado de Fátima. Sentiu-se febril e a ferida doía muito. Contudo, apesar do mal-estar, adormeceu um pouco.

Pouco antes da meia-noite acordou, olhando para os olhos abertos, cheios de amor, de Fátima.

— Ouviste o tambor? Soou de longe, transmitindo uma notícia.

Justin nada ouvira.

— Será que a notícia se refere a mim? perguntou Fátima amedrontada.

— Por que a ti, amada? Justin trouxe uma caneca de suco de frutas, dando-lhe um tranqüilizante.

— Sonhei com um rio: eu viajava numa canoa de velas vermelhas. Era bonito, pois eu seguia ao encontro do sol poente. Fátima recostou-se pensativamente nas almofadas. Justin trouxe um pano úmido, refrescando com ele o rosto e as mãos dela. Depois sentou-se de novo, começando a falar-lhe baixinho. Ela segurou sua mão, olhando feliz à sua frente. Não entendia tudo que dizia, mas era a voz, a voz dele, que sempre era tão consoladora para todos os seus pacientes.

— Justin, tua mão está tão quente! Fátima ergueu-se um pouco, olhando-o perscrutadoramente.

— Não é nada, querida. Apenas me falta sono.

— Estou tão sonolenta e cansada, mas esperarei por ti. Depois dessas palavras enigmáticas, ela fechou os olhos, deitando de novo nas almofadas.

Justin baixou a cabeça. Acessos de febre sacudiam agora seu corpo. E os demônios do desespero novamente lhe roíam a alma. Sentiu-se de repente tão infinitamente só... Só e sem esperanças...

O bater de um tambor de comunicação e a voz de Maurice livraram Justin de seu atormentador estado. O rufar veio de bem perto.

— Justin! Maurice estava na varanda. Justin controlou-se, levantando-se com dificuldade.

— O dr. Gamal viajou há uma hora. Eu conduzir-te-ei até a tua rede e dar-te-ei os medicamentos prescritos ainda por ele,

antes de sua partida... Além disso Gamal mandou dizer que os tolos doentes no instituto necessitam de um médico resistente.
Justin entendeu tudo, mas não queria deixar Fátima sozinha.
— Depois de tratá-lo, voltarei com uma enfermeira. Ela é digna de confiança e ficará junto de tua esposa.
Contrafeito, Justin deixou o pavilhão. Maurice fechou silenciosamente a porta de tela da varanda atrás de si, tomando então o braço de Justin e conduzindo-o até o edifício principal, através do caminho iluminado pela lua. Mal haviam dado alguns passos, quando novamente ressoou o tambor... Justin parou, escutando. Mas Maurice puxou-o energicamente para diante. Estava irritado por alguém fazer tanto barulho dentro dos limites do instituto. Amanhã, com certeza, repreenderia o malfeitor.
Justin não deu atenção à reação de Maurice. Apesar de sua febre, havia visto mais adiante, ao lado do caminho, um vulto escutando, aparentemente atento, a notícia do tambor.
— Ah! Aqui está também Mobuta. É nosso melhor enfermeiro! observou Maurice, quando continuavam a caminhar. Mobuta — Gamal apenas chamava-o de Moby — cumprimentou-os amavelmente, seguindo os dois médicos.
Mobuta trabalhava à noite. Ele pôde decifrar parcialmente a notícia do tambor falante e não gostou nada dela.
— É o pessoal dos turumbas! disse Mobuta para Justin... a aldeia deles foi acometida por uma epidemia maligna... O dr. Gamal trouxe os sobreviventes para o instituto para observação. Eles têm um feiticeiro junto deles, um velho diabo mau!
— Pode deixar, meu amigo, os diabos da febre talvez ainda busquem o velho! disse Maurice indiferentemente. Além disso um diabo a mais ou a menos, o que tem!
Justin deixara-se cair exausto numa cadeira. Refletia sobre as palavras do enfermeiro. Não soaram de maneira esquisita e insistente, sim, advertindo até?... Onde estava o enfermeiro? Justin olhou em volta procurando... Maurice veio do laboratório com uma seringa de injeção.
— Onde está Mobuta?
— Mobuta? Foi até o pavilhão. Lá se encontram pacientes gravemente enfermos! disse Maurice, tratando de Justin. Depois

do atendimento, Justin deitou-se na rede. Compreendeu que antes de tudo necessitaria de sossego e de algumas horas de sono. Depois verificaria o que havia com o velho feiticeiro.

Fátima acordara de seu sono irrequieto, no momento em que Justin saiu. Então escutou o tambor bem perto... Olhou fixamente à sua frente, com medo estampado nos olhos. E mais uma vez bateu o tambor. Todo o pavilhão ecoou com o rufar... E agora já estava rufando no seu coração... Fátima gemeu alto, fazendo com a mão um gesto de defesa... Estão transmitindo a notícia... Nos ouvidos dela havia um bramir, e o rufar do tambor batia cada vez mais dolorido sobre o seu peito...

Foi quando viu o demônio preto. E esse demônio tinha olhos, olhos horríveis... Então ele a apunhalou... Fátima queria levantar-se. Queria gritar: tira a flecha...

O demônio preto sumira. Da parte de trás do pavilhão ouviu-se um ruído, e uma sombra escura esgueirou-se, afastando-se da casa.

Cerca de uma hora após a ocorrência, chegou Maurice. Ficou parado na varanda, escutando. Nada se movia no pavilhão. Zuhra e Fátima pareciam estar dormindo profundamente. Um pouco indeciso, afastou-se de novo. Tinha de procurar Mobuta. O enfermeiro sabia bem qual das mulheres nativas se prestaria melhor à vigia noturna junto às recém-chegadas. A senhora Fátima deveria, realmente, estar bem doente, pois o dr. Justin havia-lhe pedido mais de uma vez, insistentemente, para não a deixar sozinha com sua velha serva no pavilhão...

Contudo, demorou outra hora ainda até que Maurice voltasse com Mobuta e duas mulheres. No pavilhão foram recebidos por Zuhra. A velha criada olhou para eles com seus olhos cansados.

— A criança foi-se embora! disse ela, dirigindo-se a Mobuta. Está junto do meu amo Tobias. Mas voltará, sempre voltará para o senhor Justin.

Mobuta olhou para Zuhra, seguindo-a rapidamente. Uma das mulheres deu um grito, deixando o pavilhão apressadamente;

a outra deixou-se cair ao lado da parede, começando a cantar monotonamente.

Maurice e Mobuta estavam ao lado do leito de Fátima.

— Ela parece estar desmaiada! disse Maurice perplexo.

— Ela está morta! respondeu Mobuta, depois de contemplar Fátima durante algum tempo. Foi então de aposento em aposento, acendendo as luzes por toda a parte, e olhando com olhar inexpressivo em volta, procurando. Às vezes levantava a cabeça aspirando fundo o ar, como que investigando...

Maurice, nesse ínterim, examinara Fátima, constatando que ela falecera de enfarte. A morte deve ter ocorrido há mais ou menos duas horas. Fechou os olhos dela, sentando-se a seguir numa cadeira ao lado da cama, fitando perplexo e sem compreensão o belo rosto da jovem mulher morta.

— Só pode ter sido enfarte! disse Maurice para si mesmo... Alguma coisa o irritava, incomodando-o. Quando Justin saíra duas horas antes, ela ainda vivia...

Mobuta ficou sabendo, através de um dos guardas, que o pessoal dos turumbas havia ido embora naquela noite.

— Eles queriam voltar à sua velha aldeia. O endiabrado feiticeiro velho foi o primeiro a desaparecer... Mobuta acenou concordando. Não esperara outra coisa. Alá, o Onisciente, tão-somente Ele era o Salvador e Juiz de todos os espíritos... Após esses pensamentos consoladores, dirigiu-se a Justin.

Os primeiros raios do sol já iluminavam o céu, quando Mobuta se encontrava ao lado da cama de Justin, acordando-o cautelosamente. Justin logo se levantou. Percebeu que estava sem febre. Seu primeiro pensamento foi Fátima... Nesse momento chegou Maurice com expressão assustada no rosto...

— Eu não sei o que aconteceu!... Justin acordou totalmente, olhando de Maurice para Mobuta.

— O que aconteceu? perguntou serenamente. Mobuta contou então que havia encontrado Fátima morta.

— Deve ter morrido logo depois da saída do senhor! explicou Maurice.

Justin estava como que atordoado.

"Ela está morta... E logo depois de minha saída morreu sozinha e abandonada." Deixou lentamente o quarto. "Minha felicidade era grande demais para poder perdurar... Pois eu sempre soube, e Fátima também, que ela não permaneceria muito tempo nesta Terra... Apesar de meu amor, estava inquieta... Que Alá, o Misericordioso, agora te conceda a paz..."

As paredes do pavilhão estavam abertas. Por toda a parte havia mulheres acocoradas cantando monotonamente. Fátima já se encontrava deitada num leito alto e plano, envolta num pano branco. Zuhra veio ao encontro de Justin, tocando de leve a mão dele. Justin olhou ainda como que atordoado para Fátima. Não sentiu nem tristeza nem dor. Encontrava-se num espaço amplo e vazio, onde não havia nem sofrimento nem felicidade para os mortais...

Maurice ainda estava caminhando confuso. Não compreendia que Justin, como médico, não procurasse mais minuciosamente pela causa da morte... Dirigiu-se então a Mobuta inquirindo a tal respeito.

— Por quê? O que deve procurar? perguntou o enfermeiro. O espírito deixou o invólucro terreno, é o que o dr. Justin sabe muito bem, ainda mais em sua qualidade de médico.

Maurice deu-se por satisfeito. Mas consigo mesmo considerou que, decerto, nunca compreenderia bem os nativos. Num navio todos esses problemas deixariam de existir.

Nesse ínterim a família de Fátima, em Kivu, fora informada de seu falecimento. E algumas horas mais tarde chegou a notícia de que Tobias também falecera na noite anterior.

— Tobias já estava doente há muito tempo. É como um milagre que tenha vivido tanto tempo! disse Justin, quando Maurice lhe transmitiu tal notícia.

Justin não queria deixar trasladar os restos mortais de Fátima para Kivu.

— Ela poderia ser enterrada onde há trinta anos o dr. Gamal sepultou o corpo de sua jovem esposa! disse Mobuta. É um lugar belo e sereno.

Justin logo concordou e também Zuhra nada tinha a opor.

— Por que deveria voltar para Kivu, já que o senhor Tobias não mais estava lá? Ela, Zuhra, naturalmente ficaria junto da criança e de Justin.

E assim o corpo terreno de Fátima foi, pouco antes do pôr-do-sol, sepultado no cemitério da floresta do dr. Gamal.

Zuhra agarrou-se ao braço de Justin, quando o esquife baixou à cova. Em breve ela estaria novamente junto da criança e com o senhor Tobias, mas também essa curta separação doía-lhe muito.

O enterro terminara. Justin voltou-se para Zuhra, falando algumas palavras consoladoras.

— Nós a reveremos, Zuhra, tu sabes. Sim, Zuhra sabia. Olhou agradecida para Justin, deixando-se conduzir por algumas mulheres idosas.

Quando todos tinham saído, também Justin com Maurice e Mobuta deixaram o cemitério. De longe soou novamente o tambor falante. O tambor... Justin estremeceu. Tinha sido o rufar noturno que havia assustado Fátima, causando a sua morte. O coração dela, de qualquer forma, já estava muito debilitado...

"Quando saí, à noite, ouvi o rufar de um tambor." E Justin lembrou-se de como deixara o pavilhão tão contrafeito. Lá também estava Mobuta. Por que escutara tão atentamente?... "Eles, pois, perseguiram a minha amada até aqui." Justin sentiu uma espécie de satisfação por ela ter lhes escapado. Parou, olhando para Mobuta. O que ele sabia?

O enfermeiro olhou inexpressivamente à sua frente. Justin suspirou e continuou andando. Se Mobuta soubesse de algo, nada revelaria. E por que, aliás, deveria fazê-lo? Fátima estava feliz no reino dos espíritos... E ele, se fosse da vontade de Alá, continuaria a viver...

Maurice permaneceu apenas poucos dias ainda no instituto. A ferida de Justin fechara bem. Maurice sentia-se impelido a ir adiante. A morte da jovem e desconhecida mulher o havia deprimido muito. Não entendia Justin. Como podia um homem, tendo perdido há poucos dias sua jovem e encantadora mulher, realizar seu trabalho com o rosto tão indiferente, sim, até alegre.

"Esse homem parece não estar sofrendo nada!" pensou Maurice cismando, ao observar Justin. Perguntou uma ocasião a Zuhra, se Fátima não fazia falta para ela e Justin.

— Ela era tão jovem e bela, poderia ter vivido ainda muito tempo! disse ele quase entusiasticamente, observando a velha. Zuhra não deu nenhuma resposta. Apenas o olhou de modo tão doloroso, que ele se arrependeu de ter perguntado.

Na despedida, então, Maurice percebeu que Justin não era tão insensível como pensava.

— Maurice, estiveste ao meu lado nas horas mais amargas da minha vida... aqui tens uma lembrança... esse pequeno incensório pertencia a minha mulher... Então Justin ficou com a voz embargada, e em seus olhos brilharam lágrimas...

Maurice olhou com os mais contraditórios sentimentos para o pequeno incensório em sua mão. Depois colocou a pequena preciosidade no bolso e subiu no jipe, onde o motorista já estava sentado, buzinando alto...

CAPÍTULO XVIII

Aproximadamente uma semana depois da partida de Maurice, chegou Visram para uma breve visita ao instituto. Visram dava a impressão de estar cansado e também mais magro, mas seus olhos irradiavam, como sempre, esperança e confiança.
— Visram! A alegria de Justin era ilimitada ao ver o amigo descer do jipe.
— Justin, sei que atravessaste o vale do desespero! disse Visram com um timbre de tristeza na voz. Contudo, sei também que escapaste dele. Os demônios do desespero nada puderam fazer contra ti...
Mobuta entrou no aposento, cumprimentando Visram, cheio de alegria. Os dois já se conheciam havia muito tempo. Depois vieram alguns criados com jarros e frutas. Colocaram tudo numa mesa baixa, e, quando se afastaram, Visram disse que recebera a notícia do falecimento de Fátima ainda na mesma noite.
— Foi Mumalee, a grande, que me comunicou que Fátima fora apunhalada por um velho feiticeiro. O olhar desse malfeitor era pontudo e venenoso como um punhal.
Justin olhou horrorizado para Visram.
— Um feiticeiro? Onde está esse diabo? Onde? Onde? Justin levantou-se de um salto. As fúrias do desespero agarraram-se de novo no seu coração.
— Junto ao pessoal dos turumbas tinha um velho que possuía um grande e maligno feitiço! disse Mobuta baixinho e hesitante, levantando-se para sair. Era visível que o enfermeiro não queria falar do velho diabo. Provavelmente por medo. Mas então foi atingido pelo olhar dominador de Justin, e ele, como que hipnotizado, se deixou cair novamente na cadeira, contando lentamente o que sabia.

— O feiticeiro, recusado até pelos diabos da epidemia maligna, inicialmente assustava sempre as mulheres e as crianças, quando chegou ao instituto com os turumbas. O espírito mau do velho podia deixar o corpo terreno a qualquer hora, de dia e de noite. Esse era seu grande feitiço. Mobuta calou-se, extenuado, enxugando o suor.

O olhar de Justin continuava sobre ele, como uma força dominadora.

— No começo, ele assustava sempre as mulheres jovens. Uma morreu. De susto, a criança nasceu antes do tempo. Antes de sua morte, gritara que um espinho venenoso havia-lhe picado. Freqüentemente as crianças tinham convulsões acompanhadas de gritos. Depois tudo se aquietou. As mulheres tinham medo e não falavam mais nada. Contudo, o mau espírito continuava com suas infâmias... O dr. Gamal, então, ficou sabendo do espírito maligno do velho feiticeiro que perambulava por aí. Desde então o espírito desse diabo ficou quieto, esgueirando-se apenas em torno da fazenda do instituto... O dr. Gamal havia mostrado ao velho uma cova funda no cemitério dos nativos. Depois fez com que compreendesse que mandaria enterrá-lo vivo, se o seu espírito deixasse mais uma vez sua ossada, aliás, já corroída, para praticar suas infâmias...

Mobuta havia dito tudo o que sabia. Respirou liberto, quando Justin se levantou, deixando o quarto.

— O velho diabo, porém, já horas antes da morte da jovem mulher, havia deixado, junto com a tribo turumba, as terras do instituto! disse Mobuta ainda, pensativamente. Já deviam estar longe.

Visram colocou tranqüilizadoramente a mão sobre o ombro de Mobuta.

— Está bem, meu amigo. Sobre a terra esse malfeitor não fará mais nenhum mal. Suas ações infames ainda poderão ser realizadas apenas no reino dos espíritos, junto de seus semelhantes. A grande Mumalee disse-me, antes da minha partida, que o feiticeiro havia "explodido" na Terra. Como, ela não pôde explicar direito. Contudo, posso imaginar que esse pessoal, em sua caminhada rio acima, tenha encontrado revolucionários ou soldados. Talvez um desses bandos errantes tenha jogado granadas de mão. Esses mercenários, pois, sempre conseguem munições. Também pode ser que esse velho diabo tenha sido abatido a tiros. De qualquer forma está morto. As notícias de Mumalee, a grande, sempre são certas!

Mobuta olhou para Visram, sorrindo agradecido. Agora tudo estava bem. De diabos com corpos terrenos mortos, ele não tinha medo!

Justin estava encostado a um tronco de árvore, junto ao túmulo de Fátima. Por que não vigiara melhor? Também como médico ele falhara em relação a ela. Não devia tê-la deixado sem guarda nem um momento sequer!... Sob amargas auto-acusações sentou-se no banco que o dr. Gamal outrora mandara instalar no local. A amada de seu coração, de sua vida, onde se encontraria agora?...

Visram pedira a Mobuta que lhe mostrasse o pequeno cemitério, e agora se acomodara ao lado de Justin, apoiando a cabeça nas mãos.

— Tu és um escolhido de Alá, meu amigo e irmão. Vivenciaste a suprema felicidade que um ser humano terreno poderia encontrar!... Visram olhou melancolicamente à sua frente. Depois levantou-se, inspecionando o epitáfio onde estava inscrito o nome da jovem falecida esposa de Gamal.

Justin acenou com a cabeça, confirmando. Alá tinha sido bondoso com ele. Por isso lhe doía duplamente o fato de talvez ter se tornado culpado.

— Deve ter sido amargo para o dr. Gamal, não ter podido salvar justamente sua jovem esposa! opinou Visram, tendo decifrado o nome alemão. Por alguns meses de pura felicidade com a mulher amada, eu, de bom grado, assumiria qualquer separação... Fátima deixou-te no apogeu de vossa felicidade... E para nós, mortais, não há neste planeta, um apogeu eterno.

Visram contemplou o bem tratado cemitério com os arbustos floridos, parando ao lado de um pé de mirto.

— Este arbusto não tem mais flores. A época da florescência, pois, passou...

Justin levantou a cabeça, olhando atentamente para o amigo. A melancolia que soou das últimas palavras de Visram traspassou até mesmo a nuvem de tristeza e aflição que o envolvia.

Visram estava sofrendo. Por que o amigo sofria? O que acontecera?

— Minha vontade seria ficar também aqui, no instituto. Gamal criou aqui algo grandioso. Mas vou para a Índia por alguns meses; necessito de mais ajuda ainda para nossos planos.

— Onde está Anette? perguntou Justin de repente. A melancolia de Visram parecia estar ligada a Anette.

— Anette? Ela voltou para a Europa. Justin não se surpreendeu com essa notícia. Havia sentido intuitivamente que Visram era para Anette o grande amor de sua vida. E também todo o ser de Visram brilhara, quando estivera naqueles poucos dias junto de Anette em Nairóbi. Não obstante, a ligação de ambos tivera algo de irreal...

Visram sentou-se de novo no banco, ao lado de Justin.

— Lê isto! Justin pegou a carta. Era de Victor Balmain e vinha de Nairóbi.

"Meu bom amigo!

Infelizmente meu fígado está novamente em greve e minha bile manifestou-se da pior forma. A morte de meu amigo Tobias e logo depois a da encantadora Fátima... Pensei que nunca mais pudesse me refazer dessas agitações. Mesmo Susane perambula como um espectro no seu velho vestido parecido com um saco de dormir. Ela fala num tom, como se nós dois também já estivéssemos na cova. Mas não quero demorar com preâmbulos. Uma notícia desagradável deve-se transmitir o mais depressa possível. Pois bem, meu caro Visram, Anette voltou para a Bélgica. Ela recebeu, dois dias depois de tua partida, uma carta anônima, na qual lhe foi transmitido que no momento em que se ligasse a ti, nada mais valeriam as vidas de ambos.

Aliás, acentuou, o autor da missiva, que Anette não seria eliminada por odiar tudo quanto é de cor, mas por fazer de ti, Visram, um traidor. Um traidor, por jamais poderes executar o grande programa de auxílio, planejado já há muito por ti e teus amigos. Desconfiança e ódio seriam vossos dois acompanhantes... Gostaria de enviar-te a carta misteriosa, escrita a máquina, e, conforme pode-se notar pelo estilo, foi redigida por uma pessoa culta. Lamentavel-

mente estava tão indignado, que a amassei, jogando-a fora. Mais tarde, ao procurá-la, já havia sumido. O jardineiro tinha visto Titin brincar com uma bola de papel; desisti então da busca.

Considerei o caso apenas como mera ameaça. Anette, contudo, era de opinião diferente. O teor da carta deve tê-la atingido muito, pois parecia como se tivesse recebido um golpe mortal. Algumas horas mais tarde, porém, me procurou. Estava calma e controlada, dizendo que o autor anônimo da carta tinha razão. Ela era, realmente, uma tola arrogante. Após isso, com lágrimas nos olhos, me pediu que te explicasse a situação. Aliás, ela não teme nem pela vida dela nem pela tua; nunca, porém, poderia suportar que tua missão fosse condenada ao malogro, por sua interferência.

Por fim, tive de dar-lhe razão. A desconfiança de todos os lados dificultaria imensamente o teu trabalho.

Mesmo Susane, que tanto gosta de ti e deseja-te toda a felicidade da Terra, compreendeu, finalmente, que tua ligação com Anette traria mais desgostos do que alegrias. Susane, apesar disso, pediu que Anette ficasse em Nairóbi, até que tomasses conhecimento da carta anônima. Anette, contudo, foi inacessível a qualquer conselho. Nem sabemos para onde foi. Seu destino de vôo era Paris. De lá queria prosseguir viagem para a Bélgica. Mas quem saberá onde se escondeu. Não de ti, caro amigo, mas de si mesma... Somente uma grande distância poderá impedi-la de seguir-te, apesar de tudo.

Jean ficou muito pensativo ao saber da fuga de Anette. Contudo, logo depois deu toda sua atenção a Arabella. A pequena feiticeira, finalmente, curou-o de seu amor por Anette. Talvez nem mais fosse amor, mas sim uma vaidade ferida. De qualquer modo, não temos mais preocupações, no momento, por causa de Jean.

Amrita nos fará uma visita por um tempo mais longo. Ela parece sentir-se muito só e deprimida. Além disso, apareceram novamente militares na fazenda... E por cima de tudo, a grande Mumalee desapareceu. Aliás, sabes, Visram, que auxílio essa mulher singular sempre foi em épocas de crise. Os pretos estão murmurando que a grande Mumalee empreendeu uma caminhada, a fim de trazer a pequena Mumalee de volta...

Titin também está doente. O veterinário diz que ela comeu demais. Mas eu conheço Titin. Por causa do estômago ruim não fica deitada assim apática. O aspecto dela me deixa mais doente ainda. Lembro-me agora freqüentemente de Abu Ahmed. Por quê, não sei. Pois nem conheci o velho muito bem. Talvez ele queira lembrar-me de como, em verdade, é fugaz nossa vida terrena...
 Junto ainda algumas linhas de Anette para ti. Ela entregou-me no aeroporto, pouco antes de sua partida.
 Agora escrevi tudo que tu, caro Visram, precisas saber. Continua com saúde e não permitas que pensamentos tristes roam teu fígado. Comigo, eles, infelizmente, já estão trabalhando.
Victor Balmain."

— E aqui tens as palavras que Anette me mandou. Visram deu a Justin um pequeno pedaço de papel. Justin, hesitante, pegou o bilhete.

"Visram querido, desculpa-me por ser obrigada a deixar-te. O reconhecimento de agir direito deu-me força para minha decisão e força para a separação. Sempre agradecerei a Deus, o Onipotente, por me ter sido permitido cruzar o teu caminho na vida, mesmo que por apenas umas poucas horas. Sempre usarei o bracelete. Ele me faz sentir que estou ligada contigo em espírito. A pomba, essa jóia artisticamente trabalhada que tu me mandaste entregar antes de tua partida, constantemente me lembra que preciso libertar-me espiritualmente de meus grilhões, para ficar perto de ti.
Anette."

Justin dobrou a carta cuidadosamente, devolvendo-a.
— Pena que pai Ahmed não mais se encontre na Terra. Ele ter-se-ia alegrado com Anette. E Visram, meu amigo e irmão... Ela fez a única coisa certa...
Visram pegou a carta, segurando-a firmemente. A menção de Abu Ahmed vinha, justamente agora, como uma luz na noite escura... Como podia tê-lo esquecido?... Levantou-se, olhando para o céu. O sol ainda brilhava sobre a Terra... De repente sentiu uma saudade indizível por luz e perfeição espiritual, de tal modo,

que seu corpo terreno tremia como que em febre... E Anette? Ela, apesar da separação material, lhe pertencia. Mesmo que dessa vez não houvesse uma união com ela na Terra... Sim, Anette era como uma pequena estrela brilhante nos céus do amor...

Justin levantara-se também. Viu Mobuta, de longe. O enfermeiro lembrou-o de seus deveres de médico. Os doentes precisavam de seu auxílio. Voltou-se mais uma vez para a sepultura, permanecendo de pé durante alguns minutos diante dela. A seguir pronunciou solenemente o primeiro mandamento do Alcorão:

"Louvor a Deus, o Senhor de todos os mundos, o Misericordioso e Caridoso. Tão-só Ele dirige nossos passos e somente Ele é nosso Senhor e Deus.".

ÍNDICE

INTRODUÇÃO........................... 11

CAPÍTULO I............................ 13

CAPÍTULO II........................... 27

CAPÍTULO III.......................... 41

CAPÍTULO IV........................... 59

CAPÍTULO V............................ 84

CAPÍTULO VI.......................... 111

CAPÍTULO VII......................... 121

CAPÍTULO VIII........................ 140

CAPÍTULO IX.......................... 173

CAPÍTULO X........................... 188

CAPÍTULO XI.......................... 207

CAPÍTULO XII......................... 228

CAPÍTULO XIII........................ 244

CAPÍTULO XIV......................... 256

CAPÍTULO XV.......................... 277

CAPÍTULO XVI......................... 292

CAPÍTULO XVII........................ 308

CAPÍTULO XVIII....................... 319

AO LEITOR

A Ordem do Graal na Terra é uma entidade criada com a finalidade de difusão, estudo e prática dos elevados princípios da Mensagem do Graal de Abdruschin "NA LUZ DA VERDADE", e congrega aquelas pessoas que se interessam pelo conteúdo das obras que edita. Não se trata, portanto, de uma simples editora de livros.

Se o leitor desejar uma maior aproximação com aqueles que já pertencem à Ordem do Graal na Terra, em vários pontos do Brasil, poderá dirigir-se aos seguintes endereços:

Por carta:

ORDEM DO GRAAL NA TERRA
Caixa Postal 128
CEP 06801-970 - EMBU - SP

Pessoalmente:

Av. São Luiz, 192 - Loja 14 - (Galeria Louvre)
Consolação
SÃO PAULO - SP

Internet:
http://www.graal.org.br

"NA LUZ DA VERDADE"

MENSAGEM DO GRAAL
DE
ABDRUSCHIN

3 volumes

- ★ Que Procurais?
- ★ O Que Separa Hoje Tantos Seres Humanos da Luz?
- ★ O Grande Cometa.
- ★ O Crime da Hipnose.
- ★ Espiritismo.
- ★ Astrologia.
- ★ A Abstinência Sexual Beneficia Espiritualmente?
- ★ O Mistério do Nascimento.
- ★ A Morte.
- ★ O Direito dos Filhos em Relação aos Pais.
- ★ A Imaculada Concepção e o Nascimento do Filho de Deus.
- ★ Sexo.
- ★ O Mistério do Sangue.

Estes são alguns dos assuntos contidos nesta obra.

OBRAS EDITADAS PELA
ORDEM DO GRAAL NA TERRA
em português:

de Abdruschin

NA LUZ DA VERDADE – Mensagem do Graal
– obra em três volumes
Os Dez Mandamentos e o Pai Nosso
– explicados por Abdruschin
Respostas a Perguntas

de Roselis von Sass

A Desconhecida Babilônia
A Grande Pirâmide Revela Seu Segredo
A Verdade Sobre os Incas
África e Seus Mistérios
Atlântida. Princípio e Fim da Grande Tragédia
Fios do Destino Determinam a Vida Humana
O Livro do Juízo Final
O Nascimento da Terra
Os Primeiros Seres Humanos
Revelações Inéditas da História do Brasil
Sabá, o País das Mil Fragrâncias

e mais

A Vida de Abdruschin
Aspectos do Antigo Egito
Buddha
Éfeso
Histórias de Tempos Passados
Lao-Tse
O Livro de Jesus, o Amor de Deus
Os Apóstolos de Jesus
Zoroaster

Obras de Roselis von Sass, editadas em diversos idiomas:

Alemão
- Afrika und seine Mysterien
- Atlantis - Ein Volk wählt seinen Untergang
- Dann kamen die ersten Menschen
- Das Buch des Gerichtes
- Die Geschichte der Inkas
- Die Große Pyramide enthüllt ihr Geheimnis
- Enthüllungen aus Brasiliens Geschichte
- Jeder Mensch bestimmt sein Schicksal selbst
- Saba, das Land der tausend Düfte

Eslovaco
- Veľká Pyramída Odkrýva Svoje Tajomstvo

Espanhol
- Atlántida. Principio y Fin de la Gran Tragedia
- Filamentos del Destino Determinan la Vida Humana
- La Gran Pirámide Revela su Secreto
- La Verdad sobre los Incas

Francês
- Atlantide. La Fin d'un Continent
- La Grande Pyramide Révèle son Secret
- La Vérité sur les Incas

Inglês
- The Birth of Mankind
- The Great Pyramid Reveals its Secret

E outros livros em preparação.

Correspondência e pedidos:
ORDEM DO GRAAL NA TERRA - Tel/Fax: (11) 7961-0006
Caixa Postal 128 - CEP 06801-970 - EMBU - SP - BRASIL
E-mail: graal@graal.org.br - Home Page: http://www.graal.org.br

Filmes, impressão e acabamento
ORDEM DO GRAAL NA TERRA
Embu – São Paulo – Brasil